电眼追踪

I SEE YOU

[英] 克莱尔·麦金托什 Clare Mackintosh —— 著

一熙 马丹 —— 译

四川人民出版社

图书在版编目（CIP）数据

电眼追踪/（英）克莱尔·麦金托什著；一熙，马丹译.
—成都：四川人民出版社，2018.4
ISBN 978—7—220—10771—9

Ⅰ.①电… Ⅱ.①克… ②一… ③马… Ⅲ.①长篇
小说—英国—现代 Ⅳ.①I561.45

中国版本图书馆 CIP 数据核字（2018）第 079992 号

Copyright © Claire Mackintosh, 2016
First published in Great Britain in 2016 by Sphere，an imprint of
Little，Brown Book Group.
This Chinese language edition is published by arrangement with
Little，Brown Book Group, London.
四川省版权局著作权合同登记号：图［进］21—2018—197

DIANYAN ZHUIZONG

电 眼 追 踪
（英）克莱尔·麦金托什著 一熙，马丹 译

责任编辑	张 丹
封面设计	天行健设计
内文设计	张 妮
责任校对	舒晓利
责任印制	王 俊

出版发行	四川人民出版社（成都槐树街 2 号）
网　址	http://www.scpph.com
E-mail	scrmcbs@sina.com
新浪微博	@四川人民出版社
微信公众号	四川人民出版社
发行部业务电话	（028）86259624　86259453
防盗版举报电话	（028）86259624
照　排	四川胜翔数码印务设计有限公司
印　刷	自贡市华华广告印务有限公司
成品尺寸	146mm×208mm
印　张	11.75
字　数	300 千
版　次	2018 年 7 月第 1 版
印　次	2018 年 7 月第 1 次印刷
书　号	ISBN 978—7—220—10771—9
定　价	42.00 元

——

你每天做同样的事。

你知道自己要去哪里。

你并非独自一人。

——

一

　　身后的男人站得离我很近，呼出的热气润湿了我脖子上的皮肤。我往前挪了一英寸，紧贴在一件灰色大衣上。大衣散发出一股又潮又臊的落水狗般的味道。似乎从十一月初开始，雨就没有停过，每个人的身体都冒出淡淡的热气，彼此缭绕。有个公文包戳入我的大腿间。列车颤抖着拐过一个弯，旁边乘客的重量压过来，挤得我差点失去平衡，只好不情愿地腾出一只手，暂时撑在那件灰色大衣上。塔丘站到了，车厢吐出十几个人，又吞进二十几个人，都是些拼了命也要赶回家过周末的人。

　　"朝车厢里边走！"广播喇叭响了。

　　没人移动。

　　灰色大衣不见了，我挪到了它的位置上。这儿不错，我终于能抓牢扶手，不用担心有陌生人的 DNA 蹭在我的脖子上了。手提包悬在身后，我把包扯过来，贴在胸口。两位日本游客，胸前挂着大号帆布背包，又多占了两个人的空间。一个女人从通道走过，见我正看着他俩，她瞅我一眼，做了个心领神会的鬼脸。我也瞅了她一眼，随后低头望着脚尖。周围的鞋样式各异。男式皮鞋尺码大，鞋面锃亮，从细直条纹的裤脚露出来，女式高跟鞋色彩艳丽，鞋尖被一根根脚指头费劲地填满。我看到一双时髦的丝袜，材质为不透明的黑色尼龙，穿进一双朴素的白运动鞋。看不清她是谁，我猜她有二十来岁，一双工装高跟鞋藏在大手提包里，或者办公室的大抽屉里。

白天我从不穿高跟鞋。怀上贾斯汀后，我几乎告别了"其乐牌"系带靴子，去乐购超市当收银员不用穿高跟鞋，追在街上蹒跚学步的孩子身后，哄他开心，高跟鞋更帮不上忙。如今，我已经不是个小青年，不需要赶时髦。每天坐一小时地铁去上班，又坐一小时回家。在烂朽朽的自动扶梯上跌跌撞撞，穿行于汽车和自行车之间。如此辛苦为了什么？为了坐在柜台后八小时。我把高跟鞋留到节假日穿。平时，我穿黑色工装裤，配宽松的免熨烫的上衣，不算死板，还符合办公室的着装要求。办公桌底层的抽屉里还预备了一件开襟羊毛衫，因为业务繁忙的时候，房门随时打开，每进来一个客户，暖气就损失一点。

车停了，我拨开人群，走上月台。我从这儿转伦敦地上铁，车仍然拥挤，但我更乐意，因为一直待在地下让人感到不舒服。我知道这是心理作用，但地下待久了，总觉得呼吸困难。我梦想能换份新工作，离家近点，步行就能到，但始终没有实现。好工作都在伦敦一区的黄金地段，而我只付得起伦敦四区的房贷。

我一边等车来，一边从自动售票机旁的报架上拿起一份《伦敦宪报》，头条的日期是"十一月十三日，周五"，这数字跟天气一样糟糕。警方刚刚挫败一起恐怖阴谋，前三版填满照片，画面是警察从位于伦敦北部的一间公寓搜出的爆炸物。我快速翻看报纸，照片上有几个留大胡子的男人，但我毫不关心。站牌下，我把脚踩在裂了缝的柏油碎石地面，等候车门打开的那一刻。这是我精心挑选的位置，因为门开后，我能赶在车厢塞满人之前，溜到自己最喜欢的角落，那里是行列的尽头，我可以把身体靠在玻璃隔板上。车厢的其他地方很快装满了人，我扫了一眼站着的乘客，没有老人和孕妇，心头的负罪感少了些。我穿着平底鞋，但在文件柜旁站了一整天，双脚很疼。文件归档这种事，本来轮不到我来做，专门有个姑娘负责影印资料，然后整理文件柜，但凑巧她去马略卡岛两周，今天我路过，看见文件乱得一塌糊涂，住宅类广告和商业广告、租赁广告与销售广告，全都混在一起，于是，我做了个错误的决定。

"你去整理下，柔伊。"格雷厄姆说。于是，我放下手里客户预订看房的活儿，站在他办公室外冷风阵阵的走廊里，早晓得这么麻烦，我就不开口了。"哈罗 & 里德"公司挺好。过去，每周整理一次文件是我的工作，后来办公室主管休产假，格雷厄姆叫我给她代班。我只是个会计员，又不是私人助理，但薪水给得多，再加上我已经弄丢了几个客户，所以就抓住了这个机会。结果，三年过去了，我还在这儿。

加拿大水站到了，车厢里空荡荡的，但仍有些乘客宁愿站着，也不找位子坐下。身旁的男人将腿叉得很开，我只好把自己的腿扭向另一个角度。我抬头看着坐在对面的一排乘客，有两个男人也同样叉开腿。他们是故意的吗？或者是一种天性，让他们看起来比别人更雄壮魁梧？面前的女人抖了一下购物袋，我听见酒瓶的叮当声。但愿西蒙别忘了放一瓶酒在冰箱：这周过得太漫长，现在的我，只想蜷缩在沙发上看电视。

翻了几页《伦敦宪报》，某个前《英国偶像》的决赛选手正抱怨"名气带来的压力"，还有一版的大部分版面在讨论隐私法。我读得心不在焉，只看一看照片，扫一眼标题，免得自己感觉和社会脱了节。我不记得最后一次读完一份报纸，或坐下来看完一条新闻是什么时候了。吃早餐时，我习惯打开天空新闻台，上班途中，我也会将视线越过身前那个人的肩膀，瞅一眼报上的头条。

车停在西德纳姆站和水晶宫站之间。我听见车厢深处传来一声失意的叹息，但我懒得抬头看是谁在叹息。天已经黑了，我瞥了一眼车窗，玻璃映出我的脸。她正看着我，脸色比我更苍白，被雨水浇得扭曲变形。我摘下眼镜，揉着鼻翼两侧被压出的凹痕。我们听到广播噼啪作响，声音发闷，口音浓重，听不清发生了什么紧急情况。也许是信号失灵，或是有人卧轨自杀。

我希望没人自杀。我想着斟满酒的酒杯，西蒙按摩我搁在沙发上的脚，随后，我感到一阵内疚，因为我首先考虑的是自己的舒适生活，而不是惋惜那个可怜的亡魂。我敢肯定没人自杀。自杀都选在周一早晨，而不选在周五傍晚，因为周末的两天是天赐之福，错过了多可惜。

嘎吱一声，随后是沉寂。不管是什么原因导致延误，看样子要等一会儿了。

"这可不是个好兆头。"身旁那个男人说。

"嗯。"我随口应了一声。我继续翻看手中的报纸，但只剩我不感兴趣的体育版，再有就是广告和剧评。照这个速度，七点都回不了家。本来计划做烤鸡，现在只能随便弄些茶点了。平时是西蒙做饭，我负责周五晚餐和周末做饭。当然，我提出要求的话，他也会做，但我不能这么刻薄。我不能让他为我们——为我的孩子们——每天都做晚餐。实在不行，我就去叫个外卖。

我跳到商业版，看到有填字游戏，但我身上没有带笔。我只好读一读广告，想着也许能为凯蒂或我物色一份工作，话虽如此，我清楚自己永远舍不得离开"哈罗 & 里德"公司。那里薪水不错，我也干得得心应手，要是老板不那么讨厌，就堪称完美了。客户也挺好。他们大多刚创办公司，正寻找办公地点；也有的生意兴旺，想发展壮大。我们很少涉及住宅业务，但商住楼公寓是首次购房者和单身人士的最佳选择。最近一段时间，我遇见很多分居者，有时聊到兴起，我会告诉他们，自己也经历过那种日子，能感同身受。

"结果如何？"女人们总会问。

"再好不过了，"我自信满满地说。她们就喜欢听这样的回答。

我没有找到任何适合一个十九岁"准女演员"的工作，但我在版面角落读到一则招聘办公室主管的广告。知道外面的行情总不是件坏事儿。有那么一秒钟时间，我想象自己走进格雷厄姆·哈罗的办公室，递上辞职信，告诉他，再也无法忍受被他呼来唤去，卑微得像粘在他鞋跟上的泥巴。随后，我看了一眼印在办公室主管岗位栏下的薪资标准，想到自己摸爬滚打了多长时间，才混成现在这样子。人要有先见之明呀，俗话不是这么说的吗？

《伦敦宪报》的最后几版都是索赔请求和补偿。我努力躲开放贷广告，因为看到利率，你就会发疯，忍不住蠢蠢欲动。我扫视版面底部，那里有聊天热线的广告。

已婚女，寻偶遇。索取照片，请编辑"ANGEL（天使）"发至 69998。

我皱了皱鼻子，不是因为广告所提供的服务，而是发一条信息价格贵得吓人。我哪有资格管别人的闲事？正打算翻到另一版，读一读昨晚的足球新闻，我突然发现"ANGEL"一词下面有一则广告。

有一两秒钟，我觉得自己的眼睛肯定是疲劳过度了。我使劲眨了眨眼，一切依然如旧。

我看得太入神，没有注意到列车已经再次启动。车厢猛地抖动一下，我身子往后倒，下意识地伸出手，按在邻座那人的大腿上。

"不好意思！"

"没事——没关系。"他微笑着说。我缩回手，心头怦怦直跳，目不转睛地盯着广告。跟其他横幅广告一样，这一则也有关于通话费用的提醒，号码"0809"印在顶部，网址为 www.findtheone.com。但我看的是照片。裁剪过的照片只剩脸部，能清楚地看到金色头发和黑色吊带衫。

年龄比别的揽客的女人大些，但照片分辨率太低，很难猜出她的确切
岁数。

　　只有我知道她的年龄。她四十岁。

　　因为广告上那个女人就是我。

二

凯莉·斯威夫特站在中央线地铁的车厢中间，车拐了个弯，她把身体歪到一侧，保持平衡。在邦德街站，一群顶多十四五岁的孩子推搡着上了车，骂骂咧咧，内容听上去与他们中产阶级的口音不太协调。去课外活动小组？太晚了，窗外已夜色沉沉。凯莉希望他们是走在回家路上，而不是出门去过夜生活。毕竟和他们的年龄不符。

"他妈的！"男孩抬起头，看见站在一旁的凯莉，他收敛了招摇的架势，意识到自己讲了句粗话。碰到这种情况，凯莉母亲的脸上总会露出某种表情，凯莉也学着她的样子。孩子们突然变得沉默，脸一下子红了，转过身，盯着徐徐关上的车门内侧。我也许老得可以当他们的母亲了，她悲伤地想着，从数字三十开始倒数，想象自己有一个十四岁的孩子。她的几个老同学，孩子差不多就这个岁数。凯莉的脸书网账户经常被朋友晒的家庭照片刷屏，甚至还有两三个小孩给她发来好友请求。真是想不认老都不行啊。

凯莉吸引了车厢另一侧一个身穿红色外套的女人的注意，她点了下头，对凯莉镇住这帮小子的做法表示赞成。

微笑再次回到凯莉脸上，"你好?"

"好不容易下班了，"女人说，"你周末还在忙，嗯?"

"在上班呢。要上到周二。"就算熬到那时候，也只能休息一天，然后又开始下一轮六天班，她想着，心头一阵哀怨。女人看上去有些吃惊。凯莉耸了耸肩，"总得有人干活呀，你说是吧？"

"我猜也是。"车开始减速，靠向牛津广场站，女人开始朝门边走去，"祝你今天过得顺利。"

这才是乌鸦嘴呢，凯莉想。她扫了一眼她的手表。到斯特拉特福德还有九个站：卸下行头，再回来。到家八点，也许八点半。早上七点再出门。她打了个大大的呵欠，懒得伸手遮住张开的嘴，想着家里还有没有剩下什么吃的。她和另外三个人在象堡区附近合租了一套房子，其他人的姓名，她是从每月收取的、整齐钉在大厅布告栏上的房租支票上得知的。房东为了赚尽可能多的房租，把客厅改装成了一间卧室，只剩小厨房是公共区域。厨房只容得下两把椅子，但她的室友作息时间不定，凯莉经常好几天都见不到一个人。住在最大那间卧室的叫道恩，是个护士，年龄比凯莉小，但习惯家庭生活。道恩偶尔会在微波炉旁给凯莉留一份饭，贴上荧光粉色的便利贴，告诉凯莉"请自便！"一想到食物，她的胃开始咕咕响。她看了眼手表。下午的事儿比她预想的多，下周得多加几个小时班，要不然更完不成。

几个生意人在银行站上了地铁，凯莉向他们投去老练的眼神。乍一看他们长得都一样，短头发，黑色套装，公文包。然而细节永远是关键，凯莉想。她细心察看淡淡的细条纹布，随意插进包里的书的书名，一侧镜架折裂、带有边框的眼镜，以及藏在白色棉质衬衫袖口里的一条棕色皮表带。气质和相貌，让他们从排成一行的外表相似的人群中脱颖而出。凯莉大大方方、冷静地观察他们。这只是一种练习方式，她告诉自己，毫不在乎他们中有人抬起头，迎上她冷冰冰的目光。她以为他会扭头看别处，但他却眨眨眼，嘴角露出一丝自信的微笑。凯莉的视线移到他的左手。已婚。皮肤白，身材匀称，大约六英尺高，下巴附近有一处阴影，可能是几小时前造成的。外套内侧有黄色的干洗标签忘了取，一闪而过。他站得笔直，她敢掏钱下注，赌他是个退伍军人。外貌难以形容，但再遇见他的话，凯莉一定会认出他。

她满意地把注意力投向最新一拨乘客，是从霍尔本站上的，像水流一样渗进车厢，抢占了仅存的几个座位。几乎每个人手里都捏着手机，玩游戏、听音乐，或只是攥在手里，宛如手掌衍生的一部分。在车厢另一端，有人举起手机，凯莉本能地转过脸。游客们喜欢拍下标志性的伦敦地铁照片，好回去与家人分享，但她觉得，沦为别人快乐假期的背景，实在是件荒谬的事。

她的肩膀隐隐作痛。之前，她跑下自动扶梯，冲上大理石拱门站的月台时，拐弯拐得太急，猛地撞到一面墙上。就晚了几秒钟，但惹她气恼的不单单是上臂遗留的瘀青。下次得再跑快点。

地铁停靠利物浦街站。一大群人站在月台，焦急地等待车门打开。

凯莉的脉搏开始加快。

那儿，人群的中央，半藏身于尺码偏大的牛仔裤、一件带帽上装和一顶棒球帽的那人，叫卡尔。凯莉立刻认出他。虽然她迫切地想赶回家，却无法袖手旁观。他躲进人群，显然在凯莉看到卡尔之前，他已经在一刹那看到她，并不想与她狭路相逢。她必须行动迅速。

凯莉跳下车，车门嘶嘶地在她身后关上。起初她以为追丢了，但随后她瞧见前方大约十码处有一顶棒球帽，没有跑，却迅速穿行于离开月台的乘客中。

"靠边！"她大喊一声，飞跑着从两个拖着手提箱的日本游客之间穿过，"借过！"早上她没有抓到他，还把肩膀撞得青肿，但她不会再让他逃脱。她的脑海里闪过在家里等她回来的晚餐，然后计算出这次抓捕至少会给她增加两小时的额外工作。但她必须这么做。她可以在回家路上买一串土耳其烤肉充饥。

卡尔快步跳上自动扶梯。菜鸟才犯这种错！凯莉选择爬台阶，那里的游客少些，腿脚活动起来也比走在抽搐一般的自动扶梯上更灵活。即便如此，凯莉的肌肉似乎燃烧起来，她渐渐与卡尔并排。他扭头向左，飞快地瞥了她一眼，两人爬到梯级顶部，卡尔突然朝右转向。这该死的卡尔，她想。我本该去下班考勤登记的。

她最后一次努力加速，终于追上卡尔。对方正准备跳过验票闸机，她已经伸出左手，拉住他的夹克，又拿右手将他的一条胳膊扭到背后。卡尔慌慌张张想抽身挣脱，撞得她失去平衡，警帽跌落在地。凯莉感觉有人捡起了警帽。希望那人不会把它偷跑。不久前，她就在跟人打架时弄丢了警棍，给发放装备的部门惹了麻烦——这次再捅娄子，肯定会挨骂。

"拒不出庭罪的逮捕令上多了你的大名，伙计。"凯莉边喘边说，防刺背心箍得她喘不过气来。她伸手摸向腰带，摘下手铐，熟练地拷住卡尔的手腕，并检查是否拷牢。"你被捕了！"

我看见你。但你看不见我。你埋头读书，一本平装本，封面是个穿红色连衣裙的女孩。我看不见书名，但没关系，内容大同小异。不是男孩邂逅女孩，就是男孩跟踪女孩。男孩杀了女孩。

看来我还没有丧失幽默感。

在下一个站，我混在潮水般的乘客中，找个借口靠近你。你站在车厢正中，一手拉着吊环，另一只手看手机，用灵巧的拇指翻动页面。现在，我们距离很近，外衣紧挨着，我能闻到你喷的香水带有香草味，等你下班时，这香味就会散尽。午餐时，一些女人会躲进洗手间，补点妆，喷点香水。你不是这样的女人。我看见你下班时，眼睑上原本暗灰色的眼影会变成疲倦的阴影，嘴唇上的口红，也因为喝了数不清多少杯咖啡而褪色。

你依然漂亮，尽管熬过了一个漫长的工作日。这很重要。并不是说非得要漂亮，有时是带点异国情调，或大胸，或长腿。有时是格调和气质——定制的海军蓝西裤，有时是俗气和廉价——鞣革高跟鞋。甚至淫荡。风格多样很重要。就算是再美味的牛排，让你天天吃，也会味如嚼蜡。

你的手提包比别人的大。你会把包挂在肩上，但赶上地铁高峰时——你上班正巧是这时候——你会把包搁在地板上，放在两腿之间。包耷拉着豁出一道缝，让我看见里面。有一个钱包——浅棕色，小牛皮，镀金扣子。一把梳子，用来梳理你的金发。一个可重复使用的购物袋，整齐地揉成一个球。一双皮手套。两三个棕色信封，拆开后，信封装着信件又塞进包里。吃完早餐，你从门垫上捡起邮件，趁着等第一班车来的工夫，站在月台，拆开邮件。我像鹤一样伸长脖子，读着印在最上面那个信封上的内容。

于是现在我知道了你的名字。

这倒没什么关系：你我之间的关系发展，并不需要知道对方的名字。

我拿出手机，滑动手指，露出摄像头。我转向你，用我的拇指和食指放大画面，直到你的脸装进框里。要是有人注意到我，他们只会以为我在上传一张拍摄于上班路上的照片到 Instagram 或 Twitter，作为自拍的主题标签。

咔嗒一声，你成了我的人。

地铁拐弯时，你会松开握住的从天花板垂下的吊环，俯下身看一眼你的手提包，仍然专注于读书。要不是我了解你的习惯，我会以为你觉察到我在偷看，将你的东西藏起来，但事实并非如此。拐过这个弯，意味着你快到站下车了。

你爱读这本书。平时，你放下书的时间比这次早得多，读到一章的末尾时，你会拿一张明信片充当书签，拨动书页。今天，车已经徐徐进站，你仍然在读书。甚至在你用肩膀挤到门边，嘴里喊了十多遍"不好意思"和"抱歉"时，你也捏着书。你走向地铁出口时还不忘读书，只用眼睛的余光扫视前方，免得撞到别人。

你仍在读书。

我仍在偷窥你。

三

水晶宫站是我这趟车的终点站。不然的话，我会继续待在座位上，盯着广告看，希望搞清它的意思。事实上，我是最后一个下车的人。

雨势减弱，变成蒙蒙细雨，但我才走出地铁站没几步，手上的报纸就湿透了，墨水的痕迹印在我的指间。天已经黑尽，但街灯亮起，以及安纳利路上数不清的外卖餐馆和手机店霓虹招牌，把街道照得通明。鲜艳的灯光悬在每根灯柱上，为本周末启动的"末流明星"评选做准备，对我来说，这样的灯光太温和——也亮得太早，还没到考虑圣诞节的时候呢。

回家路上，我一直盯着那则广告看，全然没有注意到被雨丝淋湿的刘海贴住我的前额。也许根本不是我。也许我有一个分身。我怎么可能被需要支付高额电话费的聊天热线选中：你想嘛，他们喜欢更年轻的、更有吸引力的。而我是一个中年女人，有两个长大的孩子，肚皮上还有点肥膘。我几乎要笑出声来。我知道，世上的人形形色色，但市场总得有利可图呀。

波兰超市和配钥匙店之间，是梅丽莎开的咖啡馆。我提醒自己，是梅丽莎开的咖啡馆之一。还有一家开在考文特花园旁的小街上，每到午餐时间，熟客们都会提前打电话订好三明治，免得排队，而游客们则徘徊在门口，搞不清这家做的意大利式烤面包是否值得排这久的队。要知道，考文特花园相当于一张"印钞许可证"，但高昂的租金，意味着开店后要熬过五年，才会有利润。这家店面虽然有些破旧，油漆斑驳，附近也没有什么同行，却实实在在是一座金矿。在梅丽莎盘下这儿，把她的名字钉在门上之前，这家店已经营了很多年，赚得盆满钵满，还偶尔出现在"城市导游"所推荐的"小店美味"栏。"伦敦南部最棒的早餐"一文的影印件，就用透明胶带贴在门口。

我在街对面站了一阵，这样我能观察店里的动静，里面的人却看不见我。玻璃窗内侧的边缘冒着热气，像一张 80 年代的柔焦照片。店的中央，柜台后面，一个男人正擦拭有机玻璃。他系着一条对折的围裙，像巴黎的服务员那样围在腰间，而不是套过头顶围在脖子上。他穿黑色 T恤，一头"刚钻出被窝似的"乱蓬蓬的黑发。他酷味十足，不像是在咖啡店干活的人。长得也算好看吧？我知道自己这样的评价带着私心，但他确实长得英俊。

我穿越马路，留意着往来的自行车，一位公交车司机冲我挥了挥手，停车让我先过。咖啡馆的门铃叮当一声响，贾斯汀抬起头。

"哎，妈妈。"

"嗨，亲爱的。"我四处寻找梅丽莎。"你一个人在？"

"她在考文特花园。那边的经理请病假，所以她叫我负责这边。"他的语气很随便，于是我也试着模仿这种随便的语气回应，心头却感到一阵骄傲。我一直知道贾斯汀是个好男孩，他需要找个帮手，休息一下。"等我五分钟，"他边说边在身后的不锈钢水槽里搓洗桌布，"我就跟你回家。"

"我本想弄个外卖当茶点，我猜，油炸锅现在关火了吧？"

"我刚关掉火。没关系，很快就能炸点薯片。还有点香肠，要是今天不吃，就只能扔了。我们可以把香肠拿回家，梅丽莎不会介意的。"

"我会付钱的。"我说，不想因为贾斯汀临时掌管店面，就占这种小便宜。

"她不会介意。"

"我会付钱。"我语气坚定，掏出我的钱包。我抬头看着黑板，计算四根香肠和一份薯片的总价。他说得没错，梅丽莎在的话，会要我们把这些带走，但问题是她不在这儿，按我们家的规矩，还是该照价付款。

我们走出地铁站，街边的店铺正陆续关门打烊，眼前出现了一排排十二栋台阶式房屋。有几户用栅木板围起来，装着灰白色金属百叶窗，说明已经被收回。前门有红橘色相间烟花状的涂鸦。我们这一排如出一辙——数过去的第四栋，瓷砖缺了，厚木板钉住窗户——你能从堵住的水沟和污损的砌砖看出哪些是租赁房。在这一排的尽头，有两栋私人住宅，一栋是梅丽莎和尼尔的，占据端头的有利地形，紧挨着他们的另一栋，是我们的。

贾斯汀将手伸进帆布背包里摸钥匙，我呆立在围栏旁的人行道上。围栏围成的一圈，姑且可算是我家的前花园。杂草从湿碎石缝钻出来，唯一的装饰物是一盏太阳能灯，形状像一盏老式灯笼，释放出迟钝的黄光。梅丽莎的花园也铺了碎石路，但看不见杂草，正门两侧分别栽着一棵精心修剪过的黄杨树，呈螺旋形。会客厅的窗下有一块砌砖，颜色比其他砖浅一些，尼尔洗去了留在砖面的涂鸦，涂鸦者是生活在伦敦南部一个心胸狭窄、反对跨种族婚姻的居民。

没人放下我们家会客厅的窗帘，我能看见凯蒂坐在餐桌旁涂着指甲。我过去坚持要全家人围坐在餐桌吃饭，喜欢创造机会了解孩子们在学校的生活。前些年，我们刚搬来时，一天中只有这个时候，让我感觉虽然缺少了马特，但我们的日子仍然过得很融洽。我们全家，一个三口人的小家，每晚六点坐在桌旁享用晚餐。

透过窗口——窗口始终蒙着一层活跃在繁华街道的生灵们送来的尘埃——我注意到，凯蒂刚从杂志、账单堆和洗衣篓间为她的美甲工具腾出一块空地，如今，这些杂物已经将餐桌占得满满当当。我偶尔会清理一次，方便全家人坐下来吃周日午餐，但没过多久，潮水般慢慢涌来的文书工作和随意丢弃的购物袋，成功地将我们从餐桌边赶走，坐到电视机跟前。

贾斯汀打开门。我回忆起兄妹俩小时候，当我下班回到家，飞奔过来欢迎我的样子，就好像我不是在乐购公司整理了八小时货架，而是离开家好几个月。等他们大了些，我下班后径直来到隔壁家，感谢梅丽莎帮我照料放学后的孩子们，他们嘴上不乐意，心里却暗自喜欢。

"哈罗？"我喊了一声。西蒙从厨房出来，手里端着一杯酒。他把酒杯递给我，亲吻我的嘴唇。他的手臂滑向我的腰，把我紧紧搂住。我递给他从梅丽莎的咖啡馆带回的塑料袋。

"别在这儿秀恩爱，你俩。"凯蒂从会客厅出来，她手指张开，双手举高。"吃什么？"西蒙松开我，把袋子拿进厨房。

"香肠和薯片。"

她皱了皱鼻子，在她开口抱怨卡路里太高之前，我打断她的话。"冰箱里有点莴苣——你可以做沙拉吃。"

"减不掉你脚踝上的赘肉的。"贾斯汀说。凯蒂捶了一下他的胳膊，他闪到一边，两步并作一步地跑上楼。

"别淘气，你俩。"凯蒂十九岁，身材娇小。她穿八码的鞋子不费劲，几年前还有点婴儿肥，突然就瘦了下来。她的脚踝也没什么毛病。我走过去，给了她一个拥抱，随即想起她刚涂好的指甲，便只亲吻她的脸颊。"我很抱歉，亲爱的，我太累了。偶尔吃一次外卖没啥害处——凡事有节制就好，对吧？"

"今天过得怎么样，亲爱的？"西蒙问。他跟着我走进会客厅，我一屁股陷进沙发，闭了一会儿眼，叹口气，感觉放松了些。

"还行。除了格雷厄姆叫我整理文件。"

"那又不是你的事儿。"凯蒂说。

"打扫洗手间也不是我的事儿呀，你猜，他昨天叫我干啥？"

"呸，那家伙真是个混蛋。"

"你不能忍呀，"西蒙坐在我身边，"你应该投诉。"

"跟谁投诉？他是老板。"格雷厄姆·哈罗是那种骄傲自大，瞧不起身边所有人的家伙。我知道他的秉性，所以大多数情况下，并不往心里去。

为了改变话题，我捡起扔在咖啡桌上的《伦敦宪报》。报纸湿乎乎的，有些地方字迹模糊，但我之前把报纸对折过，聊天热线和应援女郎广告没有弄湿。

"妈！你看这种应援服务广告干啥？"凯蒂笑着说。她在指甲盖抹了一层快干指甲油，小心翼翼地把指甲油盖子盖上，回到桌旁，双手放在紫外线灯下，封住清漆。

"也许她是想把西蒙折价卖了，买个新的回来。"贾斯汀说，走进了会客厅。他已经脱掉上班时穿的黑色 T 恤和牛仔裤，换上灰色慢跑裤和长袖运动衫。他赤着脚。一只手捏着手机，另一只手端着堆满香肠和薯片的盘子。

"这可不好笑。"西蒙说。他从我手中夺过报纸。"说正经的，你为啥查聊天热线呢？"他眉头紧锁，我看到他脸上越过一道阴影。我瞪了贾斯汀一眼。西蒙比我大十四岁，然而有时照镜子，我感觉自己的年龄已经赶上他了。我的眼角多了三十多岁时没有的鱼尾纹，脖子上的皮肤也开始松弛。我从来没觉得我们之间年龄差距是个问题，但西蒙经常提这件事，我知道他很焦虑。贾斯汀也知道，抓住每个机会向他插刀子。至于他是针对西蒙，还是我，我不得而知。

"你不觉得她长得像我吗？"我指着报纸底部的广告，天使的"成人"服务下面那条。贾斯汀弯下身子，目光越过西蒙的肩头，凯蒂也把双手从紫外线灯下抽走，好看得更清楚。我们静静地盯着广告，看了一阵。

"不像。"贾斯汀说，凯蒂也表示赞同。

"有一点像。"

"你戴眼镜，妈。"

"不是所有时候，"我说，"有时我戴隐形。"尽管我记不清最近一次戴隐形眼镜是什么时候了。我不觉得戴普通眼镜有什么不方便，而且我还挺喜欢现在这副眼镜，浓黑色的边框让我看起来比读书时更像一个用功的学生。

"也许是有人想跟你开个玩笑，"西蒙说，"find the one dot com——你觉得是不是有人开玩笑，把你注册成了婚介网站会员？"

"谁会干这种事儿？"我看着孩子们，想从他们脸上捕捉到一丝异样的眼神，但凯蒂看样子和我一样困惑，而贾斯汀已经把注意力转移到薯片上。

"你打这个号码了吗？"西蒙问。

"一点五镑每分钟？你疯了吧。"

"真是你吗？"凯蒂说。她眨着淘气的眼睛。"想挣点零花钱？快，妈，给我们说说。"

从看到这则广告起，我一直心神不宁，现在总算安心了些。我笑着说："也不知谁愿意为了我一分钟花一点五镑。不过，看起来确实像我，是吧？当时真把我吓了一跳。"

西蒙从衣袋里掏出手机，耸耸肩。"我猜，是有人为你的生日搞的。"

他打开手机免提，敲击数字。这真是一幕滑稽的场景：我们全家人围在一张《伦敦宪报》旁，拨打性爱热线。

"您拨打的号码不存在。"

我长舒一口气，之前一直紧张得屏住呼吸。

"就这样吧。"西蒙说，把报纸还给我。

"但为什么用我的照片？"我说。我已经多年不过生日，实在想不出谁会觉得把我注册为交友网站的会员有什么乐子。我转念一想，肯定是讨厌西蒙的人干的，想挑拨我和他的关系。是马特？这个念头在我脑海转瞬即逝。

我本能地握紧西蒙的肩膀，尽管他的心情丝毫没有受到这则广告影响。

"妈，跟你一点儿也不像。那人一看就是老油条。"贾斯汀说。

总算有人说了句恭维话，我想。

"贾斯汀说得对，妈，"凯蒂又看了眼广告，"确实很像你，但很多人都长得像别人。有个上班的姑娘，她长得跟阿黛尔几乎一模一样。"

"我猜也是。"我最后看了一眼广告。照片上的女人没有直视相机的镜头，画面像素很低，我很诧异，连这种画质都能入选广告。我把报纸递给凯蒂，"亲爱的，你去帮我端吃的时，顺便把它扔进垃圾桶。"

"可我的指甲！"她嚷着。

"我的脚疼。"我回了一句。

"我来吧。"贾斯汀说。他把手里的盘子扔到咖啡桌上，站起来。西蒙和我交换诧异的眼神，贾斯汀翻了个白眼。"咋了？你们觉得我在家没做事儿？"

西蒙扑哧一笑。"你的意思是？"

"噢，滚蛋，西蒙。自己去端你的茶。"

"住口，你俩，"我吼道，"我的老天，有时候真搞不清你俩谁是孩子，谁是父母。"

"反正我说了，他又不是……"贾斯汀刚开口，就看到我的脸色，把话咽了回去。我们把餐盘搁在腿上，看着电视，吵着要遥控器。我看了西蒙一眼，他冲我使眼色：活脱脱一个被两个长大的孩子搅和得鸡犬不宁的二人世界。

盘子上的菜被吃得精光，只剩下一层油光。凯蒂披上外套。

"你不会是要出去吧?"我问。"都九点了。"

她萎靡地看着我。"今天是周五晚上，妈。"

"你去哪儿?"

"进城。"她盯着我的脸。"我和索菲亚搭出租。这跟平时下夜班回家没什么两样。"

我想说，这是两码事。上班时，凯蒂穿黑色裙子和白色上衣，远没有她现在穿的紧身连衣裙撩人。平时她编了马尾辫，面带稚气、天真无邪，而今晚她头发蓬松而性感。我想说，她脸上的妆太浓，鞋跟太高，指甲油太红。

当然，我没有说出口。因为我也曾经历过十九岁，因为我当母亲的时间够长，知道有些想法最好埋在心里。

"祝你玩得开心，"但我还是忍不住说，"但要小心。和索菲亚待在一起。别乱喝东西。"

凯蒂亲吻我的额头，然后求助西蒙。"帮我说句好话，行不?"她说，扭头冲着我的方向。但她脸上仍然微笑着，滑步钻出门洞之前，还不忘给我使个眼色。"乖，你俩，"她喊道，"要是不听话，就小心点!"

"我忍不住，"等她走后，我说道，"我担心她。"

"我知道，但她脑子清醒得很，那个方面，"西蒙紧捏我的膝盖，"跟她妈很像。"他看了眼瘫在沙发上、脸和手机几乎凑到一块的贾斯汀，"你不出去吗？"

"没钱。"贾斯汀说，没有把眼睛从面前的小屏幕移开。我能看见蓝色和白色的对话框，但从我坐的地方，看不清对话内容。一条红色四角裤隔开他的慢跑裤和运动衫，虽然在室内，他仍然将兜帽拉起、罩在头上。

"梅丽莎不是周五给你发薪水吗？"

"她说过了周末再发。"

刚入夏，贾斯汀就去咖啡馆干活了，那时，我几乎快放弃希望，觉得他无法找到工作。他之前参加过几次应聘——一次是唱片店，另一次是博姿药妆店——但雇主一听说他有店铺盗窃的犯罪记录，就没有下文了。

"你要理解别人，"西蒙曾告诉我，"没有哪个雇主敢冒这个风险，招一个手脚不干净的人。"

"他才十四岁！"我忍不住为儿子辩护。"父母刚离婚，他转了学。他怎么可能是职业罪犯！"

"话是这么说。"

我闭了嘴。我不想和西蒙争辩。从理论上讲，贾斯汀不具备就业的条件，但要是你认识他……我毕恭毕敬地站在梅丽莎跟前。"送外卖，"我建议，"发传单，任何事儿都行。"

贾斯汀学业不佳。与其他接受能力强的孩子相比，他不爱读书——八岁了，还不会字母。年龄再大点，甚至连送他去学校都变得困难；在他眼中，地下通道和商场比教室更有吸引力。离开学校时，他拿到一纸普通中等教育证书和一份入店行窃警告。老师们认定他有诵读困难，但一切都为时已晚。

梅丽莎体贴地看着我。我担心自己正迈过我们友情的边界，置她于一个尴尬的境地。

"他可以来我的咖啡馆干活。"

我不知道说什么好。一句"谢谢你"显然不够。

"最低工资，"梅丽莎迅速加上一句，"有个试用期。周一到周五上班，早晚班不定。偶尔周末加班。"

"这次算我欠你的人情。"我说。

她摆摆手。"朋友嘛，不就是该帮忙吗？"

"既然找了工作，也许从现在开始，你可以交点房租给你妈。"西蒙说。我突然瞅了他一眼。西蒙从不介入子女的教育问题，我们俩也不需要讨论这个话题。我遇见西蒙时，孩子们一个十八岁，一个十四岁。他们做事还有点毛躁，但几乎算是成年人了。他们不需要一个新爸爸，谢天谢地，西蒙也没想着要尝试当个爸爸。

"你不问凯蒂交房租？"

"她比你小。你都二十二了，贾斯汀。你能靠双手自力更生了。"

贾斯汀晃动双腿，麻利地站起身来。"你就发神经吧，叫我交租，你为啥不交？"

我讨厌遇到这种情况。两个都是我爱的人，却彼此针锋相对。

"贾斯汀，不准用那种口气跟西蒙说话。"选择站在哪个阵营是件烦心事，但话刚一出口，我就瞧见贾斯汀的眼神，就像我背叛了他。"他只是提出一个建议。我没跟你要租金。"我不要，也不在乎别人说我心肠软。我不会改变我的立场。我可以收贾斯汀最低价，支付食宿费用，当然，这样一来他就剩不下几个钱。他怎么过日子，怎么谋划自己的未来？

我离家出走时，比凯蒂还小。我什么都没有，只带了一箱衣服、挺着一个渐渐隆起的腹部和萦绕在耳畔的父母的失望。我希望孩子们过得比我好。

西蒙并没有让步。"你在找工作吗？在咖啡馆挺好，但要是你想买辆车，买房子，你要挣得比梅丽莎付给你的工钱更多。"

我不明白他这话什么意思。我们不算富裕，但日子还过得去。我们没必要从孩子身上要钱。

"爸说只要我通过考试，就借给我钱，买辆车。"

我能感受到在我身边的西蒙的怒火，每次提到马特，他总会生气。有时，这样的反应令人恼火，但通常情况下，这让我的心头亮起温暖的光辉。我觉得马特一向认为，除了他，没人会看出我的魅力；我也喜欢西蒙因为太在乎我而吃醋时的样子。

"你爸这样做不错，"我赶紧说，为了向贾斯汀表忠心，我得说点什么——啥都行——以示支持，"也许有一天你应该考虑把'路学'考过。"

"我又不打算开一辈子出租车，妈。"

贾斯汀和我曾经关系融洽，那时他还小，但是因为我抛弃了马特，他始终不能原谅我。我想，要是他了解事情的来龙去脉，就会原谅我，但我不愿让孩子们对他们的爸爸有不好的印象，不想让他们和我一样痛苦。

跟马特上床的女人年龄介于我和凯蒂的正中间。真滑稽，你还记得这些细节。我从没见过她，但以前我总是折磨自己，想象她长什么样，想象我丈夫的手抚摸她二十三岁没有妊娠纹的身体。

"乞丐就别挑肥拣瘦，"西蒙说，"那是份好工作。"

我惊讶地看着他。过去他一有机会就批评马特缺乏抱负。我有些恼怒，因为我清晰记得，他曾说开出租车是"没有前途的工作"，而现在，我儿子显然只能胜任这样一份工作。马特那时正读大学，学工程。一天，我发现例假迟迟不来，这只意味一件事。从那天开始，一切都发生了变化。那天，马特告别校园，找了份工，是体力活，在当地的一处建筑工地，但报酬丰厚。我们结婚后，他考了"路学"。他的父母出钱给我们送了一个结婚礼物，于是他有了一辆车跑出租。

"咖啡馆暂时也行，"我说，"我相信，车到山前必有路。"

贾斯汀不置可否地咕哝一声，离开房间。他爬上楼，我听见床嘎吱作响，是他摆出习惯的姿势，伏卧在床上，胳膊撑起脑袋，高度正好能看清笔记本电脑的屏幕。

"照这样发展下去，他三十岁时还住在这儿。"

"我希望他过得快乐点，没别的。"

"他很快乐，"西蒙说，"快乐地依赖别人生活。"

我把想说的话咽下肚。这不公平。我亲口说过，不要西蒙付房租。我们甚至还因为这件事吵过，但我还是不让他付。我们分摊伙食费和账单，他一直请我去餐厅吃饭，还外出旅行——孩子们也一块儿去。他慷慨得过分。我们开了个联合银行存款账户，从来不担心该由谁为什么付钱。

但房子是我的。

我嫁给马特时，钱很紧。他跑夜班，我在乐购公司从早上八点上到下午四点。拮据的日子一直持续到贾斯汀上小学。等凯蒂降生，经济状况好了点。马特同时兼几份工，渐渐地，我们能承受一些额外的花销。偶尔出去吃个饭，甚至过一个夏日假期。

后来，马特和我分了手，我退回起点。我俩谁都负担不起这栋房子，好多年后，我才攒够定金。我发誓，再也不把自己的命运同某个男人连在一起。

听着，我也发过誓不再坠入爱河，但你看看这样的誓言也没有那么牢靠。

西蒙亲吻我，他一只手捧着我的下巴，另一只手滑到我的后脑勺。哪怕现在，漫长的一天的尽头，他闻起来也很清爽，带着剃须泡沫和须后水的味道。他把我的头发缠在他的手指上，轻轻拖拽，我扬起下巴，露出颈部，任由他亲吻，一股熟悉的暖流穿过我的身体。"早点休息？"他耳语道。

"我就来。"

我拾起《伦敦宪报》和几个餐盘，拿进厨房。把盘子放进水槽，将报纸塞进垃圾桶，广告上的女人抬头凝望着我。我关掉厨房的灯，对自己的愚蠢想法摇着头。那肯定不是我。把我的一张照片登在一份报纸上有什么用？

四

凯莉"啪"的一声从手腕上扯下发带，拿在手里，将头发扎起。八月份的那次理发实在让人后悔，把她的头发剪得太短，那时，一连持续了两周的热浪让她觉得，放弃她从学生时代留起的厚窗帘般的齐腰长发是一个好主意。两条黑绳突然再次垂在身前。最终，她花费两小时才登记完卡尔·贝利斯的案子，他因多项盗窃指控而被通缉，还犯了拒不出庭罪。凯莉打了个呵欠。她几乎饿过头了，但到家后她仍然满怀期待地跑进厨房寻找，万一能找到些吃的呢。可什么吃的都没有。早晓得该在回家途中买那个烤肉串的。她拿了几片吐司面包，走进底楼的卧室。这是一间宽敞的正方形屋子，天花板很高，挂镜线上的墙面漆成白色。挂镜线下，凯莉将墙面漆成浅灰色，成色尚新的地毯上摆了两张她从一次拍卖会上拍来的大垫毯。其他陈设——床、书桌和她正坐着的红色扶手椅——都是宜家家具，时尚的线条与飘窗形成鲜明对比，她的床就搁在窗边。

她漫不经心地翻阅一份在回家路上拿的《都市地铁报》。凯莉的很多同事从来不看地方小报——*上班时看见这些人渣就够糟心的了，我可不想把他们再带回自己家*——但凯莉对这类报纸永远看不厌。突发新闻简报滚动出现在她的苹果手机屏幕上，去探望搬出伦敦、退隐于肯特郡的父母时，她也喜欢细读村镇的通讯，内容大多是向议员发出的呼吁和投诉乱丢垃圾、犬只扰民。

她在第五版上找到自己想看的内容，是横贯两版的页面，标题是《地铁犯罪激增》：**据报道，性侵、暴力袭击和盗窃案件创纪录增加，市政官员发起一项关于公共交通犯罪的调查。**

文章开篇第一段塞满令人恐惧的犯罪统计数据——足以吓得你不敢再搭地铁，凯莉想——然后引入一系列案例，用来说明伦敦繁忙的交通网络最普遍的犯罪类型。凯莉瞥到暴力袭击栏，配的照片是一个脑袋一侧剃着特殊图案的少年。少年的右眼肿得黑紫，几乎看不见眼睛，整个人看起来变了形。

凯尔·马修斯遭遇无缘无故的暴力袭击，标题写到。这种说法不可全信，凯莉想。虽然她不认识凯尔，却看得懂他脑袋上剃的那个图案的象征意义，而且"无缘无故的"这个词儿似乎与剃有这类图案的人不搭界。尽管如此，她觉得还是应该给予他疑罪从无的权利。

性侵一栏配的照片罩在阴影中。隐约能看见一个女人的轮廓。标记为素材照片。**用的化名。**

不知为何，另一篇报纸文章出现在凯莉脑海；另一座城市，另一个女人，相同的标题。

她抑制住强烈的感情，把视线移到最后一个案例，她面露微笑，看着照片上做鬼脸的女人。

"你不会想我哭丧着脸，像登在《每日邮报》上的人吧?"凯茜·唐宁问过摄影师。

"当然不，"他快活地说，"我要你摆出一副《都市地铁报》风格的悲伤脸，加上一点点愤怒。把你的手提包砸在自己腿上，尝试做出你回到家，发现你的丈夫和门窗清洁工正睡在床上时的表情。"

英国交通警察局的新闻发布人未能到场，于是凯莉自愿留下来陪凯茜，才让采访得以顺利完成。

"你真好，"她告诉凯莉，"我只是尽我所能而已。"

"把恭维话留着，等我们抓住那个偷你钥匙的家伙再说吧。"凯莉说，心里却清楚，这种几率微乎其微。她被借调到反扒组快一个月，才终于来了案子，她立刻喜欢上了凯茜·唐宁。

"是我的错，"等凯莉自报完家门，女人说道，"我工作时间很长，回家的路程也长，很容易就睡着了。我从没想过，有人会乘机下手。"

凯莉觉得凯茜·唐宁的语气轻描淡写。罪犯趁她靠在车厢内壁熟睡的时候，把手提包翻找了一遍，但没找到装在带拉链的内袋里的钱包，也没有找到插进另一个内袋的手机，最后，他扯出了她的钥匙。

"这不是你的错，"凯莉安慰她说，"你有权在回家的途中打个盹。"凯莉填完案情报告，提取了闭路电视监控，当天晚些时候，她接到新闻处的电话，表示凯茜同意出任宣传打击地铁犯罪的海报女郎。凯莉浏览了那份报纸，上面提到她的名字，还注意到自己被称作"警探"，而不是"警员"。这肯定会惹恼一些人。

凯茜只是成百上千位乘客和游客中的一员，每年，他们成为盗窃的受害者，财物从手提包和外衣口袋里被偷走。我们强烈希望乘客保持高度警惕，将任何可疑行为报告给英国交通警察。

凯莉小心地为凯茜将这篇文章裁下，然后给她发了条信息，再次感谢她配合警方调查。凯莉将工作电话关了机，装在她上班地点的储物柜里，但她把私人手机号码抄给了对方，必要时凯茜可以给她打电话。

凯莉是个替补警员——白衬衣上没有领带和肩章，跟平民的着装无异——她俯下身解开靴子上的鞋带。凯莉的老同学们正出门喝酒去，也邀请她参加。但她早上五点起床，周五的晚上保持清醒也没意思。吃点吐司、看网飞①的剧、喝茶、睡觉，这些好。要不再听点摇滚乐。

手机铃声响起，看见姐姐的名字闪现在屏幕上，她心情一振。

"嘿，你好吗？好久没给你打电话了！"

"抱歉，你知道我的情况。听着，我刚找到一件好东西，送给妈当圣诞礼物，但价格比我们通常的预算要多一点——你想凑个份子吗？"

"当然。是啥东西？"凯莉甩飞一只靴子，然后是另一只，心不在焉地听她的双胞胎姐姐描绘在一次手工艺展销会上看见的花瓶。才十一月中旬，还要过很多周才是圣诞节。凯莉怀疑自己生来就缺乏购物的基因，她总是把要买的东西留到最后一分钟，私底下很享受圣诞节前夜商场里热火朝天的气氛，疲惫的男人们疯狂地抢购高价香水和性感内衣。

"你家小子们怎么样？"她插入一句，不然照这个架势，莱克茜马上就要聊到给全家每个人该买什么礼物。

"挺好的。嗨，这些讨厌鬼经常叫人头疼，但还算管得住。阿尔菲很习惯学校生活，费格斯在托儿所也玩得高兴，每天回来，看看他身上的衣服有多脏就知道了。"

凯莉大笑起来。"真想他们呀！"莱克茜和丈夫斯图尔特就住在圣奥尔本斯，但凯莉很少去看他们。

"过来吧！"

"好的，我保证，一有空就过来。我去查查工作安排，发短信告诉你日期。也许能吃个周日午餐？"莱克茜做的烤肉堪称传说中的美味。"我想十二月初能有几天空闲，只要你不介意我瘫在你家的沙发上。"

"好极了。你来家住，孩子们高兴得很。不过三号不行——我有个同学会要参加。"

---

① Netflix，成立于 1997 年，是一家在线影片租赁提供商。

一丝几乎难以察觉的犹豫之后，莱克茜故意装出一副轻松的语调，告诉凯莉具体是什么同学会，在哪里举行。

"达累姆的同学会？"

电话那端沉默不语。凯莉想象姐姐点了点头，下巴往前突出。每次姐妹俩要争论某个话题时，姐姐都会摆出这造型。

"二〇〇五级新生，"莱克茜语气欢快地说，"我怀疑有一半的人，我已经认不出了，尽管我还跟阿比和丹保持联系，偶尔看见莫西。难以相信，已经十年了，感觉像是才过了十分钟。说真的——"

"莱克茜！"

姐姐停住话头，凯莉试着找到合适的词儿。

"你确定这是个好主意？不会……"她眯起眼睛，仿佛正与姐姐进行面对面的对话，"想起那些事？"她身子向前，屁股贴在椅子边沿，等待姐姐回话。她摸到脖子上的半颗心，悬于一条银线。她想，不知莱克茜是否还戴着另外的半颗心。她们在那个夏天买的，就在她们动身去读大学之前。凯莉读布莱顿，莱克茜读达累姆。这是姐妹俩第一次分开，自打她们出生后，两人最多也就一两个晚上没见面。

莱克茜终于开口，语气谨慎而克制，她对妹妹向来如此，"不会想起的，凯莉。发生过的事，就发生过吧。我无法改变，但这并不会影响我的生活。"莱克茜向来是个镇定的人、通情达理的人。理论上，两姐妹一模一样，但外人能轻易将两人区分开。她们有一样的方下巴、一样的窄鼻梁和深棕色的眼睛，但莱克茜的脸上常是轻松而随和的表情，而凯莉总是紧张而急躁。孩提时代时，她们不止一次想调换身份，但熟悉她俩的人都不会上钩。

"为什么我不该庆祝在大学度过的美好时光？"莱克茜说，"为什么我不能逛逛校园，像我的朋友们一样，回忆起那些夜不归宿的日子、听过的讲座、彼此开过的愚蠢玩笑？"

"可是——"

"不，凯莉。如果在发生那件事之后离开——像你和妈希望的那样换个大学——他就赢了。如果我因为害怕会勾起往事，不去参加同学会，瞧，他又赢了一次。"

凯莉觉得自己在发抖。她把双脚踩在地板，身子前倾，额头贴在膝盖，让膝盖平静下来。"我想你是疯了。我再也不想靠近那地方。"

"嗯，但那是你，不是我，对吧？"莱克茜急促地呼出一口气，毫不掩饰她的挫折感。"任何人都以为那事发生在你身上，而不是我。"

凯莉没有说话。她如何向莱克茜解释，那正是她当时心头的感觉，一切都不需要掩饰，她遭受的创伤和莱克茜一样？她记得职业卫生部的人曾来警察学校办讲座。他们刚处理完发生在 M25 高速公路上的一起多车相撞事故，数十人受伤，六人死亡。谁会患上创伤后应激障碍？培训师要学员们猜一猜。是路政人员？他们第一时间赶赴现场。是交通警长？他负责安慰在车祸中失去两个孩子的母亲。是卡车司机？因为他一时走神导致了这场灾难。

都不是。

是一位下班的警官，刚好把车开上每天都要经过的高速公路桥。他目睹了整个事件，打电话报警，向控制室汇报基本信息，却无能为力，阻止不了悲剧在眼前发生。这样的人就会患上创伤后应激障碍。他责备自己做得不够。后来，他因健康原因提前退休，成了一个隐士。而事实上，他只是个旁观者。

"对不起。"她说。她听见莱克茜叹了口气。

"没事。"

话虽如此，姐妹俩知道，心结并没有解开，但她们谁都不想继续吵下去。下一次再聊天时，莱克茜会谈到圣诞节的安排，凯莉会说这些安排很棒，她们会假装一切都好。

就像她们过去十年中的交往。

"工作怎么样？"莱克茜问，她似乎能读懂凯莉的心思。

"挺好。你知道的，还是老样子。"她装出欢快的语气，却骗不了莱克茜。

"噢，小凯，你需要新的挑战。你没想过重新申请调回特勤组？他们总不能永远记仇吧？"

凯莉不能肯定。四年前，她离开英国交通警察局的性侵案组，整件事既突然又叫人尴尬。她休了九个月病假，重返警局特地为她安排的基层岗位。这其实是一种变相的惩罚。凯莉将全副身心投入轮班工作，很快成为社区警务队里最受好评的成员之一。她假装自己是个货真价实的身穿制服的警察，每天都渴望能处理一些有分量的案子。

"被借调到别的部门肯定有帮助。"莱克茜固执地说，"尤其现在，领导们能看出你不再——"她突然停住，很显然，她不知道该如何为凯莉的病休日子做个总结，那段时间，凯莉就连踏出公寓大门，都会紧张得汗流浃背。

"我现在很好，"凯莉简短地回了句，"我要过去一下——有人敲门。"

"快来看我们——你保证？"

"我保证。我爱你，姐。"

"我也爱你。"

凯莉打完电话，叹了口气。她很享受被借调到反扒组三个月，这个组负责对付在伦敦地铁上作案的扒手群。令人享受的不是身着便衣的荣誉感——尽管穿了四年警服后，换个装束是可喜的变化——而是感觉生活有了真真切切的不同，为降低影响到众多市民的激增的犯罪率，贡献一份绵薄之力。自从凯莉加入反扒组，越来越多的特勤组设立：稍微严重的罪案，如今都由不同的小组负责，留给社区警务队的，只剩下违反地方法规和反社会行为。凯莉刚重新穿上警服一周，除了抓到卡尔·贝利斯，被她揪住衣领的，只有把运动鞋踩在座位上的小孩，和周五晚上硬闯验票闸机、生气得破口大骂的醉鬼。她做好重返特勤组的准备了吗？凯莉觉得是，但当她向探长提出请求，他的回答简短而中肯。

"干咱们这行的人记性都好，凯莉。你行事太危险。"之前把她调到反扒组，算是一个鼓励奖，相比轮班执勤进了一步，但情绪波动的风险小得多。他希望这种安排会令凯莉满意，但所有的努力只让她回想起犯下的过错。

莱克茜说得没错。她需要向前看。

五

中午前很少能瞧见凯蒂。相比午餐，傍晚在餐馆收到的小费更多，而到了休息日，她不到深夜绝不会睡觉。可是，昨晚还不到十点，她就上楼去了，等我睡觉前顺便去看她（我很难改掉这个一生中唯一的习惯），她已经睡熟。我躺在床上，刚想为雨天的周一早晨寻找一点热情，就听见电热水器呜呜作响，伴着"咔嗒咔嗒"声。整个周末都听见这个声音，我还以为是自己的幻觉。

"肯定不对劲。"

西蒙"嗯"了一声，表示同意，然后将一条胳膊伸到羽绒被外，想把我搂紧。我扭到一边。

"我们会上班迟到的。我得去找个人来瞧瞧热水器，肯定有问题了。"

"那要花一大笔钱——你知道那些水管工。还没踏进门，他们就会给我们开出一百镑的账单。"

"嗯，我自己不会修，再说……"我让自己的话留了个尾巴，意味深长地看着西蒙。

"嘀，我可没那么差！"他戳着我的肋骨，我尖叫一声。西蒙凶残的DIY（自己动手）能力，只有我能够媲美。马特与我合购的房子是回收后再出售的——否则我们永远也买不起——并说好要一起打理。但第二次钻穿一根水管后，我答应远离电动工具，从DIY变成负责"体力"

活，比如擦洗出租车，或搬箱子。和孩子们一起生活的那些年，我已经习惯打理家中的一切。但浴室的架子已经塌了三次，凯蒂房间里的组合衣柜也摇摇晃晃。发现西蒙和我一样不擅长 DIY，对我是一个打击。

"光修淋浴器有什么用？"西蒙说，"整个浴室都需要翻修。"

"嗯，那不会那么快，得一步一步来呀，"我说，想到很快要刷信用卡买的圣诞节礼物，"我们得先修淋浴器，然后处理其他的。"我舒服地蜷伏在羽绒被下，感觉到西蒙热乎乎的身体从身后将我搂住，我看了眼时钟。

"那是浪费钱。"西蒙突然掀开羽绒被，拿脚把它踢远，一阵冷风刮来。我坐起来，看着他。

"打什么时候开始，你担心起钱来了？"我才是清楚家里每一笔花销的那个人。我有与生俱来的能力。而西蒙一向花钱随意，跟那些永远不缺钱的人一样。

"对不起，"他说，尴尬地耸了耸肩，"看来你心情不好。我只是觉得本来应该大修一下，却缝缝补补，不太合算。我出钱彻底整修一下，怎么样？"

我做梦都想有一间像样的浴室，贴满黄白相间的瓷砖，像我们第一个周年纪念，西蒙带我去巴黎住的酒店的浴室。"我们付不起，西蒙，再说圣诞节就快到了。"

"我出钱。"他说。他的眼神有些异样，让我感觉他是为自己的鲁莽感到后悔，但他并未收回决定，"你没有要我付按揭，那就让我给你买一间新浴室吧。"我猜是不是贾斯汀昨晚的话刺激了他。我张开嘴，想表示拒绝，但他举起一只手。"就这么定了。我去找一家信誉好的装修公司。如果有这么个东西的话！好了，快点，我要迟到啦——你也要迟到啦。"他跳起来，我把双腿从床的一侧放下，将双脚塞进羊毛拖鞋。睡袍冷冰冰地贴着我赤裸的肌肤，我哆嗦着走下楼，把水壶放在灶台。"饼干"在我的小腿间钻来钻去，我努力不让自己被绊倒，舀了一勺狗粮，倒进它的碗里。

我听见淋浴器发出呜呜声，然后停住。浴室门打开。楼梯平台传来脚步声，还有人的低语，是凯蒂和西蒙相向对过。呜呜声继续响起，凯蒂今天很匆忙。要是她为晚上聚会做准备，可以在浴室待好几个小时——但西蒙从来不抱怨。他会不淋浴就出门，从不招惹她。

"小孩子嘛。"每次我骂凯蒂霸占浴室时，他总是耸耸肩。"再说我也不需要那么长时间洗头。"他伸手抚过头顶，摸了摸稀疏的灰白头发，脸上露出可怜的微笑。

"你真是太善解人意了。"我说。见识过马特的暴脾气之后，能和如此宽容大度的人一起生活，是一种宽慰。我从没见过西蒙发脾气，就连邻居无数次跑上门来，抱怨贾斯汀播放的音乐音量比隔壁家小孩子的尖叫还要高得吓人，他也不生气。西蒙天生就是个不爱生气的人。

我告诉梅丽莎，西蒙认识我之前，一个人独自生活了十年。梅丽莎眯着眼说。

"他有什么毛病？"

"没毛病！只是没遇上合适的人。他是个完美的居家男人。做饭，洗衣，甚至熨烫衣服。"

"就算你跟他散伙，也不会把他让给我，对吧？尼尔能用零件组装出一台电脑，但真空吸尘器开关在他手里就是不听使唤。"

我大笑起来。我有一种感觉，即使在刚开始交往的时候，我就发誓不让西蒙被人抢走。我记得他第一次吻我时，我兴奋得浑身颤抖，还有我们初次约会后那次仓促的、笨手笨脚的鱼水之欢，让我既紧张又激动。之所以如此，是因为这与我的个性不相符合。这便是我最喜欢西蒙的地方，他让我感觉变了一个人。不是一个妈妈，或马特的女朋友或妻子。我。柔伊·沃克。我头也不回地告别父母，和马特同居，三十岁时，重回单身。我担心的是孩子们能否顺利长大，至于我自己是什么样的人，这并不重要。但遇见西蒙改变了这一切。

我煮好茶，端着托盘里的四大杯茶上了楼，敲了敲贾斯汀的房间门，小心翼翼地绕过地板上的杂物，将冒着热气的茶杯放在他的床边。

"贾斯汀，起来喝茶。"

他没有动。我拾起昨天端来的东西，都冷了，一口也没吃。我低头看着儿子，才三天，他带着酒窝的小脸蛋就藏在胡茬之下。他的长发盖住脸，一只胳膊伸向床头板。"亲爱的，快七点啦。"他咕哝一声。贾斯汀的笔记本电脑仍然亮着，摆在床边的桌上，打开的窗口内容像是某个音乐论坛。黑色背景上有白色的字，如果我看太长时间，头肯定会疼。窗口左侧能看到贾斯汀用来在线聊天的头像，是他的脸，但被挥向镜头的手几乎完全遮住。掌心用黑色字母写着他的用户名：Game8oy＿94。

二十二岁，快步入盛年。凯蒂总是着急地想要长大——等不及扔掉芭比娃娃和"我的小马"——但男人们似乎总想当男孩，时间越长越好。

我想着西蒙前两天夜里所说的话。贾斯汀三十岁时，说不定真的还住在这儿。我过去常想，永远不让我的孩子离开家。我喜欢住在这儿，我们三人相依为命，只要晚餐时能凑在一起就好。凯蒂和我偶尔出门逛逛街，贾斯汀趁我煮茶的时候，摸进厨房，炸好的薯片还没有装进盘子，就被他偷跑，顺便给我展示一把他从《侠盗猎车手》里学来的招数。就像合租的室友一样，我自嘲地想。只有当西蒙搬进来后，我才意识到自己非常渴望将生命的另一部分与某人分享。

贾斯汀把羽绒被拖过来盖在头上。

"你上班要迟到啦。"我告诉他。再不赶快点，我也会迟了。

"我不舒服。"他闷声地回答。我猛地掀开羽绒被。

"梅丽莎可是担着风险要了你,贾斯汀。你不许请病假,听到了没?"我急切的语气终于说动了他。他知道要不是梅丽莎——要不是我求她,他哪有可能找到一份工作。

"好啦。别再催啦。"

我离开房间,他穿着四角裤坐在床沿,揉着脑袋,直到头发一根根立起。

一股水蒸气从浴室敞开的门里冲出来。我敲了敲凯蒂的卧室门,她要我进去。她坐在一张充当梳妆台的桌子旁,扬起妆容完美的脸,正在描画眉毛,头发拿毛巾拧着。

"这么快!我弄头发的时候再喝。准备好七点半出发了吗?"

"你要不要吃点吐司面包?"

"会把我撑胖的。待会儿我随便找点东西吃。"她飞快地吻了我一下,接过马克杯,杯身印有"冷静下来看 TOWIE①吧"的字样。虽然只穿着毛巾布睡袍,她依然美丽动人。修长的双腿似乎一直连到胳肢窝。天知道她从哪里遗传了这些优点:肯定不是从我身上,而马特虽然个子比我高,却健壮结实。

"已经定型喽。"他过去常说,边说边咧着嘴笑,抚摸自己的啤酒肚。他和西蒙毫无共同点,人又高又瘦,两条长腿穿套装时看起来挺棒,但穿短裤就滑稽得可爱。

"我敢打赌,生活中他从来都不自己动手。"马特轻蔑地对我说。此前,马特开车送凯蒂回来,他和西蒙初次在我家门前的台阶上尴尬地

① TOWIE,英国一档真人秀节目的名称,全称为"The Only Way Is Essex"。

相遇。

"也许他从来都用不着。"我反驳道，但话刚出口，我就后悔了。马特很聪明，虽然学业方面不如西蒙，但并不笨。要不是为了我，他会继续留在大学读书。

我给西蒙端去茶。他已经穿戴整齐，一条浅蓝色衬衫配深蓝色西裤，外套仍然在衣橱里。他不系领带，按照他的说法，是为了迎合《每日电讯报》轻松的着装要求，但他从来不穿丝光黄斜纹裤。我看了下时间，然后把自己关进浴室，希望他们给我留了点热水。他们果然把热水用得精光，我只好放弃了痛痛快快洗个淋浴的念头。

我正用毛巾擦身子，有人敲门。

"马上就好!"

"是我。我先走了。"

"噢!"我打开门，毛巾依然裹在我湿淋淋的身上。"我以为咱们要一起走。"

西蒙吻了我一下。"我说过，今天早上要走早点。"

"我十分钟就好。"

"没事，我真的要出门了。我待会儿给你打电话。"

他走下楼。我擦干身子。因为他不愿陪我一块步行去地铁站，我的心头划过一丝失望，就像一个十多岁的少女，拒绝她对喜欢的橄榄球运动员的迷恋。

西蒙过去上班是轮班制，负责编辑早间和晚间新闻，有时周末也值班。几个月前——从八月初开始——他们改了工作制，让他整个白天都待在报社，从周一到周五。我以为他会高兴，但他似乎并不享受晚上在家的日子，每次回家，他都闷闷不乐、垂头丧气。

"我不喜欢这种变化。"他解释说。

"那就要求他们把你调回原来的工作制。"

"没那么简单，"遭遇挫折的他变得寡言少语。"你不明白。"他说得没错。我确实不明白。就像现在，我不明白为什么他不愿等十分钟，等凯蒂和我准备好。

"祝你好运！"下楼时，他对凯蒂说，"把他们都干掉！"

"你紧张吗？"我问她。我们朝地铁站走去。她什么也没说，沉默是她另一种回答问题的方式。她的一只胳膊下夹着一个文件夹，里面装着十二张长七英寸、宽五英寸的照片，花掉了一大笔钱。每张照片上，凯蒂都穿着不同的衣服，脸上做出不同的表情。西蒙付的拍照费用，当作送给她的十八岁生日礼物。我从来没见她这么开心过。

"我不知道自己是否能承受又一次拒绝。"她轻声说。

我叹了口气。"这是个艰苦的行当，凯蒂。我担心你会被拒绝很多次。"

"谢谢。我自家的妈对我如此有信心，真叫人高兴。"她甩了下头发，好像要弃我而去，朝另一个方向走。

"别这样，凯蒂。你知道我的意思。"我朝站在水晶宫站入口旁编着发辫的街头艺人问了声好，伸手摸进我的衣袋，从存在里面的硬币中摸出一枚。她叫梅根，只比凯蒂小一点。我知道她的年龄，因为有一天我问过她，她说父母把她赶出了家门，只好当沙发客，街头卖艺，去诺伍德和布里克斯顿的食物赈济处排队领餐。

"天儿真冷？"我把一枚十便士扔进她的吉他盒子，它在一把硬币间跳跃。她暂时停住歌声，向我道谢，然后天衣无缝地接上后一个小节的歌词。

"妈，十便士帮不了她。"

我们走进地铁站，梅根的歌声渐渐消失在远方。

"早上十便士，我回家时十便士。一周就是一镑。"我耸耸肩。"一年五十多镑呢。"

"嗯，你这么做，还真是大方呢。"

凯蒂沉默半晌。"那为什么不每周五给她一镑呢？或者圣诞节时给她一把现金？"

我们刷了"牡蛎卡"，穿过闸机，走向地上铁线路。

"因为这样给，我觉得自己给得不多。"我告诉凯蒂，当然这并非真正的原因。这和钱无关，而是行善。这样的话，每天我都在做一点善事。

滑铁卢站到了，我们奋力挤到月台，加入去地铁北线的厚厚的人群中。

"说实话，妈，我不知道你每天这样过，怎么受得了。"

"你会习惯的。"我说，虽然你不一定会习惯，只是被生活所迫，忍受罢了。站在一列拥挤的、臭烘烘的地铁，是伦敦的上班族生活中不可缺少的一部分。

"我讨厌这样。周三和周六晚上搭地铁就够烦，上下班高峰时坐？上帝呀，不如杀了我算了。"

凯蒂在莱斯特广场旁的一家餐馆当女招待。她本来能找一份离家更近的工作，但她喜欢待在她口中的城市"中心"。她的意思是，跟森林山比起来，这些地方更有机会遇见在考文特花园和苏霍区闲逛的电影制片人或经纪人。她说得也许没错，但在过去十八个月中，她还没有结交好运。

不过，今天凯蒂不是去餐馆。今天她要去参加一次试镜，有长长的一队戏剧经纪人会面试她，如愿的话，她会跻身演员之列。她想我对她抱有信心，我也希望如此，但我是一个现实主义者。她漂亮、有天赋，她会当个伟大的女演员，但她只是一个从佩克汉姆一所学院毕业的十九岁姑娘，她一举成名的几率跟我中彩票大奖一样。况且我根本不玩儿彩票。

"答应我，要是这次面试不过，你至少考虑一下我给你提过的秘书课程。"

凯蒂轻蔑地看着我。

"只是以防万一，没别的。"

"谢谢你投的信任票，妈。"

莱斯特广场车站吐出一群乘客。走向验票口的途中，我们被人流冲散，等我找到凯蒂，我捏紧她的手。

"我只是考虑实用性，仅此而已。"

她冲我发脾气，但我并不怪她。为什么我要挑这个时候，跟她提上秘书课的事？我看了看表。"你还有四十五分钟到那儿，我给你买杯咖啡吧。"

"我想一个人待着。"

我真是活该，但她从我的眼中读出一丝痛苦。

"去过一遍我试镜的内容而已。"

"当然。行，祝你好运。我是说真的，凯蒂。我希望一切顺利。"我注视着她走远，我本应该为她高兴，给她打气，就像西蒙出门上班前对她鼓励。

"多一点热情，又不会对你造成什么伤害。"梅丽莎将黄油抹在面包片上，两两叠在一起，抹黄油的一面朝内，为即将到来的午餐高峰做准备。在正面是玻璃的橱柜里，摆着一桶桶金枪鱼蛋黄酱、熏鲑鱼和乳酪粉。梅丽莎开在考文特花园附近的咖啡馆叫"梅丽莎咖啡馆二分店"，比安纳利站旁边那家面积更大，有面朝玻璃窗的高凳子，五六张桌子和金属椅子，每晚堆在角落，方便清洁工拖地板。

"你的意思是，对她撒谎?"现在是差十分九点，咖啡馆空荡荡的，除了奈杰尔，他身穿沾着一道道煤尘的灰色长外套，走起路来，一阵汗臭味儿飘荡在空气中。他细心守护着摆在橱窗里高凳子上的一壶茶，直到梅丽莎每天上午十点赶他出门，告诉他如果赖在店头，会影响午餐的生意。奈杰尔过去常坐在咖啡馆外的人行道上，将一顶帽子放在身前的地上。梅丽莎同情他。她只收他五十便士，比黑板上写的餐费足足少了两镑，真是物超所值。

"只是支持她。"

"我就是在支持她呀！我翘了好几个小时班，就为了陪她走一走。"

"她知道吗?"

我陷入沉默。我本打算过一会儿去接她，看她试镜的结果如何，但凯蒂的态度很明确，她不喜欢我围绕在身旁。

"你该鼓励她。等她成了一个好莱坞的大牌，你总不希望她告诉《你好!》杂志，说她妈妈当初没有看出女儿的才华。"

我大笑起来。"你不会也这么想吧。西蒙一直深信她会成功。"

"噢，对嘛。"梅丽莎说，似乎这事就这么定了。她蓝色的发罩散开来，我帮她把发罩往前拉，这样她就不需要再洗手。梅丽莎有一头又长又厚带着光泽的黑发，我见识过，只消几秒钟工夫，她就能编出一个看似复杂的发髻。干活时，她习惯在发髻里插一支笔，这赋予她一种波西米亚风情，足以骗过你的眼睛。平时大多数时候，她穿牛仔裤和齐脚踝的靴子，配一件脆白色的衬衣，袖子卷到胳膊肘，露出跟她丈夫苍白肤色不一样的深色手臂。

"谢谢。"

"但他还深信自己会成为一个畅销书作家。"我咧嘴一笑，虽然只是开个玩笑，我却感觉辜负了西蒙的信任。

"那不是该写点东西吗？"

"他正在写，"我说，迅速为西蒙辩护，以恢复心中的平衡，"他要先做大量的研究，全职工作，挤出点时间不容易。"

"关于什么？"

"某种间谍惊险小说吧，我猜。你知道的，我不太爱读这类小说。给我一本梅芙·宾奇的书还行。"我从来没读到西蒙写的小说。他要我耐心等待，等他把全书写完。我倒是不着急，只是很紧张。我担心自己读不懂他写了些什么，我是个不称职的读者，甚至连写得好或坏都分不出。但我相信会是一本好书。西蒙文笔优美。他是《每日电讯报》的高级记者，自打我认识他，他就开始着手写这本小说了。

门开了，一个身穿西装的男人走进来。他招呼着梅丽莎，他们聊起天气，她为他端来咖啡，无须对方吩咐，就给咖啡里加上牛奶和糖。

墙上的报架搁着一份周五的《都市地铁报》，梅丽莎操作收银机时，我抽出那份报纸。也不知道是谁，读完后将报纸折叠起来，露出"地铁犯罪激增"的标题。虽然身旁没有人，我仍然下意识地把胳膊压在手提包上，多年来，我已经养成习惯，让包带斜拉过我的胸口。照片上有个小子，年龄和贾斯汀差不多，脸被揍得稀烂，还有一个女人，帆布包敞开在她的腿上，看样子就要哭出来。我粗略读了一下，文章并没什么新意，建议你将个人财物放在身边，深夜要结伴而行。这些我都给凯蒂讲过，讲了一遍又一遍。

"贾斯汀说你的经理昨天请病假回家了。"梅丽莎忙完后，我们继续聊天。

"她今天也不来……"她用蓝色发罩比画了一下。"我猜理查德·布兰森打造他的商业帝国时，没遇上这些问题。"

"我猜他也要遇上。没想到，你能捣鼓出两家咖啡馆，"我注意到梅丽莎炽热的眼神，"两家这么棒的咖啡馆，不也算一个帝国么。"

梅丽莎狡黠地瞅着我："是三家。"

我抬了一下眉，等她告诉我详情。

"在克勒肯维尔。别这样看着我。你也得考虑扩大规模呀。"

"可是——"我欲言又止，实在想不出该说什么回她。要是我在苦苦经营我的第二家咖啡馆时，又开了第三家咖啡馆，我肯定会吓坏的。但我猜这就是为什么梅丽莎能做生意，而我不能的原因。搬到梅丽莎和尼尔隔壁时，我正接受成人教育，选了会计学习班。从小学开始，我的数学就一塌糊涂，而马特只在周三晚上来探望孩子们，这意味着，我或者努力一把，或者跟家具打交道。我可不想一辈子靠回收桌椅板凳讨生活。梅丽莎是我的第一个客户。

"我一直自个儿打理业务账目，"当我告诉她自己报了会计班时，她对我说，"但我在考文特花园开了家新店，我得空出一些时间来。就是些薪水单和收据——都不复杂。"我抓住了这个机会。虽然只有短短一年，但在格雷厄姆·哈罗给了我一份长期工作之前，"梅丽莎咖啡馆"和"梅丽莎咖啡馆二分店"，都是我负责做账目。

"叫梅丽莎咖啡馆三分店?"我问。她笑起来。

"然后是四分店、五分店……一直开下去!"

我该是午饭时间到岗，但我十一点钟走进公司时，格雷厄姆看了一眼他的手表。

"柔伊，你今天能来上班，真好。"跟往常一样，他身穿三件套的西装，一块货真价实的怀表插在马甲上。"专业培养自信。"他曾给我解释过，也许是想鼓励我告别"马莎"品牌的裤子，换上跟他一样传统的款式。

我没有正面接他的茬。两小时的假是上周五我离开公司前，格雷厄姆亲自签字批准的。"需要我给你倒杯咖啡吗？"我说。很久以前，我就总结出了经验，要扑灭格雷厄姆胸中的怒火，最好的办法是表现得毕恭毕敬。

"那太好了，谢谢。你周末过得好吗？"

"还行。"我没有提供任何细节，他也没有追问。我现在从不向外人透露个人生活。当西蒙和我最初走到一块时，格雷厄姆居然斗胆提出建议，说我与在工作中认识的人约会不合适，其实从西蒙走进我的办公室、为了写他的文章咨询写字楼租金价格，一直到后来，我们相互熟悉了好几个月。

"但我跟自己的老板约会，就不算不合适？"我双臂交叉，直直地看着他的眼睛，反驳道。因为我发现马特的婚外情的六周后，当我气得浑身打颤，不知该如何应对的时候，格雷厄姆·哈罗约我出去，我说不行。

"我同情你，"跟他针锋相对了这么多年，他第一次用这样的语气说话，"我想你需要振作起来。"

"嗯。谢谢。"

"也许那个叫西蒙的家伙也是这么想的。"

我才不上钩呢。我知道，西蒙并不是因为同情我。他真正爱慕我。他买给我鲜花，带我去高档餐厅，用令我全身酥软的方式吻我。我们才彼此见了几个星期面，但我清楚。我就是清楚。也许格雷厄姆为我感到难过，但他永远不会原谅我拒绝了他。要是孩子们生病，他再也不许我提前下班，如果地铁晚点，我会遭扣工钱。从那时候开始，他一切都公事公办，而我很需要这份工作，不敢破坏他的规矩。

格雷厄姆喝完咖啡，披上外套，走了。工作日志没写啥内容，但他咕哝着说看到一个男人和一条狗。说实话，我很高兴能自个儿待着。对周一来说，办公室安静得异乎寻常，于是我开始做姗姗来迟的大扫除，把文件塞入碎纸机，将枯萎了的吊兰搬进垃圾桶。

手机发出"哔哔"声，我收到马特发来的短信。

KT 好吗？

他习惯像这样给每个人的名字取个缩写。凯蒂是 KT，贾斯汀是 Jus，我俩闹别扭时，他才写我的全名 Zoe。

我猜要是马特和西蒙是朋友的话，他会叫西蒙 Si。

她没回我。不知是好兆头还是坏兆头！我回复。

她信心十足吗？

我想了想，输入：**很乐观**。

你怎么样？*x*

我看到一个亲吻的表情，就没有再理睬他。我保留了聊天的页面，继续打扫卫生，几分钟后，他打电话来。

"你又这样做，是吧?"

"做什么?"我说，很清楚他的意思。

"你给她的试镜泼冷水。"他的声音有些含混，我知道那是因为他嘴唇间夹着一根香烟。果然，我听见打火机啪嗒一声，他长吸了一口。我已经戒烟二十年，但听到他吸气，我的呼吸器官也开始抽动。

"我没有，"我说，但马特太了解我，"我不是故意的。"

"你说了啥?"

"我只提了句跟你说过的秘书课程的事儿。"

"柔伊……"

"怎么啦?你自己也说过那很适合她。"我听见车辆往来的背景音,知道马特正泊车排队,将身子靠在车上。

"你要对她温柔点。逼得太凶,她只会往反方向跑。"

"演员不是适合她的工作,"我说,与马特唱反调是我的习惯,很难改掉,"她需要做正经事。"

"适不适合,她很快就会知道。等她知道,问题就解决了。"

我打扫完外屋,走进格雷厄姆的办公室。他的办公桌比我的大一倍,却摆放得同样整齐。这是我和他之间为数不多的共同点。一本台历摆得与桌子边沿平行,今天印的激励口号是"现在做事,将来受益"。桌子的另一侧有三个公文格,每一格上都堆满文件,分别贴上"收入""待办"和"寄出"的标签。公文格前是一叠报纸。今天的《伦敦宪报》摆在最上面。

这没什么稀奇。你会走投无路地发现,伦敦城里每一间办公室,都能找到一份漂泊在外的《伦敦宪报》。我拿起头一份,告诉自己仍然在整理,看见下面那一份也是《伦敦宪报》。再往下也是,再往下还是。一叠十多份报纸,叠得整整齐齐。我瞥了一眼房门,然后坐在格雷厄姆的皮椅子上,拿起最上面那份《伦敦宪报》。我快速浏览了头几版,但控制不住自己,翻到分类广告版面。

我的心缩紧,掌心冒汗。因为手中这份报纸的最后一版——报纸是前几天出的——新闻照片上,是我之前见过的那个女人。

我们都是有习惯的生物。

包括你。

你每天找同样的外套穿，每个早晨在同样的时间离开家。你在公交或地铁上有一个喜欢的座位。你清楚地知道哪一部自动扶梯运行得更快，穿过哪一道检票机，哪一个公用电话亭排队的人最少。

你知道这些事情，我也知道。

我知道你去同样的商店买同样的报纸。每周同样的时刻买牛奶。我知道你送孩子上学的路线，和你上完尊巴舞蹈课回家抄的近路。我知道周五去酒吧逍遥后，你和朋友们挥手告别的那条街道。我知道你接下来会独自步行回家。我知道周日清晨，你会跑一圈五公里，还知道你停下来伸展四肢的确切地点。

我知道所有这些，因为你从未留意到有人在窥视你。

习惯让你感到舒服。

习惯令人熟悉、安心。

习惯让你有安全感。

习惯会让你送命。

六

凯莉刚走出简报室，工作电话就铃声大作。屏幕显示为"未知号码来电"，说明电话从控制室打来。她将电话夹在耳朵和右肩之间，腾出手把防刺背心的拉链拉上。

"凯莉·斯威夫特。"

"你能接一个叫柔伊·沃克太太打来的电话吗？"电话那端说道。凯莉听见背景里有嗡嗡的说话声，是十多位接线员在接听电话，提供查询。"她想跟你说说发生在地铁环线的一起盗窃案——包里东西被偷的那起。"

"你需要把她转给反扒组。我前几天从那儿离开，现在返回社区警务队了。"

"我试过了，但没人接电话。你的名字还贴在犯罪报告上，所以……"接线员欲言又止，凯莉叹了口气。柔伊·沃克这个名字听起来并不熟悉，过去的三个月里，她在反扒组遇见过太多钱包被盗的受害者，数量多得数不清。

"转过来吧。"

"谢谢你。"接线员听起来松了口气，这并非凯莉第一次庆幸自己能担任维护治安的排头兵，而没有身陷一个无窗的房间，抵挡怒火冲天的民众打来的电话。她隐约听见咔嗒一声。

"你好？你好？"另一个声音从线路传来，是女性，听上去焦躁不安。

"你好，我是斯威夫特警员。需要帮助吗？"

"谢天谢地！别人还以为我在给军情五处打电话呢。"

"怕是没那么容易。听说你要跟我聊一次地铁盗窃案。你被偷了什么？"

"不是我，"来电者说道，她似乎听出凯莉没弄明白，"是凯茜·唐宁。"

一位警官上了报纸后，接到这种电话是常有的事。人们会设法找到你，聊一些与报道的案件八竿子打不着的事儿，似乎仅凭你的名字和肩章，就能追踪到你。

"她在回家途中睡着了，包里的钥匙被偷了，"沃克太太继续说道。"其他东西都在，就是钥匙被偷了。"

正是这一类盗窃，让警察感到为难。当初写案情报告时，凯莉就有些犹豫，不知是否该把这事定性为一桩盗窃案，但凯茜坚称她没有把钥匙弄丢。

"我把钥匙放在包内一个单独的隔层，"她告诉凯莉，"不可能掉出去。"帆布包样式的手提包外侧有个口袋，拉链加上皮扣，让东西掉不出来。但拉链和皮扣都没有动过的迹象。

监控画面显示，凯茜走进牧人丛站搭地铁时，背包口袋的皮扣看起来扣得很严实。但等她离开艾坪镇地铁站时，扣子已经松开，口袋半开着。

随着调查深入，案情显而易见。凯茜完美地见证了案件的发生：她总是走同样的路线去上班，甚至搭环线地铁时总是选择同一节车厢——如果可能的话，坐同一个座位。凯莉记得自己想过，要是每个人的行为都是可预测的，她的工作会变得轻松许多。她只花了几分钟，就从闭路电视录像中找到凯茜，但悄悄靠近她的并非在警局挂过名的老手。如今，在地铁上猖狂作案的要数"柯蒂斯小子",但他们只偷钱包和 iPhone，不偷钥匙。

果然，凯莉从地铁站方面拿到录像，看到凯茜出现在窃案的发生地，她几乎没有意识到罪犯的存在。

凯茜在熟睡中，身子靠着车厢内壁，双腿交叉，双手合抱，护住她的手提包。凯莉一直忙着寻找车厢内身穿连帽衫的少年，有几对妇女头上戴着头巾，臂弯里抱着婴儿，但她几乎没有留意到站在凯茜腿边的那个男子。他显然不符合罪案侧写中对一般扒手的描述。他个子很高，衣着讲究，灰色围巾在脖子上绕了两圈，还把围巾拉起来遮住耳朵和脸的下半部，仿佛还站在户外，需要抵御寒风肆虐。他背对摄像头，脸一直朝着地板。突然，他弯下腰，靠向凯茜·唐宁，然后迅速站起。他的右手消失在衣袋里，速度太快，凯莉看不清他手里捏了什么。

他以为手提包外侧的口袋装了钱包吗？或者有一部手机？试了试运气，却失望而归，因为他发现只摸出一串钥匙。那还是拿走吧，放回原处是不必要的冒险，不如在回家路上，将它们扔进垃圾桶。

在反扒组值守的最后一天，凯莉设法从监控画面中追踪那个对凯茜实施盗窃的扒手，但静止的画面像素很低，连起来看也无济于事。他是个亚裔：这是她唯一能确定的，身高大约六英尺。闭路电视图像是彩色的，画质清晰——你甚至以为自己正在观看地铁站乘客的新闻报道——但那并不能确认身份。摄像头需对准合适的角度，安装位置要能捕捉人的正面影像。通常情况下——比如这个案子——犯罪行为发生在拍摄画面的边缘地带。如果将画面放大，想看个究竟，就意味着像素低，所有重要的细节变得含混不清，每个影像都一个样，别指望能识别出那人是谁。

"你目击了盗窃过程吗？"凯莉问，把她的注意力转回到柔伊·沃克身上。当然，如果她确实目睹了扒手行窃，就应该早点来报案。凯莉猜沃克太太也许找到了那串失窃的钥匙，他们可以将钥匙送去鉴证科。

"我有些信息要告诉你。"柔伊·沃克说。她说得一字一顿，生硬的语气近乎于粗鲁，但言语间透着一丝不确定，说明她神经紧张。

凯莉语气温和地说："请讲。"

凯莉的队长出现在一旁，轻敲他的手表表面。凯莉指了指电话，做出"请稍等"的口型。

"那个受害者。凯茜·唐宁。她的照片登在《伦敦宪报》分类广告版面的一则广告上，就在她的钥匙被盗之前。"

凯莉寻思着柔伊·沃克会告诉她怎样的信息，但她没料到是这一句。

她坐下来。"哪种广告？"

"我也不太确定。跟那一版的其他广告混在一起，提供聊天热线和应援服务。有个周五，我看到同样的广告，觉得登的照片是我。"

"你觉得？"凯莉的语气忍不住流露出一丝怀疑。她听见柔伊·沃克犹豫着该不该继续说下去。

"嗯，看起来像我。只是没有戴眼镜。不过我有时确实只戴隐形眼镜——那种日抛型，你知道吧？"她叹了口气。"你不相信我，是吧？你觉得我是个疯子。"

这与凯莉脑子里的想法不谋而合，她突然感到一丝内疚。"没关系。我只是想把事实弄清楚。你能给我看见广告的具体日期吗？"她等着柔伊·沃克翻看日历，胡乱写下她说的两个日期：凯茜·唐宁的照片是十一月三日，周二，柔伊的照片是十一月十三日，周五。"我会调查的，"她保证道，尽管能不能抽出时间，她也无法保证，"交给我吧。"

"不行。"保罗·鲍威尔的态度很坚决。"你三个月来身着便衣在外头飘游，剩下我们在这儿忙活，现在该搞点货真价实的案子了。"

凯莉咬紧牙，知道队长鲍威尔是个不能招惹的角色。"我只是想跟凯茜·唐宁聊聊，"她说，痛恨自己恳求别人的语气，"我保证，我立马回来。"没有什么比未了结的零星问题更令人沮丧，虽然柔伊·沃克的话听起来疯疯癫癫，有些事却始终缠绕在凯莉的心头。凯茜的照片为何会出现在分类广告里？有没有这种可能，她并非随机的犯罪受害者，而是精心挑选的目标？以广告的形式？真叫人难以相信。

"这不是你该管的事儿了。如果要做笔录，就送去反扒组。如果你嫌工作少，只需要开口说一声……"凯莉举起双手。她知道什么时候该退让。

凯茜·唐宁在埃平有一栋住宅，距离地铁站不远。接到凯莉的电话，她很高兴，建议凯莉下班后，两人在塞夫顿街的一家酒吧见面。凯莉一口答应。她知道，如果想寻找破案的线索，她就不能依靠警员的身份，而必须私自调查。

"你还没有抓到他们，是吧？"凯茜三十七岁，是牧人丛附近一家私人诊所的合伙人。她说话开门见山，凯莉想，以这样的口吻，估计会把一些病人吓跑。不过凯莉倒是喜欢这种风格。

"抱歉。"

"没事儿。我本来也没指望你能抓到。我只是有些好奇——这和广告有啥关系？"

《伦敦宪报》的前台接待出人意料地热情，用电子邮件发来分类广告版面每一页的电子档，包含柔伊·沃克提到的两个日期。凯莉在地铁上浏览上述页面，很快找到柔伊认为的凯茜的照片。就在几天前，凯莉观赏过《都市地铁报》的摄影师冲着凯茜"咔嚓咔嚓"按下快门，她注意到，拍照时凯茜习惯将脸侧到右边、眉头微皱。《伦敦宪报》上的照片确实和她本人惊人相似。

凯莉将裁剪下来的广告放在凯茜面前的桌上，小心地观察这个女人的反应。照片下面没有留其他信息，但广告被应援服务和聊天热线环绕，暗示其提供类似的服务。这位全科医师夜里还充当聊天热线接线员吗？像应援女郎一样？

收到广告电子版后，凯莉做的第一件事是在浏览器上输入网站地址——www.findtheone.com。网址打开，显示一个空白页面，正中有个白框，看来需要填密码，但并没有提示该填什么，或如何获取密码。

凯茜脸上的惊讶很真切。沉默一阵后，突然发出短短一声不安的笑声。她拿起广告，仔细端详。"他们该选个更讨人喜欢的角度，你觉得呢？"

"是你吧？"

"那是我冬天穿的外套。"

照片裁切得很挤，深色背景辨不出什么细节。凯莉觉得是在室内拍的，虽然她也说不清自己为什么如此肯定。凯茜正看着镜头方向，但并没有直视镜头。她凝视远方，似乎在思考别的事情。能看见深棕色外套的肩部，毛皮衬里的兜帽松垮垮地悬在她的脑后。

"你之前见过这张照片吗？"

凯茜摇摇头。尽管她显出自信的样子，凯莉仍能看出她有些慌张。

"我猜不是你登的广告。"

"听着，全民医疗服务也许对诊所的生意有影响，但还不至于逼着我换份工作。"

"你在交友网站注册过吗？"凯茜顽皮地回了她一眼。"我只是冒昧问问，我是想，照片会不会是从合法的网站下载的。"

"没啥交友网站,"凯茜说,"我还没到谈婚论嫁的时候,说实话,找个人过日子,是我现在最不考虑的。"她放下广告的复印件,呷了一口葡萄酒,然后看着凯莉。"直说吧。我该担心不?"

"我不知道。"凯莉老老实实地说。"这则广告出现两天后,你的钥匙就被盗了,而我几小时前才打听清楚。是个女士发现的,叫柔伊·沃克,她说在周五的《宪报》上看到她自己的照片。"

"她也有东西被偷了吗?"

"没有。不过,可以理解的是,她很担忧自己的照片被登在报纸上。"

"我也是,"凯茜停住话头,似乎在衡量是不是应该继续说下去。"我想说,凯莉,过去几天,我一直考虑要不要给你打电话。"

"为啥没打呢?"

凯茜紧盯凯莉的眼睛。"我是个医生。我注重客观事实,而非幻想,不像你。我想打电话给你,但是……我又不能确定。"

"确定什么?"

又一次沉默。

"我觉得有人趁我上班时来过我家里。"

凯莉没有说话,等着凯茜说下去。

"我不能肯定。是一种……一种感觉。"凯茜转了转眼珠。"我知道——这不能作为呈堂证供,对吧?这就是我不好意思说的原因。但一天我下班回家,我敢保证自己在大厅闻到了须后水的气味,我上楼换衣服时,洗衣篓的盖子开着。"

"是不是你一直没盖?"

"也许吧,但不太可能。盖上盖子是下意识的动作,你说呢?"她沉默片刻,"我觉得少了几件内衣。"

"可是,你换了锁,对吧?"凯莉说,"你打电话报警时,不是正等锁匠来吗?"

凯茜看起来像只局促不安的小绵羊。"我换了前门的锁。没换后门的。不然又得再花一百镑,说实话,我当时认为没必要。钥匙上没啥东西,不会透露我的住址,而且,又是一笔不必要的花销。"

"现在呢……"凯莉让问题悬在沉默的两人之间。

"现在,我想真该把它们都换了。"

七

格雷厄姆返回办公室时，差不多是下午三点。

"吃了个工作午餐。"他解释说，从他轻松的样子，我推断他至少喝了两三品脱酒。

"我能跑一趟邮局吗，反正你在？"

"快去快回——我一小时后要会客。"

一堆免费邮寄的东西，整齐地用橡皮筋捆好，堆在我的桌上。我把它们装进一个手提袋，穿上外套。格雷厄姆走进他的办公室。

外面很冷，我能看到自己呼出的热气。我把双手插进口袋，手指摩擦手掌。一阵微微的振动，说明我收到一条短信，但我的手机放在一个内口袋里。先等等吧。

在邮局排队时，我拉开外套的拉链，摸出手机。短信是凯莉·斯威夫特警官发来的：

你能尽快发张你的照片给我吗？

这是否表示她找凯茜·唐宁聊过？是否表示她相信我说的话？我还没读完短信，另一条又出现在手机屏幕上：

不戴眼镜。

有六个人排在我前面，身后也有六个人。**尽快**，斯威夫特警官说。

我摘下眼镜，找到手机上的摄像头。我想了想，回忆起如何将摄像头转过来对着我，然后尽可能伸长胳膊，但又不敢太招摇，怕别人看见我在自拍。角度由下往上，让我挤出三层下巴和两块眼袋，管他呢，我照了一张，咔嗒一声脆响，暴露了我的企图，弄得我尴尬不已。太尴尬了！谁会在邮局自拍？我把照片发给警员斯威夫特，立刻收到她的回复，说她看了照片。我想象着她正拿着我的照片跟《伦敦宪报》上的广告比对，等待她给我发短信，说"我在研究它们是否有相似之处"，但手机始终不声不响。

于是我给凯蒂发短信，问她试镜得如何。试镜几小时前就结束了，我知道，因为今早对她说的那番话，她不想理睬我。我把手机塞进衣袋。

等我赶回办公室，发现格雷厄姆正佝偻着腰，在我办公桌最上层的抽屉里翻找。我推开门，他迅速起身，脖子涨得通红，不是因为难堪，而是生气被抓了个现行。

"你在找什么东西吗？"上层抽屉只装了信封、笔和皮筋，但我想知道他是否翻过别的抽屉。中间那个装的旧记事本，按日期先后归档，方便我查找信息。底层抽屉像个垃圾场，什么东西都往里扔，有一双运动鞋，因为我想搭地铁前如果有时间，就去河边散散步；连裤袜；化妆品；卫生棉条。我很想叫他把爪子从我的个人物品上移开，但我清楚他会说什么：这是他的公司、他的桌子、他的抽屉。如果格雷厄姆是个房东，他会在验房日那天，不敲门就大摇大摆走进你家的门。

"找廉租房的钥匙。柜子里没有。"

我走向钥匙柜，那是摆在走廊里的文件柜旁镶在墙上的一个金属盒子。"廉租房"是一栋办公大楼，属于一个叫"城市交流"的建筑群。我查到"C"排挂钩，立刻就找到了钥匙。

"不是由罗南负责'交流'项目吗?"公司招的初级谈判代表来了又走,罗南是最新的一个。谈判代表全是男性——格雷厄姆不相信女性能和人谈判——都长一个样,同样的西装在他们身上脱下又穿上,头一个离开几天,另一个出现。他们从来待不长,优秀的也好,糟糕的也罢,流动速度一样快。

不知格雷厄姆是没听清我的问题,还是故意不搭理我,他从我手中接过钥匙,又提醒我"邱吉尔广场"的新住户随后要来签租房合同。他走出办公室,门上的铃铛发出刺耳的声音。他不信任罗南,这是问题所在。他不信任我们当中任何人,这意味着他从不爱待在办公室,只想到街上溜达,查每个人的岗,挡每个人的道。

坎农街地铁站全是身着西装的人。我奋力挤过拥挤的月台,几乎站到隧道边上。头一节车厢比其他车厢的乘客要少些,车行至白教堂站时,打开的车门正对地铁出口。

坐地铁时,我随手捡起一份今天的《伦敦宪报》,报纸就放在我座位后脏兮兮的横档上。我直接翻到刊登分类广告的背页,找到那则广告,仍然是那个无效的电话号码:0809 4733 968。今天是个黑发女人,画面底部隐约能看见丰满的胸部。她脸上露出开朗的微笑和洁白的牙齿,脖子上戴一条精致的项链,配一个银质小十字架。

她知道自己的照片被登在分类广告上了吗?

警员斯威夫特那边还是没有消息,我告诉自己,她的沉默叫人放心,而非使人紧张不安。要是有什么需要担心的事儿,她肯定会马上通知我。就跟医生一样,打电话来多半是告知令人担忧的检查结果。没有消息就是好消息,老话不是这么讲的吗?西蒙说得对,登在报上的不是我的照片。

我在白教堂站换乘地上铁去水晶宫站。我一边走，一边听着身后传来的脚步声。没什么异常，车上到处都能听见脚步声，在墙壁间弹跳、放大、拉长，到后来似乎有几十个人在行走、跑动、跺脚。

但我无法甩掉这种感觉：脚步声中有一丝异样。

他们正紧跟在我身后。

十八岁时，从商铺回家的路上，我被人跟踪过。那时我刚怀上贾斯汀不久。母性本能让我的感官变得异常敏锐，每个角落，我都能看出危险。裂了口的人行道会把我绊倒，骑自行车的人准要把我撞飞。我对自己体内孕育的小生命负有天大的责任，过街变成一件难事，因为我担心会置他于危险之境。

我是出来买牛奶的。我对马特的母亲说自己需要锻炼，希望做些力所能及的事，感谢她收留了我。夜色沉沉，再次步行回家时，我感觉被人跟踪了。虽然无声无息，但我能断定有人跟在我身后，更糟的是，他们正努力不弄出声响。

现在，我有同样的感觉。

回到那时，我不知道接下来该怎么办。我穿过马路，那人也过了马路。我能听见他们的脚步声，随后，渐渐朝我逼进，丝毫不在乎会被人听见。我转过身，看到一个男人——确切说是一个男孩——比马特大不了多少。头戴罩帽，双手深深插进前侧口袋。围巾遮住他的下半张脸。

有一条近路通向马特家，是一条狭窄的小街，在一排住宅背后。说是街，其实跟巷子差不多。*走这条路速度会快点*，我也没细想，便决定了。只要能平安到家就好。

转过街角，我开始飞跑，身后的男孩也跑起来。我扔掉手中的购物袋，牛奶罐上的塑料盖子摔裂了，一大摊白色的奶洒在卵石路面。几秒钟后，我也摔倒，跌跌撞撞中双膝跪地，却不忘伸出一只手臂，护住自己隆起的肚子。

还没等我回过神，一切便结束了。他俯下身子，只露出两只眼睛，腾出一只手胡乱地翻我的衣袋。他扯出我的钱包，掉头就跑，剩下我坐在地上。

脚步声越来越近。

我加快步伐。我没有跑，只是尽可能快步走。不自然的步态让我难以保持身体平衡，我的包左右摇摆。

前面不远处有一群姑娘，我想追上她们。人多的地方，总要安全些。她们吵吵嚷嚷，又跑又跳，开怀大笑，看样子毫无威胁，不像我身后传来的脚步声，响亮、沉重、越来越近。

"嘿！"我听到有人喊了一嗓子。

是男性的嗓音。粗糙而刺耳。我把包拉过来贴在胸口，拿胳膊按住，免得被人掀开，但随后我又很惊慌，生怕有人抢包时，会把我一并拽倒。我想起经常给孩子们说的忠告，宁愿东西被抢，也别受伤。**别反抗、别逞能**，我总是这样告诉他们。**受伤不值得。**

脚步声加快。他在奔跑。

我也开始跑，但慌乱中我乱了方寸，扭了一只脚，差点摔倒。我听到那个声音，再次高喊，我感觉血液涌向头顶，耳朵嗡嗡作响，听不清他在说什么。我只能听见他奔跑的声音，和自己急促、痛苦的呼吸声。

脚踝痛得厉害。我无处可逃，索性停下脚步。

我放弃了。转过身。

他是个年轻人，十九或二十岁，皮肤白皙，穿一条松垮垮的牛仔裤，脚上的运动鞋踩得混凝土地面咚咚作响。

我会把手机给他——他应该是冲这个来的。还有现金。我身上有现金吗？

我开始把手提包的带子拉过头顶，可是它被兜帽绊住。现在，他近在眼前，咧着嘴，他似乎在享受我的恐惧，享受哆哆嗦嗦的我无法让自己从手提包皮带的束缚中挣脱。我紧紧闭上眼睛。来吧。随你便，来吧。

他的运动鞋砰砰地踩着地面。越来越快，越来越响，越来越近。

与我擦肩而过。

我睁开眼。

"嘿！"他跑着，又喊了一声，"婊子们！"隧道向左弯曲，他的身影消失在隧道里。耳畔传来运动鞋的回声，似乎他仍在朝我跑来。我仍然吓得直哆嗦，本以为遇上抢劫，却什么也没发生，我的身体一时反应不过来。

我听见喊叫声。我迈开步子，脚踝一动就痛。绕过拐角，我又看到他。他跟那群姑娘在一起，胳膊搂着一个姑娘，其他人都笑嘻嘻的。他们立刻聊起来，激动得喋喋不休，音量渐强的笑声宛如土狼的嚎叫。

我脚步缓慢。一是因为脚踝痛，二是因为虽然没有了威胁存在，我并不想从这帮孩子旁边经过，是他们让我觉得自己像个傻瓜。

不是每一声脚步都在尾随你，我告诉自己。不是每个奔跑的人都在追赶你。

我在水晶宫站下车。梅根冲我打招呼，而我恍了恍神才向她问好。钻出地面，来到露天，我舒了一口气，松弛的大脑变得一片空白。"不好意思，"我问，"你说什么？"

"我说希望你刚度过美好的一天。"打开的吉他盒子里有零零碎碎十多枚硬币，她告诉过我，要是有人扔下一英镑和五十便士的硬币，她会把它们挑出来。

"要是别人觉得你赚得太多，就不会掏钱了。"她解释道。

"还行，谢谢。"我对她说，"明儿早上见。"

"我在这儿等你！"她说，语气中透着欣慰。

在安纳利路的尽头，我经过自家敞开的大门，穿过梅丽莎家上过漆的栅栏。门自动打开，收到一条短信回复："喝杯茶不?"之前我走出地铁站时，发过一条短信。

"在烧水呢。"见我进门，她说。

乍一眼看上去，梅丽莎和尼尔的住宅和我家没什么区别，休息室的门开在小厅一侧，楼梯底部正对大门。但相似的地方仅限于此。在梅丽莎家的后部，隔壁即是我家小厨房的地界，空出了一块宽阔的区域，曲折延伸至花园。两个巨大的天窗让阳光倾泻而入，折叠门推向大门两侧。

我跟她走进厨房，尼尔正坐在早餐吧台旁，面前摆着一个笔记本电脑。梅丽莎的书桌放在窗边，虽然尼尔的办公室在楼上，但要是他工作不忙，总是下楼来边陪梅丽莎边做事。

"嘿，尼尔。"

"嘿，柔伊。近来如何?"

"还行。"我犹豫着，不知该不该把《伦敦宪报》上刊登我照片的事讲给他们听，我怕自己说不清楚。也许说一说能有好处。"有件趣事儿——我在《伦敦宪报》上看到一张照片，样子很像我。"我讪讪地笑一声，但梅丽莎马上停下沏茶的手，目光锐利地看着我。我们在一起这么长时间，我什么也瞒不了她。

"你还好吧?"

"我没事。只是一张照片,没别的。是一则交友网站的广告,诸如此类的东西。但贴了我的照片。至少我觉得像。"接下来轮到尼尔一脸疑惑了。我并不怪他,是我说得没头没脑。我想起在地铁遇见的少年,他奔跑着追赶他的朋友们,我庆幸没有熟人目睹我当时过激的反应。我猜自己是否正经历某种中年危机,对什么都很惊恐,觉得处处都有看不见的危险。

"什么时候的事儿?"尼尔问。

"周五傍晚。"我环视厨房,没有找到一份《伦敦宪报》。我家的垃圾桶里永远塞满报纸和纸板,但梅丽莎家的垃圾桶藏在不显眼的角落,总是空空如也。"在分类广告版。只有一个电话号码,一个网址,加上照片。"

"一张你的照片。"梅丽莎说。

我有些犹豫。"额,那人长得像我。西蒙说我肯定有一个分身。"

尼尔大笑起来。"你总能认出是不是自己吧?"

我走向早餐吧台,坐在他身旁。他合上笔记本电脑,将它推到一边,空出台面。"你也这么觉得,是吧? 在地铁上看到照片时,我敢肯定画面中的人就是我。可是等我回到家,把照片拿给大家看,我又不那么肯定。我的意思是,为什么照片在那儿呢?"

"你打这个号码了吗?"梅丽莎问。她坐在对面,把身子靠在吧台,完全忘了喝咖啡。

"打不通。网站也一样,地址叫什么'find the one dot com',点开过后是个空白页,中间有个白色的框。"

"要我看一眼吗?"

尼尔是做"IT"的。我从来不知道"IT"代表什么,他曾经详细地给我解释过，可惜我记不住。

"没事，真的。你还有正事儿要忙。"

"多着呢，"梅丽莎语气伤感地说，"他明天去加的夫，下周剩余的几天都待在议会大厦。现在我一周能见他一次就已经算走运了。"

"议会？哇。啥样子？"

"无趣得很。"尼尔咧嘴一笑，"反正是去干活儿，我负责安装一个新的防火墙，不太可能与首相碰面。"

"你十月份的账做好了吗？"我问梅丽莎，突然想起我来这儿见她的原因。她点点头。

"在桌上，橙色活页夹的最上面。"

梅丽莎的书桌又白又有光泽，就像厨房里的其他东西。一台巨大的苹果"iMac"一体机威风凛凛地立在桌面，悬空的隔板放着所有和咖啡馆有关的文件。桌上还有一个笔插，是凯蒂小学时做的木工活。

"真不敢相信，你还留着呢。"

"那当然！她费了那么多心血才做好。"

"老师给评了个'B'。"我还记得。当我们刚搬到梅丽莎和尼尔隔壁住时，钱非常非常紧。乐购那边能提供好几个轮班，但下午三点恰逢学校放学的交通高峰期，我分身乏术。梅丽莎赶来救援。那时她只开了一家咖啡馆，午餐时间后就关门。她帮我接孩子们放学，带他们回她家，孩子们看电视，她接第二天的订餐单子。梅丽莎教凯蒂做烘焙，尼尔教贾斯汀如何将内存条插上电脑主板，而我赚钱偿还房子的按揭。

我在橙色文件夹上找到一捆收据，上面是一张折叠起来的地铁路线图、一个夹满纸条的记事本、便利贴，和梅丽莎工整的字迹。

"更多的统治世界的计划？"我开了个玩笑，朝笔记本做着手势。我见尼尔和梅丽莎交流着眼神。"噢。抱歉。不好笑？"

"是新咖啡馆的事儿。尼尔没我这么上心。"

"开咖啡馆，我没意见，"尼尔说，"只是担心破产了该怎么办？"

梅丽莎白了他一眼。"你就是太怕担风险。"

"好啦，我得走啦，不喝茶了。"我说，拿起梅丽莎的账本。

"噢，别走呀！"梅丽莎说，"我俩不会吵起来的，我保证。"

我大笑起来。"不是因为这个，"虽然气氛确实有点紧张，"西蒙晚上要带我出去。"

"逃课之夜吗？出去干吗？"

"没啥理由，"我笑着说，"找点周一晚上的浪漫而已。"

"你俩真像一对青少年。"

"他们还陶醉在爱情的初始阶段，"尼尔说，"我们也曾像这样。"他冲梅丽莎使个眼色。

"有过吗？"

"等七年之痒开始敲打他们，梅尔，他们晚上就会挤在床上看电视，争吵是谁不把牙膏的盖子盖好啦。"

"我们也经常吵，"我笑着说，"待会儿见。"

我回家时，前门没有锁。西蒙的外套搭在楼梯扶栏的尽头。我顺着楼梯，爬上改装的阁楼，敲了敲门。"你这么早就回家啦？"

"嘿，美人儿，我没听见你回来。今天过得怎么样？我在办公室无法集中注意力，所以把一些工作带回了家。"他站起来吻我，动作很小心，免得脑袋撞到低矮的房梁。改装是之前的房主叫人做的，造价便宜。工人利用了原来的梁架，改装后，虽然是一间大屋子，但你只能站在正中央，才能直起腰来。

我看着离我最近的纸张，看到一列打印出的名字，每个名字下方似乎都带着作者简介。

"为我要完成的特写做的采访。"看到我不解的样子，他解释说。他拿起那叠纸，扔到桌子的另一端，让我能坐在桌沿。"把它们理顺，就像一场噩梦。"

"不知你是怎么找到东西的。"我办公桌抽屉里也许乱成一团糟，但桌面几乎空无一物。一张孩子们的照片和一盆植物摆在公文格旁，下班回家前，我会把所有东西都收拾好。每天结束的时候，我会写一张单子，列出第二天要做的事，即使有些是我开工后自然要做的事，比如收取邮件、听电话答录机上的留言、沏茶。

"是有条理的混乱。"他坐在桌旁的转椅上，拍拍他的膝盖，要我坐到他的腿上。我笑着坐下，一只胳膊绕过他的脖颈，以保持身体平衡。我吻着他，让自己舒服地贴紧他，直到恋恋不舍地抽身离开。

"我在'贝拉夫人'订了座。"

"好极了。"

我不是一个难伺候的女人。我不浪费钱在衣服和化妆品上面。只要孩子们还记得我的生日，我已经心满意足。年轻时，马特不是浪漫的人，我也一样。西蒙嘲笑我愤世嫉俗的本性，说他会慢慢调教出我温柔的一面。他宠着我。我喜欢受宠的感觉。多年来光顾着把做好的饭菜端上饭桌，外出就餐仍是一种奢侈，但真正令人享受的是共处的时光。就我俩。

我冲了个澡，洗了头，在手腕喷上香水，将腕部相互摩擦，让香气填满周围的空气。我穿上很久没穿的连衣裙。居然还穿得下，这真叫人宽慰。我从衣橱底部堆得乱七八糟的鞋子里拎出一双黑色漆皮高跟鞋。西蒙搬来时，我把自己的衣服挤了又挤，给他腾出空间，但即使这样，他还是不得不将一些物品存到改装的阁楼上。家里有三间卧室，面积都很小：贾斯汀是单人床，凯蒂虽然是双人床，但摆了床后，人在屋里转个身都困难。

西蒙在休息室等我。他穿着一件夹克，系着领带，看上去像我第一次见他走进"哈罗＆里德"公司时的样子。我还记得，面对露出礼貌性微笑的我，他笑得热情洋溢。

"我是《每日电讯报》的，"他对我说，"我们在做一个调查，有关商业租金上涨问题：个体商户因为上涨的租金被迫搬离商业街，类似这样的例子。如果你能给我详细讲讲现在你手上的商户情况，我将感激不尽。"

他看着我的眼睛，我把羞红的脸藏在文件柜里，躲了好长时间，才找出十多个项目。

"这一个你也许会感兴趣。"我坐在办公桌旁，我们之间隔着一份报纸。"这儿以前有一家礼品店，但租金涨了，空置了六个月。英国心脏基金会下个月会搬进去。"

"我能和房东谈谈吗?"

"我不能告诉你他的联系方式，但如果你把电话号码给我，我会转给他。"我又羞红了脸，尽管这个建议听上去非常合情合理。我们之间的空气似乎出现一道裂纹，真的，我没有说假话。

西蒙写下他的电话号码，眉间挤出一道褶子。我当时还寻思着，他平时是不是戴眼镜，只是出于爱美的虚荣，或者忘了，才没有戴。那时我还不知道，褶子只是他注意力集中的副作用。他有灰白色的头发，但不像四年后的今天这般稀疏。他是高个子，身材消瘦，坐在我办公桌旁的小椅子上显得绰绰有余，双脚悠闲地交叉着。银质袖扣从海军蓝色的西装袖子里露出。

"感谢你的帮助。"

他似乎并不着急离开，当然我也不想他走。

"没关系。见到你很高兴。"

"那么，"他说，专注地望着我，"你有了我的号码……我能要你的吗?"

还没走出多远，我们就在安纳利街招来一辆出租车。车子靠到路边，西蒙看清司机的脸，而我也捕捉到他脸上一闪而过的轻松表情。曾经有一次，西蒙和我初次约会时，我们把外套脱下来顶在头上遮雨，跳进一辆黑色的出租车。等我们抬起头，才从后视镜中看到马特的脸。有那么一秒钟，我以为西蒙会建议说换一辆车，但他只是凝视着窗外。我们坐在那里一言不发。就连平时能把驴子的后腿说掉的马特，也没有打算找话谈。

我们来过这家餐厅很多次，店主亲切地招呼我和西蒙的名字，领我们到一个靠窗的包间，递上我俩烂熟于心的菜单。一根根粗金属箔搭在画框，横过灯具。

我们每次点的餐都一样——西蒙的比萨饼，我的海鲜面——上餐的速度很快，显然不是现做的。

"我今天早上看了《伦敦宪报》上的广告。格雷厄姆办公室里有一堆。"

"他们还没把你捧成三版女郎，是吧?"他切开比萨饼，浅浅的一层油从饼的表面汩汩渗出，流到餐盘上。

我笑起来。"我不知道自己是否有这份姿色。问题是，我认出了广告上那个女人。"

"你认出了她? 你的意思是，她是你认识的人?"

我摇摇头。"我在另一份报纸上看到过她的照片——她在一篇讲地铁犯罪的文章里。我给警察说了。"我想一笑置之，但我的声音出卖了我。

"我很害怕，西蒙。要是周五的报纸那张照片上真的是我？"

"绝对不可能，柔伊。"西蒙的脸露出关切的神情，不是因为有人在报纸上登了我的照片，而是因为我**认为**他们登了照片。

"我不是瞎猜。"

"你是不是工作压力太大？是格雷厄姆吗？"

他觉得我快疯了。我也开始认为他说得对。

"看上去确实像我。"我轻声说。

"我知道。"

他放下手中的刀叉。"好吧，就算照片上的人是你。"

这是西蒙处理问题的方式：让问题回归其本质。几年前，我家附近的街上发生过一次入室盗窃。凯蒂坚信窃贼下一个要闯进的就是我们的房子，准备整夜不睡觉。最后她虽然睡着了，又开始做噩梦，经常惊醒，尖叫着说有人藏在她的房间。我无计可施。我什么都试过了，甚至坐在床边陪她入睡，就像她回到了婴儿时。西蒙采用了一种更实用的方法。他带凯蒂去百安居，两人买了窗锁、防盗警铃和花园大门的门闩。他们一起在房前屋后安装这些安全装置，甚至连排水管上都涂了防爬漆。噩梦立马便消失了。

"好吧，"我说，觉得这个游戏很吸引人，"就算照片上的人是我。"

"照片从哪儿来的？"

"我不知道。我也一直问自己同样的问题。"

"说真的，你注意到有人偷偷给你拍过照吗？"

"也许是拿长焦镜头拍的。"话一出口，我就意识到这个理由听上去很荒谬。然后呢？躲在门外的狗仔队？轻便摩托车从我身边飞驰而过，一位摄影师将身子歪到一旁，努力想为小报版面奉献一张完美的照片？西蒙没有笑，但当我承认这是个无稽之谈，露出尴尬的笑容时，他的嘴角也显出一丝微笑。

"很可能有人盗用了照片。"他认真地说。

"嗯!"这听上去更可信。

"好吧,咱们设想有人用你的照片给他们公司打广告。"像这样讨论广告,用一种理性的、心平气和的方式,渐渐让我镇定下来,我清楚,这是西蒙故意为之。"这就叫身份盗窃,是吧?"

我点点头。给它一个名称——还是我很熟悉的——立刻让我觉得这不是一个人的事儿。有数以百计——也许数以千计——每天遭遇身份盗窃。在"哈罗 & 里德",我们必须非常小心,再三检查身份文件,只接受原件或经过核证的副本。把别人的照片弄来代替你的头像,简直易如反掌。

西蒙仍在说明整个事件的合理性。

"你要考虑的是:它是否确实对你造成了伤害?比有人用你的名字开银行户头,或克隆你的银行卡更严重?"

"更叫人紧张些。"

西蒙把手从餐桌对面伸过来,按在我的手上。"还记得凯蒂读书时那件事儿吗,那群女孩干的?"我点着头。一提到这事,我的心头就被再次燃起的怒火填满。那时凯蒂十五岁,被与她同年的三个女孩欺负。她们以她的名字注册了一个 Instagram 账号,贴上凯蒂的头像,用图像处理软件把她的头部移植到别人身上:裸女、裸男、卡通人物。她们的行为幼稚而可笑,虽然还没等学期结束,就被同学们淡忘,却令凯蒂身心交瘁。

"你是怎么安慰她的?"

我对凯蒂说,*棍棒和石头,别理睬它们,它们就不会靠近你。*

"我就是这个意思,"西蒙说,"这事儿有两种可能,一种是照片上确实有个长得像你的人——虽然没你漂亮——"我知道西蒙说恭维话是想叫我开心起来，于是嫣然一笑，"另一种是身份盗窃，这种——虽然使人烦恼——但不会对你造成任何伤害。"

我无法辩驳他的逻辑。但我想起凯茜·唐宁。我搬出她，就像耍出一张牌。"我在报上看到的那个女人，她在地铁上丢了钥匙。"

西蒙等着我说出下文，脸上露出迷惑的表情。

"就发生在她的照片出现在广告上之后。跟我的照片一样。"我纠正自己的说法，"跟看起来像我的照片一样。"

"巧合而已！谁知道有多少人会在地铁上丢钱包？这事儿曾经发生在我身上。这事儿每天都会发生，柔伊。"

"我想也是。"我知道西蒙在想什么。他需要证据。他是个记者，他处理客观事实，而不是猜测或幻想。

"你觉得报纸会调查这事儿吗？"

"哪家报纸？"他看着我的脸。"我那家？《每日电讯报》？噢，柔伊，我想不会的。"

"为啥不？"

"这根本不是个事儿，柔伊。我的意思是，我知道你很担心，这事儿很蹊跷，但没有新闻价值，如果你懂我意思的话。说实话，身份盗窃是个老掉牙的话题了。"

"但是你可以写写呀，对不？找出谁是幕后的人。"

"不行。"他突然说了一声，结束了我们之间的交谈。我真不该提出这个要求。我把一件小事闹得无法收场，还搞得自己失去了理智。我吃了一块蒜蓉面包，酒杯里不知什么时候已经见了底，我拿起酒瓶，往杯子里面斟酒。我是不是该做点其他事来缓解我的焦虑情绪。正念？瑜伽？我变得神经兮兮，我可不愿因为这件事影响西蒙和我的关系。

"凯蒂告诉你她试镜的事儿了吗?"西蒙问。谢天谢地,他换了一个话题。他的语气很温柔,这说明他并没有把我的妄想症放在心上。

"她一直不回我的短信。今天早上我讲了些蠢话。"

西蒙扬起一侧的眉毛,但我并没有说明详情。

"你什么时候问她的?"我努力不让自己话中透着苦涩。我只埋怨自己,弄得凯蒂不理我。

"她给我发的短信。"我让他感觉有些尴尬,赶紧给他圆场。

"她愿意告诉你,太好了。真的,我觉得挺好。"我是实话实说。我俩已经确定关系,但西蒙还没有搬来前,我经常试着创造机会,让他和孩子们单独相处。我还记得自己会借故上楼去,或躲进洗手间,希望等我回来的时候,发现他们聊得正欢。凯蒂不给我短信,让我很受伤,但她愿意告诉西蒙,又让我很高兴。

"什么工作?"

"我也不太清楚。经纪人还没给她安排角色,但她联系上一个管事的,听起来像是没什么问题。"

"好极了!"我想拿出手机,给凯蒂发短信,告诉她我为她感到骄傲,但我还是决定再等等。当面祝贺她更好。于是我跟西蒙聊起梅丽莎的新咖啡馆,和尼尔要去议会大厦的事。布丁还没端来,我们已经又要了一瓶葡萄酒。我听西蒙讲起他当初级记者的经历,被逗得咯咯直笑。

西蒙付了账单,留下一笔可观的小费。他准备招一辆出租车,但我拦住他。

"咱们走路吧。"

"十镑都花不到。"

"我想走走。"

我们开始步行,我挽着西蒙的胳膊。我并不在乎打车回家的费用,只是想让夜晚变得更长一点。在十字路口，他吻了我，这个吻让我们错过了哔哔作响的绿灯，只好再次按下过街的按钮。

宿醉让我六点就醒来。我走下楼，找水和阿司匹林。我把电视调到天空新闻台，从水龙头接了一杯水，咕咚咕咚地喝下。喝完一杯，我又接了一杯，也喝得精光，然后将手撑在水槽边，因为我突然感觉天旋地转。我工作日很少喝酒，这就是原因。

凯蒂的手提包放在桌上。西蒙和我昨晚到家时，她已经睡了。我俩一边蹑手蹑脚地爬上楼，一边吃吃地傻笑，怕惊醒孩子们。水壶旁有一张纸，叠起来，上面写着"妈妈"。我摊开纸，头疼让我眯着眼。

我的第一份表演工作！等不及想要告诉你。爱你，×××

虽然还被宿醉折磨，我脸上露出欣慰的笑容。她原谅了我，等她来告诉我这份工作，我决定表现得无比热情。不再提什么秘书学院，或退而求其次的培训了。我猜是什么样的演出，是跑龙套，还是真的角色。剧院啊，尽管我常幻想凯蒂能在电视上找个工作，加入一部常演不衰的肥皂剧，让她成个家喻户晓的明星。

天空新闻台的主播蕾切尔·洛夫洛克正在播报一件谋杀案：发生在麦斯威山，被害人是女性。也许凯蒂能当个主持人，我想着。她绝对有主持人的范儿。她只是不爱念新闻稿，说不定音乐频道适合她，或者周刊类风格的节目，比如"大话女人"或"单人脱口秀"。我又倒了一杯水，靠在桌旁，看着电视。

画面切换到实况转播。取代蕾切尔·洛夫洛克播报的是一个穿着厚外套的女人，表情认真地对着麦克风说话。伴随她的话音，一张被害人的照片出现在屏幕上。她名叫塔尼娅·贝克特，看起来比凯蒂大不了多少，尽管据报道中说，她二十一岁。她下班后没有回家，男朋友便报了警。昨天深夜，她的尸体在公园被人发现，离他们家仅仅一百码远。

或许是我的宿醉，或者我仍处于半梦半醒之间。我看着出现在屏幕上的照片，足足看了一分钟，突然回想过来。我认出黑色的头发、微笑的面容和丰满的身体。我看到项链，挂着闪闪发光的银质十字架。

然后我反应过来。

她是昨天广告上那个女人。

你能跑多快？

当你不得不跑的时候？

穿着高跟鞋和工装裙，你的包砰砰地撞在身子一侧：能跑多快？

当你来不及坐上地铁，不得不赶回家，你争分夺秒地跑过月台：你能跑多快？

如果你不是为了赶地铁，而是为了活命？

如果下班回家很晚，眼前没有一个人。如果你没有换电话号码，没人知道你在哪里。如果你身后有脚步声越来越近，你知道，因为你每天都走这条路，你孤身一人。在月台和出口之间，你看不到另一个人。

如果你的脖颈感受到呼吸的气息，恐惧感开始上升，四周黑暗、阴冷、潮湿。

如果只有你们两人。

只有你，和身后那人。

谁在追赶你。

你能跑多快？

跑多快其实无关紧要。

因为总有人跑得比你更快。

八

有一只手按住凯莉的嘴巴。她能感觉到手紧贴着她的脸庞，尝到从手指滑入她唇间的汗水的味道。一个体型魁梧的人将重量压到她身上，拿膝盖撑开她的双腿。她想尖叫，但声音只停留在喉咙口，恐惧充满胸膛。她想回忆起在警校接受过的培训——教官教过自卫招数——但她脑子里一片空白，身体僵硬。

那只手滑到一旁，但只是暂时的。一张嘴取代了手的位置，舌头堵进她嘴里。

她听见他的喘息——沉重、兴奋——和有节奏的敲击声。

"凯莉。"

敲击声渐强。

"凯莉。你还好吧?"

卧室门打开。胸口的重负远去。凯莉长吸了一口气。

"你又做梦了。"

凯莉努力让呼吸调整到正常。房间里黑乎乎的，一个影子站在门口，背衬着大厅照来的灯光。"几点了?"

"两点半。"

"天哪，抱歉。我吵醒你了吗?"

"我下夜班回来。你现在好点了吧?"

"嗯，谢谢你。"

卧室门关上，凯莉躺在黑暗中，汗水从胸口流下来。十年前，她握着莱克茜的手，听她对警官讲述事件经过，后来，她又看到姐姐出现在电视屏幕上，播出事先录制好的声明。望着自己双胞胎姐姐的泪水，听她详述每个微小的细节，每个让人羞耻的、痛苦的细节。

"我不想让妈和爸听到这些。"莱克茜说。

多年以后，凯莉问过姐姐一次，问她是否做过噩梦。凯莉佯装随口问起，似乎自己只是刚好想到这事儿。似乎凯莉从未在梦中惊醒过，感觉有一个男人把全身的重量压在她的胸口，将他的手指插进她的嘴里。

"有一次，"莱克茜说，"发生那事儿的几天后。但以后再没有过。"

凯莉的枕头被汗水浸湿。她把枕头扔到地上，脑袋靠着身下的床单。她今天休息。她要去见莱克茜，也许还陪她的侄儿们吃晚饭。但首先她得处理一些事。

《伦敦宪报》的地址在牧人丛街，一栋不起眼的大楼里还驻扎了其他几家报社。凯莉向前台接待出示自己的警员证，然后坐在一把立背扶手椅上等待。这种椅子坐起来没有看上去舒服。她无视拧成心结的焦虑：她正利用业余时间展开调查——无薪加班并不算违规。

就连凯莉自己，也觉得这个理由听起来不太令人信服。凯茜·唐宁的手提包被盗案不再由她负责调查，有任何新的进展，她都应该立即向反扒组的组长汇报。

只要能查到一些具体的细节，她就汇报。跟其他部门一样，反扒组也人员匮乏，分身无术。缺乏具体的证据，凯茜的案子好几天都没有人会理睬。必须有人助她一臂之力。

莱克茜遇袭的三个月前，她去找过警察寻求建议。有人在学生宿舍里她的房间门外放了鲜花，信件架上留了字条，提到她头天夜里穿了什么样的衣服。

"听上去似乎你有了一个崇拜者。"负责接待的警官说。这让她感觉很不舒服，莱克茜后来告诉我。她害怕得连房间的窗帘都不敢拉起，免得被人监视。

当她的个人物品在房间里不翼而飞，他们终于派人来。现场记录为入室盗窃。莱克茜能否确定她锁了门？房间没有留下破门而入的痕迹。是什么让莱克茜认定窃贼与留字条、送花的人为同一个人？没有证据表明两者有关联。

一周后，当她上完晚课步行回家时，听见身后有脚步声，很清晰，很近，不可能是有人偶然路过。但她没有对警察说。说了有什么用？

第二周，脚步声又一次响起，她知道自己应该去找警察。她胳膊上的汗毛有针刺般的感觉，她的呼吸因为胸中堆积的恐惧而堵在喉头。她清楚自己不是在臆想。她被人跟踪了。

但一切都太晚了。他已经追上她。

凯莉想到自己从警九年来所见识过的犯罪预防举措：海报、传单、袭击警报、教育项目……但其实有一种方法简单得多：他们只需要听受害人讲述。相信受害人。

"斯威夫特警探？"一个女人朝她走来，头斜到一边。凯莉没有纠正她的称呼。她身着便装，假扮成警探也合乎情理。"我叫塔米尔·巴隆，负责广告部。不介意的话，请跟我上楼？"

六楼的墙上挂着过去一百年间在《伦敦宪报》刊登过的广告，装在结实的橡木框里。塔米尔领着凯莉踏着铺了地毯的走廊来到她的办公室，一路上，凯莉看到"梨牌"肥皂、"百利"发乳和"阳光心情"软饮的广告。

"我找到了你发来的问询的结果，"她们刚一坐下，她就开口说，"只是我仍然看不出它会联系到——你说你正在调查什么案子来着？一次抢劫案？"

罪犯没有采用暴力手段，这就意味着凯茜的钥匙被盗只是一件盗窃案，而不是抢劫案，但凯莉决定掩盖这个事实，免得罪行的严重程度与塔米尔的合作态度极不相称。此外，如果凯茜说得没错，罪犯尾随她到了家，而且从那时开始，用她的钥匙任意进出家门，这种情节严重得多。一想到有人潜伏在凯茜家周围，凯莉不禁打了个寒战。他干过什么？摸她的化妆品？拿她的内衣？凯茜说过，她觉得有人趁她外出上班时来过家里，但要是他不止白天来？凯莉想象着一个侵入者在夜深人静之时悄悄地潜入凯茜家的厨房，摸上楼，站在床前，望着睡熟中的她。

"受害人那时乘坐中央线，"凯莉告诉塔米尔，"罪犯偷走了她家的钥匙，我们相信他随后使用钥匙进入她的家。事件发生前两天，受害人的照片出现在你们报纸的分类广告版面。"她希望凯茜现在已经更换后门的锁。不知这样会不会令她感到安全些？凯莉无法确定。

"我明白。只是还有点小问题。"塔米尔仍然微笑着，但她的眼睛瞅着桌面，身子在椅子上轻轻扭动。"要刊登聊天热线，需要事先签订一定数量的协议：公司必须获得许可，发布广告时，他们必须提供给广告商——也就是我们——许可证号码。坦白地说，我们主营的业务不是聊天热线广告。你也看到了，这个版面很小。我把这称作'必要的罪恶'。"

"为什么说是必要的？"凯莉问。

塔米尔看着她，似乎答案显而易见。"他们出的钱多。大部分这类广告——色情热线、应援、婚介，等等——现在都提供在线服务。我们的印量仍然很高，广告能为报纸买单。你能相信，性产业已经到了猖獗的地步，所以我们采取措施，确保聊天热线的经营者有正规的许可，便于规范管理。"她再次盯着桌面。

"但本案似乎并未遵循这些协议。"

"我想是的。客户初次联系我们是在九月底，广告每天刊登，直到十月底。就在十月底前不久，他们提交了第二批广告，这次要刊登到十一月底。账户由一个新员工处理，是个叫本·克拉克的人，他处理订单，但没有要客户提供许可证号码。"

"这是不允许的?"

"绝对不行。"

"我能和本聊聊吗?"

"我可以去人力资源部拿他的具体信息。他几周前离开了报社——我们这里的员工，流动性很强。"

"客户怎么付款?"凯莉问。

塔米尔查询写在便笺簿上的笔记。"用信用卡付的。我们能让你拿到其他信息，当然，还有客户的住址，但是我需要你出示一份数据保护免责文件。"

"那当然。"见鬼。塔米尔·巴隆之前爽快地答应跟凯莉见面，她本来抱有一线希望，那个女人会直接将文件交给她。数据保护免责文件需要探长签字，要是凯莉解释不清她为何要在业余时间展开调查，就无法讨来这份文件。"同时，也许你还能给我这些广告的副本，包括这两个已经刊登的，和随后要刊登的?"她尽可能用自信的眼神盯着塔米尔。

"数据保护免责文件——"她开口道。

"对于住址或信用卡之类的个人信息来说是必要的。我完全能理解。但这些广告上并没有留下个人信息，对吧? 我们在谈的是可能发生的连环案件。"凯莉的心怦怦直跳，她担心塔米尔能听见自己的心跳声。拿到广告副本是否也需要一份数据保护免责文件? 她不记得了。她只能在心头暗暗祈祷塔米尔也不知道。

"连环？还发生过别的抢劫案吗？"

"恐怕我不能告诉你别的事情。"**出于数据保护**，凯莉很想加上一句。

两人僵持一阵。

"我去拿广告的副本，叫人送到前台。你可以在那儿等。"

"谢谢。"

"毋庸置疑，我们对员工重申过严格遵循办事流程的重要性。"

"谢谢。你能取消其余的广告吧，我猜。"

"取消？"

"那些还没有刊登的广告。你不能把它们放上报纸。它们会被罪犯利用，对女性实施犯罪。"

"我深表同情，斯威夫特警探，但恕我直言，保护公众的安全是你的职责，而不是我的。我们的工作是印报纸。"

"你能不能就停几期？不是取消全部广告，而是……"凯莉欲言又止，明白自己表达得不专业。她需要确凿的证据，证明广告与犯罪行为相关。凯茜·唐宁丢失的钥匙与她的广告，两者存在明显的联系，但柔伊·沃克并未成为犯罪的受害者。证据还不够。

"恐怕不行。客户已经预先付了款；取消合同的话，我必须得到老板的批准。当然，除非你手上拿到了法庭命令？"

塔米尔脸上的表情不温不火，但眼神冷冰冰的。凯莉决定不再逼她。她模仿对方，露出礼貌的微笑。

"我没有法庭命令。还没拿到呢。"

凯莉刚按下门铃，就听见侄儿们兴奋的尖叫声。他们正跑来欢迎她。五岁的阿尔菲穿一套蜘蛛侠的装备，头戴塑料的北欧海盗头盔；三岁的弟弟费格斯迈着短短的小胖腿跑向她，T恤上印着他最爱的小黄人。

"这是什么呀？"凯莉说，佯装惊讶地看着费格斯的下半身。"是哔哔小子的裤子？"男孩咧嘴咯咯笑，掀开T恤，露出他的三角裤。

"这么早就来啦。"莱克茜出现在男孩们身后。她抱起费格斯，又亲吻凯莉，动作行云流水。"小心台阶。"

莱克茜和丈夫斯图尔特住在圣奥尔本斯，那里到处是漂亮妈咪和四轮婴儿车。离开达累姆后，莱克茜修完教育类研究生课程，在当地中学找了一份教历史的差事。在那儿，她遇见斯图尔特——他是副校长——从那时到现在，两人一直在一起。

"斯图呢？"

"过家长之夜去了。谢天谢地，我昨天去过了。快，你俩换睡衣去。"

"我们想跟凯莉姨妈玩儿！"阿尔菲带着哭腔。凯莉跪在地上，紧紧搂着他。

"这样吧：你俩赶紧去换睡衣、刷牙，然后我们玩儿挠痒痒的游戏。行不？"

"行！"男孩们跑上楼去，凯莉咧嘴一笑。

"育儿这种事儿，看来轻而易举嘛。"

"你要是早来半个小时，就不会这么说了。简直乱成一锅粥。孩子们已经吃过了，我打算把他们哄上床，等睡着了，我们就可以安安静静吃顿饭；我做了蘑菇炖饭。"

"好极了。"凯莉的电话哔哔作响，她皱着眉，看了眼屏幕。

"出了什么岔子？"

"对不起，是工作上的事。我得回复。"她敲出一条短信，然后抬头看着莱克茜失望的脸。

"你被工作拴住了。智能手机有这个坏处——就像把整间办公室揣进你的口袋。永远都关不了机。"莱克茜拒绝买苹果手机，她常夸耀自己砖头大小的诺基亚优点多多，充一次电能用三天。

"不是朝九晚五。哪像你命好，下午三点收工，整个夏天放假。"莱克茜没有中计。凯莉继续读收到的短信，又飞快地回复一条。发生在利物浦大街车站广场的那次恶性斗殴，是她第一个赶到现场，肇事者们被抓后，她负责收集目击证词。一位老妇人也卷入这场冲突，凯莉随后与她的女儿有接触，后者想让母亲得知案子的进展。

"她希望我告诉她母亲，他们会被一直关起来。"凯莉把详情解释给莱克茜听，"她女儿说，母亲吓坏了，不敢出门，怕看到他们。"

"他们被关起来了吗？"

凯莉摇摇头。"都是还没长大的孩子，最多罚他们做社区服务，或批评一顿。他们对她没威胁，可她不这么看。"

"也不该你来做她和女儿的思想工作呀？就没什么受害者支援会负责这事儿？"

凯莉深深地吸了一口气。"我可没问你该怎么做你的事儿，莱克茜……"话音未落，姐姐便握住她的手。

"好啦，好啦。我不问了。可是求你啦，至少一次，你能把手机关了，当我的妹妹，而不是个警察吗？"她看着凯莉，眼里露出恳求的眼神。凯莉觉得良心不安，胸口像被扎了一刀。

"嗯。"她刚想把手机放到一旁，屏幕闪烁起凯茜·唐宁的号码。她看了莱克茜一眼。"抱歉，是——"

"是工作。我明白。"

你其实不明白，凯莉想着，走进客厅接凯茜的电话。你从来就不明白。

九

坎农街警察局离我上班的地方只有几步之遥。我肯定路过那里一千多次，却从未留意它的存在。从来没必要！虽然早上吃了止痛药，我的头痛并没有减轻。四肢也开始疼痛，而这肯定不是宿醉的原因。一想到某些事，我的心情没有变好，反而更糟，似乎承认这件事，就相当于允许病毒驻扎进我的身体。

我用冷冰冰、湿乎乎的手掌捏住门把手，我感到莫名其妙的恐慌，就像那些遵纪守法的人，有警车从身旁驶过时，心头会产生的感受。贾斯汀已经好几年没犯错，但我仍清楚记得警察第一次打来电话时的情景，一想到心就隐隐作痛。

我不知道贾斯汀是从什么时候开始偷窃的，但我确实知道他被抓那天，已经不是初犯。一开始你只拿点小东西，对吧？一包糖果、一张CD。你还小，不需要刮胡子，用不着拿二十五盒刀片。你不会穿一件衬里从顶部小心拆开的外套，将私货熟练地扔进去。贾斯汀也不交代还有哪些同伙。他承认偷窃，但不说谁是主使，也不说偷这么多刀片来做什么。他被警告，但免于处罚。他满不在乎，像是在学校挨了一通训斥。

马特大发雷霆。"你的档案里会写进这个，一辈子甩不掉的！"

"五年，"我说，尝试回忆起拘留期间，警察说的话，"然后就没事了，除非雇主直接问起，他才需要说明。"梅丽莎当然也知道这些，就像她知道他过去爱打架，我还在他房间里发现一包大麻，弄得我担惊受怕。

"他只是个孩子，"我记得她给我斟了满满一杯酒，对我说，"长大了就好了。"他确实长大了，或者他技艺精进，没再被抓到。总之，从他十九岁开始，警察再也没来敲过我家的门。我想象他现在的样子，系一条梅丽莎的时髦的围裙、做三明治、和客人聊天。这样的画面让我露出欣慰的笑容。

值班警官坐在一块玻璃屏障后，跟你在邮局见到的一样。他透过玻璃上的一个缺口说话，缺口窄得只能塞进文件，或小件的招领失物。

"需要帮助吗？"他说。从有气无力的语气不难看出，帮助我是他最不愿干的事。头痛让我的大脑有些迟钝，我努力调动舌头。

"我知道一些与一起谋杀案相关的信息。"

值班警官看起来有点感兴趣。"继续。"

我把一页剪报塞进玻璃屏障下的缺口。缺口一角挤进一块已经变硬的口香糖，台面与墙面相连，有人拿圆珠笔将口香糖涂成蓝色。"这是今天《伦敦宪报》上的一则报道，写了发生在麦斯威山的一起谋杀案。"

他浏览开头第一段，嘴唇微动，默念着文中的内容。身旁桌上的无线电发出细碎的爆裂声。《伦敦宪报》并未提供更多细节。塔尼娅·贝克特是霍洛威路上一所小学的助教。她坐地铁北线从拱门站到海格特公墓，时间大概是下午三点半，然后坐四十三路公交车到克兰利花园。*我准备去公交站接她，她的男朋友说，但外面下着雨，她要我待在家里。如果能让时光倒流，我宁愿做任何事。*照片上的他搂着塔尼娅，我忍不住想象我们正盯着杀手的一双眼睛看。人们都这么说，不是吗？大多数谋杀的受害者，都认识杀他们的人。

我把第二份剪报塞进去。"这是昨天《伦敦宪报》上的一则广告。"

我的眼前有几个白点在飞舞，我快速眨眨眼，除掉白点。我用手指摸着额头，松开手，指间依然发烫。

值班警官将目光从一份剪报移到另一份剪报。他摆出一副人人都见识过的扑克脸，我猜他会说我不过是在瞎猜；那个脖子上挂着十字架的黑发姑娘并非二十五岁的塔尼娅·贝克特。

但他没有这样说。他拿起电话，按下数字"零"键。等待接线员接听的间歇，他凝视着我。随后，他的视线始终停留在我身上，说了句："请帮我转接兰佩洛探长。"

我发短信给格雷厄姆，说自己遇上一些事情，不能赶回来上班。我呷了一口温水，把脑袋贴在冰凉的墙上，等人来喊我问话。

"很抱歉。"半小时后，值班警官对我说。他自我介绍叫德里克，但这样的场合，喊他的名字似乎不太合适。"也不知道他在忙什么。"

"他"是尼克·兰佩洛探长，刚从德里克口中所说的"MIT"来到坎农街警察局。德里克向我表示歉意，因为这是个术语，"指凶杀调查组。这组人负责调查那个年轻女士被害的案子。"

我不停地发抖。我紧盯塔尼娅的两张照片。从她出现在《伦敦宪报》的广告里，再到她被人掐死，陈尸于麦斯威山的公园，其间究竟发生了什么。

会不会下一个就轮到我。

我的照片登在上周五的《伦敦宪报》。才看一眼，就知道是我；否则我也不会如此肯定。要是我当时立刻跑来报警，也许后来的惨剧就不会发生。

两者必定有关联。塔尼娅·贝克特死于她的广告登出二十四小时后；凯茜·唐宁的钥匙丢失于她的照片登出四十八小时后。距离我看到自己的照片已经过去五天，还要等多久，事情才会降临到我的头上？

一个男人来提交办理驾照的文件。

"真是浪费时间。"他大声说，值班警官则有条不紊地填写一份表格。"我们双方的时间。"他瞥了一眼我，似乎希望能找到一个同情者，但我和德里克都没有搭理他。德里克看着那人的驾驶执照，写得慢条斯理。我怀疑他是故意的。我突然对德里克产生了好感。他终于写完，那人把驾照插进他的钱包。

"非常感谢，"他说，声音里饱含挖苦，"浪费掉午休时间，正合我意。"

取代他的是一个妇女，带着尖叫的学步幼儿，走到柜台边问路，随后是一位丢了钱包的老者。"我从地铁出来，"他说，"在银行站，钱包还在。但地铁站与河之间，也不知什么地方，就……"他环顾四周，仿佛要在警察局里构建出脑海中的场景，"……消失了。"我闭上眼睛，希望自己来警局也是为了讲一件平凡小事，然后走出去，心如止水。

德里克拿笔写下老者描述的细节，以及钱包的样子。我逼着自己深呼吸，希望兰佩洛探长快点出现。

丢钱包的人走了，又过了一个小时，最后，德里克拿起电话。"你在忙吗？只是她从午饭时间就等在这儿了。"他看了我一眼，面色神秘。"好。行。我跟她说。"

"他不来了，是吧？"我感觉病恹恹的，没力气抱怨浪费掉的时间。我还能干啥？反正什么也干不了。

"看样子他被一些要紧事儿缠住了。你也能想象，事故调查室里忙得很。他要我转达对你的歉意，说他会跟你保持联系。我会把你的号码给他。"他眯着眼，瞅着我。"你脸色不好，亲爱的。"

"我没事。"我说，但事实并非如此。我告诉自己，别怕，只是生点病，但我的手抖个不停，好不容易摸出手机，找到联系人名单。

"你在坎农街附近吗？我有点不舒服，想回家去。"

"待在那儿别动，柔，"马特不假思索地说，"我就来接你。"

他说他就在附近，但半小时过去，显然他还在路上。我心疼他为了跑来救我，损失掉了该赚的车费。警察局的大门打开，令人尴尬的是，看见他熟悉的脸，我的泪水忍不住顺着面颊往下流。

"你来接你的太太呀？"德里克说。我没有力气纠正他的说法，马特也不介意。"双份扑热息痛加一滴威士忌，她只需要这个。希望你快点康复，亲爱的。"

马特把我扶上出租车，就当我是个要付车钱的客人，又将空调的热风开到最大。我专注于呼吸，努力让身体抖得不那么厉害。

"什么时候开始不舒服的？"

"今天早上。我还以为是酒没有醒——昨晚也没喝很多呀——后来我的头越来越痛，我开始感觉四肢无力。"

"是流感。"他不假思索地说出诊断结果。跟所有出租司机一样，马特对什么都在行。他从后视镜观察我，眼睛时而看我，时而看前方的路。"你在警局干啥？"

"昨晚有一起谋杀案。发生在克兰利花园附近的公园。"

"蹲尾区？"

"嗯。她被勒死了。"我把《伦敦宪报》上的广告讲给他听；说我看到自己的照片，然后是塔尼娅·贝克特的照片。

"你确定是同一个女人？"

我点点头，尽管他的眼睛始终盯着前面的路。他舔着牙，朝左猛打方向盘，钻进一条单行道，路面很窄，经过时，我几乎能打开窗，伸手摸到砖墙。

"我们去哪儿?"

"现在堵得厉害。警察怎么说?"

我望着街道,努力辨认,却看不出这是哪里。放学的孩子正步行回家,有的自己走路,有的还牵着妈妈的手。

"他们给负责本案的探长打了电话,可他没来。"

"大人物嘛。"

"马特,我害怕。"

他没有说话。他从来不擅长控制情绪。

"如果报纸上那张真是我的照片,肯定会有事儿发生在我身上。有坏事儿。"我的喉咙有些刺痒,似乎堵了一个硬块,让我无法吞咽。

"警察觉得广告跟这起谋杀有关联吗?"

我们终于从一条条拥挤的小街钻出,我看见南环。就快到家了。我的眼睛一阵刺痛,一睁开就痛得厉害。我飞快地眨着眼,想让眼球稍微湿润点。

"值班警官看样子很重视。"我说。我很难集中注意力,听懂他在说什么。"但我不知道探长会不会重视。我还没跟他讲我照片的事——没找到机会。"

"真是怪事儿,柔。"

"你还别说。看到照片时,我觉得自己快疯了。我想西蒙也觉得我疯了。"

马特突然看着我。"他不信你的话?"

我后悔不迭。马修似乎正等待弹药支援,来对付西蒙。

"他认为有合理的解释。"

"那你呢?"

我答不上来。我只担心有人会杀我。

车停到我家门外，我打开手提包。

"我付你车钱吧。"

"没事的。"

"你不能白跑呀，马特，这不公平——"

"我不想要你的钱，柔，"他打断我的话，"放回去吧。"他的语调软下来。"走，我扶你进去。"

"我能行。"但我一站起来，膝盖就打颤，差点摔倒，幸亏他拉住我。"你瞧瞧。"

他拿着我的钥匙，打开前门，随后犹豫地停住脚。

"没事，"我说，"西蒙上班去了。"病得这么重，谁还会在意背叛婚姻的说辞。我把手提包和外套搭在栏杆，马特扶我爬上楼梯。到了顶部，他停下来，弄不清哪一间是我的卧室。我指着凯蒂房间的隔壁门。"我等会儿就好。"我告诉他。但他并没有理会，推开门，挽着我的胳膊，我们一起拖着脚步走进卧室。

他扯下盖在床左侧的羽绒被。我们结婚后，我习惯睡床的左边。如今是西蒙的东西占据了左侧床头柜，有他的书、一副备用的眼镜、一个装手表和零钱的仿皮革托盘。马特也许注意到了，但没说什么。

我钻进被窝，衣服也没脱。

西蒙叫醒我。窗外夜色沉沉，他打开床旁的台灯。"我到家时你已经睡了。你生病了吗？"他轻声问，一只手紧攥我的手机。"有位警官打电话来。怎么啦？发生了什么事？"我湿热难耐，刚想把脑袋从枕头上抬起，就传来一阵痛感。我伸手去摸手机，但西蒙将它拿到一边。"警察为什么打电话给你？"

"我会解释，待会儿。"说到一半时，我的嗓子嘶哑，只好咳嗽几声，希望能把吞掉的最后一个词念出来。西蒙递来我的手机，坐在床沿。我还在发烧，但睡了一觉，感觉好多了。

"你好，"我说，"我是柔伊·沃克。"

"沃克太太，我是西北命案调查组的兰佩洛探长。听说你在找我。"

他的声音听起来漫不经心。无聊、疲惫，或兼而有之。

"嗯，"我说，"我在家里，你能过来吗。"

西蒙摊开双手，问："发生了啥事？"

我冲他摇头，被他的打岔弄得心头冒火。在接待处浪费了那么长时间，我不想错过和兰佩洛探长对话的机会。

"我现在恐怕要……"

"什么，你说什么？"

"你不认识塔尼娅·贝克特吧，对吧？"

"嗯，可是——"

"所以你不知道她是否提供应援服务，或经营色情聊天热线？"

"嗯。"

"好吧。"他匆匆地说，语速快得似乎我只是他晚间要接听的众多来电者中的一个。"这么说，塔尼娅的照片出现在昨天《伦敦宪报》的一则聊天热线广告上，十一月十六日，周一。是吗？"

"嗯。"

"你在今天早上的新闻里认出她的照片，所以联系我们？"

"嗯。"

"有助于破案，谢谢你。"

"你不过来吗？做个笔录？"

"如果有别的需要，我们会随时和你联络。"我话音未落，他便挂断电话。西蒙现在已从一脸迷惑，变得怒气冲冲。

"你能不能告诉我发生了啥事？"

"是那个姑娘，"我说，"那个被杀的姑娘。今天早晨我给你看过她的照片。"

今天早晨，新闻刚播完，我就跑上楼将西蒙摇醒，结结巴巴地把报道讲给他听。

"假如这一切都和广告有关，西蒙？"我的嗓子变得沙哑。"假如有人把他们要谋杀的女人的照片登在报纸上，而我会是下一个？"

西蒙把我拉进怀里，给了我一个笨拙的拥抱。"亲爱的，你不觉得自己有点小题大做了吗？我读过报道，每年在伦敦有一百人被谋杀。每年！也就是——多少？——差不多每月有八个人。我知道这很可怕，但和一份免费小报扯不上什么关系。"

"午休时间我会再去警察局一趟。"我说。从他的表情能看出，他还是觉得我反应过度。

"警察重视吗？"他坐在床的另一头说。他捏着我的脚趾，我把脚挪到一旁。

我耸耸肩。"今天的值班警官是个好人。他打电话给负责本案的探长，可他没来，刚才探长说他们收到我反映的情况，如果需要的话，会再次给我电话。"泪水从我的眼角夺眶而出。"可他们不知道还有其他照片，凯茜·唐宁的，我的！"我忍不住哭起来，脑袋摇晃着，难以控制自己的心情。

"嘘——"西蒙轻抚我的头发，把枕头翻了个面，让我的脸颊贴在凉爽的枕面。"你要我叫他们来吗？"

"我没他们的号码。他只说是西北命案调查组。"

"我去找。我先给你弄点止痛片和一杯水来，然后给他们打个电话。"

他走向卧室门，然后转过身，似乎才注意到异样。"你为啥睡在我这边？"

我把脸埋进枕头，免得遇上他的目光。"肯定是睡觉时翻了个身。"我咕哝一声。

这是我俩唯一一件认真吵过的事。

"马特是凯蒂和贾斯汀的爸爸，"我曾对他说，"你不能拦我偶尔去见他。"

虽然不情愿，西蒙还是做了让步。"但他没理由来家里吧，你说呢？坐在我们休息室里，用我们的杯子喝咖啡？"

虽然听起来孩子气，不合情理，但我并不想失去西蒙，当时，这更像是一种妥协。

"好吧，"我表示赞成，"他不来家里。"

等我再次睁开眼睛，床头柜上放着一杯水，旁边有金属箔包装的药片。我吃了两片药，钻出被窝。上衣多了折痕，裤子也皱巴巴的。我脱下衣服，找来一套厚棉睡衣换上，又把自己包裹进一件大号开襟羊毛衫。

九点了。我走到楼下，看见剩的一堆像是炖牛肉的东西。我的双腿摇摇晃晃，因为睡得太久，脑袋昏昏沉沉。我走进休息室，西蒙、贾斯汀和凯茜正在看电视。没人说话，却安静得叫人惬意，我在门边站了一阵，望着全家人。凯蒂第一个发现我。

"妈！你好点啦？"她移动身子，在她和西蒙之间为我空出一截沙发椅，我坐下来，不过是下个楼，就让我筋疲力尽。

"还没呢。我累坏了。"好多年没害过这样的大病了。骨头痛，皮肤摸着也痛。眼珠背后传来一丝刺痛，只有闭上眼睛，刺痛感才会暂时消失。咽喉痛得让我几乎说不出话来。"我想我患了流感。典型的那种。"

"可怜的宝贝。"西蒙伸出胳膊搂着我，至少这一次，凯蒂没有批评我们"公开秀恩爱"。甚至连贾斯汀都露出关切的神色。

"你想喝点什么？"他说。我一定看起来病得很重，我想。

"白水就好。谢谢。"

"没事儿。"他站起身，随后把手伸进口袋，递给我一个信封。

"这是什么？"我打开信封，看到厚厚一叠二十镑的纸币。

"房租。"

"什么？我们说好了呀。我不收你的房租，亲爱的。"

"噢，吃的，账单——随便。反正是你的了。"

我转头看着西蒙，想起最近他一直唠叨说贾斯汀不能免费在家蹭吃蹭喝。他摇摇头，仿佛对我说，这和他没关系。

"真棒，贾斯汀。干得不错，小子。"从西蒙口中蹦出如此亲切的话语，实属无奈。贾斯汀轻蔑地盯了他一眼。

"我还以为你是个穷光蛋？"凯蒂说，细看那叠纸币，估摸着有多少钱。我把信封装进羊毛衫口袋，有个声音回荡在我的脑海，但我没有理会它，我不想猜测钱是从哪儿来的。

"梅丽莎叫我负责这家咖啡馆，这样她就能开一家新的。"贾斯汀说，似乎识破我的心思。"只是暂时的，不过她确实给我加了薪。"

"太好了！"儿子没有偷窃，也没有贩毒，这让我如释重负，表现出异乎寻常的激动。贾斯汀耸了耸肩，仿佛刚才讲的只是一件无关紧要的小事。他走去厨房给我端水。"我知道，他需要休息一下。"我轻声对西蒙说，"谁都看得出，他是个工作勤奋的小伙子。"

我突然想到，贾斯汀并不是唯一找到工作的人。我转身看着凯蒂。"很抱歉，亲爱的，你去试镜之前，我该全力支持的。我觉得心存愧疚。"

"噢，上帝呀，现在别担心那个，妈妈。你正病着呢。"

"西蒙说演得挺好。"

凯蒂神采飞扬。"确实很棒。只是，经纪人没有看上我，因为在她的本子上，已经有几个跟我一样**相貌**和**演技**的人——大概是这个意思，不过我跟一个等在前台的男人谈了谈。他是一家戏院公司的导演，排演《第十二夜》，他们的维奥拉滑雪时出了事故。你瞧，**多么完美**？"

我盯着她，没太听懂意思。贾斯汀端着一杯水回来。他没有让水龙头哗哗直流，温热的水雾气缭绕，我小口啜饮，心里乐滋滋的。至少它能缓解我咽喉的疼痛。

"妈，《第十二夜》是我们普通中等英语课里面的文章。我很熟悉。他说我**最适合**演维奥拉。我参加完试镜，随后——最疯狂的事儿发生了——我拿到这个角色！其他的演员已经排练了好几个星期，而我两周就搞定。"

我头昏脑涨。"那个男人是谁？你认识他吗？"

"他叫艾萨克。原来他的妹妹和索菲亚是同学，所以他并不算一个完全陌生的人。他在爱丁堡做事，还有——精彩部分来了——他们会巡演《第十二夜》！他雄心勃勃，多才多艺。"

我在凯蒂脸上捕捉到不一样的表情。跟她得到表演工作的喜悦不同。"长得好看吗？"

她脸颊绯红。"很帅。"

"噢，凯蒂！"

"怎么啦？妈，是犹太人，我发誓。我猜你会喜欢他的。"

"好吧。你可以邀请他来家里做客。"

凯蒂哼了一声。"我昨天才认识他，妈，我又不是叫他来见家长。"

"还有，等你能参加巡演时，再去吧，所以……"我和她四目相对，西蒙赶紧出来打圆场。

"能等你身体好点，我们再来讨论这个事儿吗？"

"现在我感觉好多了。"我说，但我的倔脾气敌不过一波眩晕来袭，我不得不闭上眼睛。

"好得很呢。快去，你上床去。"

我想起他的承诺。"你给警察打电话了吗？"

"打了。我跟调查组的某个上司通了话。"

"兰佩洛？"

"我想是吧。我说你很担心登出的广告——上面有个像你的人那则——"

"那就是我。"

"——跟我通话的那家伙说他完全能理解你为什么如此担心，但现在他们认为塔尼娅·贝克特被杀与其他案子没有关联。"

"一定有关联，"我坚持道，"不可能是巧合。"

"你甚至都不认识她，"贾斯汀说，"为啥你要这么紧张？"

"因为她被谋杀了，贾斯汀！"他无动于衷，我绝望地看着凯蒂。"因为我的照片——"

"——那不是你的照片，亲爱的。"西蒙打断我。

"——因为我的照片和她的一样，在同一个广告上。所以我觉得，我完全有权感到紧张，你说呢？"

"除非他们有毛病，刊登这类广告，怎么会要人打附加收费的电话号码。"西蒙说。

"有什么区别吗？"

"她是个应援小姐？"凯蒂问。

"职业危险。"贾斯汀说。他耸耸肩，坐回之前他在沙发上的位置，手里捏着手机。

"他们在新闻上说，她是个助教，不是应援小姐。"我想到他们在报上用的照片，画面中是塔尼娅和她的男朋友。我想象报道上方的标题与我被谋杀有关，猜想他们会在一旁附上什么照片；他们会不会采访格雷厄姆·哈罗，引述他的话。

"广告里一个字也没提到应援服务，对吧，妈?"凯蒂说。

"有一个网址。"我把掌心贴在额头，努力在记忆中搜寻，"Find the one dot com。"

"听起来倒像是个交友网站。也许她是被某个在网上认识的人杀了的。"

"我再也不许你一个人跑出去了。"我告诉凯蒂。她惊讶地瞪着我。

"就因为发生在伦敦城另一端的一起谋杀案? 妈，别傻了。随时都有人被杀。"

"男人们，嗯。那些帮派少年。瘾君子和愚蠢的冒险者。但不会是走在下班回家路上的年轻女人。你要不然和一群朋友出去，要不然就别出去。"

凯蒂看了一眼西蒙，不过这次他站在我这边。

"我们只希望你安全，没别的。"

"这不实际。工作怎么办? 周六晚上，餐馆要十点半才收工，现在我要排练《第十二夜》，时间大多在夜里。没别的法子，只能自己回家。"我刚想开口，就被凯蒂打断，她的语气温柔而坚定。"我是个大姑娘了，妈。我很小心。你不需要为我担心。"

但我很担心。我担心凯蒂，因为她每天深夜摸黑从上班地点回家，脑子里胡思乱想着踏上红地毯的明星。我担心凯茜·唐宁们和塔尼娅·贝克特们，她们对即将发生的事情一无所知。我担心自己。我不知道这些广告意味着什么，或者为什么我的照片会出现在一则广告上，但危险真实存在。我看不到，却能感觉到。危险正在靠近。

你永远不知道会在哪里遇到那个人。也许他们总是坐在你走进的那一节地铁车厢靠窗的座位。你可能会看见他们排在你的前面买咖啡。也许你每天跟在他们身后过马路。如果你对自己有信心，还会跟他们攀谈几句。一开始是天气，以及地铁的运行，但之后，随着时间流逝，你们会交流更多私事。你地狱般的周末；他们苛刻的上司；不了解她们的男友。你们会相互认识，然后其中有人会将关系推向下一个层次。喝咖啡？吃晚餐？交易已成。

但如果那个人坐在另一节车厢？如果他们从家里带来咖啡；如果轮到他们上班；如果他们不搭电动扶梯，而是爬楼梯？想象一下，要是没有撞上他们，你会错过什么。

初次约会；第二次约会；更多约会。

也许这一切和那个人无关；也许你渴望一次偶遇，甜蜜的邂逅。让你血脉偾张，脉搏加快。

多夜情。

一夜情。

一次追求。

这里是开始的地方，www.findtheone.com，一种认识全伦敦的通勤者的方法。为人们走到一起助一臂之力。你可以叫我经纪人、媒人、红娘。

美妙之处在于，你们谁也不知道，自己已经被列入名册。

十

我在床上待了二十四小时，睡的时间多，醒的时间少。周三下午，我挣扎着下床去看医生，但医生说的我都知道：患了流感，没什么能做的，多喝水，吃点非处方药，等病情过去。西蒙很能干。他为孩子们下厨，给我端来不想吃的饭菜。我觉得唯一能吞得下去的东西是冰激凌，于是他跑出去买冰激凌。我想他会成为一个优秀的准爸爸，记得怀上贾斯汀时，马修嘟嘟囔囔，大雪纷飞的天气，去给我买烤干酪辣味玉米片和酒胶糖。

我给公司打电话，告诉格雷厄姆自己病了。令人惊讶的是，他对我表示同情，但后来我告诉他，这周剩下几天都不去上班。

"至少明天你抽空来一下吧？乔也请假了，没人接听电话。"

"能来我就来。"我说。第二天一早，我给他发了条短信，"抱歉，仍在病中"，然后关掉手机。午餐时间前，我什么也没吃；梅丽莎从咖啡馆给我端来鸡汤，第一口下肚，我就狼吞虎咽起来。

"太好吃了。"我们坐在我家的厨房里，小餐桌旁只坐得下两个人。"对不起，这儿乱得够呛。"洗碗机需要取出碗碟，这表明没人操作过这个机器，而是把早餐的盘子统统堆在水槽。空包装袋在垃圾桶旁围成一圈，说明桶也满了。冰箱上盖满家庭照片，拿花俏的冰箱贴固定。度假时买冰箱贴是种传统，也是一个持续的挑战，因为要挑到最腻味的纪念品并不容易。

目前排在第一位的是凯蒂去贝尼多姆时买的"点头驴"冰箱贴，每次有人打开冰箱门，驴子头上的墨西哥宽边帽就左右摇摆。

"真温馨。"梅丽莎笑着说，注意到我怀疑的目光，"我是说真的。这么暖心，满满的爱和回忆——这才是一个家应该有的味道。"我想在她脸上看出一丝遗憾，却什么也没找到。

我俩认识时，梅丽莎四十岁——要成家的话，这年龄还算年轻——我问过一次，她和尼尔是否打算要孩子。

"他要不了。"话刚出口，她便赶紧修正。"不对。我的意思是我们要不了。"

"没孩子可不行。"我当妈已经很长时间，实在无法想象没有孩子的生活该怎么过。

"还好啦。我知道情况，你瞧——尼尔小时候患过白血病，化疗造成他无法生育——所以我们没法要孩子。不过我们干别的事，利用别的机会。"我猜她指的是工作。生意，假期，一栋漂亮的房子。

"尼尔比我更难接受这个现实，"她说，"他过去经常发脾气——*为什么是我*？摊上这种事——但现在我们几乎不提它了。"

"不管怎么说，我喜欢像你家那样的房子，"我说，"到处都干干净净，看不到一双脏袜子！"

她微笑起来。"这山望着那山高，俗话是不是这么说的？要不了多久，等凯蒂和贾斯汀搬出去，你会站在空荡荡的房间里，渴望他们还在家里。"

"也许吧。噢，这倒提醒了我；你究竟对我儿子做了什么？"

梅丽莎顿时变得忧心忡忡，我本想开个玩笑，结果弄巧成拙。我解释说："他星期二时给我交了一笔钱当房租。我没打算收他房租。我猜是不是你叫他这么做的。"

"哦，我懂了！钱是他应得的——他干得挺不错，而我刚好缺一个经理。于是便有了这个完美的结果。"

但还有什么事情让她心神不宁。我盯着她，直到她把视线躲到一边，看着窗外我家树丛矮小的花园。最后，她开口说。

"加的薪水。"她瞄了我一眼。"是用的库存现金。"我扬起一侧眉毛。我是她的朋友，但我也是她的会计。要是我不提贾斯汀加薪，她肯定不会告诉我这件事。

"如果客人付的现金，这笔钱不一定要入账。我存了一笔钱应急。这钱偶尔拿来支付家里的账单，而不需要动用赚的红利。"

"我明白了。"我也许正跟我的良心作斗争。这种做法与规则背道而驰，但在我看来，她并没有伤害任何人。她又不是什么全球零售商，用离岸账户逃避公司所得税。她只是个当地的女商人，像我们一样谋生计。

"并非完全出于一己之私，你知道吗？"从她脸上的表情，我能看出梅丽莎很后悔告诉我这件事；她怕我会对她另眼相看。"这意味着贾斯汀能躲开收税员，他可以慢慢开始存钱了。"

我很感动。她居然考虑得这么长远。"所以，我还得感谢你鼓励他把涨的工资拿来付房租？"

"我们只聊了一两句……"她继续装出一张无辜的脸，让我忍不住发笑。

"好吧，谢谢你。他终于长大了点儿，真叫人高兴。你就不怕有人去HMRC①告密？"突然想到自己会计的身份，我添上一句。要担心的不止梅丽莎一个人。如果她被抓，我也脱不了干系。

---

① 指英国税务海关总署。

"只有你知道。"

"知道什么?"我咧着嘴笑。"我得去换衣服啰——肯定都发臭了。"身上还是昨晚睡觉时穿的慢跑裤和 T 恤,我突然觉得自己有一股病人的陈腐味道。"要去见凯蒂的新男朋友兼导演——他开车接她去排练。"

"男朋友?"

"嗯,她还没那样叫,但我了解我的女儿。他俩星期一才认识,但我发誓,从那以后,每次跟我聊天,她都把他的名字挂在嘴边。这也艾萨克,那也艾萨克。享受得很。"我听到楼梯嘎吱作响,赶紧闭嘴。凯蒂出现在厨房门口。

"哇,瞧瞧谁来了!"梅丽莎说,跳起来给了她一个拥抱。凯蒂穿一条灰色紧身牛仔裤,表面看起来像喷了一层雾。一件缀有金色金属亮片的 T 恤,在她伸出手臂拥抱梅丽莎的时候,向上滑动。

"这是你有名的鸡汤吗?还有剩的没?"

"多着呢。额,我听说有人叫艾萨克……"她故意把名字里的元音念得很重,凯蒂怀疑地看了我一眼。我没吱声。

"他是个优秀的导演。"凯蒂拘谨地回答道。我们等她说下去,但她却停住话头。

"我能冒昧地问一句收入吗?"梅丽莎说,做生意的女人最关心这个话题。"我知道,演员并不是个赚钱的职业,但至少能应付日常的开销吧?"

凯蒂沉默不语,我一下子什么都明白了。

"噢,凯蒂,我还以为这是一份真正的工作!"

"是工作呀。我们演完后就能拿到钱,等卖了票,付完了账单。"

"这么说,是利润分成?"梅丽莎问。

"嗯。"

"要是没有利润呢!"我说。

凯蒂突然向我发难。"又来了!干脆把我说成一坨屎算了,妈!没人来,没人看,我们的钱赔个精光——"她急急停住,但已经太晚了。

"赔什么钱?利润分成我懂——虽然就一点点——但是请告诉我,你不会真的把钱给那个刚认识的家伙了吧!"

梅丽莎站起身。"我想我该回去了。祝贺你拿到那个角色,凯蒂。"她给我投来一个严肃的眼神,意思是*别凶她*,然后走了。

"什么钱,凯蒂?"我继续说。

她把一碗鸡汤放进微波炉,按下加热键。"我们分摊了排练场地的费用,就这些。算是合作而已。"

"这是敲竹杠。"

"你根本不懂剧院的运营,妈!"

我们都扯起嗓门,只管表达自己的意见,根本没听到前门开锁的声音,自从我生病以来,西蒙这一周每天都提前下班回家。

"你感觉好点啦?"他问。等我注意到,他正靠在门边,脸上露出一种强忍着不笑出来的表情。

"好了些。"我羞怯地说。凯蒂把鸡汤放在托盘,端回她的房间喝。"艾萨克几点来接你?"

"五点。如果你抱怨那个利润分成的事儿,我就不叫他进来了。"

"不会的,我保证。我只是想见见他。"

"我给你买了些东西。"西蒙说。他递给她一个塑料袋,里面似乎装了什么坚硬的小东西。凯蒂放下托盘。是一个警哨——你拔出插销,就能发出空袭警报声的那种。"附近的小商店在卖这个。我也不知道好不好,只是觉得你从地铁站走回家的时候,可以带这个在身上。"

"谢谢。"我说。我知道,他买这个只是想让我安心一点,真的,不完全是为凯蒂买的。他想让我在她深夜外出时感觉好受点。我努力压下自己刚才的火气。"《第十二夜》的票什么时候卖呀？我们要坐前排，是吧，西蒙？"

"那肯定。"

他是认真的。这倒不是因为凯蒂。西蒙喜欢古典音乐、戏剧和小店里名不见经传的爵士乐演奏。他很诧异我从未看过《捕鼠器》，于是带我上剧院，还一直不停地扭头看我，想知道我是不是喜欢剧情。还行吧，我觉得，但我更喜欢看《妈妈咪呀》。

"不清楚。我去问问。谢谢。"她冲着西蒙说，看得出，她觉得西蒙才是跟她志趣相投的人。昨天夜里，他训练她念台词，两人就剧本里出现的意象讨论得热火朝天。

"你知道她如何把'伪装性'拟人化，将其称作'邪恶'吧？"西蒙问。

"嗯！甚至到了剧终，也没有谁泄露身份。"

我看了贾斯汀一眼，我和他难得有机会交流着心照不宣的眼神。

初次约会时，西蒙告诉我他想当个作家。

"你已经是了呀，不是吗？"我有些迷惑。我们认识时，他介绍自己是个记者。

他不屑一顾地摇摇头。"那不算，要看写的内容。我想写书。"

"写呗。"

"等吧，"他告诉我，"等我哪天有空。"

那年圣诞节，我给他买了个"鼹鼠皮"笔记本，厚厚的页面呈乳白色，装订在柔软的棕色皮套里。"送给你写书。"我害羞地说。那时我们才交往几个星期，我花了好几天，绞尽脑汁地想该送他一个什么礼物。

他看着我的眼神，就像我把月亮摘下来送给了他。

"感动我的不是笔记本，"搬进我家一年多后，书的初稿完成了一半的时候，他告诉我，"而是你对我的信任。"

凯蒂看起来很紧张。她仍然穿着紧身牛仔裤和带金属亮片的 T 恤——这样显得既休闲，又光彩照人——但她还抹了深红色口红，画了厚厚的黑色眼线，从眼角弯出上翘，像一对翅膀。

"十五分钟，"门铃响起，她冲我嘘了一声，"然后我们就走。"贾斯汀还在咖啡馆，西蒙和我在客厅。我匆忙把客厅整理一下。

我听见大厅有人低声说话，我猜凯蒂会如何告诉她的新男朋友兼导演。也许是，**抱歉，是我妈的主意**。他俩走进客厅，西蒙站起身。我立刻看出他吸引凯蒂的地方。艾萨克个子很高，有光滑的橄榄色皮肤和黑得发亮的头发，上衣长，裤子短。他的眼睛是最深的棕色，V 领 T 恤穿在皮夹克里面，暗示他练就一副棱角分明的胸肌。简言之，艾萨克是个美男子。

但他至少有三十岁。

我变得张口结舌，好不容易喊出一声"你好"。

"很高兴见到你，沃克太太。你生了一个很有天赋的女儿。"

"妈妈说我该去当秘书。"

我瞪了一眼凯蒂。"我只是建议你上个秘书课程。以备不时之需。"

"很好的建议。"艾萨克说。

"你也这么认为?"凯蒂有些怀疑自己的耳朵。

"演戏是个苦行当。削减艺术方面的资助，意味着这个行当会更苦。"

"噢，那也许我得考虑清楚。"

我惊讶地哼了一声，赶紧佯装咳嗽加以掩饰。凯蒂朝我投来犀利的目光。

艾萨克跟西蒙握手，西蒙递上一瓶啤酒，他推辞不喝，理由是要开车。我觉得他至少把这个理由变成了有利条件。他和凯蒂坐在沙发，彼此隔开一段距离。两人才认识不久，我很想找出一些蛛丝马迹，看他们之间是否单纯为导演和演员的关系。但他和她并没有偶然或有意的肢体接触。我猜凯蒂的英雄崇拜只是一厢情愿的迷恋。我希望她不会受到伤害。

"在经纪公司见到凯蒂的那一刻，我就知道她是扮演维奥拉的最佳人选，"艾萨克说，"我发了一张快照给演塞巴斯蒂安的家伙，问他觉得怎么样。"

"你给我拍了一张照片？你从来没说过！鬼鬼祟祟的。"

"在我的手机上。反正，他马上给我回了条短信，说你很完美。我听过你讲话——你和旁边的姑娘聊过天，你还记得吗？——我的本能告诉我，你就是我一直在寻找的莎士比亚剧中的女主角。"

"皆大欢喜。"西蒙笑着说。

"正是！"艾萨克说。他和凯蒂也笑起来。凯蒂看了看表。

"我们得走了。"

"排练结束后，我会送她回来，沃克太太。我知道你有些担心她深更半夜搭地铁。"

"那太感谢你了。"

"没关系。对一个在深夜独行的女人来说，伦敦并不总是最安全的地方。"

我不喜欢他。

马特过去常常笑话我看人时急于下结论，但第一印象很能说明问题。

我透过客厅窗户望着艾萨克和凯蒂，两人沿着公路走了一百码，走向艾萨克泊车的地方。靠近车子时，他把一只手放在她弱小的背上，然后俯身为她打开车门。我无法准确说出讨厌他什么地方，但我的感官在朝我尖叫。

就在几天前，我还下决心要支持凯蒂当个演员；如果我说艾萨克的闲话，她肯定会把我的话看成对她的职业选择的又一次严重挑衅。我没有胜算。至少今晚，她不用独自回家。我早上听广播报道一起性侵案时，忍不住猜想，受害者的照片是否也在分类广告上出现过。西蒙下班时总要带回一份《伦敦宪报》，但这一周，他总是两手空空地回来。我知道，他想我忘掉广告的事儿。但我不会，也做不到。

周五时，西蒙陪我去上班。"万一你走起路来不稳当。"早上一起床，他就对我说。上班的路途中，他一直牵着我的手。在区域线地铁上，我见到一份乘客扔掉的《伦敦宪报》，我决心不理它，把自己的脸靠在西蒙的衬衣上。我松开拉住的吊环，胳膊搂着西蒙的腰，每次地铁减速进站，他就得保持两个人的身体平衡。我们谁也没有说话，但我能透过脸颊，听见他的心跳声。强壮而有力。

在哈罗 & 里德公司门外，他吻了我一下。

"我害你上班迟到啦。"

"没事儿。"

"你不会惹上麻烦吧？"

"我来操心那个。把你留在这儿，能行不？如果需要的话，我可以在附近逛一逛。"他指着街对面的咖啡馆。一想到西蒙会等我一整天，像某位名人的保镖，我就难掩笑容。

"我能行。我待会儿给你打电话。"

我们亲吻对方，他等我顺利地坐到办公桌旁，才挥手离开，朝地铁站走去。

格雷厄姆刚出门去巡视，我立马关掉自己负责更新的 Rightmove①列表清单，打开谷歌。我输入"伦敦犯罪"，点击搜索到的第一个链接：出来一个叫"伦敦 24"的网站，声称能提供首都最新的犯罪信息。

少年在西达利奇遭遇枪击

男子在芬斯伯里公园被神秘烧伤，生命垂危

这就是我不看报纸的原因。跟往常一样。我知道有犯罪发生，但我从不愿多想。我不愿想象贾斯汀和凯蒂生活在一个连眼睛都不眨就捅别人刀子的地方。

前英超球员承认在伊斯灵顿酒驾

八十四岁领养老金者在恩菲尔德遇袭，"骇人听闻"

我瞄了一眼八十四岁的玛格丽特·普赖斯的照片，她出门去领取养老金，却再也没能回家。我又搜索塔尼娅·贝克特。一篇报纸上的文章提到"脸书网"的悼念栏，于是我点开网页。页面有塔尼娅·贝克特 RIP②字样，贴满家人和朋友深切哀悼的留言。在一些留言中，塔尼娅的姓名加亮突出显示，我知道，这是因为人们标记了她的"脸书网"主页。我不假思索地点击她的姓名，当她的主页出现，显示所有的状态更新时，我不由自主地吸了一口气。

"还剩一百三十五天！"她最后的更新写着，发帖时间是她被害的当天早晨。

---

① Rightmove 是英国知名房地产网站，提供房屋出租与出售。
② RIP，rest in peace 的缩写，意为"安息"。

什么还剩一百三十五天?

答案在几条更新后,一个帖子标题是《姑娘们,这个怎么样?》照片是手机上的截图——我能看到上方有电池剩余电量显示,画面主体是从网上抢购的一套伴娘礼服。帖子被三个女性的名字标记过。

塔尼娅·贝克特死在她的婚礼的一百三十五天前。

我看着塔尼娅的朋友列表;小图上清一色都是姑娘,金色头发,白色牙齿。我的注意力被一个同姓的妇女吸引过去。

跟塔尼娅一样,艾莉森·贝克特的主页也对访客公开。我立刻得知照片上的人是塔尼娅的母亲。她在"脸书网"最后一次发帖是两天前。

天堂又迎来一个天使。愿我美丽的姑娘安息、长眠。

我关掉"脸书网",感觉自己像一个入侵者。我想到艾莉森和塔尼娅·贝克特。我想象她们一起计划婚礼,购买礼服,写请柬。我看着艾莉森的大头贴,她坐在家里的深红色沙发上,拿起电话,接听警官的来电,却什么也听不进去。不是她的女儿;不是塔尼娅。我的心口隐隐作痛,终于哭出声来,只是不清楚,我是为一个素未谋面的姑娘而哭,还是为自己的女儿而哭,因为将受害者的名字调换一下,实在简单得很。

我的视线落到一张名片上,名片插进布告栏边沿的一个夹子。

凯莉·斯威夫特警员,英国交通警察局

至少她会听我讲述。

我擤个鼻涕。深吸一口气。拿起电话。

"斯威夫特警员。"

我听见背景中传来交通的噪音;救护车的警报声渐渐远去。"我是柔伊·沃克。《伦敦宪报》上的广告?"

"嗯,我记得。只是我还没找出更多线索,不过——"

"我有。"我打断她。"一个登在广告上的女人被谋杀了。而且看样子没人关心也许下一个就轮到我。"

对方沉默片刻，继续说道，"我，"斯威夫特警官语气坚定地说，"我关心。告诉我你知道的一切。"

十一

快到中午时，凯莉才返回局里，找到一个打给尼克·兰佩洛探长的号码。在电话簿上，探长的身份是"高级调查官"。起初，她被转接到事故号码，这是一条通用的服务热线，公众知道任何有关塔尼娅·贝克特被害案的信息，都可以拨打。

"如能告知细节，我将尽快转给调查组。"一个女人说，语调冷冰冰的，看样子，她把凯莉当成了每天要接听的众多来电中的一个。

"如果可能，我想与兰佩洛探长通电话。我是英国交通警察局的警员，手上有个案子，也许和他的调查有关。"凯莉在心头默默祈祷。这不算撒谎。柔伊·沃克找过她，凯莉的名字也填在凯茜·唐宁的案件报告上。她的名字。她的工作。

"我给你接通事故调查室。"

铃声响了又响。就在凯莉打算放弃的时候，一个女人拿起电话，她有些上气不接下气，似乎刚跑上楼梯。

"西北 MIT①。"

"兰佩洛探长在吗？"

"我去看看他在不在办公室。请问您是？"女人的声音听起来像 BBC

---

① MIT，Murder Investigation Team 的缩写，意为"命案调查组"。

的新闻播报员。凯莉想猜出她在调查组担任什么角色。对命案调查组，她知之甚少，尽管交通警察局也有类似的调查组，但和伦敦市的比起来，要清闲得多，再说凯莉也没在那里当过差。她报了自己的姓名和警号，焦急地等待听筒里再次响起人声。

"我是兰佩洛。"

没有了 BBC 的口音。尼克·兰佩洛讲一口纯正的伦敦腔，语速很快；他讲得有条不紊，叫人一时插不上话。跟他的语速相比，凯莉觉得自己说得结结巴巴，听起来一点也不专业，甚至不像个合格的警员。

"你刚才说是在哪里上班？"兰佩洛探长打断凯莉的话。

"BTP①，长官。我现在负责中央线。我上上周处理一个偷包案，觉得和塔尼娅·贝克特被害的案子有关，我希望能当面向您汇报。"

"恕我直言，警员……"他音调上扬，似乎对她的警衔产生疑问。

"斯威夫特。凯莉·斯威夫特。"

"恕我直言，斯威夫特警官，这是一次命案调查，不是偷包。塔尼娅·贝克特遇害当晚并未去过中央线，所有证据都表明这是一个孤立的事件。"

"我相信两者有关联，长官。"凯莉说，也不知从哪儿获得的勇气。她寄希望于兰佩洛的反应，谢天谢地，他并没有因为她的质疑而挂断电话。

"你那里有文件副本吗？"

"有，我——"

"发到事故调查室，我们看一眼。"他想给她找个台阶下。

"长官，我认为被害人曾出现在《伦敦宪报》刊登的一条分类广告

---

① BTP，British Transport Police 的缩写，意为"英国交通警察局"。

上。对吧?"

对方沉默片刻。

"这个消息尚未透露给公众。你从哪里听说的?"

"从一个联系我的目击者那里。目击者还看见偷包案受害者的照片登在另一期《伦敦宪报》上,目击者认为她自己的照片也出现在报上。"

这一次,对方沉默了更长时间。

"你最好过来一趟。"

西北命案调查组在巴尔弗街,位于一个征兵处和一栋第三层楼面贴有"出售"广告的公寓楼之间。凯莉按下蜂鸣器,响起一声"MIT",然后她把身子微微侧向左边,直接看着摄像头。她扬起下巴,想让自己看起来不那么紧张。兰佩洛探长和凯莉约好六点见面,这样一来,她还能赶回家换身衣服。老话是怎么说来着?"干什么活儿,穿什么衣裳。"凯莉希望兰佩洛探长把她看成一个像模像样的警官,能为他的命案调查提供重要情报,而不是一个穿着制服的小警察。她再次按响蜂鸣器,但立刻对自己的行为感到后悔,因为有人来应答,语气很不耐烦,看来很少有访客如此急躁。

"哪位?"

"是凯莉·斯威夫特警员,英国交通警察局的。我来见兰佩洛探长。"

咔嗒一声,声音响亮,面前的这扇厚重的门松开门闩。凯莉推开门,朝里走去。她冲摄像头笑了一下,表示感谢。万一别人还注视着她的一举一动。眼前出现一扇扇电梯门,但她不知道命案调查组在几楼,索性爬楼梯。第一段楼梯的顶部有一扇双开门,看不出门背后是什么。凯莉徘徊在门口,不知道是该敲门,还是直接推门进去。

"你在找事故调查室吗?"

凯莉分辨出，这就是当天早些时候在电话上听到的 BBC 语调，她转过身，看见一个留着又长又直的金发的女人，扎黑色天鹅绒发箍，露出眼睛。她穿锥形裤和平底鞋，向凯莉伸出手。"露辛达。这儿的分析员。你是凯莉吧?"

凯莉感激地点点头。"我来见探长。"

露辛达推开门。"从这儿过去开会。来，我带路。"

"开会?"凯莉跟随露辛达穿过双开门，走进一间宽敞的开放式办公室，里面放着大约十二张桌子。大办公室一侧是一个单独的办公室。

"那是总督察的办公室。但不怎么用了。他还有六个月就退休，休息日多，几乎占据了他所有的业余时间。他跟这儿的人处得不错，大家都叫他'挖掘工'①。"

听见这个熟悉的绰号，凯莉竖起耳朵。"不会是艾伦·迪格比吧?"

露辛达有些惊讶。"就是他! 你也认识他?"

"他当过 BTP 的探长，不久便调到伦敦警局，我听说他晋升了。他是个好头儿。"

露辛达领她走过开放式办公室。凯莉环顾四周，看得很仔细。虽然没有人，空气中却感觉回荡着嗡嗡声。凯莉熟悉这种感觉，因为她也曾参与过正式的罪案调查。每张桌上都有两个电脑显示屏，至少有三个电话在响；铃声在房间里转圈，来电自动从一部电话转接到另一部电话，寻找应答。总之，这里的电话响得不依不饶，仿佛手里握着开锁的钥匙，能解开命案调查组一周来渴望揭晓的谜题。凯莉也干过这样的工作，一股熟悉的能量在她体内升腾。

"他们会来接电话的，"注意到凯莉看着离她们最近的闪烁的信号灯，

---

① 总督察的名字"Digby"发音近似"Diggers"（"挖掘工"）。

露辛达说，"有人会叫他们回来。"

"大家去哪儿了？"

"听简报去了。探长要每个人都参加。他把这叫作 NASA① 理论。"

凯莉茫然地看了她一眼，露辛达扑哧一笑。

"是这样的，肯尼迪总统访问 NASA，和一个清洁工攀谈起来。他问对方做什么工作，清洁工毫不迟疑地说：'我在帮忙把一个人送上月球，总统先生。'尼克的理论是，如果让整个命案调查组的成员都听听简报，包括清洁工，肯定不会遗漏任何东西。"

"这法子真好。跟他共事容易吗？"她跟着露辛达穿过房间，走向一扇打开的门。

"他是个好警探。"露辛达说。凯莉明显感觉到，选择措辞时，分析员显得小心翼翼，但已经没有时间从她那里套出更多的信息。她们来到简报室门前，露辛达领她进了门。"头儿，这位是凯莉·斯威夫特，从BTP 来的。"

"请进，我们正要开始。"

凯莉感觉胃里隆隆作响，也不知因为紧张还是饿了。她和露辛达站在房间后面。凯莉瞅了她一眼，动作不大，免得被对方察觉。兰佩洛探长没跟她提过听简报的事，她以为只需跟他在办公室见面聊一聊，也许再加个调查组的组员。

"欢迎，各位。这是有关'福尼斯行动'的简报。我知道你们忙了一整天，有些人还没结束工作，所以我尽量长话短说。"探长的语速和电话里一样快。这是个宽敞的房间，但他并未有意地提高嗓门；凯莉不得不认真倾听，捕捉每一个词。她正纳闷为什么他不大声说话，随后看到调

---

① NASA，指美国国家航空航天局。

查组的其他人都全神贯注，生怕错过一个字，才意识到这其实是一种有意的——和高明的——策略。

"为方便新加入的成员了解案情，四天前，塔尼娅·贝克特的尸体在麦斯威山的克兰利公园被人发现；时间是十一月十六日，周一，晚十一点，发现者是遛狗人杰弗里·斯金纳。"凯莉猜想兰佩洛探长有多大年纪。他看起来三十出头，年轻得不像个探长。他健壮结实，如果不是他带河口味道的元音，他的名字还真配得上地中海人的外形。五点的阴影遮住他的下半张脸，透过衬衫袖子的面料，凯莉能从阴影中辨认出他前臂上的刺青。

探长一边说，一边从房间这头走到那头，一只手上挥动着几页纪要，但他连看也没看。"塔尼娅是圣克里斯多夫小学的一名助教，学校建在霍洛韦。她应该下午四点三十分到家，但晚上十点，她还没到，于是她的未婚夫大卫·帕克报警寻人。警方将她的失踪定为低风险等级。"凯莉无法确定是否从他的语气中听出了一丝责备，她希望接听报警电话的当值警官们不会为塔尼娅后来的遭遇感到内疚。从这些细节上，凯莉对这个案子有了更多了解，塔尼娅的遇害似乎从一开始就不可避免。

"塔尼娅的尸体在公园的林区被找到，该区域据说经常有人来打野战。犯罪现场调查员们在现场发现一些用过的避孕套，从陈旧程度看，是命案发生前几周用的。塔尼娅衣着完整，但她的短内裤没有在现场发现，至今也未能找到。有人用她的包带将她勒死，尸检报告证实，死因是窒息。"

兰佩洛环顾四周，目光停在一个年龄稍长的男人身上，他往后斜靠着椅子，双手交叉垫在脑后。"鲍勃，你来说说未婚夫的情况？"

鲍勃松开手指，坐端正。"塔尼娅·贝克特的订婚对象是一个叫大卫·帕克的二十七岁轮胎工，他显然是我们首要的怀疑对象。但帕克先生有十分充分的不在场证明：他整晚都待在街角那家叫'Mason's Arms'的酒馆，有闭路监控录像和至少十多个酒馆常客为证。"

"他的女朋友都失踪了，他居然还去酒馆？"有人问。

"帕克声称他一开始并没有担心，直到深夜才报案说女朋友失踪。他以为她去了朋友家，忘了给他说一声。"

"我们正在还原被害人的下班回家路线，"兰佩洛探长说，"BTP 提供的监控录像帮了大忙。"——他瞥了一眼凯莉，她觉得脸上有些发烫。她还以为探长已经忘记了她的存在——"这样的话，我们能看到她搭乘北线到海格特。录像缺了一小段，然后她再次出现，等着坐公交。可惜公交司机既无法确定她是否在克兰利花园站下了车，也无法确定她是否独自一人。我们正试图联络公交上的其余乘客。"

尼克·兰佩洛的视线又一次在凯莉身上停留片刻。"十一月十七日，周二，我们接到柔伊·沃克太太的电话，说塔尼娅·贝克特与登在《伦敦宪报》的一则分类广告中照片上的人外貌很相似。"他拿起一张 A3 尺寸的纸，将它举高。之前，这张纸画面朝下，扣在他面前的桌上。凯莉看见那则熟悉的广告，图像因为放大的缘故变得模糊。"这则广告出现在一堆广告之间，提供——"探长顿了一顿，"私人服务，"等众人的窃笑声渐渐平息，他继续说道，"包括聊天热线和三陪。从表面上看，这一则广告也提供类似的服务，但服务内容不详；电话号码是空号，网站也是空的。"他把那张 A3 纸放在身后的白板上，每个角拿磁贴固定。"问询组已经开始调查塔尼娅·贝克特的过去，看她是否从事过性交易，虽然她的父母和未婚夫坚称她绝不是这样的人。我们也在分析她的电脑，看她有没有注册过交友网站或与男性网友有来往。不过，还没有发现有价值的线索。今天下午，我们得到案情的新进展。"他再次看着凯莉，"也许你需要先做个自我介绍？"

凯莉点点头，希望自己看起来自信满满。"大家好。感谢能有机会参加诸位的简报会。我叫凯莉·斯威夫特，是 BTP 的一名警员，隶属于中央线的社区警务队。"话一出口，她便觉得不妥，但改口已经来不及了。她记得曾经告诉尼克·兰佩洛，自己是反扒组的一名警探。她看到他脸上流露出一丝诧异的表情，然后扭过头，把视线固定在房间另一端的白板上。"我今天早上和柔伊·沃克通过电话，她是兰佩洛探长提到的那个目击者，周一时给我打过电话。她看见了广告，认出那个女人；后者也是一起 BTP 正在调查的案件中的受害者。"

"另一起谋杀？"疑问来自于一个身材清瘦、灰白头发、坐在窗边的男人。凯莉摇摇头。

"是盗窃案。凯茜·唐宁在中央线地铁上睡着了，有人从她的手提包里偷走了家中的钥匙，包就搁在她的腿上。"

"只偷了钥匙？"

"那时，我们认为罪犯也许是想偷别的东西——手机，或钱包。受害者不得不请锁匠开门，并且换了前门的锁，但她没换后门的锁。她的地址并未写在钥匙上，没有理由假定罪犯知道她的住址。"凯莉停顿一下，她的心跳开始加速。甚至连兰佩洛探长都是第一次得知这个情况。"我周一时跟凯茜·唐宁谈过，她确信有人进过她的房子。"

房间里的气氛发生了变化。

"一起入室行窃？"灰白头发的男人问。

"没有东西失窃，但凯茜坚称有人用钥匙进过家门，她换下来的脏衣服也被动过。她已经换了锁，我把案子移交给 SOCO①，万一他们能搜集到一些证据。柔伊·沃克也坚信自己的照片出现在一则类似的广告上，

---

① SOCO，指"Scenes of Crime Officer"，中文意为"罪案现场执法官员"。

确切地说，是上周这个时候。"

"这个柔伊·沃克也是犯罪受害者？"露辛达问。

"还不是。"

"谢谢。"探长并没有对凯莉提供的新情况表现出感兴趣的样子，他步伐飞快，将所有人的注意力拉回他的身上。凯莉突然有些泄气。"我们明早八点再开会，现在自由发言。还有补充的吗？"他看着左边，健步如飞地收集最新消息和问题。就像露辛达说的那样，不漏掉任何一个人。等每个人都抓住机会讲完，他把头微微一点，捡起纪要。简报会结束。

"希望你今晚没别的安排，露辛达。"他大步从分析员身边走过时，对她说道。她笑起来，冲凯莉意味深长地瞄了一眼。

"干脆把我嫁给工作得了？"她紧随探长的脚步。

凯莉不知道自己该留下来还是离开，索性也跟在露辛达身后。她本以为探长会有自己的办公室，但和MIT的其他区域一样，尼克·兰佩洛也是开放式办公环境。只有总督察的办公室是单独的，关着门，板条百叶窗里没有灯光。

尼克示意凯莉坐下。"我需要这两件案子之间的关联。"他对露辛达说，而她已经在笔记本上刷刷地写个不停。"她们认识吗？她们经营聊天热线吗？提供应援服务？沃克靠什么生活？查出唐宁的工作地点——她和贝克特一样，也是老师吗？她的孩子在贝克特任教的学校读书吗？"凯莉听着探长安排工作，她知道，虽然探长抛出的这些问题，有一些她知道答案，但贸然打断对方，肯定不礼貌。她决定等一会儿再找露辛达，把自己掌握的情况告诉她。

尼克继续说道，"看看她们有没有谁使用过交友网站。柔伊·沃克的老公给我打过一次电话，可能他发现她上过这类网站，而现在，她却声称对此一无所知。"

"长官，她没上过交友网站。"凯莉说，"柔伊·沃克联系到我时，非常不安。"

"她确实该感到不安，你说，要是一个暴脾气的老公发现她偷偷见别的男人。"尼克回了一句。他继续朝着露辛达。"叫鲍勃去 BTP 把原始文件拿回来，过一遍；记住，要仔细，如果有遗漏，就重来。"

凯莉皱了皱眉。一位伦敦警局的警官，瞧不起别的警局办的案子，并不让人奇怪，但他至少应该礼貌点，别当着她的面表现出来。"很快调取了闭路监控，"她说，故意看着露辛达，而不看探长，"我明天给你送一份来，还有罪犯的照片。鉴于案情，那时无法申请提取 DNA 样本，但我猜现在预算已经不是一个问题：手提包妥善保管在 BTP，我可以安排你们的人去取。凯茜·唐宁没有孩子，她也不是一名教师，从未当过应援女郎。恰当地说，柔伊·沃克的情况也一样，她的照片出现在《伦敦宪报》上，所以不难理解她为何要关注自身的安全。"凯莉深吸了一口气。

"你说完了吗？"尼克·兰佩洛说。他没有等凯莉回答，便转身朝着露辛达。"一小时后来见我，告诉我你的进展。"

露辛达点点头，站起身，对凯莉微笑。"见到你很高兴。"

等露辛达坐回她的办公桌旁，探长双臂交叉，瞪着凯莉。"你养成藐视上司的习惯了吗？"

"没有，长官。"*你养成轻视别人工作成果的习惯了吗？*她本来想添上一句。

看探长的样子，似乎打算继续说下去，但他也许突然想到凯莉并非自己的手下，轮不到他来训斥，于是松开手臂，站起来。"谢谢你告诉我们这两件案子之间的关联。我随后会给朋友打电话，取走那个手提包。虽然从法律意义上讲，这不是连环案件，但归一个部门管总是件好事。"

"长官?"凯莉硬着头皮说。她不知道该不该问,因为她知道答案,但在离开 MIT 之前,她还是打算试一试。

"嗯?"兰佩洛有些不耐烦,他的脑子已经开始考虑下一件事。

"我想继续负责凯茜·唐宁的案子。"

"抱歉,这不行。"也许是看到凯莉脸上的失望表情,他叹了口气。"听着,你发现了两个案件之间的关联。你与目击证人取得联系,这好极了,我非常感谢你来参加简报会。你下班了,是吧?"凯莉点点头。"但案子归我们管。任何连环案,总是由处理首要案件的小组负责。既然如此,就是塔尼娅·贝克特的谋杀案,由伦敦警局来处理这一系列案子,而不是英国交通警察局。我之前已经说得很清楚,我对本案是否属于连环案件持保留态度,但如果属实,你的窃包案中的受害者,也许侥幸逃过一劫,没有成为谋杀案的受害者。这归 MIT 管,而不归你们反扒组管。"

道理无可争辩。

"我能和你一起共事吗?"还没等她细想,话便出了口。"我的意思是,借调过来。我是第一个调查凯茜·唐宁案子的,你们的谋杀案,我能帮忙去地铁方面问询——我对地铁的每一寸都熟悉,你们需要分析长达数小时的闭路监控画面,对吧?"

尼克·兰佩洛礼貌地回绝了她的请求。"我们有足够的人手了。"他给了她一个微笑,免得后面的话更令人伤心。"而且,我有一种感觉,和你共事会很辛苦。"

"我不是缺乏经验,长官。我在 BTP 的性犯罪组干过四年。我是个好调查员。"

"当一名警探?"凯莉点点头。"那为什么又穿回警员制服了?"

有那么一秒钟,凯莉考虑要不要隐藏事实。声称自己需要更多的操作经验，或者谎称要准备警官考试。但她清楚，尼克·兰佩洛马上就能识破她的谎言。

"情况很复杂。"

尼克从头到脚打量了她一阵，她紧张得屏住呼吸，猜他会不会改变主意。但他垂下眼，打开日记簿。还没等他开口，她便知道没戏了。

"恐怕我应付不了复杂的情况。"

十二

我把灰白色的毛毯扯过来盖在肩头。毛毯是羊毛的，搭在沙发上很合适，但是现在，毛毯刮擦我的脖子，弄得皮肤发痒。亮灯会响起蜂音噪声，楼上的人都能听见——家里又有一件东西该修了——虽然知道西蒙和孩子们已经睡熟，我仍然不敢开灯，手中 iPad 的亮光让客厅其他地方显得更加黑暗。风在号叫，在某处有一扇大门哐哐作响。我努力想入睡，但每次有声音响起，都吓我一跳，我终于放弃，走到楼下。

有人给我拍了照片，把照片放在分类广告里。

这是我唯一能确定的，这件事像一个环，在我的脑子里转来转去。

有人给我拍了照片。

斯威夫特警官也相信那是我的照片。她说正在调查此事。她知道这听起来像一种拒绝，但她确实在努力。但愿我能信任她，因为我不信西蒙口中忧郁的少男少女罗曼史。在我的成长历程中，生活充满了艰辛，要是见到警车，我们总是逃得远远的，尽管谁也弄不明白为什么要逃跑。

我轻敲面前的屏幕。塔尼娅·贝克特的"脸书网"页面有一个链接，能连到一个博客；是塔尼娅跟她母亲写的日志，提到婚礼筹备的情况。塔尼娅经常发帖子，内容直白：**结婚谢礼我们是选小杜松子酒瓶，还是个性化的心形饰品？白玫瑰还是黄玫瑰？**艾莉森的帖子只有几条，都以书信的形式写成。

致我亲爱的女儿：

距离大日子还有十个月！我简直不敢相信。今天我爬上阁楼，找我的婚纱。我没指望你会穿上它——时尚已经改变很多——但我想你也许愿意剪下一小块布料，缝在裙摆上。我也是学来的。我找到盒子，里面是你读书时的教材、生日卡片和手工。你过去常笑我把这些东西都存起来，但等你有了自己的孩子，就会明白。你也会收藏他们穿的第一双鞋，这样的话，有一天你才能在爬上阁楼，寻找自己的婚纱时，惊讶地发现长大成人的女儿，曾有过如此小的一双脚。

视线开始模糊，我眨了眨眼，抹去泪水。继续读下去让人感觉不妥。我无法将塔尼娅和她的母亲逐出我的脑海。下楼时，我偷偷潜入凯蒂的房间，想确认她还在那儿，还活着。昨晚没有彩排——她和往常一样，去餐厅上周六的晚班——不过艾萨克送她回的家。他们经过客厅的窗前，停留一阵，时间刚好够亲吻告别，随后我听见她将钥匙插进门锁。

"你很喜欢他，是吧？"我问她。我以为她会耍赖，谁知道她看着我，两眼放光。

"确实。"

我一时语塞。我不愿破坏气氛，却又无法保持沉默。"他比你大多了。"她的脸突然变得僵硬。迅速的回答让我意识到，她早就料到我会抛出这个问题。

"他三十一，我俩差十二岁。西蒙五十四，他比你大十四岁。"

"那不一样。"

"为啥？因为你是个成年人？"我感到一阵宽慰，以为她终于弄懂了我的意思，但我看到她的眼中闪过一道怒火，和缓的语气被粗糙的嗓门取而代之。"我也是成年人，妈。"

她以前交过男朋友，但这次与众不同。我已经能感觉到，她正渐渐离我远去。总有一天，不管是艾萨克——或是别的男人——会成为第一个令她心仪的对象。她会全情投入，爱得死去活来。不知艾莉森·贝克特是否也有相同的感觉。

大家总在提醒我，说我不会失去一个女儿，她在最后一条日志里写到。

但她失去了女儿。

我深吸了一口气。我不愿失去我的女儿，也不愿她失去我。我不能坐视不管，等警察认真对待此事。我得做点什么。

广告摆在我身旁的沙发上。我把广告从《伦敦宪报》的副页剪下，仔细地标出每一份的日期。总共二十八条，摊开铺在沙发垫上，像一件装置艺术。

摄影拼接，由柔伊·沃克完成。这种东西，西蒙经常去泰特美术馆看。

我收集了最近的报纸，每天一份，但过刊是我周五去《伦敦宪报》的编辑部弄来的。你肯定以为，直接走进去索要就行。哪有那么简单。一份他们要收你 6.99 镑。早晓得我就该在格雷厄姆的办公室把报纸复印一份，但等我反应过来，已经太晚了；报纸早就没了。格雷厄姆肯定把它们扔进了垃圾箱。

我听见楼上嘎吱一声响，吓得动也不敢动，但并没有什么事儿发生，我继续我的研究。幸运的是，搜索"在伦敦被杀的女人"，出来的结果不多，没有一张照片和我身边的广告对得上号。我很快发现，查新闻标题用处不大；查谷歌图片有用得多，也快得多。我花了一个小时，翻阅各种照片，有警官、犯罪现场、哭泣的父母和女人的面部特写，她们看上去毫不知情，生命却戛然而止。里头没有我的照片。

我的。

她们都变成"我的"，身旁这些女人。我在想，她们中有没有人看过自己的照片；要是她们——像我一样——知道有人在窥视她们，跟踪她们，会不会感到恐惧。

一个金发女子吸引了我的注意力。她戴着学位帽，穿着袍子，正朝镜头微笑。我觉得有些眼熟。我低头看了看广告。她们的相貌我已经很熟悉，知道在哪个准确位置。

在这儿。

是同一个人吗？我敲击屏幕，画面变成一个新闻页——巧的是，刚好来自《伦敦宪报》的网站。

警方调查特楠格林女子被害案

伦敦西区。搭乘区域线，我想想有哪些车站。塔尼娅·贝克特被害案发生在伦敦的另一头。两个案子有联系吗？被害女子叫劳拉·基恩，文末配有三张她的照片。她也穿学位服，站在一对夫妇之间，那肯定是她的父母。第二张比较生活化；她开心地笑着，冲镜头举起一个酒杯。我猜是在学生公寓，因为背景有喝光的酒瓶和简易窗帘投下的有图案的阴影。最后那张像是工作照；她穿一件带着领子的衬衣加外套，头发整齐地扎到脑后。我把画面放大，拿起广告页，放在屏幕旁边。

是她。

我也没有细想。我给页面设置了书签，把链接通过电子邮件发到我的办公室邮箱，方便把文章打印出来。我将搜索关键词改为"在伦敦被性侵的女人"，搜出的页面毫无价值。填满屏幕的照片全是男人，而不是女人。我敲击图像，打开链接的文章，但受害人没有留下名字，甚至连脸都看不见。我很有挫折感，不暴露身份也许是为了保护受害人的隐私。

我的注意力被监控画面上的标题吸引过去。

警方搜寻清晨在伦敦地铁车厢性侵女性的变态

正文有寥寥数语。

一个二十六岁的女子，从富勒姆百老汇站搭乘区域线，被一个男子性侵。英国交通警察局已公布该男子的监控画面，希望将其缉拿归案。

我看着广告。"你们当中有人遭遇过类似情况吗？"我大声问。闭路监控的画质糟糕得很：模模糊糊，一闪而过，连男子头发的颜色都看不清。甚至他自己的母亲，要辨认出他都相当困难。

我给这篇文章设置了书签，以防万一，然后直愣愣盯着屏幕。这毫无意义。就像一场扑克牌里的"捉对儿"游戏，缺少了一半的牌。我听见楼梯上传来清楚的脚步声，赶紧关掉 iPad。我开始将照片捡起，手忙脚乱中，有几张飘向地板，等西蒙走进客厅，揉着他的眼睛，我仍在捡照片。

"我醒了，发现你不见了。你在干啥？"

"我睡不着。"

西蒙看见我手中的广告。

"是《伦敦宪报》上的。"我把它们放在身旁的靠垫上，"每天有一个人。"

"你研究它们干啥？"

"想找出广告中这些女人遇到了什么。"我不会告诉他买这么多《伦敦宪报》过刊的真正原因，要是大声说出这事儿，就等于不打自招。有一天，我打开一份《伦敦宪报》，会看到凯蒂的脸，正紧盯着我。

"你去过警局了呀——我以为他们在调查呢？他们有情报系统、案情描述。如果是连环案，他们会发现关联。"

"我们知道了关联,"我说,"就是这些广告。"我的语气很固执,但在内心深处,我知道西蒙是对的。我根本就不是当"神探南茜"的料,一晚上没睡觉,却徒劳无功。

除了劳拉·基恩,我记得。

我找出她的广告。"这个姑娘,"我把广告递给西蒙,"她被谋杀了。"我打开添加了书签的链接,将 iPad 推向他。"是她,对吧?"

他沉默一阵,寻思着该说点什么。他的脸拧成一个怪异的形状。"你真这么想?我觉得有那种可能。她长得像'那个',不是吗?现在她们都弄成那样。"

我知道他的意思。劳拉有一头长长的金发,反梳到脑后,像乱蓬蓬的马鬃。她的眉毛颜色很深,还精心地描过,皮肤洁白无瑕。她跟伦敦城成千上万的姑娘一样。她可能是塔尼娅·贝克特。她可能是凯蒂。但我能确定,她就是我见过的。我能确定,她是广告中的女子。西蒙将 iPad 交还给我。

"如果你担心,就再去警局一趟,"他说,"但是现在,上床睡觉去。才凌晨三点,你需要休息。你的流感刚刚好。"我心不甘情不愿地把 iPad 装入皮套,又把广告收集起来塞进套子里。我很疲倦,但大脑仍在飞速运转。

等我睡着,天已经蒙蒙亮。十点时,我醒过来,感觉脑袋又涨又迟钝。耳畔嗡嗡响,似乎在嘈杂的地方待了太久。睡眠不足让我淋浴时差点摔了一跤。

每月一次与梅丽莎和尼尔品尝周日烤肉大餐,是凯蒂、贾斯汀和我搬家后延续至今的一个传统。梅丽莎最先邀请我们全家人吃周日午餐。我们家里塞满箱子——有些是从我跟马特分手后租的房子搬来的,还有些是慢慢积攒起来的，两年都没人打理——相比之下，梅丽莎的白房子又大又干净。

从那时开始，我们两家轮流做周日午餐，一边是梅丽莎和尼尔带着光泽的长餐桌，一边是我的桃花心木餐桌，在伯蒙德西市场买的，值不了几个钱，因为一根桌腿已经歪斜。以前，孩子们常坐在餐桌旁做作业，现在你还能在一侧的桌面看到贾斯汀发脾气时，拿圆珠笔尖刻的痕迹。

今天轮到我家操办周日午餐，我派西蒙去买葡萄酒，自己着手从蔬菜做起。凯蒂掰下一小块生胡萝卜，我啪地拍了一下她的手背。"还不去把桌子擦了？"

"该贾斯汀啦。"

"唉，你俩。别老跟对方过不去。谁做不是一样的。"我朝贾斯汀吼了一嗓子，从他的卧室里传来一声含混的回应，只有我能听懂意思。"摆桌子。"我高喊。他走下楼，仍然穿着睡裤，露出胸口。"都要中午了，贾斯汀，别告诉我，你一上午都在睡觉？"

"饶了我吧，妈，我一周都在忙。"

我心软了。梅丽莎让他在咖啡馆工作很长时间，但他似乎能在挑战中茁壮成长。这是你应该肩负的责任；尽管我觉得，现金回扣可能才是更多的甜头。

我家的餐厅根本算不上一个厅，只是客厅被一道拱门隔出来的一块区域。很多邻居都将厨房的隔墙打通，或者像梅丽莎和尼尔一样扩建餐厅，但我们仍然把饭菜从客厅端进门厅，穿过客厅；地毯的磨损就是明证。每隔一个月的周日午餐很有必要，如今只有这时候，餐桌才会清理干净。

"小心那些文件。"我对贾斯汀说，手中捏着一把餐具，见他把一叠文件扔到餐具柜上。餐桌一团糟，但我还是仔细地将所有文件分门别类放好。有梅丽莎的两套账簿，每一套都包含一堆收据和发票；还有哈罗＆里德公司的账本，全是格雷厄姆零碎的午餐单据和出租车票。"你需要从西蒙的房间搬张椅子来。"我提醒他。他停下来，看着我。

"现在叫'西蒙的房间'了，是吧？"

西蒙搬来之前，我们聊过这事儿。贾斯汀在阁楼有个房间，充当他的起居室。在那儿，他可以玩游戏机，也许还能摆张沙发床。他是个小伙子了，朋友们过来的话，单人卧室里坐都坐不下。他需要一个更大的成长空间。

"那就从阁楼搬。你懂我意思。"

我原本没打算叫西蒙住阁楼。我告诉孩子们，想让西蒙搬来跟我们一起住时，贾斯汀并没说什么，于是我天真地把他的沉默当成了同意。但西蒙刚搬进来，争吵便开始了。他只搬来几件家具，品质上乘，弄得他的家具没有栖身之处，似乎太不公平。我们先把家具搬上阁楼，又研究他住哪里。我突然想到，给西蒙一个属于自己的空间是件好事儿；这样能让他和贾斯汀之间隔开一段距离，也让我和孩子们偶尔能自己看看电视。

"就多搬张椅子来。"我对他说。

昨晚，等我步履蹒跚地从店里扛回足足能填饱一支军队的食材，凯蒂告诉我，她不在家吃午餐。

"有周日烤肉大餐哟！"

她从未错过一次周日午餐。贾斯汀也是，哪怕是心爱的游戏机和小伙伴，都敌不过和家人大快朵颐的吸引力。

"我要去见艾萨克。"

终于发生了，我想。她要离开我了。"那就邀请他来家里。"

"参加家庭聚餐？"凯蒂哼了一声。"不了，谢谢，妈。"

"不是你想的那样。有梅丽莎和尼尔在呢。没事儿。"她有些犹豫。"我不会东问西问。我保证。"

"好吧,"她说,拿起手机,"虽然他也不想来。"

"牛肉味道很好,沃克太太。"

"叫我柔伊就行。"我说。这已经是第三次了。我也想说,**比起我女儿,你的岁数跟我更接近**。艾萨克坐在凯蒂和梅丽莎中间。

"两朵玫瑰花间的一根刺。"他们入座时,他说道,我真想拿两根手指头插进自己的喉咙,像一个十四岁的孩子发出恶心的噪音。当然,凯蒂不会被这种恭维话所打动?但她凝望着他,当他是个刚走完猫步的明星。

"排练进行得如何?"梅丽莎问。我感激地看了她一眼。陌生人的出现,让气氛变得不自然,我只好一遍遍地问,还有谁需要浇肉汁。

"很好。我很惊讶凯蒂的适应能力,虽然她很晚才参与进来,却很快便进入状态。我们下周六有一次带妆彩排,欢迎你们都来看。"他把手里的叉子在空中旋了一圈。"台下有真的观众,演出效果会更好。"

"我们很乐意。"西蒙说。

"爸也能去吗?"凯蒂问艾萨克。我没有看见,但感觉坐在一旁的西蒙身体骤然变得僵硬。

"越多越好。不过你们得保证,别起哄。"他咧嘴一笑,其他人也礼貌地笑起来。我渴望午餐赶紧结束,凯蒂和艾萨克快点走,我好问梅丽莎对他的看法。她正盯着他,眼中闪烁出饶有兴致的神光,但我能读懂她的表情。

"侦查得怎么样了,柔伊?"尼尔对《伦敦宪报》上的照片很感兴趣。

每次遇见我，都要问是否有新消息，警方在广告方面有没有新发现。

"侦查?"

我不想让艾萨克知道，但还没来得及改变话题，凯蒂就把详情都告诉了他。比如广告、我的照片和塔尼娅·贝克特被害一案。我有些心神不宁，因为他突然变得兴致勃勃，似乎她向他透露的是一部要上映的电影，或一本新书，而不是真实生活。我的生活。

"她又发现另一个人。叫什么来着，妈?"

"劳拉·基恩。"我轻声说。我的脑海中浮现出劳拉的毕业照，也不知照片的原件现在何处。是在某个记者撰写稿件的案头，或是在她父母家的壁炉架上。也许他们暂时将玻璃相框倒伏在地，免得每次路过看到，都勾起伤心的回忆。

"你觉得他们从哪儿搞到照片的?"艾萨克问，他没有觉察到，我明显缺乏讨论这个话题的热情。更让我惊讶的是，凯蒂支持他刨根问底，想以此给他留一个好印象。尼尔和西蒙默默地吃着；梅丽莎时不时斜我一眼，看看我是否平安无事。

"谁知道呢?"我想表现得不以为然，却感觉手指很笨拙，餐刀"咔嗒咔嗒"敲击着餐盘。西蒙把吃完的盘子推开，身子向后靠，伸出一只手臂搭在我的椅背上。在旁人眼中看来，他不过是想放松一下，尤其在饱餐一顿之后，但我能感觉到，他的拇指在我的肩头绕圈，给我安慰和鼓励。

"脸书网。"尼尔说，他自信的样子叫我吃惊。"肯定是脸书网。如今几乎所有的身份欺诈，用的姓名和照片都源于社交媒体。"

"现代社会的灾难呀。"西蒙说，"你几个月前在哪家公司上班? 当股票经纪人?"

尼尔有些茫然，随后发出一声短促的尖笑。"希瑟顿联盟。"他看着艾萨克，后者是唯一没听过这个故事的人。"他们找我去收集证据，查内线交易，这期间，他们搞过一次入会仪式，欢迎一个新女银行家。真正的华尔街之狼那种。他们建了个脸书网的群组——一个私人论坛，研究接下来该如何对付她。"

"真可怕。"艾萨克说，尽管他的眼神和语气并不匹配。他们聊得开心，兴趣盎然。他注意到我正盯着他看，看透了我的心思。"你是不是觉得我对别人的隐私有变态的好奇。很抱歉。恐怕这是身为一个导演的诅咒。总是想着该如何表演某个场景，而刚才那个——呃，那个场景棒极了。"

交谈让我彻底没了胃口。我放下刀叉。"我几乎不上脸书网。只是为了和家里人保持联络。"我的姐姐莎拉住在新西兰，有一个皮肤黝黑的、运动员身材的丈夫和两个完美的孩子。我只见过他们一次。夫妻俩一个是律师，另一个致力于关爱残疾儿童。难怪莎拉的孩子能健康成长；我们一起长大时，她就是个乖乖女。父母从来没有明说，但他们的眼神暴露无遗：你为啥不能像姐姐那样？

莎拉爱学习，也是家里的好帮手。她从来不大声播放音乐，或周末时睡到中午。莎拉从不翘课，以优异的成绩考进秘书学院。她没有辍学、怀孕。有时我在想，要是这些发生在她身上，情况会是什么样子；父母会不会像对待我一样，严苛地对待她。

收拾你的包，爸知道消息后，对我说到。妈开始哭，但她是为我离开家而哭，还是为我肚子里的孩子而哭，我分不清。

"从脸书网上肯定能找到令你大吃一惊的东西。"艾萨克说。他从口袋里掏出手机——一个时髦的 iPhone6s——熟练地摸了一下屏幕。大家都望着他，似乎他马上要表演一个魔术。他朝我晃了一下屏幕，我看见"脸书网"蓝白相间的图标。他在检索字段输入我的名字，搜出一排又一排叫柔伊·沃克的人，每个都带有头像缩略图。"哪个是你?"他问，滑动他的手指。他敲击屏幕，跳到下一页。

"这儿。"我伸手一指。"那个，从下面数上来的第三个。有猫的那个。"照片上，"饼干"正躺在门前的碎石路上晒太阳。"瞧，"我得意地说，"我没有拿自己的照片当头像。我很注重隐私，真的。"和我的孩子们不一样，他们把生活所有的细节都上传到 Instagram、Snapchat 或任何时下走红的社交网站。凯蒂永远都忙着自拍，把嘴噘成这样或那样，然后经过层层筛选，找出最讨人喜欢的那张。

艾萨克打开我的主页。我也不知道期待看见什么，这些是我在脸书网上写的部分留言。

五万镑一年，他们觉得还有脸罢工? 我哪天都可以去换地铁司机的班!

再次……困在车上。谢天谢地，有无线信号!

6?! 得了吧，起码值8!!

"是我。"我尴尬地看见我的生活沦为讲给电视节目和凶神恶煞的乘客们听的俏皮话。我有些惊慌，因为他似乎登陆了我的账户。"你怎么能用我的身份登进去?"

艾萨克大笑起来。"我没有。随便谁点击你的资料，都能看到这些。"他瞥见我惊恐的脸。"你的隐私设置太低，容易被攻击。"为了证明这一点，他点击"个人资料"标签，我的邮箱地址出现在众人眼前。*就读于佩卡姆综合学校*，这一条似乎让我感到骄傲。*任职于乐购*。我真想添上一句"*十七岁时好孕临门*"。

"哦，天哪! 真没想到。"我隐约记得填过一些细节: 干的工作、喜欢的电影和读过的书，但我一直以为只有自己才能看到；像一种在线日记。

"我想说的是，"艾萨克又点击了一下"柔伊的照片"标签，"要是谁想用一张你的照片，这儿能选的多得很。"他滚动浏览几十张照片，大多数我以前从未见过。

"可我从来没上传过这些呀！"我说。从他身后，我看到一张照片，是去年在梅丽莎和尼尔家烧烤时拍的，只是画面上，我的屁股显得特别大，当然也许只是拍摄角度不好的问题。

"是你的朋友们。所有这些照片"——这儿起码有几十张——"都是他们上传的，还贴了标签。愿意的话，你可以取消标签，不过你最需要做的，是清理下你的隐私设置。愿意的话，我可以帮你？"

"好吧。我会解决这个问题。"尴尬之下，我觉得有些唐突，下意识说了声谢谢你。"都吃完了吧？凯蒂，亲爱的，能帮我一把收拾桌子吗？"每个人都开始叠盘子，将盘碟端进厨房，转移话题之前，西蒙偷偷捏了一下我的手。

客人们走后，我坐在厨房里，手中端着一杯茶。西蒙和凯蒂在看一部黑白电影，贾斯汀出门见朋友去了。屋里清清静静，我打开手机上的脸书网，感觉自己像是在干一件错事。我看着照片，认出艾萨克拿他的手机向我展示过的相册。我滚动页面。有些根本不是我的照片，最后，我反应过来，是凯蒂在照片上添加了我的标签，那些学生时代的老照片也是。有梅丽莎双腿的那张照片加标签关注了我和其他人，是去年假期时在水池旁照的。

嫉妒吧，姑娘们？！ 标题写道。

花费我一段时间，总算找到了。广告上的照片。我吐出一口气。我知道自己没有疯——我知道那人是我。脸书网告诉我，照片是马特贴上去的，我又查了查日期，是三年前。我打开链接，找到二三十张照片，在我堂妹的婚礼后一并上传的。这就是我为什么没有戴眼镜的原因。

这张照片其实主角是凯蒂。她坐在桌边，脑袋歪到一侧，冲着镜头微笑，身旁的我并没有看镜头，而是望着她。广告上的照片精心剪裁过，剪去了我身上穿的连衣裙，如果留下来，我会很快认出这是我为数不多的派对行头之一。

我想象有人——一个陌生人——浏览我的照片，看着身穿时髦连衣裙的我，看着我的女儿、我的家庭。我打了个寒战。艾萨克提到过的隐私设置不容易找到，但我的努力没有白费。我有条不紊地为账户设置种种限制：照片、帖子、标签。就在大功告成时，一个红色的通知在屏幕上方闪烁。我点开它。

艾萨克·冈恩想成为你的朋友。你们有一个共同好友。

我盯着它看了一阵，然后按下删除键。

我知道你在想什么。

你在想我怎么能心安理得。我怎么可以知道这些女人的遭遇，还能直视镜子里的自己。

如果约会出了岔子，你会责怪 Tinder① 吗？你来到酒吧，钓到一个男伴，因为事情没按计划进行，你就辱骂店主吗？因为介绍给你的男朋友是个暴脾气，你就对最好的朋友大吼大叫吗？

你当然不会。

所以你怎么能责怪我？我只是个媒人。

———————————

① 一款手机交友 APP。

我的工作是以巧合来创造有利的开端。

你以为是一次偶然的邂逅。你以为他刚好帮你推开门；他错拿了你的围巾；他不知道你也走那条路……

也许是，也许不是。

如果你知道有像我这样的人存在，绝不会如此肯定。

十三

广告叫人心力交瘁；它们填满我的脑海，让我患上了妄想症。昨晚，我梦见凯蒂的脸出现在分类广告上。几天后，她的脸出现在《泰晤士报》；遇袭、被强奸、死于非命。我惊醒过来，满身大汗，西蒙抱紧我、安慰我也无济于事，我必须走进她的房间，亲眼见到她，睡得正香。

跟往常一样，我朝梅根的吉他盒里投进十便士。

"周一快乐！"她说。我冲她挤出微笑。风像鞭子一样抽打着街角。我很惊讶，她的手指冻得青紫，居然还能演奏吉他。我在想，要是有一天我把她带回家喝杯茶，西蒙会怎么说；梅丽莎会不会偶尔给她留一份汤。对话在我的脑子里展开，与此同时，我穿过检票口。该如何端给她一碗热饭，却又不像是施舍呢。我怕惹梅根不高兴。

我陷入胡思乱想，没有留意到那个穿大衣的男人：要不是我看到他，根本不敢肯定他正在窥视我。但他现在确实在窥视我。地铁进站，我走下月台，但等我踏进车厢，找到座位坐下时，我又看见他。他高大魁梧，有厚厚的灰白色头发，配上浓密的络腮胡。胡子整齐地修剪过，脖子上有一丝血痕，肯定是刮胡子的时候被剃刀割破的。

他仍然看着我。我佯装研究他头顶的地铁线路图，感觉他的目光自上而下扫过我的身体。这让我感到不舒服。我低头瞅着自己的腿，有些难为情，不知双手该往哪里搁。我猜他五十多岁，穿一件裁剪得很好的西装，披一件能御寒的大衣，等着抵挡初次飘落的雪花。他的微笑很眼熟——似乎只出现在他的脸上。

今天学校肯定不上课：车厢里远没有平时那么拥挤。到了加拿大水站，很多乘客下车，我的对面空出三个座位。穿西装的男人在其中一个座位坐下。乘地铁时，人们的确会看你——我也看别人——但如果四目相对，他们会不好意思地扭头看到别处。这个男人没有转移他的目光。我看着他的脸——就一次，没敢做第二次——他也用挑战的眼神凝视着我，似乎在说，我该因为吸引了他的注意力而受宠若惊。我闪过一个念头，考虑这种可能性，我心里有些飘飘然，但不是兴奋，而是焦虑。

伦敦的交通系统发起一场视频分享活动，主题为"举报·住手"，旨在打击地铁上的性骚扰。*任何令你不适的事情都可以举报*。我现在就想打电话给警官。*我该说什么呢？他一直看着我……*

看别人并不算违法。我回忆起在白教堂站遇上的那群孩子——那个穿运动鞋的少年，我敢肯定，他在后面追我。我想，要是当时报了警，要是我高声呼救，情况会怎样。尽管这样做没什么意义，我仍然无法甩掉心头的不安。

不止是他——这个嚣张的男人正拿他的眼睛占我的便宜。令我忧虑的不止这一个男人，而是整件事。我想到凯茜·唐宁，在地铁上熟睡的她被人洗劫了提包。我想到塔尼娅·贝克特，被人勒死，陈尸公园。我想到艾萨克·冈恩，他盛气凌人地闯进凯蒂的生活，闯进我的家。昨晚，我独自一人的时候，看过他的"脸书网"资料，却失望地发现他把每个条目都锁得严严实实，只剩一张资料照片。我盯着照片，他自信地微笑着，露出两排洁白的牙齿，黑色的头发像波浪垂在额头，遮住一只眼睛。毫无疑问，他长得像一个电影明星，但我并不为他外表着迷，反而打了个哆嗦；他这个演员，似乎一直都扮演歹人的角色。

西装男站起身，给一个怀孕的女人让座。他个子很高。他的手轻松地钻过从车顶垂下的吊环，将其套在自己的手腕，握紧、举高，几乎挨到车顶。他没有再看我，但离我不到六英尺远。我从双脚间拎起手提包，搂在怀里，不禁又想到凯茜·唐宁和她被盗的包。那人看了眼手表，然后转过头，无趣地望着车厢尽头。有人从过道挤过，他也微微移动身体。他的腿挨到我的腿，挨得很紧，我从座位上跳起来，仿佛被开水烫到。我移到一边，慌乱地在我的座位上扭来扭去。

"对不起。"他说，直视着我。

"没关系。"我听见自己回了一句。但我的心仍在怦怦跳，血液冲得耳畔嗡嗡响，好像刚完成一次短跑。

白教堂站到了，我站起来。显然，我要下车，那人却纹丝不动，我只好从他身旁挤过。有那么一秒钟，我紧贴在他身上。我感觉大腿被人摸了一下，但动作很轻，难以确定是否真有人伸了手。这儿全是人呢，我告诉自己。不会发生什么事。但我还是急匆匆地下了车，差点绊了一跤。车门关上时，我回头看了一眼，心想这下子，总算摆脱了那个一直窥视我的男人。

他不在车上。

也许他坐下了，我想，幸运地找到一个下车的乘客空出来的座位。但车厢里没人留络腮胡，没人穿深灰色大衣。

月台上的人渐渐散去；上班族们奔跑着去搭下一段地铁，游客四处寻找出口，撞成一团，因为他们的注意力不在周围的环境，而在手中的地图。我站在原地，脚下似乎扎了根，任由人们推搡着从我一旁经过。

随后，我看到他。

他站得跟我一样直，站在月台，离我十码远的前方，位于我和地铁出口之间。他没有看我，而是在看手机。我竭力让自己的呼吸变得均匀。

我必须做个决定。要是我路过他，继续我的行程，他很可能会跟着我。但要是我畏缩不前，指望他先走，万一他驻足呢？月台基本上空了，很快，这儿只剩下我俩。我必须马上做决定。

我迈开步子。两眼平视前方。我走得很快，但没有跑起来。别跑。别让他看到你怕他。他仍然站在月台中央，身后有一张长椅，这意味着我不得不从他面前经过。距离越来越近，我能感觉到他的目光。

还有三英尺。

两英尺。

一英尺。

我再也忍不住，撒腿就跑。我跑向出口，手提包咣咣地砸在身体一侧，也顾不得别人向我投来异样的眼神。我原以为他会跟过来，但等我跑到前往地铁区域线的通道，回过头，见他仍然站在月台，注视着我。

我很想专心工作，但脑袋不听使唤。我茫然地望着电脑屏幕，想记起会计软件的管理员密码。有人来问我要待出租写字楼的资料，我却给了他一捆待售写字楼的资料。他回来跟我抱怨时，我突然大哭起来。他赶紧好言相劝。

"又不是世界末日要到啦。"拿到想要的东西后，他对我说。他四处寻找面巾纸，等我告诉他自己没事，只是想独自待一阵的时候，他才松了口气。

门开了，门框上的铃铛哗啦一声响，吓得我跳起来。格雷厄姆看我的眼神有些异样。

"你还好吧？"

"嗯。你去哪儿了？日志里啥都没写。"

"是办公日志里没写。"他纠正我的说法，脱下大衣挂在角落的衣架上。"我的日志里总会写点东西。"他抚摸着被肚皮顶起的西装表面。今天的马甲和夹克是绿花呢料子，配红色裤子，整套服装让他看起来像《乡村生活》杂志上不修边幅的模特。"麻烦弄杯咖啡来，柔伊。你看过文件了吗？"

我咬紧牙关，跑去厨房。回来时，我发现他坐在办公室，双脚翘在桌上，正在读《每日电讯报》。我不知道是从今天一大早开始滋生的肾上腺素在作怪，或是讨厌被人呼来唤去，似乎在哈罗 & 里德公司，就我一个人干活。管他语气生不生硬，我直愣愣地开了口。

"《伦敦宪报》。你之前有一大堆——至少二十份——在你办公室。拿来干吗的？"

格雷厄姆没有理我，只扬了扬眉毛，表示听到了我说的话。

"现在在哪儿？"我追问他。

他把脚从桌上放下来，坐端正，叹了口气。看得出，对我的情绪爆发，他并不生气，只是感到厌烦。"我猜，是化成纸浆了。那儿不是所有的报纸都要去的地方吗？变成廉价超市货架上的卫生纸。"

"但你拿它们做啥？"有个细小的声音在我脑子里唠叨，提醒我曾见到那些报纸堆在他的办公桌上。我想起看见凯茜·唐宁照片的那一刻；就在那一刻，我认出她的名字和面容。

格雷厄姆叹着气。"我们是一家房地产公司，柔伊。我们售房、租房。办公楼、购物中心、厂房。你觉得人们如何得知我们的房产租售业务？"

我以为这是个反问句，但他急切地等着我回答。他已经不满足于当一个赞助人的角色，还想让我承认自己是个傻瓜。

"从报纸上。"我说，像是奏出一串断奏音，每个字之间都停顿一下。

"哪个报纸?"

我握紧垂在身体两侧的拳头。"《伦敦宪报》上。"

"你觉得我们的竞争对手在哪儿打广告?"

"好吧,我懂你的意思。"

"是吗,柔伊?我有点担心,看样子你还不清楚咱们的生意是如何做的。如果你实在不明白,我保证,我可以找到另外一个会记账的办公室经理。"

我被"将死"了。

"我真的明白,格雷厄姆。"

他的嘴角显出一丝微笑。他知道,我不敢丢掉这份工作。

下班回家路上,我发誓不拿起《伦敦宪报》,只买了一份杂志,车站里人头攒动,冬装让每个人的尺寸都大了一倍。我挤过月台,站在习惯的位置,多消耗点体力很值得,因为我可以节省时间,去换乘地上线。脚下崎岖不平,那是为盲人设置的盲道。我的鞋尖已经伸到黄线外。我把脚往后缩了缩,排在队列最前面。我看了一眼杂志封面,标题一个比一个耸人听闻。

祖母逃脱死亡——足足三次!

我娶了儿子的老婆!

我十个月大的孩子想杀我!

我感到有股热气扑面而来,这说明地铁很快就要进站。隧道深处传出低沉的隆隆声,音量渐渐增强。吹飞的头发贴在我的脸上,我腾出一只手,将吹散的发丝拨到一侧,胳膊不巧碰到身旁的女士,我连忙向她致歉。另一群乘客涌向月台,我周围的人推推搡搡挤得更紧。我往前迈了一步。我也不想,但是被逼无奈。

车头钻出隧道口，我卷起手中的杂志，想把它插进手提包，但我突然失去平衡，身子朝月台边缘倒下。我感觉有坚硬的东西划过我的肩胛骨：一条胳膊，一个公文包，一只手。我踩着脚下的崎岖不平，向前绊倒；车身越来越近，气流震动铁轨，扬起尘埃。我有一种失重的感觉，重心开始偏移，双脚难以固定在地面。我能清晰地看到地铁司机，看到他惊恐的脸。我们的脑海肯定闪过同一个念头。

刹车肯定来不及了。

有人在尖叫。一个男人吼了一嗓子。我紧紧闭上双眼，耳边响起金属与金属尖利的摩擦声和持续的轰隆声。我感觉肩膀一阵刺痛，被人猛地扳过来，身体随之扭转。

"你没事吧?"

我睁开眼。一群人围上来关心我的状况，但车门打开，乘客们匆匆跳进车厢。人群慢慢散去，列车完成了交换乘客的任务，开始启动。

"你没事吧?"这次的语气更急切。

站在我面前的男人有厚厚的灰白色头发，精心修剪过的络腮胡子。他个子很高，我能看见他喉结的左侧有一丝凝固了的血痕。我不由自主地往前踉跄一步，他抓住我的胳膊。

"稳住——我可不能担保一天能救你两次。"

"救我?"我还没反应过来刚才发生了什么。

"没错，说救你也许有些夸张。"他自谦地笑了笑。

"是你。"我有些愣神。他茫然地看着我。"今天早上，在区域线。"

"噢，"他礼貌地微笑，"是。我很抱歉，我没有……"

我猝不及防。今天早上，我一直坚信他跟着我。但他其实没有看我。他甚至不记得我。

"没有，哦，我就说嘛?"我觉得自己很蠢。"我害你错过了地铁。

抱歉。"

"很快就会来下一趟。"我们还没聊上几句，月台又挤满了人，冲撞着挤到队列前头。黄线一侧，每隔一段距离就聚着一堆人，是每日往返的上班一族，他们熟知哪里是车门打开的位置。

"只要你没事就行。"他有些踌躇。"如果需要帮忙，也许可以找人倾诉……有个撒马利坦会。"

我有些糊涂，随后听懂他的意思。"我不是想要自杀。"

他将信将疑。"好吧。不过，他们随时能帮忙。你知道，如果你需要他们的话。"

又一阵热气扑来。列车隆隆地驶向车站。

"我得……"他冲铁轨微微示意。

"当然。很抱歉耽搁你的时间。再次感谢。我要出去走走。呼吸下新鲜空气。"

"很高兴遇见你……"最后一个字，他采用了疑问的升调。

"柔伊。柔伊·沃克。"

"卢克·弗里德兰。"他伸出手。我犹豫一阵，然后握住他的手。他踏进车厢，朝我礼貌地微笑。车门徐徐关上，列车绝尘而去。车厢消失在隧道，但我的眼前仍闪现着他的笑容。

我没有出站步行。我小心地站在远离月台边缘的位置，等待下一趟地铁。一个念头潜伏在内心隐秘的角落，逐渐成型。

我是绊了一跤？

还是被人推了一把？

十四

总督察迪格比的样子跟四年前凯莉最后一次见到他时相比，并没有发生太大变化。也许太阳穴旁的鬓角花白了些，但以他的年龄，看起来仍然年轻，尤其是那双令凯莉记忆犹新的敏锐的、洞悉一切的眼睛。他穿一套合身的西装，面料带浅灰色细条纹，脚上的皮鞋按军队标准擦得锃亮，这是他参军时养成的根深蒂固的习惯。

"打高尔夫呢。"他回应凯莉的道贺。"我以前发过誓，绝不把退休后的时间消耗在高尔夫球场，但芭芭拉说，不去球场，就找份兼职——她不想我成天在她跟前碍手碍脚。谁知道，我还挺喜欢打球。"

"您还要多久退休？"

"明年四月退休。我考虑过留在局里，但话已经放出去了，说实话，我很高兴能离开。"他摘下眼镜，把前臂靠在两人之间的桌面。"你突然来见我，不会只是想知道我的退休计划吧。发生了什么事？"

"我想被借调去'福尼斯行动'。"凯莉说。

总督察没有说话。他以品评的眼神看着凯莉，而她并没有退缩。凯莉刚当警察时，"挖掘工"是她的导师，将她培养成性犯罪组的一名警探，他是组里的探长。

出色的人选，她的导师意见反馈表上这样写到。*是一个毅力坚韧、感觉敏锐的调查员，很能为受害者着想，有明显的发展潜质。*

"长官，我知道自己搞砸了。"她开口道。

"你袭击了一个犯人，凯莉。岂止是搞砸了。蹲了六个月的号子，在D区，与线人和强奸犯待在一块。"

她的心开始缩紧：过去四年中，她一直感到羞愧和不安。

"我已经改了，长官。"她接受过心理辅导；上完六个月的"愤怒情绪管理课程"后，她变得更爱动怒。当然，她以优异的成绩通过了笔试：如果你熟悉游戏规则，很容易填写正确答案。对警局在编的心理治疗师来说，真实答案常常没那么顺耳，虽然声称不作评判，但当凯莉面对"打了他，你的感受如何？"这种题目，回答"感觉良好"时，治疗师的脸色明显变得发白。

这一点上，她向来坚持实话实说。你后悔自己的行为吗？一点也不。你能采用其他做法吗？没有哪一种能让我更满意。你还会这么做吗？

她会吗？

谁知道呢。

"我重返岗位两年了，头儿。"她告诉"挖掘工"。她努力挤出笑脸。"随波逐流。""挖掘工"没有搭理她，或者并不欣赏她讲的玩笑。"我被调到反扒组，三个月的借调期刚刚结束，我想去命案调查组积累一点经验。"

"就在自己警局的命案调查组干不行吗？"

"我觉得在市区上班能学到更多东西，"凯莉说，她预先为自己的请求准备了充足的理由，但一不小心还是说漏了嘴，"而且我知道您组建了一支最强的队伍。"

"挖掘工"的嘴唇抽动了一下，凯莉知道，自己并没有拿他开涮。她举高双手。

"我问过英国交通警察局的命案调查组，"她轻声说，"他们不要我。"

她强迫自己与他保持目光交流；不能表现得难为情，不能让人知道，连自己的同事都不信任她。

"我明白了。"一阵沉默。"这不算是徇私，你懂吧。"

凯莉点点头。这感觉像是徇私。需要人手时，其他一线警员也曾被借调去 CID① 和 MIT。但凯莉从来没这个机会。

"他们担心的是无火不成烟。他们担心自个儿的前程，自个儿的声誉。"他停顿一阵，似乎在考虑该不该说出口。"也许他们只是觉得有愧于你。"他身子前倾，压低嗓门，凯莉几乎听不清他的话。"因为干咱们这行的，无论男女，谁都有过跟你一样的冲动。"

几秒钟后，还没等"挖掘工"抽身过去，坐回刚才的位置，恢复正常的音量，又继续发问。"为啥是这个案子？为啥是塔尼娅·贝克特？"

这次，凯莉的回答变得有底气。"这件案子与我在反扒组时办的一件地铁盗窃案有关。我已经与受害者取得联系；我想把案子弄个水落石出。要不是我提供的线索，估计现在还不能确定这是连环案件。"

"这话什么意思？"

凯莉有些犹豫。她不清楚总督察和尼克·兰佩洛之间是什么关系。她不喜欢那个家伙，但也不想揭同事的短。

"挖掘工"端起咖啡，喝了一大口，咕咚一声吞下，然后把杯子放在桌上。"凯莉，你要是有话，就直说。如果没什么需要遮遮掩掩的，你肯定会跑到办公室告诉我，而不是四年来第一次给我打电话，提议我们喝个咖啡，还选了个……"他环顾咖啡馆四周，看到破旧的吧台和墙上剥落的海报，"迷人的地方。"他的嘴角微微上翘，让严肃的语气变得缓和。凯莉深吸一口气。

---

① CID，Criminal Investigation Department 的缩写，指罪案调查科。

"一个叫柔伊·沃克的女人联系我，说凯茜·唐宁的照片登在《伦敦宪报》的分类广告上，她本人的照片几天前也出现在那里。"

"我知道。你想说什么，凯莉?"

"这不是她第一次告诉警察两张照片的事儿。塔尼娅·贝克特遇害的新闻出来当天，柔伊·沃克给 MIT 打过电话。"凯莉小心地避开兰佩洛探长的名字。"命案调查组对这个信息的回应是调查塔尼娅是否从事色情行业，却忽略了推理，因为事实是未经沃克太太的允许，她本人的照片也登在类似的广告上，而她与聊天热线或婚姻介绍所素无往来。他们不信这是个连环案件，直到我一再坚持。"

"挖掘工"没有说话，凯莉希望她并没有越过界限。

"他们?"他终于开口。

"我不知道跟柔伊·沃克通话的是谁。"她说，呷了一口咖啡，趁机躲开他的眼睛。

"挖掘工"思考了片刻。"你想去多长时间?"

凯莉努力掩饰她的兴奋。"等到案子办完。"

"那得好几个月，凯莉，甚至好几年。现实点吧。"

"那就三个月。我能贡献价值，头儿，我不会当累赘。我能处理与 BTP 的联络工作，还有地铁方面的……"

"BTP 会放你那么长时间?"

凯莉想象得出，鲍威尔队长得知她的请求，会做何反应。"我不知道，我还没问呢。我想如果方法正确，有上级……"她的声音弱了下去，盯着"挖掘工"的眼睛。

"你指望我不仅批准你的工作调动，还帮你在上司面前铺平道路? 我的老天，凯莉，你做事不会半途而废吧?"

"我真心实意，头儿。"

　　总督察凝视着她，目光专注，逼得她垂下头。"你能应付吧?"

　　"我能。"

　　"我在巴尔弗街打造了一支精锐团队。有严密的组织纪律，每个人都是经验丰富的警探，能独挡一面，能顶住查案时的重重压力。"

　　"我也是个好警察，头儿。"

　　"面对疑难案件，他们擅于控制自己的情绪。"他继续说道。这一次，他没有漏掉该强调的内容。

　　"不会再发生了。我向你保证。"

　　"挖掘工"喝光他的咖啡。"听着，我什么也保证不了，我现在去打几个电话，如果BTP能放人，你可以被借调三个月。"

　　"谢谢你。我不会令你失望的，头儿，我——"

　　"有两个条件。"

　　"随便提。"

　　"第一，不准单独行动。"凯莉刚想争辩说她不需要一个保姆，但"挖掘工"继续开了口。"没得商量，凯莉。的确，你是个经验丰富的警官，一个优秀的警探，虽然你加入我的团队，也仅仅在试用期。明白吗?"她点点头。

　　"还有个条件呢?"

　　"你感觉自己失去控制的时候——只要稍有苗头——我就希望你赶紧撤出来。我救过你一次，凯莉。我不会再救你第二次。"

十五

"你觉得艾萨克怎么样？"

周二的午餐时间，我约梅丽莎吃三明治，地点选在坎农街和她位于克勒肯维尔的新咖啡馆之间。咖啡馆正在装修，准备开门迎客。她穿一件紧身的黑色灯芯绒裤与合身的黑色衬衫，虽然肩膀沾了薄薄一层灰，她还是设法让自己看起来潇洒时髦。她的头发被盘了起来，拿一个大玳瑁夹子夹着。

"我喜欢他。我猜他不怎么合你的意？"

我板着脸。"他身上某些地方让我紧张。"我捏着我的培根生菜番茄三明治。

"你不是说，凯蒂和谁约会都行吗？"她掰开面包，细看里面的内容。"真搞不懂，就这么点，他们居然要价三点五镑。至多也就十二只虾。"

"我没有。"我说过吗？也许吧。我努力回忆凯蒂最近一次带回家的男朋友，全都不靠谱，只是十多岁的少年，笨头笨脑，握手时，他们的手冷冰冰、湿乎乎。"不针对他这个人，而是整件事儿。凯蒂——还有其他演员——连续忙了这么多个星期，什么回报也没有，还幻想着一旦卖出戏票，能利润分成，我看都是空头支票。依我之见，这简直是剥削。"

"或一种高明的经营策略。"

"你到底站哪一边？"

"谁都不站。我只是想说，从他的——从艾萨克的角度出发——这是一个好策略。有限的支出，最低的风险……要是我去找到银行经理，把这样的策略讲给他听，他一定高兴得合不拢嘴。"她笑嘻嘻地说，扮出一副鬼脸。我知道她说这番话的原因。

"我猜猜看，银行经理不同意你的店面扩张计划？"

"我哪儿知道。"

"啥意思？你没去办商业贷款？"

她摇摇头，啃了一口面包。我感觉是我把字儿一个个从她嘴里扯出来的。"我把房子再次抵押了。"

"我猜尼尔同意了的。"梅丽莎的丈夫一向不喜欢欠账，去酒吧喝几杯，都不肯赊账。梅丽莎没有说话。

"你告诉他了，是吧？"

沉默中，梅丽莎的脸色变了。自信、风趣的神情消失得无影无踪，突然之间，她变得忧心忡忡。拥有如此神奇的洞察力，真令人高兴，我感觉自己似乎变成秘密社团中的一员。多年来，我们深知对方的脾性，在交往中扮演固定的角色——只有我能安慰她。未经尼尔的允许，她怎么能把房子抵押给银行换贷款呢——我一直以为是共同抵押——但转念一想，这种事，知道得越少越好。没有谁比梅丽莎更精明，如果她决定借钱搞一个新的业务，准保没错，因为她绝不会看走眼。

"我俩现在正闹别扭呢，"她说，"尼尔今年年初丢了一个大单子，他担心会缺钱。新咖啡馆可以弥补损失，但得要差不多六个月，才有盈利。"

"他应该能理解的？"

"现在跟他说没用。不理人。脾气还大。"

"周日吃午餐时，他不是挺好的嘛。"

梅丽莎一本正经地笑了笑。"也许是你在场。"

"别逗了——他爱慕你!"

她扬起眉毛。"跟西蒙爱慕你的方式不一样。"我羞红了脸。"真的。给你按按脚,做做饭,陪你去上班……这才叫爱得过分呢。"

我忍不住扑哧一笑。

"你运气真好。"

"咱俩运气都好。"我说,随后又感觉这话听起来太骄傲自负。"我的意思是,能换来第二次机会追求幸福。马特和我日子过得久了,就变成了陌生人。"我自言自语,脑子也没有多想,话就到了嘴边。"他找那个姑娘睡,是因为他觉得我理所应当地跟着他,根本没想过我会离开他。"

"你跟他分手才叫勇敢呢。孩子那么小。"

我摇摇头。"傻呀。那是下意识的反应,再加上被怒火烧昏了头。马特并不爱与他上床的那个姑娘;我甚至怀疑他都没喜欢过她。这就是个错误。说明我们都把婚姻看得太轻巧容易,不知道珍惜了。"

"你觉得该维持下去?"梅丽莎招呼服务员拿来账单,见我伸手想掏出钱包,冲我摆摆手。"我请客。"

我小心地回答她的问题,免得给她留下错误的印象。"我现在不那么想了;我爱西蒙,他也爱我。每天,我都数着又过了一个好日子。但离开马特那天,我感觉自己舍弃了一件美好的东西,孩子们也是。"

"凯蒂和西蒙相处得挺好啊。周日午餐时,他们就像一对闺蜜,一直在聊《第十二夜》。"

"凯蒂,嗯,可是贾斯汀——"我停住话头,意识到自己唱了太久的独角戏。"抱歉,我光顾着说自家的事儿。你有没有试过给尼尔讲讲你的看法?"但梅丽莎脸上的惶惑表情已经一扫而光。

"噢,没事儿。他会好的。中年危机嘛。"她笑起来。"别担心贾斯汀。这很正常，我以前也讨厌我的继父，没别的，就因为他不是我爸爸。"

"我猜也是。"

"凯蒂也不用担心，跟那个叫艾萨克的家伙。你的女儿，她自有分寸。有脑子，有美貌。"

"有脑子，哟。那她为啥不懂该去找一个靠谱的工作？我又不是逼她放弃她的梦想，只是想她有点保险。"

"她才十九岁，柔伊。"

我苦笑着承认她说得有道理。"我给西蒙提过，问他能不能在报社给她找点事儿做，写写剧评啥的，但他一笑了之。他们只招大学毕业生。"这就棘手了；凯蒂只有一纸好不容易考取的中等教育证书，连做义工的资格都没有。"你就不能托托关系？"我问西蒙。但他的立场如磐石般坚定。

"她是大人咯，柔伊，"梅丽莎说，"让她自己决定吧——她很快就会学到，什么是正确的决定。"她帮我扶着打开的门，我们朝地铁站走去。"我虽然没养过一个孩子到十多岁，但雇过很多小工，所以清楚，要让他们做事，必须出于他们自觉自愿。这一点上，他们跟男人们有点像。"

我大笑起来。"说到这个，贾斯汀的表现怎么样？"

"我招过的最好的经理。"看到我脸上怀疑的表情，她伸出手臂抱住我。"我这么说，并不是因为你是我的朋友。他按时上班，从不动抽屉里的钱，客人们也喜欢他。在我看来，这已经足够啦。"

她给了我一个拥抱，然后朝大都会线走去，返回咖啡馆。和她吃完这顿午餐，我顿时有了动力，整个下午眨眼工夫便过去了，就连格雷厄姆·哈罗给我摆架子，也没有让我的好心情遭遇半点损失。

"你好呀。"

差二十分钟到六点；地铁站挤满了人，当然，要是能有别的选择，谁会来这个鬼地方。我的鼻子闻到汗味、大蒜味和雨水的味道。

我熟悉这个声音。

我听出声音中包含的自信；声音洪亮，说明他习惯成为众人关注的焦点。

卢克·弗里德兰。

那个在我失足摔向铁轨的时候，救了我的人。

失足。

我当时是失足了吗？

一切发生得如此突然，记忆尚未成型；我只感觉到肩胛骨间被压了一下。像一个模糊的场景，不止——远远不止——发生在二十四小时前。

卢克·弗里德兰。

昨天，我还几乎认定他在跟踪我；而今天，我踏进车厢时，他已经站在跟前。你瞧？我告诉自己。**他不可能一直跟着我。**

我有些尴尬，脖颈后面如针扎似的痛，痛得很厉害，似乎每个人都能看见那里的汗毛根根直立。我伸出一只手，摸了一下颈背。

"糟糕的一天？"他说，也许误会了我紧张时的习惯姿势。

"不，挺好的，真的。"

"那就好！你感觉好点了，我也就放心了。"他的语调很欢快，像那些照料儿童，或在医院护理病患的人一样。我还记得，他昨天曾建议我去撒马利坦会，向人倾诉我的心事。他认为我有自杀倾向。他认为我是故意朝车头扑过去；也许是想大声求援，或者发自内心想结束自己的生命。

"我没有跳。"我说。声音很轻——我可不想让车厢里的人都听见

——于是他灵巧地挤过我面前的一个女人，站到我身边。我的心跳开始加速。他举起手，抓住我头顶的扶手。我感觉有几根汗毛在细微地摩擦，我们之间似乎闪过一个电荷。

"没事。"他说，怀疑的语气让我也质疑故事的真实性来。要是我**真**的跳下去了呢？要是我的大脑发出过警告，而身体却置之不理，潜意识驱使我跳到铁轨？我打了个寒战。

"喏，我到站了。"

"噢。"我们到了水晶宫站。"我也是。"今天他修面时没有割伤自己的脸，蓝色条纹领带换成一根浅粉色领带，在灰色衬衫和西装的衬托下，十分显眼。

"你没有跟着我吧?"他说，随后看到我一脸惊恐，赶紧表示歉意。"只是个玩笑。"我们步调一致地朝自动扶梯走去。人群向同一个方向前进时，你很难与身边的人走散。走到检票口，他站到一旁，让我先刷我的"牡蛎卡"。我道了声谢，然后跟他说再见，但我们出了车站，拐过同一个弯。他大笑起来。

"就像是在超市，"他说，"你在头一个通道和人打招呼，之后经过每一个通道，你都得不停地和他们打招呼。"

"你住这附近吗?"虽然听上去可笑，但我以前从未遇见过他；仅仅我家门前这条街，就有大把的人我没有遇见过。我们经过时，我往梅根的吉他盒里扔进十便士，微笑着向她问好。

"来看一个朋友。"他停下脚步，我也不由自主停下来。"我让你感觉不舒服，是吗? 那你先走吧。"

"不，不，真的，没有。"我嘴上这么说，但胸口感觉被人压着一样难受。

"我要过马路，别勉强，你可以不和我说话。"他咧着嘴笑。他有一张漂亮的脸，温暖而坦率。但我搞不懂，为什么感觉如此不安。

"没必要，真的。"

"我反正要去买烟。"我们站在原地，人群从身边绕行而过。

"嗯，那就再见咯。"

"再见。"他开口想说什么，却欲言又止。我转身走开。"呃，如果我想邀请你共进晚餐，会不会太冒昧?"他一口气说完，急匆匆的，似乎觉得问这个问题令人尴尬，虽然他的脸上依然带着自信的表情。我的脑子里闪过一个念头，提问之前，他肯定仔细考虑过。甚至还练习过。

"不行。对不起。"我也不知道为何会向他道歉。

"或者喝一杯? 我的意思是，我不想打什么'救命恩人'的幌子，只是……"他将双手举高，摆出一个投降的姿势，然后垂下手，脸上恢复严肃的表情。"我知道，能遇见你真是太巧了，我很想再次见到你。"

"我已经有人了，"我脱口而出，像一个十六岁的少女，"我们住在一起。"

"噢!"他的脸上闪过一丝迷惑，随后定了定神。"当然，你有人了。我真蠢，我早该想到的。"他迈出一步。

"对不起。"我说。

我们相互道别，等我回头看时，他正过街，朝报刊亭走去。我猜，他是去那儿买烟。

我不想独自走过安纳利街，于是拨打西蒙的手机，哪怕他在电话的另一端，也能让我感觉有人陪伴。铃声响了一阵，转到语音信箱。一大早他就告诉过我，要去姐姐家吃晚饭。我本打算去看场电影，说不定还能说服贾斯汀和凯蒂，像以前一样，就我们三个人去。但在地铁站遇到那个男人，让我心里惴惴不安。我想问西蒙能否下次再去看望姐姐，能否回家去陪我。

现在打电话，我也许能赶在报社下班前找到他。我过去可以给他打直拨电话，但几个月前，报社开始实行办公桌轮用制度，今天坐这个位置，明天就不知道坐哪个位置了。

我用谷歌查到总机号码。"请帮我接西蒙·桑顿。"

"转接中，请稍等。"

我听着古典音乐，等待电话再次接通。我看着安纳利街灯柱上的圣诞节彩灯，灯管已经蒙上尘垢。音乐停止。我满以为会听见西蒙的声音，谁知仍然是总机的女接线员。

"请再告诉我姓名？"

"西蒙·桑顿。他是个编辑。主要负责特刊，有时也负责新闻。"我重复从西蒙那里听来的术语，也不清楚这两者究竟是一回事，还是相差十万八千里。甚至不清楚两个职位是否在同一栋楼里上班。

"对不起，我们这儿没有叫那个名字的。他是自由记者吗？如果是的话，我在名单上就查不到他。"

"不是，他是在职的。他上班好多年了。你能再查查吗？西蒙·桑顿。"

"他不在我的系统里，"她重复一句，"没有叫西蒙·桑顿的在这儿上班。"

十六

凯莉掏出嘴里嚼的口香糖，扔进一个垃圾桶。虽然很早就出了门，但要是再闲荡一阵，就有迟到的危险了，这可不会博得尼克·兰佩洛的好感。她深吸一口气，抬高下巴，步伐轻快地来到周五时站过的门前。细雨霏霏，手里的雨伞一点忙也帮不上，因为雨丝似乎从水平方向朝她飘来。

上班第一天，凯莉希望给人留个好印象，大清早，她就本能地翻出自己的套装，冷冰冰的、让人不快的回忆随之而来。惩戒听证会那天，她就穿这身套装；她至今都能感觉到羊毛的袖口刮擦她的手腕，而她站在局长办公室外，等候被传唤。

一穿上套装，她就心情不佳。她曾经把套装从衣架上取下，塞进一个垃圾袋，送去慈善商店，转而穿条纹衬衣和宽松的灰色裤子，裤脚贴近鞋面的部位被雨水淋湿，变成深色。就算套装与心情毫无关系，凯莉的脑海仍然被回忆冲击，画面以颠倒的次序呈现，像一盘倒回的胶片。她重返岗位；溜进第一场听证会，脸颊发烫，空气中回荡着闲言碎语。她好几个月没有上班；连续数日躲在房间，不洗脸、不修边幅，等待那场也许会结束她的警察生涯的惩戒听证会。警铃响起，表明羁押室有紧急情况；迫切需要支援。奔跑的脚步声；不是来支援她，而是将她拖开。

她的脑海里没有闪过动手的画面。从来没有这个画面。愤怒情绪管理课程上，辅导员鼓励她讲一讲当时的事件，究竟发生了什么，什么是导火线。

"我不记得了。"她解释说。头一分钟她还在询问犯人；下一分钟就……羁押室警铃大作。她也不知道是什么原因让她突然失去控制；她完全丧失了记忆。

"这样挺好，不是吗？"凯莉艰难地熬完一学期愤怒情绪管理课程后，莱克茜来看她。"简单点，往前看。发生过的事儿嘛，忘了就好。"

凯莉将自己的脸埋进枕头。往前看并不简单，甚至更难，因为要是她不知道自己为何失控，她如何保证类似情况不会再次发生？

她按下 MIT 的蜂鸣器，缩在浅房檐的门口，尽量避开雨丝，静静等待。一个空洞的声音传到街头。

"谁？"

"是凯莉·斯威夫特。借调来'福尼斯行动'组的。"

"请进，凯莉！"

凯莉听出是露辛达的声音，她紧绷的神经放松了一些。这是从头再来，她告诉自己；一个重新开始的机会；别人不会在意她的过去，她有机会证明自己。她搭上电梯，走进 MIT，这一次，她不像上次表现得犹豫不决。组里有人认出她，向她点头致意——是鲍勃，她回忆起他，却没来得及招呼对方的名字——她的精神为之一振。等露辛达从桌后起身迎接凯莉，她已经吃下一颗定心丸。

"欢迎来到疯人院。"

"谢谢——探长不在？"

"他出去跑步了。"

"这种天气？"

"你不是想见探长吗？他正盼你呢；'挖掘工'昨天发了封邮件来，通知了我们。"

凯莉想读出露辛达脸上的表情。"结果呢？"

"你说尼克？"她大笑起来，"噢，尼克嘛，你是知道的。额，我猜你并不知道。听着，探长在破案方面是能手，只是不擅长和上司打交道。如果借调一个BTP的警官是他的主意，他一定笑开了花。事实上，'挖掘工'和他经常意见相左，所以……"露辛达停下来。"一切都会好的。走，让我带你去工作地点。"

恰在此时，门开了，探长兰佩洛走了进来。他穿着短裤和防水布料T恤；一件轻薄的荧光短外套，拉链开到胸口。他扯下耳机，揉成一团，卷起塞进一双莱卡材质的手套里。水珠滴到地板上。

"外面怎么样？"露辛达随口问了一句。

"妙极了，"尼克说，"跟热带差不多。"他没有理会凯莉，径直走向衣帽间。露辛达与探长的融洽关系，让凯莉嫉妒不已。

她打开电脑，用露辛达给她的临时账号登录，寻找待处理的文件。尼克回来时，已经换上一件白色衬衫。衬衫贴在他仍然湿乎乎的背上，领带缠在手掌。他把外套扔到凯莉旁边的椅子上。

"我之前对你的调动说'不'，谁知你居然跑去找了总督察，我不知道自己是该发火，还是该表扬你的谈判技巧。为了工作关系考虑，我选择后者。"他咧嘴一笑，向她伸出空出的一只手，"欢迎入伙。"

"谢谢。"凯莉感到一阵放松。

"我听说，你是总督察的老朋友？"

"不是朋友，不算。他是我在性犯罪组时的探长。"

"他对你的评价很高。我听说你曾得过一次嘉奖。"

看样子尼克·兰佩洛提前做过功课。警察局长颁发嘉奖令，是为了表彰她辛苦忙碌好几个月，抓获那个以小学生为作案对象的露阴癖。凯莉收集了大量的目击者证词，和情报部门紧密合作，试图将已知的性犯罪者和其他不良分子从警方的雷达上抹去。最终，凯莉成功撒下诱饵——一队负责秘密监视的警官被部署到案发风险高的地区，假扮受害者——将罪犯抓了个现行。"挖掘工"还记得这事，这让她受宠若惊，他甚至还向尼克举荐，对她大加赞扬，为她保驾护航，这更令她感动。不过，她的好心情并没有持续多久。

"总督察希望你找个搭档，一块儿干活。"从语气上看，尼克并不清楚在工作调动的背后，"挖掘工"对凯莉谈的条件，但她并不天真，他俩多半讨论过此事。她感觉脸颊变得火辣辣的，希望尼克和在一旁听得认真的露辛达不会看破她的心事。"行，你和我搭档吧。"

"和你？"凯莉以为会随便给她安排一位警探。这是"挖掘工"的意见？让探长照看她，或是尼克本人的意见？她需要如此费心？

"能跟断案高手学学，是件好事。"尼克冲她使个眼色。

"自大的混蛋。"露辛达说。尼克耸耸肩，做了个*我也没办法，我就是这么优秀*的样子。凯莉也忍不住笑起来。露辛达说得没错，他就是个混蛋，但至少他敢于自嘲。

"帮我报名了吗，露辛？"尼克问。凯莉松了口气，她跟尼克之间的对话总算结束了。

"几周前就报了。"

"那是'大北赛'①，我说的是'大南赛'。"他看着露辛达，她交叉的手臂紧贴在胸口。"想想那些孩子，露辛达，那些幼小的孤儿……"

"哎呀，行啦！给我五镑。"

----

① Great North Run，指在英国北部举行的半程马拉松。

"每英里吗?"尼克咧着嘴笑。露辛达瞪了他一眼。"谢谢。好啦,我需要新进展。从表面上看,除了那几条广告,塔尼娅·贝克特与凯茜·唐宁之间找不出什么关联,但我想知道,咱们是不是遗漏了一些东西。"

"把水壶放在灶台,撬开那个私藏的燕麦饼干盒子,等我在简报会上告诉你。"

"私藏的?"尼克问,但露辛达还了他一个懒懒的眼神。

"我是个分析师,探长,"强调她的职务时,她扬起一侧的眉毛,"别想在我眼皮子底下藏东西。"她回到桌旁,凯莉挤出一副笑脸。

"麻烦你指给我厨房的方向,我去煮茶。"

尼克·兰佩洛上下打量着她。"有出息。出了大厅,二楼右边。"

半小时后,凯莉跟随尼克和露辛达走进事故调查室,他们介绍她认识几个同事,只是她转头就忘了对方的名字。她把茶和咖啡弄混了,但大家似乎并不介意。简报室里凌乱放了几把空椅子,但所有人都站着,一个个躁动不安,大概是想传递微妙的信息:他们有更重要的事情要忙。只有尼克·兰佩洛气定神闲。

"找个位子坐好,"他吩咐大家,"不会耽误你们太长时间,但我们正进行一次复杂的调查,我希望各位能达成共识。"他环视房间一周,等所有人的眼睛都聚焦到他的身上,然后继续说下去。"现在是十一月二十四日,周二,这里是'福尼斯行动'简报会,负责调查塔尼娅·贝克特被害案,以及调查相关的女性遇袭案,比如一位叫凯茜·唐宁的女士,她的钥匙被盗,嫌疑人入室行窃。这些案件的关联是刊登在《伦敦宪报》的广告,上面有女受害人的照片。"尼克看着露辛达。"该你了。"

露辛达走上前。"我的任务是查询在过去四周发生的谋杀案,不过我也研究了一些性侵、性骚扰和盗窃案,受害人都是孤身女性。为了方便,我排除了发生在家庭内部的案子，但即便如此，数量仍然不少。"她一边说，一边将 U 盘插进房间前方一台笔记本电脑的接口；电脑已经连上投影仪。第一张幻灯片上有很多缩略图，凯莉认出她们是出现在《伦敦宪报》广告上的女性，图片是凯莉去报社办公室，从塔米尔·巴隆那里软磨硬泡讨来的。露辛达依次点击随后的四张幻灯片，图像如镶嵌的马赛克，看得人头昏脑涨。"这些都是发生在上个月的相关犯罪案件中的女性受害者。你们会看到，我按照生理体征给她们分了组。先是肤色，然后是发色，再根据她们的大概年龄分类。显然，这种方法不算很科学，但毕竟让下一步工作容易了些。"

"用广告来给她们配对？"凯莉身后有人问道。

"正是。我已经确认有四人匹配，正深挖案件卷宗，相互参照广告上的头像和受害者的照片。"露辛达继续播放幻灯片，对每一张简要概括。"夏洛特·哈里斯，二十六岁的法务秘书，家住卢顿，在穆尔盖特上班，被一个身份不明的亚洲男子性侵未遂。"幻灯片左侧是一张照片，附有受害人的姓名；右边是对应的《伦敦宪报》广告。

"下一张。"尼克语气冷冷地说。

"爱玛·戴维斯。三十四岁，女性，在西肯辛顿遭遇性侵。"

凯莉缓慢地呼出一口气。

"劳拉·基恩。二十一岁。上周在特南格连被人谋杀。"

"她已经在我们的视线中，"尼克打断她的话，"从年龄考虑，西命案调查组认为她可能和塔尼娅·贝克特遇害一案有关联。"

"不止是可能，"露辛达说，"请原谅我使用这个比喻，在我看来，这根本就是板上钉钉的事。好吧，最后一个。"她点击下一张幻灯片，画面中是一个四十多岁的黑发女人。跟其他女人一样，她的照片旁边也配有一则《伦敦宪报》上的广告。"这是个蹊跷的案子。亚历山大·查塔姆太太，家住汉普斯特德公园附近，她一直抱怨有人趁她熟睡时潜入家中，搬动家中的物品。当时这个案子由社区安全组负责，但从一开始就充满疑问。显然，办案警官并不相信，虽然查塔姆太太坚称有人进过她的家。"

露辛达看了看大家。"当然，还有凯茜·唐宁——另一个可能遇到午夜入室盗窃的受害者——以及塔尼娅·贝克特，谋杀案受害者。迄今为止，有六个人。我还在继续寻找。"

在尼克叫露辛达通报案情最新进展的同时，简报室里一片安静，随后，他指着露辛达播放的最后一张幻灯片，上面列出六件已确认的案子，一旁配有对应的广告。"总共登了八十四期广告，这意味尚有七十八位女性有待确认，她们也许是罪案受害者，也许还不是。这些是广告的复印件，"尼克面向第二块白板，"都放在为你们准备的通报材料里面了。"房间里响起沙沙的翻页声，每个人都在浏览来简报室时领到的装订好的文件。露辛达继续开了口。

"我还在研究广告，看它们与发生在我们辖区的针对女性的案件是否匹配，我也联系萨里、泰晤士河谷、赫特福德、埃塞克斯和肯特那边，万一有符合的跨境案件。我已经找到几个可能的，但我想等确认后再说，免得把事情弄糟。这样做行不，头儿？"

"行。"

"你叫我找出受害者之间，以及案件之间的相似性。恐怕我还没有找到太多。乍一眼看上去，这些案子各不相同，但如果你抛开最明显的特征——如侵犯受害者，这是最主要的犯罪模式——它们的共性是公共交通：这些女性都在去上班，或下班的路上。"

尼克点点头。"把她们上下班的路线画出来。看看是否有重合之处。"

"已经在弄，头儿。"

"对罪犯，我们知道些什么？"

"罪犯们。"露辛达说，特别强调了复数形式。"夏洛特·哈里斯说是一个高个子亚裔男子，喷了一种气味独特的须后水。她没有看到他的脸，对方穿得很时尚，穿一件细条纹西装和灰色外套。爱玛·戴维斯，在西肯辛顿被人性侵，她说袭击者是个白人，身材异常魁梧。至于特南格连的案子，几乎没什么线索，除了闭路监控显示在劳拉·基恩遇害前，附近出现过一个高个子白人男性。"

"凯茜·唐宁的钥匙也是被一个亚裔男子偷走的，"凯莉说，"监控画面没有拍到他的脸，但清楚地拍下了他的手。"

"六起案子，"尼克说，"六个潜在的罪犯。不需要天才帮忙，是个人都能看明白，调查的关键是那些广告。所以，我们的重点是找出谁登的广告。"他走到众人跟前，露辛达敲击鼠标，播放下一张幻灯片，画面是放大了的柔伊·沃克的广告。

"这些广告是从十月初开始登的。登在分类广告版，倒数第二页，右下角。没有一张照片是特意照的。"

"柔伊·沃克昨天给我打电话，"凯莉说，"她那张照片出自'脸书网'账号——她给我发来了未裁剪的原图。照片上有她和她的女儿凯蒂，是几年前参加一场婚礼时照的。"

"我去查查唐宁和贝克特的'脸书网'账号。"露辛达赶在尼克之前说道，"这些照片有个共同点，没有哪个女人在直视镜头。"**她们似乎并未发觉有人在照相，凯莉想。**

尼克继续道："每则广告上都印有这个网址。"他指着屏幕上方，那里写着 www.findtheone.com。

"交友网站?"凯莉旁边的女警官一直忙着在活页笔记本上奋笔疾书。她看着尼克，手中的笔悬在半空。房间另一侧有个警探紧盯他的手机，抬头扫了眼屏幕，仔细核对网址是否正确。

"也许吧。没有哪个受害者熟悉这个域名。凯茜·唐宁曾是'英才库'的一员，我们正联系他们，看对方的系统是否被人侵入。不出所料，塔尼娅·贝克特的未婚夫坚称她从来没有上过什么交友网站，柔伊·沃克也这么说。毫无疑问，你们已经发现了，输入网址，出来的是一个空白网页，黑色的，只有一个框，提示你输密码。网络犯罪组正在展开调查，我会随时告知你们最新发现。好吧，时间差不多了。继续。"

"电话号码。"露辛达说。她转向身后的白板，在数字下画了一条线，数字用红色大字写成：0809 4 733 968。"我们的系统里找不到，是个空号，如果不是故意写错，放进广告里毫无意义。"

没有什么是无意义的。号码放在这儿，肯定有其原因。凯莉凝视着露辛达身后放大的《伦敦宪报》广告。照片下印有一行字。

如需更多信息，可访问网站。额满即止。申请有限。

网站，有，但其他呢？密码是什么？

尼克走过来站在露辛达身旁，给组员分派任务，再三强调及时向他汇报进展的重要性。凯莉盯着广告，思考到底哪里还有遗漏。

"调查进入这个阶段，我们已经收集到大量的情报，但还不清楚它们是如何关联起来的。"尼克说，"在《伦敦宪报》上发布这些广告的人，如果不是想公开他们的犯罪意图，就是想协助其他罪犯实施犯罪。"

凯莉听得心不在焉，她的脑子正拧成一个个结。登出广告，无法参与，有什么用呢？为什么给潜在的客户一个登录不进去的网站呢？

0809 4 733 968

突然有个念头闪过。她坐直身子。如果电话号码根本不是电话号码，而是密码？

她确认手机调到"静音"模式，打开苹果浏览器，输入域名。

www. findtheone. com

光标闪烁。她在白色对话框中输入 0809 4 733 968，敲下回车键。

您的密码无法识别。

凯莉把叹息压进喉咙。她本来很肯定，电话号码是关键。就在她关掉浏览器的时候，屏幕上亮起一条短信。

盼今晚见你。致电＋告知你是否来。爱，xx

缩略语加独特的字母组合，不用看名字，她就猜出发信人是姐姐莱克茜。凯莉不知道如今还有谁会用这种九十年代流行的方式写短信。她想象自己的姐姐皱着眉头，盯着小屏幕，耐心地在老式诺基亚手机的键盘上按来按去，寻找字母。

0809 4 733 968

难道是这么回事？她拿起手机，看着键盘。她看着数字"4"，以及数字"4"下的字母。

G、H、I。

她伸出一只手，摸到她的笔记本，随便翻到一页，旋开钢笔的笔盖，目光继续定格在手机上，提笔写下字母。

数字"7"下面有四个字母：P、Q、R、S。凯莉把它们一一写下。

接下来，两个数字"3"：字母 D、E 和 F。

凯莉挥动笔杆，潦草地书写，一口气写到最后一个数字，全然忘记了仍在进行中的简报会。她拿起笔记本，梳理写下的数字，寻找一种模式，一个词。

I（我）。

空格。

S. E. E. （看见）……

I SEE YOU（我看见你）。

凯莉猛地吸了一口气。她抬头一瞥，正巧迎上兰佩洛探长投来的目光。他交叉着双臂。

"你有了调查的新进展，想和我们分享?"

"是的，长官，"凯莉说，"我有。"

我发现的头一个目标，并非警察熟悉的类型。

贝克鲁线有个姑娘。每周五，她会在皮卡迪里广场站下车，买一张"欧洲百万彩"的彩票。

"这些是中奖号码。"她递上钱，对柜台后的男人说。

他哈哈大笑。"你上周也这么说。"

"这次肯定没问题。"

"这话你也说过。"

两人都笑起来。于是我知道，他们每周五，在相同时刻，都会展开这么一场对话。

下一周的周五，我眼看她在皮卡迪里广场站下了地铁，走向报刊亭。

他正等待她来。

他站在距报亭大约五米远的地方，拳头垂在身旁，手掌一开一合，像是在为即将到来的面试打气。昂贵的西装；漂亮的鞋子。一看就是个有钱人。见她走近，他停住手上的动作；把湿乎乎的掌心在裤腿上蹭了蹭。我以为他会冲她打招呼，但他只是与她步调一致地朝报亭走去，比她提前几步。我猜他没这个勇气。

"来碰碰今晚'欧洲百万彩'的运气。"他说。他付了钱，接过彩票。"你知道吗，这些是中奖号码。"身后的姑娘莞尔一笑。

他故意慢吞吞地将钱包装进口袋，站到一旁，等姑娘说出自己的中奖的号码时，插了一句。"刚刚比你快了一步，我很抱歉。"

"没事儿，真的。"

"但如果你想要的是这张彩票？"他递给她，"拿着吧。"

她推辞一番，还是接受了。他们看着对方，脸上露出微笑。

"要是你中了奖，就请我吃饭。"他开着玩笑。

"要是我没中奖呢？"

"那我就请你吃饭。"

不可否认，你享受这样的邂逅。他走近时，你也许会羞红了脸；也许感觉有些突然。但你会有种受宠若惊的感觉；能得到一个英俊男士的关注，你满心欢喜。他富有、成功。他也许从来不会在你的生活中出现。

既然你知道我做过什么，是不是有点迷惑？你在想，我收集到哪些与你相关的信息；我的网站有哪些越来越多的上传内容。你在想，要是你也像那个姑娘，被一个有魅力的陌生男人叫住。你在想，要是他邀请你共进晚餐。

他也许会，也许不会。也许他早已发现你，早已暗中观察你。也许他早已跟踪你几个星期。

生活就是一张彩票。

他脑子里盘算的，也许和你想象的完全不同。

十七

上传日期：十一月十三日，周五

白种人。

近四十。

金发，通常扎起。

眼镜（或戴隐形眼镜）

平底鞋、舒适的黑色裤子。红色中长款防水外套。

尺码 12—14。

8 点 10 分：走进水晶宫地铁站。与街头艺人搭话，扔硬币进吉他盒。搭乘地上线往北，到白教堂站。换乘区域线（往西），上第五节车厢，在坎农街站从对面出口出站。出站后右转，在公路步行，避开拥挤的人行道。右手持手机，提包横在胸前。任职于哈罗 & 里德房地产公司，位于沃尔布鲁克街。

可偶遇时间：周一至周五

时长：五十分钟

难度：中等

"我们得通知她。"凯莉惊恐地看着屏幕，上面列出的种种细节，无疑符合行走在通勤路途中的柔伊·沃克。

"真的是她吗？"露辛达问。凯莉和尼克正俯身靠在探长的办公桌，面前是他打开的笔记本电脑。在这间开放式的大办公室，其他区域的灯都已熄灭，只剩尼克头顶亮起黄色的条灯，微微忽闪，似乎灯泡就快熄灭。露辛达在邻桌忙碌，辛苦地把网站上的每张照片与《伦敦宪报》的广告做比对。

"描述吻合，日期配得上，哈罗 & 里德正是她的上班地点。"凯莉说，"毫无疑问是她。我们应该打电话告诉她，还是亲自去找她？"

"等等。"凯莉解释自己如何推算出密码的时候，尼克并未多言。他又瞅了一眼她的手机；小屏幕上，白色对话框上的文字发生了变化。

登录或注册一个账户。

他打发其他组员回了家，但明确指示他们，不准错过第二天早上八点的另一次简报会。"明天会是漫长的一天。"他严肃地说。

几秒钟后，他们已经打开尼克的电脑，输入网址。只是注册和付费，耗时却长得让人心焦；跟正常的工作或学习时间相比，这个过程令人懊丧，尼克终于砰地一声摔了手机，从钱包里掏出他的信用卡。

"我们不能让媒体知道这事儿，"他说，"会造成恐慌。也就是说，暂时对柔伊·沃克保密。"

凯莉定了定神，终于没有张口就迸出心里话，而是重新组织了一下语言。"长官，她处于危险。我们是不是有义务提醒下她？"

"现在情况得到了控制。那个——或者那些——负责这个网站的人还不知道警方已经介入，这样一来，我们才有机会逮到他们。要是我们通知了柔伊·沃克，她肯定会告诉她的家人和朋友。"

"我们叫她别说。"

"这是人之常情，凯莉。她肯定希望确认其他女人，比如她认识的，是否安然无恙。还没等我们出手，报纸就会嗅到苗头，大肆报道，让恐慌蔓延。罪犯会潜入地下，永远也找不到。"

凯莉如鲠在喉。凭什么让柔伊·沃克当炮灰。

"我们明天去找她，建议她改变上班的路线。"尼克说，"我们给她一些专业的建议，适用于每个关心人身安全的公民；讲得有策略点，别带有可预见性。她知道这些就够了。"他合上笔记本电脑，这个举动传递出一个明确的信息：他与凯莉之间的对话已经结束。"没事的话，你俩可以走了。明天一大早咱们再见。"话音刚落，门外的蜂鸣器响起来。凯莉跑去应答。

"是网络犯罪组的人，"尼克说，"叫他进来。"

安德鲁·罗宾逊戴一副黑框眼镜，留一绺山羊胡，胡子修剪得没剩下几根。他穿着灰白色 T 恤和牛仔裤，外面罩一件卡其色风雪外套，他脱下外套，扔在他座位旁的地板上。

"感谢你前来。"尼克说。

"没关系。我们现在忙得热火朝天，也没空回家。我查了你给的网站，域名的拥有者花钱退出了域名查询目录——这就像记录下网站名的电话簿——所以我提交了数据保护弃权证书，获得他们的名字和地址。与此同时，我正通过他们的 IP 地址识别站点管理员，当然，不出我的所料，他们使用了代理服务器，所以一时半会儿找不到。"

虽然凯莉不太明白安德鲁口中的术语，却很想留下来听一听，但露辛达已经穿上外套，她也只好不情愿地穿上外套。也不知道尼克为了这个案子，会工作到多晚，难道他家里就没人盼他回家。

她们从楼梯走到底楼。露辛达的头发柔滑而带有光泽，还跟她一大早来上班时一样，而凯莉突然意识到自己一头蓬乱的短发，每次她拿手指梳过，发梢就根根直立。也许她该带点化妆品。露辛达并没有化太浓的妆，涂点润唇膏，描点眉毛，就让她的妆扮看起来既精致又职业，相比之下，凯莉算是素面朝天。

"你往哪儿走？"露辛达问，她们一起走向地铁站。她的个头比凯莉足足高好几英寸，走起路来步幅很大，逼得凯莉几乎一溜小跑，才能赶上她。

"象堡站。我跟别人合租了一套公寓，两位 BTP 的警官，一个急诊室护士。你呢？"

"基尔伯恩站。"

"不错。"

"跟我爸妈住。我懂，都二十八岁了，惭愧得很，但只有这样，我才能攒够租公寓的定金。因为这事儿，尼克老是取笑我。"一个穿艳丽色彩打底裤、头戴绒球帽的女人朝她们跑来，帽檐盖住耳朵。露辛达脚下一滑，落在凯莉身后，随后她提高嗓门，继续两人的对话。"上班第一天，感觉如何？"

"脑袋晕乎乎的。不过我喜欢。好长时间没进事故处理室了；我都快忘记里面熟悉的嗡嗡声了。"

"发生了什么事？听说你在性犯罪组，对吧？"

尽管预料到对方会提出这个问题，凯莉的呼吸还是变得急促。露辛达是真正感兴趣，还是她已经听说过事情的来龙去脉？她是想找点八卦吗？凯莉瞥了一眼身旁，但那个女人的脸上并没有异样的表情。

"我被停职了。"她说，惊讶自己一不小心说出了实情。我离开了，她经常这样说，然后抛出一些无稽之谈，说什么需要更多在一线的经验。或者我病了，这也并非有违实情。"我打了人。"

"同事？"露辛达对此不置可否，语气中只包含好奇。

"一个犯人。"

称呼他的名字，治疗师不止一次提醒她。重要的是把他看作一个人，

凯莉，跟你我一样的人。凯莉遵照医嘱，但每次念到那几个音，舌头便打了结。

"他强奸了一个女学生。"

"操。"

"但那并不能成为打人的借口。"凯莉赶紧说。无须治疗，她也清楚这个道理。

"嗯。"露辛达说。她停住话头，小心挑选自己的措辞。"但也许能说明问题。"她们默默地走了一段路，凯莉想，露辛达是否正在回味刚刚说过的话；是否对她做出评判。她做好准备，盼望对方提出更多问题，但什么也没有盼到。"那个密码，你干得很棒。"两人快走到地铁站时，露辛达说。"给尼克留下了深刻印象。"

"是吗？没看出来。"对于凯莉的发现，探长表现得轻描淡写，她本来也没往心里去。她没指望会博得一片掌声，但有人低声说一句**干得好**，总让人感觉舒服些。

"你会习惯他的。我就喜欢他的行事方式。他不大夸奖人，如果这样做，说明你确实干得不错。"

凯莉怀疑自己也许得熬更长的时间。

在地铁站的入口，一个留着胡子的男人正在弹吉他，面前地上放了一顶帽子，里面有几枚硬币。他的狗睡在叠好的睡袋上，睡袋背后是一捆行李。凯莉一下子想到柔伊·沃克和她口中那个在水晶宫站的街头艺人。

"如果你是柔伊·沃克，"她问露辛达，"想知道吗？"

她们从卖艺人身边经过，走进车站，两人不约而同地伸手去掏"牡蛎卡"。

"想。"

"所以……"

"有很多东西，我都想知道，"露辛达平静地说，"国家机密，比尔·盖茨的密码，乔治·克鲁尼的手机号……但这并不意味着，我知道这些是件好事。"

"如果一念之差，你就能活命，或被谋杀、或遭强奸？"

警方的结论是：袭击莱克茜的人跟踪过她好几个星期，大概从本学期之初就开始了。几乎可以肯定，是他把花放在她的卧室外面，将小纸条插进她的信箱。莱克茜扔掉花和纸条，对这位秘密的崇拜者一笑置之。警方问她是否注意到有人尾随，她提到每周四傍晚，听完下午四点的讲座，步行回家时的情景。总有一个男孩靠在图书馆的墙边，听着音乐；她从那里经过，总有被人监视的感觉；穿越林间的一条捷径时，她也听见身后有树枝断裂的声音。警方承认，不止她一个人遇到这种情况。类似的报警，他们受理过好几次。但他们总说事实不具体。

露辛达停下脚步，看着凯莉。"听到尼克的话了吧；只有不走漏风声，我们才有机会找出是谁建的网站。一旦逮到他，剩下的事就好办了。"

凯莉很失望。她原本期望露辛达会站在她一边；她们能对尼克施加压力，劝说他改变主意。露辛达看懂了她脸上的表情。

"你也许不赞同他的决定，但他是头儿。要是你想和他共事，就得遵守他的规矩。"她们一起乘坐北线，聊起更轻松的话题，但等两人在尤斯顿站挥手告别，凯莉已经做了决定。

规矩就是用来打破的。

十八

　　我出了站，走在回家路上。西蒙从他姐姐家给我打来电话。他说刚才我打他手机时，他肯定在地铁上。他刚收到我的语音邮件。

　　"我不会晚归的。安吉起得早，我吃了晚饭就回来。"

　　"工作得还顺利吧?"每天傍晚我都会问这一句，但今天我的声音带着紧张，他停顿片刻，也不知我这样做，是否会逼得他说出对我隐瞒已久的实情。

　　没有成功。

　　"还行。"

　　我听着西蒙对我撒谎；他聊起坐在邻座的家伙，吃东西时嘴巴不合拢，花半天时间跟他的女朋友煲电话粥。我想戳穿他，却找不到合适的词；况且，我仍然不信他在撒谎。

　　西蒙当然在《每日电讯报》上班。我见过他的办公桌。至少，我见过他办公桌的照片。我们开始约会后，他发短信给我。

　　我想你了。你在干吗? 让我看一眼照片吧。

　　我在塞恩思伯里。我回复道，发给他一张我在超市冰冻食品区开怀大笑的照片。

这成了一个游戏，首字母缩略词为"WAYDN"[①]？只要收到短信，我们就用手机拍下面前的景象，发给对方。人头攒动的地铁车厢；午餐的三明治；我步行在雨中时，手上雨伞的里衬。这是一扇窗户，能洞悉我们的生活，见证我们傍晚小聚后，剩下的白昼与黑夜。

我见过他的办公桌，我不停地对自己说。我见过宽敞的开放式办公区，到处是电脑屏幕和实时播出的天空新闻。我见过成堆的报纸。

你只见过一张桌子，一个声音在我的脑海说话，说不定是别人的。

我赶走这种想法。我想暗示什么；西蒙发给我的那些照片，并非他上班的地点？他从网上找来新闻编辑部的图片？太荒谬了！会有合理的解释。总机的电话簿上漏掉了他的号码；一个不称职的前台接待；一个恶作剧。西蒙是不会骗我的。

他会骗我吗？

我穿过马路，顺便走到梅丽莎的咖啡馆门口。我知道贾斯汀就快下班，我看见他俩坐在桌旁，仔细研究几张纸，梅丽莎身子前倾，脑袋几乎贴到贾斯汀的脑袋。我走进店门，他们移开身子，梅丽莎跳起来，给了我个吻。

"正说你呢！我们在讨论圣诞节的菜单。土耳其长棍面包配蔓越莓干，或是配鼠尾草和洋葱？把菜单搁一搁，贾斯汀，咱们明天再弄。"

"蔓越莓酱配鼠尾草和洋葱。嗨，亲爱的。"

贾斯汀捡起那几页纸，整理成一叠。"我也说都行。"

"那是因为损失的不是你的利润。"梅丽莎说，"鼠尾草配洋葱或蔓越莓酱。哪有凑在一块的。"

---

① What are you doing now?（你在干吗？）的首字母缩略词。

"本来想着，我们一起步行回家，"我对贾斯汀说，"看样子你正忙呢。"

"你们先走，"梅丽莎说，"我来锁门。"我注视着儿子脱下围裙，挂在柜台后面，为明天做好准备。

我们走在回家路上，我伸手捏着贾斯汀的胳膊。一想到《每日电讯报》的总机接线员确定无疑的语气，我的心就空落落的。

没有叫西蒙·桑顿的在这儿上班。

"西蒙跟你聊过他的工作吗？"我假装随口一问，但贾斯汀看我的眼神，却像是我要他跟"饼干"聊天。西蒙和贾斯汀之间的敌意，就如同房间里关了头大象，容不得忽视；明明存在，我们却忌讳提及，指望这种敌意有朝一日会自然而然地烟消云散。

"他也无非是想告诉我，没有文凭的话，我休想找到一份他那样的工作。真是劳烦他费心了。"

"他只不过想给你打打气。"

"哟，他还是给自己打点气吧——"

"贾斯汀！"

"他没资格教训我。他又不是我爸。"

"他也没想当你爸。"我把钥匙插进锁孔。"你就不能试一试？看在我面子上？"

他瞪着我，怨恨的表情中闪过一丝同情。"不。妈，你以为你了解他，可你不了解。真的。"

我正在削土豆皮，手机铃声响起。本来不打算接，却看到屏幕上的来电显示。*凯莉·斯威夫特警官*。我拿茶巾擦了擦手，赶在转接语音信箱前，一把抓起电话。"你好？"

"你有空吗?"斯威夫特警官听起来有些犹豫。"有些消息我得告诉你。非公开的。"

她挂断电话很久了,我却还站在厨房中央,握住手机。凯蒂晃进厨房,打开冰箱门又关上,自始至终,她的视线都没有离开她的手机,右手拇指不停地翻动页面。她沉迷于她的手机,尤其是遇见艾萨克后,几乎与手机形影不离。每次收到短信,她就面露喜色。

贾斯汀走下楼,我听见楼板嘎吱作响。我下定决心。这种事,我必须亲眼看个究竟,但又要回避家里的人,要让他们无意中看到了,凯蒂肯定会吓得够呛,贾斯汀则嚷嚷着要把肇事者狠揍一顿。

"牛奶喝完了,"我突然说,抓起手提包,套上外衣,"我去买点回来。"

"冰箱里还有点呢。"凯蒂说,但我已经走到门外,砰地一声关上前门。

我走得很快,双臂紧抱住胸口。顺着路走,不远处有一家咖啡馆;不像梅丽莎开的那种,是一家脏兮兮的小咖啡馆,我从来没想过要去那儿喝一杯。但那里营业到深夜,我也不想遇见熟人;所以,这个无名咖啡馆倒是个好去处。

我要了一杯咖啡。味道苦涩。我加进一块方糖,糖块在勺子里慢慢融化得无影无踪。我把 iPad 放在面前的桌上,深吸一口气,做好准备……干吗呢?

密码——I SEE YOU——让我不禁打个寒颤。这密码就跟广告本身一样,明明摆在你面前,跟什么求职、推销类的广告放在一起,你却发现不了它。等了好长时间,网页才完全打开,随后有了微小的变化。背景仍是黑色,但之前提示输入访问码的白色对话框被一行文字所取代。

登录或创建一个账户。

"别新建账户，"斯威夫特警官将他们的发现告诉我后，叮嘱道，"我之所以告诉你，是因为我觉得你有权知道。"她沉默一阵。"因为如果这件事发生在我身上，或我的家人身上，我也想知道。请相信我。"

我点击"创建一个账户"，输入我的名字，随后感觉不妥，又按下退格键，清空字母。我抬起头，刚好看到咖啡馆老板，他大腹便便，系一条脏得发黑的白色围裙，左胸位置绣着"连尼"二字。

连尼·史密斯，我输入这个名字，然后设置密码。

选择会员套餐。

青铜会员，250镑：能查看访问。资料下载，价格100镑起。

白银会员，500镑：能查看访问。每月一次免费下载。

黄金会员，1000镑：能查看访问。不限次数免费下载。

我的喉咙冒起一股憎恶的苦涩。我喝了一大口温热的咖啡，将苦涩咕咚吞下。我值这个价钱？塔尼娅·贝克特值这个价钱？劳拉·基恩？凯茜·唐宁？我盯住屏幕发呆。我的信用卡刷爆了，到下个月月底前，我的余额甚至还不够充一个青铜会员。前几天我该开口叫西蒙帮忙的，但我能开口吗？自从他丢了工作，光是欠的债，就够他操心的。

只有一个人能帮忙。我拿起手机。

"能借我点钱吗？"马特刚通接电话，我就对他说。

"都市潮男终于把你的血吸干了呀？现在报纸不领高薪啦？"

不能让他知道。我闭上眼睛。"马特，求你了。不是要紧事的话，我也不会找你。"

"多少？"

"一千。"

他低低吹了声口哨。"柔，我身上可没这么多现金。你拿钱干啥？"

"我能借你的信用卡刷吗？保证还你，马特，一个便士不少，加利息。"

"你是不是惹了什么麻烦？"

"求你了，马特。"

"我发短信给你。"

"谢谢你。"我鼻子一酸，差点哭出来。

"没事儿。"他停顿一阵。"为了你，我什么都能做，柔。"我正打算再次感谢他，发现他已经挂断电话。一分钟后，我收到他发的短信。我输入他的信用卡资料，为杜撰的连尼·史密斯充会员。

大功告成。马特的信用卡欠下一千英镑，而我成为一个**特别的交友网站**的会员。

斯威夫特警官给我描述过，但当我亲眼见到，还是忍不住大吃一惊。一排排的照片，都是女性，每人的照片下写着一两个关键词。

中央线

皮卡迪里

朱比利/贝克鲁线

我感觉一股寒气横过我的脖颈。

我浏览照片，想找到自己的。我轻敲"更多照片"，翻到第二页，随后是第三页。在那儿呢！跟《伦敦宪报》上的一样；照片来自我的"脸书网"页面，拍摄于我堂妹的婚礼上。

点击下载。

我毫不犹豫。

上传日期：十一月十三日，周五

白种人。

近四十。

金发，通常扎起。

我读了两遍：我搭过的每趟地铁；我现在穿的外套；对我的外貌的描述。完全是瞎说！我有些生气，因为上面说我连衣裙的尺码是 12 至 14，真的吗？我只有牛仔裤的尺码是 14。

连尼擦拭我身边的桌子，咣咣地叠椅子，提醒我是时候该走了。我想站起来，双腿却不听使唤。我明白了，今天早上撞见卢克·弗里德兰并不是一次意外，我摔向铁轨时，他恰好站在我身旁，那也不是一次意外。

卢克·弗里德兰下载过我的乘车路线，为了跟踪我。

还有谁下载过？

我正要上床睡觉，西蒙回来了。见到我，他乐滋滋的，我却愁绪满怀。这样一个爱我的男人，怎么会对我撒谎？

"安吉怎么样？"我突然想到，说不定他根本没有去见他的姐姐。如果他对工作地点说谎，还有什么不能说谎的？贾斯汀的话回荡在我的耳边，我用警觉的眼神看着他。

"挺好的。她问你好。"

"工作还顺利吧？"我问。他脱掉裤子，和扔在地板的衬衫堆在一起，然后爬上床。告诉我，我想着。现在就告诉我，一切都会好起来的。告诉我你从来没在《每日电讯报》上过班；你只是个地方报纸的小记者，或者你连记者都不是；你编造故事，只是为了打动我，你其实在麦当劳炸薯条。告诉我真相就行。

但他没有。他敲了敲我的小肚子，拇指贴着我的屁股转圈。"非常好。大清早写了篇讲议员乱花钱的稿子，现在消息满天飞。"

我感觉气不打一处来。午饭时，我飞奔出来给格雷厄姆买三明治时，看过那个报道。我的脑袋一阵阵地痛。我想知道真相。

"我昨天给《每日电讯报》打过电话。"

西蒙的脸顿时变得煞白。

"你没有接我的电话。回家路上，我遇到一些事儿；我很害怕，想跟你说说话。"

"发生了什么？你还好吧？"

我没有理他。"总机接线员没听说过你。"我推开他搂在腰间的手。他没有说话，我听见中央暖气系统的开关咔嗒一声断开。

"正想告诉你。"

"告诉我什么？说你对我撒了谎？编造出一份工作，觉得会打动我？"

"没！我没有编造。上帝呀，柔伊，你觉得我是这样的人吗？"

"你真的想让我回答这个问题？"难怪每次我建议给凯蒂找份差事，他总是不情愿；我叫他写一篇和广告有关的稿子，他也严词拒绝。

"我没在《每日电讯报》上班了。所以，他们……"他欲言又止，翻身过去，盯着天花板。"他们让我滚蛋了。"他的语气中带着羞愧，也不知是因为他丢了工作，还是因为他一直对我说谎。

"为啥？你在那儿待了——多少？——二十多年了吧。"

西蒙干笑一声。"是呀。旧人走了新人来。年轻的劳力，更便宜。毛头小子们连虚拟语气都搞不明白，但他们会写博客、发推特、上传内容到网站，眨眼工夫就搞定。"他的声音有些苦涩，但没有丝毫怨气，他似乎早已坦然接受失败的结局。

"什么时候的事儿？"

"八月初。"

我气不打一处来。"四个月前就失业了，你咋没说呢？这几个月你究竟是怎么熬的？"我跳下床，走到门口，然后停下脚步，转过身，我不想待在房间，但很想听听他的说辞。

"四处走走，坐在咖啡馆里写写东西，读读书。"他的声音中再次充满苦涩。"找工作；面试；被人说年龄太大；不知道如何告诉你。"他没有看我，他的眼睛仍然死死盯着天花板。他的前额现出深深的皱纹。他破产了。

我站在原地打量着他。我的怒火渐渐平息。

"那钱呢？"

"他们给了我一笔遣散费。我原本以为很快就能找到活儿干；我想等问题解决了，再告诉你。但日子一天天过去，钱花光了，我不得不刷信用卡。"他终于转过头来，我惊讶地发现他的眼中闪着晶莹的泪光。"很抱歉，柔伊，我没想着要骗你。我以为很快就能解决问题，找一份新工作，给你一个惊喜；继续像从前一样照顾你。"

我走过来坐到他身旁。"嘘——，没事的，"我说，就像他是我的一个孩子，"一切都会好的。"

西蒙要我答应不把这事告诉孩子们。

"贾斯汀早就觉得我吃软饭。不需要再给他找个恨我的理由啦。"

"不是说过了吗，"我说，"他是冲我生气，不是你。他怪我离了婚；从佩卡姆搬走，离开他的朋友。"

"那就告诉他真相。明明不是你的错，为什么还要自责？已经过去十年了，柔伊，为什么你还要护着马特？"

"我不是护着马特，我是护着孩子们。他们爱自己的爸爸；他们不需要知道马特对我不忠。"

"这对你不公平。"

"我们说好了的。"正是这个约定，让我们都成了骗子。我答应永远不告诉孩子们马特的婚外情，而他答应假装不再爱我；我们共同做出分手的决定。我经常在想，我和他，谁更难履行承诺。

西蒙放弃了。他知道他拿这事没辙。"等我东山再起，我们再告诉他们。好吗？"

我们约好告诉贾斯汀和凯蒂，说西蒙要在家全职上班，不用每天都出门；之前他每天在外面待到下午五点过才回来，去咖啡馆一杯接一杯喝咖啡，喝到想吐，喝到付不起钱。当他告诉我一直靠信用卡过日子，我伤心极了。

"那你为什么还一直给我买礼物？带我出去吃饭？要是知道你负担不起，我绝不会让你这么做。"

"要是我不这样，你肯定会起疑心，想知道发生了什么事；你会瞎猜。瞧不起我。"

"如果非要出门，我会付我那一份的。"

"你觉得我会怎么想？哪有男人要女人为晚饭买单的道理？"

"噢，别傻了！又不是五十年代。"我笑起来，随即看见他一脸严肃。"会好的，我保证。"

我希望我说得没错。

十九

"你确定这样做是对的?"莱克茜说。她将费格斯从浴缸里拎起,拿一张浴巾包好,递给凯莉("记得要把他的脚指头缝都擦干哟!")。然后又拎起阿尔菲。

"嗯,"凯莉语气坚定,"柔伊·沃克有权知道。"她把侄儿放在自己腿上,用浴巾大力揉搓他的头发,弄得他咯咯直笑。

"你不怕惹麻烦?"

凯莉没有说话。在拿起电话打给柔伊·沃克之前,她一直在考虑要不要告诉她。这件事在她脑海中挥之不去,所以她才跑到莱克茜家,想分散一下注意力,结果却把整件事都告诉了姐姐。"好啦,干干净净的。"她低下头,凑到费格斯的脑袋上,嗅着温热的皮肤和爽身粉的甜香。柔伊对凯莉向她透露内部消息表示感谢,凯莉对自己说,这样做合情合理。

"你要留下来过夜吗?我去给你铺沙发床。"

凯莉喜欢莱克茜的家。这是一栋外表平淡无奇的红砖房子,半独立洋房,周围到处是汽车和大垃圾桶,但室内舒适温馨,与她在象堡租的那间卧室形成鲜明对比。凯莉忍住了。

"不行。我明早八点要去科文特花园见柔伊·沃克。我赶今晚最后一班地铁回去。"她原本希望尼克会同意她单独与柔伊见面,免得探长发现凯莉打过电话,但他坚持要陪她一起去,凯莉只有指望柔伊多加小心,别说漏了嘴。

"这样做——我也不清楚——是否违反了法律程序，或别的什么？"莱克茜问，并没有抛开主题。

"是吧，从技术层面上讲。"

"从技术层面？凯莉！"

阿尔菲转过他的小脑袋，妈妈尖利的语气叫他不知所措，莱克茜给他一个安慰的亲吻，然后看着凯莉，放低声调。"你这是某种死亡之愿吗？谁都会觉得，你是在想方设法让自己丢掉工作。"

"我做的是正确的事。"

"不，你做的是你认为正确的事。但往往事与愿违，凯莉。"

柔伊安排与凯莉和尼克见面的地点是梅丽莎咖啡馆二分店，位于科文特花园附近的背街上。一大早，咖啡馆就生意兴隆，培根三明治的香味让凯莉饥肠辘辘。柜台后站着一个年轻姑娘，以惊人的效率端出一杯杯外卖咖啡。柔伊坐在窗边的桌旁。她看起来很疲惫，头发没有洗过，匆忙扎成一个马尾辫，而坐在她身旁的女人头上编着光滑的法国式发辫。

"肯定会没事的。"凯莉和尼克走近时，那个女人说道。她站起来，空出座位。"别担心。"

"我们在聊我家那口子，"柔伊说，虽然凯莉和尼克并没有提出疑问，"他刚丢了工作。"

"我很抱歉。"凯莉说。也许这是让她疲惫的原因。

"这是我的朋友梅丽莎。咖啡馆是她开的。"

凯莉伸出手。"凯莉·斯威夫特警员。"

"尼克·兰佩洛探长。"

从梅丽莎脸上转瞬即逝的表情，她似乎认出对方。"兰佩洛？最近我在什么地方见过这个名字？"

尼克礼貌地笑了笑。"是吗？我父母在克勒肯维尔经营一家意大利餐馆——也许你在那儿看到的。"

"你新开的咖啡馆也在那儿，是吧?"柔伊说。

"这就对了。好啦，你们要喝点什么?"梅丽莎从她的海军蓝上衣的胸袋里掏出一个小记事本，尽管队伍已经从柜台排到门口，她还是坚持亲自招待三位贵客。

"发生了一些事儿。"等梅丽莎送来咖啡后，柔伊说道。

"什么意思?"尼克呷了一口浓咖啡，滚烫的咖啡让他的脸抽搐了一下。

"有人跟踪我。周一早上我去上班的途中。我以为是幻觉，但傍晚时又看见他——我跌了一跤，他在我撞到进站的列车前拉住了我。"凯莉和尼克对视一眼。"我觉得是巧合，但第二天——昨天——他又在那儿。"

"他跟你说话了吗?"凯莉问。

柔伊点点头。"他邀请我喝一杯。当然，被我拒绝了。我还想着这一切都是巧合，但不是巧合，对吧?他明确知道我走那条路线;正等候我经过。他肯定是从网站上弄来我的信息的。"她看着凯莉，脸色发红，而凯莉希望她别再多说。她偷偷斜了一眼尼克，他的神态照旧，说明他并未起疑心。

"这人告诉你他的名字了吗?"凯莉问。

"卢克·弗里德兰。如果能帮上忙，我可以给你描述他的长相。"

凯莉伸手去拿手提包，找出需要的文书。"我想做一个笔录，可以吗?我希望你回想一下跟那个人有关的所有事情，包括你的行走路线，以及时间节点。"

"我去给你申请一个人身攻击警报器，"尼克说，"可以随时带在身上，遇到紧急情况时就按下。控制室负责全天二十四小时监控，马上查明你的方位。"

"你认为我身处危险?"

凯莉看着尼克,他没有迟疑。

"我想有可能。"

"你告诉她了。"

语气很肯定。

他们正驶过老格洛斯特路,驶向《伦敦宪报》提供的地址,在分类广告版刊登广告的人就住在那儿。尼克开着车,他转动手中的方向盘,变换车道。他动作娴熟,一看就有多年的驾驶经验。凯莉想象他身穿警服的样子,警灯闪烁,警笛长鸣,呼啸着冲过牛津街。

"嗯。"

一个骑自行车的人从车前穿过,尼克用手掌的根部重重地按响喇叭,吓得凯莉差点从座位上跳起来。警车冲过一个又一个红灯。

"我明确告诉过你,别向柔伊·沃克透露本案的具体进展。难道你听不明白?"

"这个决定让我感到不舒服。"

"管你舒不舒服,见鬼,凯莉,又不是你说了算。"他们向右拐进沙夫茨伯里大街,一辆救护车鸣着警报从相反方向驶过。"我们正开展一次复杂的、牵涉面广的调查,涉及多个罪犯、多个受害者,和天知道有多少个目击者。相比柔伊·沃克的感受,这些才是最重要的。"

"那她怎么办。"凯莉轻声说。

警车飞驰,两人默不作声。渐渐地,尼克松开油门,释放的车轮似乎快要飞离地面。凯莉绷得发紧的太阳穴松弛了些。她在想,自己刚才的一番话,是否说服尼克,让他重新考虑对柔伊隐瞒案情一事,或者他只是在认真考虑，如何将她踢出调查组，赶回交通警察局。

都没有，他只是换了一个话题。

"你为啥去了交通警察局，而不是伦敦警察厅呢？"他问。警车驶上A40高速公路。

"他们那儿不招人。我想待在伦敦，我家人住在附近。"

"姐姐，是吧？"

"嗯，我们是双胞胎。"

"这么说，有两个你啰？天助我也。"尼克看着她，凯莉笑了笑，不是因为这句玩笑话本身，而是因为透过字里行间，尼克抛来象征和平的橄榄枝。

"你呢？你是伦敦人？"

"土生土长的。其实我是第二代意大利移民。爸妈是西西里人，我妈怀着我哥哥时，他们就来到这儿，在克勒肯维尔开了一家餐馆。"

"兰佩洛餐馆。"凯莉回忆起他和梅丽莎的对话。

"De preciso."①

"你能讲意大利语？"

"水平跟你们去意大利的游客差不多，我妈经常觉得我丢人。"绿灯亮起，前方车辆却打不定主意走哪一条车道，尼克短短地按响两声喇叭。"周末或放学后，哥哥们和我就去店里帮忙，她过去老用意大利语使唤我们，可我就是不爱讲。"

"为啥？"

"使性子呗，我猜。再加上我知道，爸妈退休后，我们兄弟中得有人去接手餐馆，但我可不想，当警察是我一直以来的梦想。"

---

① 意大利语，"正是"。

"你父母不想你当警察?"

"我结业会操时,他们哭了,但不是喜悦的泪水。"

他们转向老格洛斯特路,凯莉打开手机上的谷歌地图,想看看要找的 27 号在路的哪一头。"这儿没什么住宅——多半是改装后的公寓。"

"要不就是白费力气。"尼克阴郁地说,将车停在一家中餐馆外的双黄线旁。27 号夹在一间自动洗衣店和用木板封起来的投注站之间。"我猜在这儿找到詹姆斯·斯坦福先生的机会很渺茫。"

尼克从手套箱里拿出车子的登记证,放在仪表盘的显眼位置,封面上的警徽足以告诉交通协管员,这是一辆警用车辆。

27 号门牌被油烟熏得污秽不堪。门开后,是一个空荡荡的大厅,开裂的瓷砖地板脏兮兮的。没有前台,也没有内门或升降梯,只有三面墙上一排排上了锁的邮箱。

"你确定咱们来对了地方?"凯莉问。

"地方是对的,没错,"尼克阴郁地说,"只是在这儿找不到詹姆斯·斯坦福。"他指着躺在地板上的一张海报,海报边缘的油漆已经褪色脱落。

讨厌取信?请告知地址,我们为您送上门!

"这是个邮件中心。只有邮政信箱——没别的了。"他掏出手机,给海报照了张相,然后浏览墙上的邮箱。邮箱顺序似乎是任意编排的。

"这儿呢。"凯莉在大厅另一侧墙面寻找。"詹姆斯·斯坦福。"她满怀希望地拉了下把手。"锁上了。"

"用来支付广告费的信用卡,注册的也是这个地址。"尼克说,"咱们一回去,就弄一份数据保护免责文件,找出是谁把邮件寄到这儿来的。被人糊弄了,真叫人上火。"

通信地址位于老格洛斯特路的这家公司竟然帮了大忙。凯莉猜他们一是想撇清所有的犯罪指控，二是意识到自家的经营确实有疏漏懈怠。所以还没等递上数据免责文件，他们就吐出了与詹姆斯·斯坦福相关的所有信息。

斯坦福提供了他的信用卡账单、银行对账单和驾照的复印件，从掌握的资料看，他是一个出生于一九五九年的白人男性。三份文件上留的地址都是安玛西亚，一个在白金汉郡的小镇，位于大都会线的末端。

"我敢打赌，这儿的房价飙升了。"尼克说，他们开车经过一栋栋独立式住宅，每一栋的门前都安装了铁门。

"要我给当地的 CID①说一声吗？"凯莉准备拿起手机，寻找号码。

尼克摇摇头。"不必了，我们速战速决。先检查房子，如果没人的话，再找邻居们问一问。"

坎德林街的"都铎老屋"，外观虽然有漆成黑色的十字交叉房梁，却与都铎风格毫无关系，而是一栋现代的大宅。据凯莉粗略估算，宅子建在面积足有一英亩的花园上。尼克把车停在门前，寻找蜂鸣器，门却自动开了。

"这是啥意思？"凯莉问。

"就是显摆呗，你说呢？"尼克问，"有钱没处花。"

碎石铺成的车道，轮胎碾上去嘎吱作响，尼克看着宅子，寻找有人居住的迹象。他们将车停在一辆闪闪发光的灰色路虎旁边，尼克吹了声口哨。"好车呢！"

门铃是老式的拉绳式，跟大宅的年龄不太匹配，但与仿制的都铎式立面比起来，凯莉觉得这个物件倒是给宅子增添了一分古香古色。她想，

---

① CID，Crime Investigation Department，罪案调查科。

至少能和邻居们看齐。铃声清脆，余音袅袅，他们终于听见从厚重的木门背后传来脚步声。尼克和凯莉退到一旁，彼此隔开，与即将见到的人空出一段距离。其实，如今住在这种房子里的人，早已没有了这么多烦琐的礼节。

门开了，一位优雅的女人站在门口，五十出头，笑容可掬。她穿一件黑色天鹅绒运动服，脚蹬一双拖鞋。凯莉出示自己的警察证，女人脸上的微笑消失了。

"谁受伤了吗？"她将双手伸向自己的喉咙，这个下意识的动作，凯莉见过许多次。在某些人眼中，穿警服的来敲门，多半有人犯了事儿，要被抓走。这个女人跟他们不一样。对她来说，警察的出现意味有人遭遇不测，甚至更糟的事故。

"别担心，"凯莉说，"我们只是问问情况。我们在找一个叫詹姆斯·斯坦福先生的人。"

"是我丈夫。他去上班了。有什么问题吗？"

"能进去说吗？"凯莉问。女人迟疑片刻，随后站到一旁。两人踏进一个宽敞明亮的大厅。邮件整齐堆放在一张小门厅桌上，斯坦福太太领他们走入厨房时，凯莉瞄了眼信封正面。

J.T.斯坦福先生

尼克面无表情，不像凯莉，连她自己都能感觉到自己脸上透出喜悦的神情。斯坦福就在这栋宅子里经营那个网站？

"詹姆斯是凯特琳·克莱恩公司的经营顾问，"斯坦福太太说，"他今天去伦敦见一个新客户，我想会晚点回来。还有什么需要我帮忙？这到底怎么回事？"

"我们正查一个连环案。"尼克说。凯莉仔细观察女人的反应。如果詹姆斯·斯坦福便是他们要找的人，他的妻子会了解多少详情？她是否知道广告或网站的事？凯莉留意到梳妆台上摆的照片，画面中有一个男子，但年龄不同。

"我们的儿子。"斯坦福太太说，她顺着凯莉的视线望去。"哪种类型的案子？你们不会认为詹姆斯也牵连其中吧？"

"所以我们才来询问，好排除他的可能性。如果你能回答几个问题，对案件有很大的帮助。"

斯坦福太太沉默半晌，不知该如何是好。最终，礼仪占了上风。"请坐吧，要喝杯茶吗？"

"不了，谢谢。就一小会儿。"

他们坐到一张大橡木桌旁。"斯坦福太太，"尼克开口道，"你说你的丈夫是个经营顾问。他还做别的事吗？"

"他还当几家慈善机构的董事，除此之外，就没了。"

"他是否经营过婚姻介绍所？"

斯坦福太太有些疑惑。"什么意思？"

"付费电话那种。"凯莉解释道，"这一类的。"她贴着桌面递过去一页报纸，给斯坦福太太看登在《伦敦宪报》上的一条广告。

她再次将手伸向喉咙。"不！我的意思是……天哪，不。他为什么会这么做呢？我的意思是，你们凭什么认为他会……"她瞪着尼克和凯莉。如果她不是个演技高超的演员，那就是对丈夫的行为毫不知情。是否出于这个原因，斯坦福才一直用邮箱地址？不为瞒住警方，而是想瞒住他的妻子？

凯莉把捏在手中的剩余几页纸也递给斯坦福太太。"这些是三个月前在老格洛斯特路申请邮箱时提交的文件，是拿你丈夫的信用卡付的款。同样的文件，同样的信用卡，也支付了登在一份伦敦的报纸上的广告。"

"这些广告，"尼克说，目光直视斯坦福太太，"我们认为是一系列针对女性的案件的关键。"

斯坦福太太看着文件，脸色变得焦虑，一只手扯着项链。尼克见她自左向右浏览，眨着眼睛，疑惑和担忧渐渐被轻松取代。

"这与我丈夫无关。"她说。紧张之后，她终于畅快地笑起来。

"詹姆斯·斯坦福不是你丈夫吗?"凯莉说。

"对呀。"斯坦福太太说，"可这张照片上"——她指着驾照复印件——"并不是我丈夫。"

二十

　　警察走后，梅丽莎静静地给我端来一壶茶。她拾起兰佩洛探长留在桌上的十镑纸币。"你还好吧?"

　　"嗯。不。"我拿指尖梳理头发，松开突然绷得很紧的发带。"他们说我身处危险。"我早就预料到了。昨天从网站下载我的通勤路线时，我就感受到了危险；卢克·弗里德兰揪住我的胳膊，免得我摔向铁轨时，我就感受到了；自从在《伦敦宪报》上看到自己的照片，我就感受到了——尤其是家里人都劝我放宽心，说照片上那人根本不是我。但是，当我问兰佩洛探长自己是否处于危险的境地，我渴望听到另一个回答。我希望安心。我想他告诉我，说我是反应过度，太偏执，产生了妄想。我希望听到虚伪的承诺和带有缺憾的现实。几天前，我还担心警方不把我当回事儿；现在他们重视我，我却更担心。

　　梅丽莎坐在刚才兰佩洛探长坐的椅子上，隔壁桌堆满喝过的咖啡杯，柜台前仍然排成长龙。"他们打算怎么办?"

　　"他们要给我一个警报器。连上他们的控制室——万一我遭遇袭击。"

　　"一点儿用都没有。"她见我一脸惊恐，皱了皱眉，探身过来，把我拉进她的怀里。"对不起。但这儿要是遇上抢劫，条子们最快也要十五分钟才能跑来；劫匪早没影儿了。他们就是个笑话。"

　　"那我该咋办?"我的语调变得歇斯底里，我深吸一口气，再试一次。

"我该咋办，梅丽莎？"

"他们说过怎么抓躲在网站背后的人吗？这才会保证你的安全，而不是没啥用的警报器。"

"他们说正在处理中。"

"'正在处理中'？天哪。你居然还能放宽心？已经有个女的被杀了——"

"有两个。至少。"

"——那你还傻坐在这儿，等他们去'处理'？你得搞清楚他们到底在干啥。他们要去问谁，他们怎么追踪那个网站。"

"他们不告诉我，梅丽莎。我甚至差点没法进那个网站。斯威夫特警官给我透的口风，要是别人知道这事儿，她就麻烦了。"

"你有权知道他们的调查进行到哪一步了。别忘了，他们的薪水是你付的。"

"我也这么想。"想象中，我大步走进警察局，要求查阅调查文件。

"需要的话，我可以陪你去跟他们说。"

我把胳膊肘挂在桌上，双手捧着脸，呆坐一阵。"我真是没辙了。"最后我抬起头来，焦虑在我的体内升腾，心跳开始加速。"我不知道该咋办，梅丽莎。"

"你要求警方通报调查结果。他们掌握的任何线索，任何进展。"

也不知听到这些后，我会更安心，还是会更害怕。

"我感觉对一切都无能为力。广告、凯蒂，甚至家里的开销。我过去游刃有余，可是现在……"

"西蒙欠了多少钱？"

"他不告诉我。但从八月份开始，他就一直刷信用卡。每次去食品店，或者付水电费账单。外出就餐，买礼物……肯定花了上千镑，梅丽莎。他说给我们惹了麻烦，但保证会走出困境。"

"好吧，要是他不叫你帮忙，那你只好相信他咯。"她拿起兰佩洛探长的空咖啡杯。我真想对她说，此时此刻，我谁都不敢相信。

离开咖啡馆时，已是九点，但我决定沿河堤步行去公司。一想到要搭乘地下铁——哪怕是一条与网站记录的与我上下班毫无关联的线路——也让我心跳加快，脑袋轻飘飘的。我穿过斯特兰德大街，走向萨沃伊宫，然后继续拐到河边。我望着来往的人。有个男人朝我走来，双手插在裤袋：他知道那个网站吗？他是会员吗？有个做生意的人正在讲电话，脖子上缠了一条围巾抵御寒气：他跟踪女人吗？强奸她们？杀死她们？

我的呼吸变得急促。我站在原地，盯着河水发呆，想让自己的呼吸恢复正常。十几个身着潜水衣的人正在学习如何使用桨叶式冲浪板，教练是一个穿亮粉红色紧身衣的小个子金发女子。天寒地冻，他们却笑得很开心。在他们的身后，河面中央，一艘观光游船劈开灰白色泰晤士河水泛起泡沫的水道，一群早起的游客正挤在甲板上瑟瑟发抖。

有人碰到我的胳膊。

"你还好吧？"

我像是被烙铁烫到，缩到一旁。他很年轻，和贾斯汀差不多大小，穿西装，系领带，满脸洋溢着自信的神情，这种自信源于他接受过良好的教育，或从事一份好工作，或兼而有之。

"你看样子就要掉下去啦。"

我的心怦怦直跳，敲得胸腔发痛。我一时找不到合适的字眼，告诉他我没事。别碰我就好。我躲开他，摇摇头。他把双手举高，与我保持相当的距离，随后走开。

"该死的疯子！"

走出十多步，他转过身来，拿食指敲了几下脑袋一侧。"疯了"，他冲我做出口型，我想自己的确疯了。

将近十点，我才到办公室。步行相当有用，虽然脚疼得厉害，整个人却感觉精神多了，充满活力。格雷厄姆正和一个穿红色高跟鞋、黑色裤装的女人交谈。她手中捏着一叠物业资料，格雷厄姆在给她介绍位于东大街的办公室，那里配有客户洗手间和新加装的厨房，是员工休息的绝佳地点。任凭他吹得天花乱坠，我一句也没听进去，偷偷溜到自己的办公桌后，但我清楚，格雷厄姆心头的火大得很，随时会朝我吹胡子瞪眼。

女人前脚刚走，他就开始了。她不太愿意马上去实地查看，这让他更窝了一肚子火。"难得呀，你来了，柔伊。"

"很抱歉。下不为例。"

"上次就这么说过，不是吗？最近你每天都迟到。"

"我换了上班路线——时间算不太准。"

格雷厄姆没有询问原因。他对此不感兴趣。"那就早点出门。你逛到十点才来上班，居然都不道个歉——"

我道过歉了，不想再说第二遍。"警察找了我。"我本以为格雷厄姆像往常一样懒得听我解释，谁知他突然停下。

"为什么？发生了什么事？"

我有些犹豫，不知该向他透露哪些细节。我想到那个网站，想起名单上一个个女人，突然觉得格雷厄姆·哈罗正符合类型，他会受到吸引，注册为网站的高级会员。我敢肯定，要是我告诉他，他一定抵挡不了诱惑。我得保护那些女人。我不想人们浏览她们的照片，购买她们的上下班路线，就像是把她们当作商品进行买卖。嗯……然后呢？我不敢去想整件事的发展走向：因为她们的上下班路线被人出售，就遭遇袭击、谋杀。太可笑了，完全是科幻小说里的情节。

"我被人跟踪了。"我说。这与事实相差不大。我似乎看到老板脸上露出关切的表情，但我以前从未见过，所以并不确定。"警察打算给我一个报警器。"

"他们知道是谁干的吗？"他语气急吼吼的，连说带咆哮，看得出是真的动了气。

"不知道。"随后，也许是憋了多日的秘密突然公诸于众，我突然大哭起来。当着谁哭不好，偏偏当着格雷厄姆。他站在原地，脚底下仿佛生了根。我慌乱地将手伸进口袋，想摸出纸巾，最后终于摸到一张，折在袖口里的。我擤着鼻涕，声音震天响，但眼泪仍然止不住夺眶而出。我的胸口起伏，吸进一口口空气，呼出一声声颤抖的哭号。"我——我很抱歉，"我说了几次，都没把这句说利索，"只是——只是我控制不住自己。"

格雷厄姆依然站在我的桌旁，注视着我。突然，他大踏步走到门边，我起初还以为他要夺门而出，把我留下来哭个痛快。谁知他用手指轻轻拨动门钩，将写有"歇业"字样的牌子翻过来朝着外面，然后又穿过办公室，走到摆放茶具茶叶的地方，打开茶壶。他忙前忙后，我惊讶得止住了哭声，啜泣慢慢变成偶尔一声抽噎。我又擤了擤鼻涕。

"真是很抱歉。"

"你肯定是压力太大。这事儿有多久了？"

我把能告诉的都告诉了他，除了省去那个网站的名字和网站的功能。我对他说，自己被人跟踪已经有一段时间了，警方认定我的案子与两起女性被害案以及另外几起女性遭遇袭击的案件有关联。

"警方说怎么做？"

"他们要给我一个报警器。我今天早上去做了个笔录——所以迟到了。"

格雷厄姆摇着头，下巴底下新增的肥肉如柔波微微晃动。"没事，别往心里去。他们查出谁是袭击者了吗？"

我有些感动——或者说诧异——因为格雷厄姆居然如此感兴趣。

"我想还没有。塔尼娅·贝克特被害的案子，他们一个人也没抓到，网站显然也追查不到。"

格雷厄姆想了一下。"我要出去开一天会。我本来计划下午五点直接回家，但要是你不介意比平时待晚点的话，我把车开回来，送你回家。"格雷厄姆每天从埃塞克斯郡赶来上班。大多数情况下，他搭乘地铁，但偶尔也自己开车，把他那辆车停在公司附近街角一个贵得离谱的停车场。

"和你的路线差好多英里呢！真的，我没事了。我另外走一条路回家，我会叫贾斯汀在水晶宫站等我。"

"我送你回家。"格雷厄姆说得斩钉截铁。"我顺便去赛文欧克斯，见见我兄弟和他妻子。说实话，你家那口子居然不来接你，真叫我吃惊。"

"我不想麻烦他。"

格雷厄姆好奇地看我一眼。"你还没告诉他吧？"

"他知道网站的事，但没有——我没告诉他，说我会遇到危险。目前情况有点复杂。"我看着格雷厄姆的脸，向他解释，免得他误解。"西蒙丢了工作。公司裁员。所以不便告诉他。我不希望他操更多的心。"

"好吧，额，我今晚送你回家，就这么说定了。"格雷厄姆看起来很满意。如果他是个原始人，准保会兴奋得拿拳头砸胸口。

"行，"我说，"谢谢你。"

半小时后，格雷厄姆出发去开会。"把门锁好，"他对我说，"没看清就不开门。"

跟店面门脸一样，办公室也是玻璃门，只是我不清楚，如何才能判断站在门外的男人不是个强奸犯或杀人犯，而是来咨询朗伯德街那家即将关门的手机店的。"反正所有地方都安装了监控，"他说。这番话并不能让人安心，一想到死于非命的我，生命的最后时刻被定格在一段影像里，我就提不起精神来。

"我们从啥时候安了监控?"我环顾四周。格雷厄姆的样子很不安。他看着手表。

"几年了。安在自动喷水淋头那儿的。出于保险起见。反正，在这儿你没什么好担心的。我六点前来接你。"他打开门，头顶的铃铛响了一声，关上门时，又响了一声。我锁好门，但仍然将"营业"的牌子向着外面，然后坐到办公桌旁。我从不知道格雷厄姆安装了摄像头。雇主不是有义务告知他们的员工——和顾客——处于监控之下吗? 我抬头看了眼天花板。

几年了。

几年了，我一直以为自己独自待在办公室; 格雷厄姆关着门。我吃三明治、打电话、调整胸罩的肩带。他在监视我吗? 想到这些，我有些心绪不宁，办公室电话铃声响起，吓得我差点跳起来。

等到五点半，我把"歇业"牌子翻到外面。一下午都不忙: 一个新的房客来签租约，几个来问新办公楼的。都不可疑; 没坏人。我又开始觉得自己是神经过敏。但现在窗外夜色沉沉，办公室里亮起灯光，每个过路人都能清楚地看到我，我再次焦虑起来。

谢天谢地，格雷厄姆终于赶到，他挥舞手里的车钥匙，问我邮政编码，好设置导航。今晚不用去搭地铁，我松了口气; 我也无须提防走在身后的人，或遇袭横尸于公园，像可怜的塔尼娅·贝克特一样。

　　至少今晚，我是安全的。

　　我一直对头一个死去的姑娘心怀感激。

　　她改变了一切。

　　她帮我看清，www. findtheone. com 绝不仅仅是一个全新的交友网站，而是为我开辟出一个充满无限可能的世界。

　　没错，大多数客户不愿使坏，他们使用网站，并没有违背网站创建时的初衷——和你聊几句天，请你吃一顿饭。

　　但塔尼娅·贝克特的事件让我看到另一群男人，他们愿意掏钱，在地铁玩猫捉老鼠的游戏，守候在公园，等你路过的那一刻，他们脑子里想做的，比邀你共进晚餐更刺激。

　　这就是可能性。

　　更高的价格。更细分的市场。

　　我不过是个红娘。我只是个推手。我清楚深埋在他们心底的欲望，虽然他们羞于承认。我们谁能说自己从未动过伤害别人的念头？挑战社会的底线？体会让别人挣扎所带来的快感？

　　如果机会从天而降，我们谁不会把握这个机会？

　　能杀掉某人的机会。

二十一

"头儿，我们遇上个麻烦。"

凯莉走过来，尼克也从办公桌旁抬起头。清早的例会刚结束，尼克就迫不及待地松开领带，把衬衫领口敞开。凯莉知道，等不到午饭时分，领带就会从他的脖子上消失，塞进外衣的胸袋，静候上级突然查岗。

"你在网站注册的账户被注销了。我刚才尝试登录，想看看有没有资料更新，结果登不上去。"差不多每隔一小时，凯莉就忍不住登录一次网站，甚至当天凌晨，她还用手机登过。每浏览一次，她心头的恐惧就增加一分，因为只要屏幕上跳出"新增资料！"的提示，就意味着有更多的女性面临危险，有更多的受害者可能产生。网站更新速度太快，已经让调查渐渐跟不上，再加上昨天在安玛西亚一无所获。詹姆斯·斯坦福的信用卡早在一年前就被人克隆了；他丢了钱包——或者被人偷了钱包——所以身份也被盗用了。老格洛斯特路的邮件转发中心倒是和这一系列案件相关，毫无疑问，信用卡的信息被倒卖过多次，命案调查组尚未找出是谁将袭击目标定为伦敦搭乘公共交通上下班的女性乘客。

事故调查室的墙上贴满一排排女人的照片——有些确认了身份，但大多数还是无名氏——自从他们登进网站，更多的照片添加进来。今天早上的简报会后，凯莉顺手登录网站，手指麻溜地输入字母。

登录无法识别。

凯莉盯着屏幕，眨眨眼，又试了一次，以为是自己输入有误。

登录无法识别。

之前是尼克注册的账户，用的是他本人的信用卡和 Gmail 邮箱地址，她再三检查，没发现有错。账户消失了。

"你说我们是不是暴露了。"

尼克拿铅笔敲打笔记本电脑的侧面。"也许吧。我们一共下载了多少资料?"

"所有的。是不是让人起了疑心。"

"或者整件事就是个骗局，只为骗你的钱。谁会打电话给警方，投诉说有人向他们许诺，缴了钱，就有机会去跟踪别人。"

"财务那边弄了个预付信用卡。"凯莉说。在尝试登录尼克的账户前，她收到发来的电子邮件。

"好极了。去建个新账户，看这次能坚持多久。肯特郡的资料，一份也不能漏掉。"

"他们一直在查伦敦地区，头儿。"

"昨天在梅德斯通发生了一起绑架案。目击者说看见有个男子把一个女子拖进一辆黑色雷克萨斯然后驶离现场。一小时后，肯特郡警方接到电话，报警的女子痛不欲生，说她遭遇绑架和性侵，罪犯随后将她推出车外，遗弃在城郊的一处工业区。"他递给凯莉几页打印文件，她扫了眼笔录的开头。

凯瑟琳·惠特沃思，三十六岁。

"是乘客?"

"她每天从皮姆利科出发去梅德斯通的一家招聘公司上班。"

"她记下雷克萨斯的车牌号了吗?"

"没有，但这辆车在案发现场几英里外被测速相机拍到。当地警方正查找车主。"

没花多长时间，凯莉就创建了一个新账户，还在网站新上资料的头一页找到凯瑟琳·惠特沃思的名字。她把警方为受害人做的笔录与面前屏幕上的资料进行比对。

白人。

金发。

三十五岁左右。

平底鞋，配合身的上装。格子呢外套。玳瑁色伞柄的黑色雨伞。灰紫色笔记本电脑包。

尺码 8—10。

7 点 15 分：走进皮姆利科地铁站。搭自动扶梯，左转去北行的月台。靠地铁路线图左侧的大广告站立。乘一站路到维多利亚。出月台，右转，上自动扶梯。左转，走向一至八号月台。去二号月台附近的星巴克，无须说明，咖啡师为其准备超大杯脱脂低卡拿铁。从三号月台出发去阿什福德国际。地铁运行途中，开笔记本电脑工作。梅德斯通西站下车。步行周街，左拐进联合街。梅德斯通招聘公司上班。

可偶遇时间：周一至周五

时长：八十分钟

难度：中等

无疑，这是同一个女子。凯莉一时心血来潮，去查看了梅德斯通招聘公司的网站。大头照拍得很专业，凯瑟琳的姓名和头衔"高级招聘顾问"下方配有个人简介。在公司贴出的照片上，凯瑟琳将她的头发盘起，露出耳朵。她看上去似乎有点紧张，真的，要不就是正在想别的事情。工作照上，她坐在白色背景前，左肩前倾，整齐的金色短发释放光泽，刚好贴在肩头。她面对摄像头，露出灿烂的微笑，一看就是位专业人士，值得信任、充满自信。

凯莉想，不知凯瑟琳·惠特沃思现在是什么样子？不知她面对一位梅德斯通的警探，做完长达十页的询问笔录时，会是什么样子？不知她穿着一件借来的上衣，坐在给强奸受害者准备的套间，等候体检医生再次检查她全身上下，会是什么样子？

这些画面她再熟悉不过。

她从打印机上拿起印好的资料，弯下身子，靠着她的办公桌，将资料递给露辛达。

"找到一个匹配的。"

凯莉的手机响了，"未知号码来电"闪烁在屏幕上，她拿起手机。

"嘿，是汤普森警探吗？"

凯莉刚想告诉打电话的人拨错了号码，突然反应过来。"对，是我。"凯莉瞅了一眼露辛达，她已经转过身去，向着自己的电脑。

"我是安格斯·格林警探，达累姆郡罪案调查科的。我找到了你要的强奸案卷宗。"

"别挂电话，我出来说。"

凯莉希望办公室的其他人没有注意到她的心紧张得怦怦直跳。她故作轻松地离开自己的办公桌，仿佛这是一个无关紧要的电话。

"谢谢你回电话。"走进走廊后，她说道。她站在楼梯井的上方，在那里，她能观察有没有人爬上楼梯，同时注意命案调查组的门口是否有动静。

"没什么。你们抓到嫌犯了吗？"

213

"还没呢，我们正在全国范围内就类似案件进行排查，刚好遇到这个案子。我打电话，是想问问过去几年间，你们有没有取得什么进展？"凯莉的心咚咚地撞击胸口，快要破壁而出。她平摊开手掌，紧紧按住胸膛。要是有人发现，她铁定会丢掉饭碗；而且这一次，连挽回的余地都没有。

"恐怕没有。我们把DNA存了档，如果他因为犯了别的事儿被逮到，就能找到匹配，但即便如此，起诉他的机会也很小。"

"为啥?"凯莉一直希望能逮捕嫌疑人，从她穿上警服开始，心头就怀着这种希望。她明白，有很多陈年旧案，不是靠日夜辛劳的调查工作，而是凭运气才破了案。入室行窃现场用于取证的棉签；路边吹气酒精测试获取的样本。轻吸一口气，看似简单，成效显著，一个逍遥法外二十年的罪犯终于被绳之以法。这样的场景，已经数次浮现在凯莉的脑海，特别是现在，这种渴望尤为强烈。凯莉从未见过强奸莱克茜的男子，但她能想象出，他脸上的表情从傲慢变成恐惧；一项轻微的指控，貌似无伤大雅，却能得到匹配的DNA，毫不含糊地证明就是他跟踪了她的姐姐，监视她，袭击了她。

"卷宗里有一封受害人写的信。"格林警探说，"是一位叫阿莱克茜斯·斯威夫特的女士。信上说，即便她在书面声明中提到的证据能作为呈堂证供，她也不会起诉。本案取得的任何进展，都不必告诉她。"

"这怎么可能!"凯莉脱口而出，声音回荡在空荡荡的走廊。听得出，格林警探有些迷惑，沉默不语。"我的意思是，为什么受害人要撤销指控？这说不过去。"

"没有任何解释，就一份签了字的声明。也许她觉得之前的声明措辞太笼统？也许她认识那个人，也许她改了主意。"

凯莉竭力控制自己的情绪。莱克茜的样子闪现在脑海；她蜷缩在警局为强奸案受害者准备的套间，等凯莉一路驱车，超了无数次速，从布莱顿赶到达累姆见她时，她虚弱得站都站不起来。莱克茜穿着一件借来的、不合身的衣服，她自己的衣服被一件件装进纸袋子，贴上标签，作为证据封存。莱克茜躺在体检床上，泪水从紧闭的眼角滑落；她攥住凯莉的手，紧得留下一个印子。看得出，莱克茜的遭遇，有违她的意愿。

"嗯，也许吧。"她轻声说，"好的，谢谢你的来电。我觉得和我们查的系列案子无关，但谁知道呢。"她挂断电话，转过身，把额头贴在冰凉的石膏墙面。

"要冥想的话，凯莉，等你有空的时候。"

她调转身子，看见尼克一身跑步的行头，脚穿运动鞋，静静地站在她身后的楼梯上。腋下的汗水将他的 T 恤湿了一圈，胸前也布满汗珠。

"对不起，头儿，我歇了几分钟。"凯莉还没缓过神来。莱克茜做了些什么？为什么要这么做？

"歇够了吧。我去冲个凉。十分钟后，来简报室见我。"

凯莉强迫自己专注于手上正在处理的案子。"梅德斯通的强奸案，你判断得没错；我已经把详细资料给了露辛达。"

"好。去通知肯特警方，叫他们收工。从现在开始，案子归我们管。先说最重要的，我喊了网络犯罪组的人来，给咱们上上课，顺便问问他们在过去的两天，他妈的都忙了些啥。这年头，随便动一动，都会留下数字足迹；找出躲在网站背后的那个人，有那么难吗？"

"很难。"安德鲁·罗宾逊说，"他的痕迹掩盖得相当高明。网站的注册地是开曼群岛。"

"开曼群岛？他是在那儿运营网站吗？"凯莉问。

尼克看着她。"别激动——不会派你去加勒比海找乐子的。"

"罪犯不一定躲在那儿，"安德鲁说，"只是说他留了这样一个联系地址。而且你们别吃惊，英国警方跟开曼群岛警方素无交往——所以咱们搞到情报的几率几乎为零。不过，我们能通过追踪 IP 地址，看看有哪些人登录过网站。"安德鲁看见凯莉和尼克一脸茫然，继续说道，"简言之，我查一个域名时，会发信号给某个网站。要是网站不存在，就收不到回复，但要是有这个网站——以本案为例——回复除了能告诉咱们域名的具体位置，还能透露对方是用什么设备上的网。这么说吧，比如——"他指了指尼克的手机，手机就摆在他们面前的桌上——"如果你用手机登录，比如网银，网站就会记录你手机的 IP 地址，让我们追踪到你。"

"懂了。"尼克说，"那么，管理员从哪里登录的？"

安德鲁将手指交叉，掰响关节：一声，两声。"唉，没那么简单。"他打开笔记本，给尼克和凯莉看一列数字：5.43.159.255。"这是 IP 地址——相当于电脑的邮政编码。这是个静态的 IP，但服务器在俄罗斯，不幸的是，俄国佬——"

"让我猜猜。"尼克打断他。"俄国佬不跟英国警方合作。见鬼！"

安德鲁把双手举高。"可别怪罪我这个送信人。"

"还有别的法子追查那个网站吗？"凯莉问。

"说实话吗？没有。至少按你们规定的期限，鉴于其威胁等级。这是个几乎探测不到的网站。"

"你的意思是，我们要找的是个精明人？"凯莉问，"也许有 IT 背景？"

"也不一定。要找的话，谁都能从网上找来这些东西。甚至探长都可以试一试。"

凯莉忍住笑。尼克不动声色。"那你的建议是？"

"有句老话：人随钱走。"

"这话什么意思？"凯莉问。

"你们没看过电影《总统班底》吗?"安德鲁说,"太可惜啦。人们在罪犯开的交友网站注册,顺便就付了款结了账,对吧? 我们需要追查这些钱。每一笔交易,都能从顾客用信用卡或借记卡在网站的 PayPal 账户消费的记录上查到,最终找到罪犯的银行账户。如果知道钱是如何取走的,被谁取走的,就算是走上正轨了。"

凯莉的心头燃起一丝希望。

"你需要什么东西?"

"你刷过你的信用卡,是吧?"

尼克点点头。

"交易日期、金额和信用卡。你给我卡,我给你找人。"

二十二

我们在诺伍德路堵了半小时,格雷厄姆的车一寸寸往前挪,几乎没怎么动弹。他又是个急性子,一看到哪里有空隙,就把车往哪里拐,要是绿灯亮起,前方车辆稍微启动慢了半秒,他就拼命地按喇叭。这是格雷厄姆第二次开车送我回家,聊完了诸如老录像店会来询价,或错层式办公室为何总是供不应求的话题,我们已无话可聊,只好默默地坐在车里。

因为不顺路,我多次向格雷厄姆表示歉意,但他毫不理会。

"不能叫你一个人在伦敦城转悠,被变态跟踪。"他说。

我突然想到,自己从未搞清楚发生在伦敦的女性遇袭事件,其本质是什么,继而意识到,一个跟踪女性的男子,多半不是什么好人。

我可以叫马特来接我,他会坚持开车送我上下班,多长时间都行。但我没有叫他,因为这样会惹西蒙生气,虽然马特很乐意。

马特还爱着我,这是我与他之间心知肚明的秘密。我和马特,当我们见面,说到孩子们,他会意味深长地看着我。我和西蒙,当我提到马特的名字,立刻会见到他眼中燃起的嫉妒之火。

西蒙不能来接我。几周前,他卖了他的车。那时我还以为他疯了;他平时不怎么开车,但一到周末,我们爱逛超市、逛宜家,或者出城去见家人和朋友。

"咱们可以搭地铁。"当我说我们会怀念有车的日子，他告诉我。我从没料到，他会养不起一辆车。

我希望自己有本驾照。在伦敦生活，其实用不着驾照，但现在我希望能自己开车上班。自从发现那些广告，我就处于高度戒备；神经末梢一发紧，我就寻思着是否要夺路而逃。或者打一架。我四处张望，观察每个人。

坐在格雷厄姆的车上，顿时有了安全感。没有人在身后跟踪，我可以靠在软皮座位上，闭着眼睛，不再担心被人监视。

上了桥，交通开始变得顺畅。热风吹得我暖洋洋的，好几天没有像这样放松了。格雷厄姆打开收音机，我听到"首都调频"格雷格·伯恩斯对阿特·加芬克尔的访谈。节目结束时，播放了一小段《罗宾逊夫人》，真有趣，我居然还记得所有的歌词，但还没等歌词在我的脑子里成型，我就睡着了。

车子继续前行，我的意识时而清晰、时而模糊。交通噪音不断变化，猛然把我惊醒，但片刻之后，我又迷迷糊糊睡去。我听到收音机放起一首新歌，眼皮合上一刹那，等我再次醒来，已经是另一首歌的结尾部分。

我的意识将各种声响混在一起，涌入我的梦境。公交车、音乐、电台广告。引擎的轰鸣变成隆隆的地铁，主持人的声音幻化成广播员，提醒我小心台阶。我正站在地铁上，身边挤满乘客，空气中弥漫着须后水与汗水的味道。须后水的气味叫人熟悉，我想看看是谁，但气味袅袅散尽。

上传日期：十一月十三日，周五

白种人。

近四十。

眼睛，四面八方。监视我。跟踪我。知道我行程的每一步。地铁停下来，我想下车，但有人用力推我，逼我贴在车厢的墙上。

难度：中等

是卢克·弗里德兰。他紧紧按住我的胸口。我救了你的命，他说。我拼命摇头，想移动身体。须后水的味道愈来愈浓烈，填满我的鼻腔，令我窒息。

我闭着眼睛。

为什么我闭着眼睛？

我睁开眼，压在我身上的人不是卢克·弗里德兰。

我没有在地铁上，身边也没有乘客围绕。

我在格雷厄姆·哈罗的车上。

是格雷厄姆。他的脸快要贴着我的脸，胳膊横过我的身体，将我按进座位。是格雷厄姆。我能闻到他的气味，树木的、肉桂的香气，混着体味和花呢外套的霉味。

"我们在哪儿？放开我！"

压在胸口的力量消失了，但我仍然喘息不止；恐惧填满我的喉咙，脖颈似乎被两只手紧紧扼住。黑暗包裹住车体，从车窗渗入，我摸到门把手。

灯光晃得我睁不开眼。

"我在帮你解安全带。"格雷厄姆说，听起来很生气，像是在为自己辩护。

因为我怪罪他？

或是因为我制止了他？

"你睡着了。"

我低头一看，安全带已经被解开，留了一截挂在我的左臂。车停在我家附近的街边：我能看到我家的前门。

我的脸热辣辣的。"我——我很抱歉。"我一定是睡昏头了。"我以为……"我不知该怎么开口,"我以为你要……"话没有说完,但不言自明。格雷厄姆拧了一下点火钥匙,引擎开始咆哮,结束了我们之间的对话。我从车里出来,瑟瑟发抖;外面的温度低了足足十五度。"谢谢你送我。我很抱歉,我以为——"

他开走了,留下我站在人行道上。

有了 www.findtheone.com,不会再有相亲的紧张,不会再有晚餐死板的交谈。我敢说,相比粉饰过的照片和资料,我们的方式比别的在线约会网站更实在。收入水平、爱好、最喜欢的食物……这些都无关紧要。有谁是因为爱上餐前点心,而情投意合的?理论上的最佳情侣,现实中却缺少激情火花。

www.findtheone.com 抛弃了这些幌子;他们更在意你是否爱听歌剧,或喜欢去公园散步。这意味着他们有充裕的时间。他们能跟踪你一阵,跟你搭上话;看看你是否愿意共进晚餐,而不是将他们的时间浪费在一个喋喋不休的傻瓜身上。这意味着他们能和你零距离接触。闻到你的香水;你的气息;你的肌肤。点燃火花。伺机而动。

你肯定想知道,谁会成为我的客户?谁会用这样一个网站?你在想,这个市场会有多大?

我向你保证,市场很大。

我的顾客来自各行各业。他们没有时间寻觅意中人。他们财大气粗,不在乎花几个钱。他们尚未找到"生命中特别的有缘人";他们喜欢掌控全局,射门得分。每个人都有自己的理由加入 www.findtheone.com;对于这个网站,他们最有发言权。

他们是谁?

他们是你的朋友。他们是你的父亲，你的兄弟，你最好的朋友，你的邻居，你的老板。他们是你每天都见到的人，与你一道上下班的人。

你很震惊，是不是？你以为自己了解他们。

你错了。

二十三

"这是你的车吧?"凯莉把一张黑色雷克萨斯的照片推过桌面。戈登·蒂尔曼点点头。"为便于录音,此处嫌疑人点头确认。"凯莉盯着蒂尔曼,他看起来少了些自信,身上光鲜的西装被一套灰色拘留服所取代,但仍然很傲慢,瞪着讯问的警官。从他的出生年月看,他四十七岁,但样子起码要老十岁;皮肤斑驳,一看就是过得太不节制。吸毒?或酗酒?还是沉迷酒色。夜夜笙歌,为了泡妞一掷千金,要不然她们怎么会和他眉来眼去。凯莉努力不让自己表现出嫌恶的表情。

"昨天早上大概差一刻九点,是你在开车吧?"

"你知道还问。"蒂尔曼放松下来,他把胳膊交叉在胸前,继续回答凯莉的问题。他没有要律师,凯莉也没有想好如何让讯问进行下去。供认不讳?有这种可能性,然而……蒂尔曼眼中的神采,暗示这一切不会轻松结束。她忽然想起另一间审讯室——另一个嫌疑人;同样的罪行——她紧握住放在桌下的拳头。那是一时冲动。他故意激怒她,那时她还年轻,缺乏经验。类似的情况不会再发生了。

但汗水顺着她的脊背往下流,她不得不努力让自己保持专注。她还没有恢复过来,耳畔回荡着窃窃私语。那些话让她失去理智,像一道红色的迷雾从天而降,让她彻底失控。

"你能告诉我,用你自己的话说,昨天八点半到十点之间,你做了些什么吗?"

"我在返程的路上，头天晚上有个会议，会后是晚宴，我在梅德斯通待到很晚，正打算回牛津郡。当天，我准备在家里工作。"

"你在那里上班?"

蒂尔曼看着她，轻佻地、故意地眨了眨眼，视线自上而下，停在她的胸部，然后开口回答。凯莉虽然没有看见，却感觉到坐在一旁的尼克将身子向前倾。她希望他别说话。她不想让蒂尔曼得意，虽然她心知肚明，他正拿目光在自己身上占便宜。

"在市里。我是 NCJ 投资人的理财经理。"

当探长告诉凯莉，他会陪同审讯时，她一点不感到意外。她曾经请求他，让她独自讯问蒂尔曼，因为她对这个案子付出了太多心血，迫切希望见到案子圆满解决。考虑了很久，他才说道:

"好。但我也要在场。"

凯莉点点头。

"你太缺乏经验，不能独自审讯，要是办公室有人知道，会把鼻子气歪的。"

还有另外一个原因，虽然没有公开说出来，但他俩心知肚明。他并不相信凯莉能控制好情绪。这怎么能怪他呢? 连她自己都不相信自己。

上次出事的时候，她立马被停了职，除了违反内部纪律，还被威胁要遭受刑事诉讼。

"你到底在想什么?""挖掘工"说，那时候，凯莉已经被人拖出拘留室，衬衣撕烂了，因为和嫌疑人干了一架，她的脸有一侧淤青。她全身抖得厉害，肾上腺素在她体内来得快，去得也快。

"我什么也没想。"这并非实情。她一直想着莱克茜。这种情况不可避免，案子刚到警局，她就得知了。一个学生，在听完讲座回家的路上被一个陌生人强奸了。"我来处理。"她立刻对警长说。她曾对类似的受害者表示同情，希望她的姐姐也被人同情，想要自己来扭转局面。

几天后，他们将罪犯带来；是通过 DNA 比对找到的一个有前科的性犯罪者。他否认指控；他身穿纸糊的衣服，坐在审讯室傻笑。无可奉告。无可奉告。无可奉告。随后打了个呵欠，似乎觉得无聊，凯莉感觉怒火从胸中慢慢升起，像一壶快要沸腾的水。

"这么说，你正开车回家……"见凯莉沉默不语，尼克问道。她逼迫自己将注意力集中到蒂尔曼身上。

"我正经过车站，突然想到昨晚也许是超了速。"蒂尔曼嘴角一弯，脸上浮现出微笑，凯莉意识到，他清楚得很，就算是承认超速，也不会走法律诉讼程序。她本该拿自己的退休金下注，赌戈登·蒂尔曼经常酒驾：他就是那种典型的自大狂，灌下一肚子酒，还吹嘘自己驾驶技术好。"我想我还是停下来喝杯咖啡，于是我把车停到路旁，问一个女的，那附近有没有卖咖啡的。"

"你能描述下她吗？"

"三十五岁左右，金发。身材不错。"蒂尔曼再次面露微笑。"她给我推荐了一家很近的咖啡馆，我问她愿不愿意跟我一块去。"

"你请一个完全陌生的人去喝咖啡？"凯莉问，毫不掩饰她的怀疑。

"你懂他们的话，"蒂尔曼说，笑得很得意，"所谓陌生人，只是你尚未遇见的朋友。我一停车，她就冲我暗送秋波。"

"你习惯邀请初次遇见的女人去喝咖啡？"凯莉追问他。

蒂尔曼不慌不忙，他又一次上下打量凯莉，微微摇头，然后回答道，"别担心，亲爱的，我只邀请长得漂亮的。"

"继续说下去，"尼克插了一句，"按照你的说法，后来发生的事儿。"蒂尔曼一愣，打开话匣子。

"她上了车，我们去了咖啡馆，但接下来，她提出一个我无法拒绝的请求。"蒂尔曼的笑容让凯莉的怒火烧到喉咙口。"她说她这辈子还没干过这样的事，总是幻想和一个陌生人做爱，你说我能怎么想？嗯，"他大笑起来，"你会怎么想？她说不会告诉我她的名字，也不想知道我的，随后，她带我去了梅德斯通城郊的一处工业园区。"

"在那儿发生了什么？"

"你想听全部细节？"蒂尔曼把身子靠过来，挑衅地看着凯莉。"你懂的，那个词儿符合你这号人。"

凯莉没有错过这个机会。"那个词儿符合你这号人。"愤怒在她心头拧成一个结，她将这个结压在胸中。

蒂尔曼沉默一阵，幸灾乐祸地笑了。"她给我口交，然后我操了她。我提出送她回家，但她说把她留在那儿。也是幻想的一部分吧，我猜。"他毫不躲避凯莉的目光，似乎能洞悉到在她的体内，一场战役正如火如荼；不过纵观整个战局，她成功地将情绪控制在原定的范围内。"她喜欢来粗的，很多女人都喜欢，不是吗？"他笑着说，"大呼小叫的，她喜欢这样。"

她喜欢这样。

整个讯问期间，嫌疑人都没有把他的眼睛从凯莉身上挪开。她身旁坐着一个男同事，罪犯没有说任何挑逗性的言语；没有做出任何威胁凯莉的举动。录音结束，凯莉独自带他回牢房的时候，他靠着她的身子。她的脖子感觉到他呼出的热气，闻到臭烘烘的体味和香烟味。

"她喜欢这样。"他低声说。

凯莉后来想，当时她一定灵魂出了窍。似乎是另外一个人转过身来，抡起她的拳头，结结实实地砸向他的鼻子，猛抓他的脸。是另外一个人失了控。凯莉的同事手忙脚乱地将她拖出去，但为时已晚。

凯莉想知道莱克茜是什么时候给达累姆警方写的那封信；难道当时除了凯莉，莱克茜就不在乎事情的后果？难道凯莉就这么差一点无端端丢掉自己的工作？

"就这些，是吗？"凯莉把图片推到一旁。"这就是你的说法？"

"就这些。"蒂尔曼又一次叉起胳膊，靠在椅子上，塑料椅发出咯吱声。"不过让我猜猜：她突然产生罪恶感，或事情被她男朋友发现了，现在她哭着说被人强奸了。对吧？"

在过去几年，凯莉学到不少东西。对付罪犯有许多妙招，但前提是自己别动怒。她学蒂尔曼的样子，也把身子往后靠；摊开手掌，举高，似乎坦然面对失败的结局。她等着对方脸上露出自鸣得意的笑容。

随后，"给我说说'find the one dot com'。"

变化来得猝不及防。

蒂尔曼的眼中闪过一丝恐慌，全身紧绷。

"什么意思？"

"你加入会员多长时间了？"

"我不知道你在说什么？"

现在轮到凯莉面露微笑了。"噢，是吗？等我们搜查完你家——在你被拘留期间——查一查你的电脑，我们会查不到你访问那个网站的详细记录？"

蒂尔曼的额头渗出一滴汗珠。

"我们会查不到受害人的信息？支付情况？下载数据？"

蒂尔曼用手掌抹了一把脸，然后在裤子表面擦了擦，右大腿位置留下一块深色的汗渍。

"你属于哪个会员等级？铂金，对吧？像你这样的人，不是最好的，哪能满足你。"

"停止讯问。"蒂尔曼说，"我改主意了。我要律师来。"

戈登·蒂尔曼之前自愿接受讯问，现在却要求律师到场，对此，凯莉并不感到意外；这连凯莉的鼻子都伤不着，但他却不得不等到三小时后，才能享受见律师的特权。这期间，牛津郡警方查封了蒂尔曼的笔记本电脑，以及涉嫌侵犯一案，他穿过的内裤，扔在卫生间的洗衣篓里，一半在里，一半在外。伦敦的警官们造访了蒂尔曼的办公室，查封了他的工作电脑和书桌抽屉里的物品。让凯莉感到欣慰的是，不管法庭是否认定蒂尔曼有罪，他的职业生涯到头了。

"处理笔记本电脑要花多长时间？"尼克问安德鲁。蒂尔曼跟律师商量时，他和凯莉返回命案调查组。

"紧急的话，三到五天。要是能弄来预算，二十四小时。"

"我去弄。我要他在过去六个月中的搜索历史，每次登录那个网站的记录。我要知道他浏览过哪些文件，下载过哪些，是否用谷歌地球软件查过她们的方位。查硬盘里的色情内容——他肯定存了些。只要沾一丁点非法的，咱们就能让他吃不了兜着走。这个嚣张的混蛋。"

"你瞧蒂尔曼不顺眼，是吧？"等安德鲁跑回他的小工作间后，凯莉问道。"他那么有魅力。"她做了个鬼脸。"你觉得他知道多少？"

"难说。咱们知道了网站的事儿，他肯定不会开口了，肯定的，但他是否知道躲在背后那个人，我也说不定。跟律师见了面，他肯定建议他闭上嘴巴，所以接下来只有看法医。体检医生的报告出来了吗？"

"讯问之前，我问过肯特郡负责性犯罪案的人，他们传真了一份详细的报告过来。证明发生过性行为，毫无争议。"

她把传真递给尼克，他扫了眼内容。

"无防御性伤害，无明显暴力迹象？"

"这毫无意义。"

莱克茜也没有受伤。她告诉凯莉，当时她吓傻了。后来她一直因为这事儿责怪自己。居然没有反抗。

"嗯，所以咱们的处境有点艰难，如果得不到受害人同意的话。当务之急，我们要证明戈登·蒂尔曼和网站上的受害人资料有关联。要是我们能找到，他编的什么在街上偶遇她的故事，就不攻自破。"

"要是找不到呢？"凯莉说。

"会的。露辛达在哪儿？"

"在开任务会。"

"让她找出网站上最显眼的受害者。我们没有她们的名字，但有她们的照片，知道她们上下班一定会经过哪些地方。把她们找出来，叫来问话，发出警告。"

"包在我身上。"

尼克停顿一下。"刚才的审讯不容易。你干得好。挺不错。"

"谢谢。"

"咱们再去会会他。应该要不了多长时间。"

探长的判断很准确。听了一个身材消瘦、表情焦虑、戴金属丝框架眼镜的律师的建议，戈登·蒂尔曼对每个问题的回答都是"无可奉告"。

"你们是图我客户的保释金吧。"蒂尔曼被带回牢房后，律师说道。

"我们恐怕没这个想法。"凯莉说，"这是一次严肃的调查，有大量的法医调查即将展开。你的客户还是在这儿舒舒服服地待一阵子吧。"尼克的夸奖给了她自信，第二次审讯进行到后半段，她感觉自己又回到了从前。当警探时的她，把一切搞砸之前。

他们只能把蒂尔曼拘留二十四小时，但尼克已经联系了值班警司，申请延期拘押。鉴于安德鲁给的时间期限，警司批准的额外十二小时多半还不够；他们需要地方法官授权，将蒂尔曼关在号子里更久一点。

等候通知守卫警官时，凯莉快速翻阅卷宗。受害人的陈述读起来略显沉闷。黑色雷克萨斯停在她身旁；车上的男子问路，推开副驾驶座一侧的车门，因为"车窗没有打开"。

"我觉得很奇怪，"陈述中写道，"因为车看起来很新，但我并没有起疑心。"凯瑟琳把身子探进车厢，给男子指方向——司机说他要去 M20 公路——根据她的描述，他看上去彬彬有礼，不像是有威胁的人。

"他抱歉占用了我的时间，"她说，"又感谢我好心帮忙。"

凯瑟琳又重复了一遍方向（"他说自己记性很差"）。突然，戈登·蒂尔曼的真实意图暴露无遗。

"他突然伸手揪住我。他一把捏住我穿的灰色外套，又抓到我右肩后什么地方，把我拖进车里。这一切发生得太快，我还没来得及叫出声。他发动车子，我的双脚都悬在车外，脸贴在他的腿上。我能感觉到方向盘在我后脑勺附近，他腾出一只手，把我的脑袋按他的胯部。"

不知什么时候，车子停了一小会儿，蒂尔曼将手伸到受害人身后，砰的一声关上乘客门，但他仍然将她的脑袋按在两腿之间；车子一直以低速行驶。

"我想扭头，但被他死死按住。"她告诉肯特郡负责作笔录的警探，"我的脸贴在他的阳具上，我感觉它越来越坚硬。也就在那时，我知道他会强奸我。"

参与办案的警官留下一条便笺，告诉凯莉受害人有两个孩子，最小的才十八个月大。她是个全职招聘顾问，和丈夫结婚七年了。

我全力支持警方的诉讼，如果需要，愿意出席庭审。

她当然愿意。为什么你不愿意？

为什么莱克茜不愿意？

"我需要呼吸点新鲜空气。"她告诉尼克，他忙着伏案工作，连头也没有抬。凯莉出了命案调查组，跑下楼梯，跑到大楼背后的门庭。她发现自己的拳头握得紧紧的，像两个球，她展开手指，深呼吸了一口。

就在凯莉以为马上会转到语音信箱的时候，莱克茜接通电话。

"你为什么告诉达累姆警方，说你不出庭？"

凯莉听见对方猛地一吸气。

"等着。"

对话闷声闷气听不清；凯莉分辨出莱克茜的丈夫的声音，和一个孩子，大概是费格斯。关上门。等莱克茜的说话声再次传来，语气变得安静而坚定。

"你怎么知道的？"

"你为什么告诉他们，说你不支持起诉，莱克茜？"

"因为我不愿意。"

"我不明白。这么大的事发生在你身上，你怎么会轻易忘掉？"

"这并不算发生在我身上的大事，怎样！认识我的丈夫才是大事。费格斯和阿尔菲才是大事。你，妈妈，爸爸……都比很久以前发生在达累姆的那件事更重要。"

"别人怎么办？要是他袭击了你却没有被定罪，后来又强奸了别人，你会作何感受？"

莱克茜叹了口气。"我确实感到内疚，真的。但这是一种自卫本能，凯莉。不然的话，我肯定会崩溃，还能熬到今天？我怎么把孩子们带大?"

"我不明白,你为什么要白纸黑字写下来。如果可能的话,等抓到他,已经时过境迁,那时你也许是另一种感受。"

"难道你还不明白吗,这才是令人难以接受的事?"凯莉听到姐姐嗓子一哑,似乎有东西卡在她的喉咙。"我搞不懂这种事什么时候会发生。我不知道自己是否有一天会突然接到一个电话,说他们拘留了谁,或找到一个提供消息的人。如果第二天我要参加一场面试?如果那天是我孩子的生日?我现在很幸福,凯莉。我有美好的生活,有挚爱的家人,达累姆的事发生在一百万年前。我不想再旧事重提。"

凯莉没有说话。

"你一定会明白的。你一定能理解我为什么这么做。"

"不。我根本不明白。我不明白为什么你从没告诉我你做过这件事。"

"因为这样,凯莉!因为你从来不让我往前看,甚至当我希望忘掉过去的时候。你是个警官;你把生命花在挖掘过去,寻找答案。但有时根本找不到答案。世事无常,你必须积极面对。"

"否认过去并不能——"

"你过你的日子,凯莉。我过我的。"

电话挂断了,凯莉站在冰冷的庭院,身子半藏在阴影里。

二十四

"你紧张吗，亲爱的?"

"有一点。"

周六的午后一点钟，我们待在厨房里，忙着收拾我刚才熬煮的汤。我本想让凯蒂在排练以前喝点东西暖暖胃的，但她就只吃了个面包卷，盛给她的汤基本没怎么喝。

"我也紧张。"我告诉她。我笑了笑，以为这样能让她感觉到同心协力的意思，可她却拉长个脸。

"你以为我要搞砸吗?"

"哦，亲爱的，我可不是这个意思。"我怪自己又说错话了。"我不是因为你紧张；我是兴奋。快乐的花蝴蝶，你懂的。"我拥抱了她，门铃却响了，她又把我推开。

"该是艾萨克来了。"

我跟着她来到门厅，一边用茶巾擦着手。他们先要做个技术彩排，然后我们才去给他们当观众，看他们的带妆彩排。看在女儿的分上，我真是想好好地欣赏一番。女儿从艾萨克的怀里挣脱，艾萨克冲我打个招呼，我赶忙挤出一个笑脸。

"感谢你来接她。"我诚挚地说。虽然艾萨克·冈恩不是我认为的凯蒂的理想对象，他太过殷勤，年纪也大了些，但他确实很照顾凯蒂。每次排练完之后，凯蒂都不是独自搭地铁回家的。就算是在餐馆打工，他也会开车护送凯蒂回家。

斯威夫特警官答应我要在找到卢克·弗里德兰后第一时间通知我，可她一直没有打电话，我有点心神不宁。我今天已经两次登录网站，浏览其他女人的资料，还下载了一些注明是"周末有空"的资料。我在想，这些女人是否现在正被人跟踪呢。

贾斯汀下楼来了。他冲艾萨克点点头。"你好吗，伙计？妈，我现在要出门，今晚就不回来了。"

"那可不行。我们要去看凯蒂的演出。"

"我不去。"他对凯蒂和艾萨克说，"没别的意思，两位，我确实不喜欢这类事情。"

凯蒂爽朗地笑了，"没关系。"

"什么没关系，"我强硬地说，"我们全家都要去看凯蒂的第一场专业演出。没得商量了。"

"我说，也没必要闹得不愉快吧，"艾萨克插嘴了，"如果贾斯汀不想来，我们也没什么意见，对吧，凯特？"他边说还边用手搂住凯蒂的腰。凯蒂则抬头去看他，点头表示同意。

凯特？

我离着女儿仅几步之遥，但我感觉我们之间有了一条巨大的鸿沟。几周之前，我和凯蒂还是站在同一战线上的母女，可现在成了"艾萨克和凯蒂"，不对，"艾萨克和凯特"的战线。

"只是带妆彩排而已。"她发话了。

"我们就更应该到现场去支持你了，这样你才能为正式演出做好准备。"

我不肯妥协的时候，连贾斯汀也不敢硬来。

"去就去吧。"

艾萨克咳了一下,"我们最好——"

"那我们就剧场见了,妈。你知道剧场在哪儿吧?"

"知道,知道。祝你好运啊!"我笑得脸都疼了。我站在门口,看着他们双双离去,凯蒂回过头来的时候,又冲她挥挥手。跟着我关上门,感觉外面的空气都钻进来了,弄得过道上凉飕飕的。

"她才不管我去不去的呢,你知道。"

"可我要管呐。"

贾斯汀倚在栏杆上,若有所思地盯着我。"真的吗?难道你不是想让凯蒂觉得你很支持她的演艺事业吗?"

我脸上一阵发烧。"我本来就很支持。"

贾斯汀一只脚踏上了楼梯,满不在乎地说:"那我们这些人就得坐下来看什么狗屁的莎士比亚了,为了表示你的支持,我真是谢谢你了,妈!"

我安排马特三点钟来接我们。我听见他按门铃,可等我开门的时候,他却在隔壁按梅丽莎的门铃。

"我在车上等你们。"他说。

我赶忙催着贾斯汀和西蒙出门,自己也穿好外套。梅丽莎和尼尔已经先上车了。尼尔坐在前排,梅丽莎坐在后排。我挨着梅丽莎坐好,把贾斯汀的位置留出来。西蒙就坐在马特后面的折叠椅上。

"真是太开心了,"梅丽莎说,"我都记不起上次去剧院是什么时候了。"

"是很开心。"我对她感激地一笑。西蒙正望着窗外。我故意拿脚碰碰他的脚,可他没反应,还把腿挪开了。

他不喜欢马特来接我们。

"我们可以搭地铁啊。"我告诉他是马特主动要来的，他表示反对。

"别傻了，他完全是一片好意啊！你不能计较这个，西蒙。"

"如果情况反过来的话，是我的前任载着我们满大街跑，你会是什么反应呢？"

"我一点都不会计较的。"

"那你自己去坐车吧，我到那边跟你会合。"

"那就让别人看你的笑话，是吧？让所有人知道我们吵了架？"

其实西蒙就怕这个，怕别人说他的闲话。

马特转过头来问我，"是鲁珀特街，对吗？"

"对的，旁边是一间酒吧。"

西蒙从椅子上艰难地转过身来，手机屏幕照亮了他的脸。"走滑铁卢大桥，经过萨摩塞特宫，左转进德鲁里巷。"

马特哈哈大笑。"今天可是周六啊！根本不行的，老兄。得走沃克斯豪尔大桥，从米尔班克路一直走到白厅，等到了查令十字街，我们还能赌一把，看最后的路怎么走。"

"走滑铁卢大桥要快十分钟，导航是这么显示的。"

"我才不需要什么导航呢，老兄。都在这儿了。"马特指指自己的头。西蒙则把肩膀挺直了。以前马特准备出租车司机资格考试的时候，经常骑着自行车在市区里逛，把每一条后街、每一条单行道都熟记于心。要想顺利地在伦敦市区通行的话，马特确实比任何导航系统都更可靠。

但这个不是眼下的重点。我瞥了西蒙一眼，他正看着窗外，唯有他的手指头在膝盖上不停地敲打以显示出他的不耐烦。"我也觉得滑铁卢大桥也许快一些，马特。"我说。马特从后视镜中看着我，我也看着他，无声地请求他尽量配合我一下。我知道他很想打压下西蒙，可他绝不会令我难堪。

"好吧，那就走滑铁卢大桥。然后是德鲁里巷，你刚才说？"

西蒙又看了下手机。"没错。你需要导航的时候就喊一声。"他的脸上没有呈现出任何胜利或轻松的神情，但至少他的手指停止了敲击。我见他又把身子靠在椅子上。

马特再次看着我，我微微动动嘴唇，尽可能不动声色地做出"谢谢"的口型。他摇了摇头，不知是想让我别再说了，还是觉得我根本没必要说。西蒙把脸转过来，对着后座。我发觉有什么东西在压我的脚。我低头去看，正是西蒙的脚踩着我的脚了。

大家都沉默了。十五分钟后，我们堵在滑铁卢大桥上，一动也不动。我想说点什么来活跃下气氛，但梅丽莎抢在我的前面。

"警察给你回过话了吗？"

"没什么进展。"我轻声说道，希望赶紧敷衍过去，可西蒙把身子探了过来。

"回话？你说的是《伦敦宪报》上的照片吗？"

我瞄了梅丽莎一眼，她尴尬地耸耸肩，说道："我还以为你告诉他了呢。"

窗玻璃上起了一层薄薄的雾。我把袖口拉下来，套在手上，然后用袖口去擦拭。车子外面已经堵得水泄不通了，在一片雨雾朦胧中，车灯已经融化成一团团红色和白色的光晕。

"告诉我什么呢？"

马特往前挪了挪。他从镜子里注视着我。连尼尔也侧过身来，等着我开口说话。

"哦，看在上帝的分上，不过是一点小事。"

"这可不是小事，柔伊。"梅丽莎说。

我叹口气。"好吧，不是小事。《伦敦宪报》上的照片实际是一则网站广告，findtheone.com。是个交友网站。"

"然后你上去了？"马特发出一声怪笑，像是吓得不轻。

我继续说着，既是说给大家听的，也是说给自己听的。每次我讲述遭遇的时候，我都感觉到自己更强大了。秘而不宣才是危险的。如果大家都知道自己被窥视了，被跟踪了，应该就没人受到伤害了吧？"这个网站在出售女人通勤上班的资料。搭哪条地铁线，坐哪节车厢，类似这些的细节。警方已经掌握了线索，认为至少有两起谋杀和几起针对女性的犯罪与这个网站有关。"我没有提到卢克·弗里德兰。我不想让西蒙太为我担心了。

"你怎么不跟我说呢？"

"我的老天啊，柔伊！"

"妈，你还好吗？"

"警察知道是谁在运营网站吗？"

我把双手举到面前，想把大家的问题给挡回去。"我很好。不，他们不知道。"我看着西蒙。"我没跟你说，是因为你已经有很多烦心事了。"我没有提裁员的事情——肯定不能当着大家的面说这个呀；他冲我点头，表示理解。

"你还是该跟我说一下的。"他悄声说道。

"那警察在干什么呢？"梅丽莎又问了。

"网站明显是跟踪不到的。说什么代理啥的……"

"代理服务器，"尼尔接过话茬，"说得有理。他肯定是通过别人的服务器登录的，这样就跟踪不了了。警察肯定也是焦头烂额，不知所措的。不好意思，你可能不想听到这个答案。"

我确实不想，但也逐渐习惯了。车子正在通过滑铁卢大桥，我只顾看着窗外，不管他们怎么讨论网站的问题，就当我不存在吧。他们问的问题，我已经问过警察了；他们绕的圈圈，我也已经绕过了。我的恐惧和担忧成了他们口中的笑料，类似肥皂剧《东区人》的剧情一样，被逐一的拆解、审视和分析。

"你觉得他们是怎么把别人的通勤资料弄到手的呢？"

"靠跟踪别人吧，我猜的话。"

"可他们不可能跟踪所有人吧？"

"我们现在能换个话题吗？"我忍不住说，大家就立刻闭嘴了。西蒙想看我是不是哪里不对劲，我微微点点头，表明我还好。贾斯汀直视着前方，双手在膝盖上攥成了拳头。我后悔不该在这种随便的场合讨论网站的问题。我应该找个安静的地方，让孩子们坐下来，然后告诉他们到底怎么回事，让他们也有机会告诉我他们的想法。我伸手去安抚贾斯汀，但他把肩膀斜了一下，躲开了。我只好等演出结束后再找个机会跟他单独谈一下。车窗外满是行人，有的结伴而行，有的独自赶路；他们都撑着伞，蓬乱的头发上罩着风帽。没有人跟踪他们，他们也没有警觉地四处张望，看是否有人跟踪。于是我成了他们的守望者。

你们当中有多少人正在被跟踪呢？

你们自己知道吗？

鲁珀特街的剧院从外观上看不像是剧院。旁边的酒吧很吵，全是年轻人，而剧院当街的地方连扇窗户都没有。墙壁被刷成黑色，只有一张海报贴在门上，写着《第十二夜》上演的日期。

"凯瑟琳·沃克！"梅丽莎惊叫着，指着海报底端的小字。

"我们的凯蒂，是真正的演员了。"马特咧嘴笑了。此刻我生怕他会伸出手来搂住我，于是赶紧让开一步。结果他很不自然地往我的肩膀上打了一拳，好像是在跟同行打招呼。

"她确实很了不起，对吧？"我如此说。尽管她还没有挣到钱，尽管鲁珀特街的剧院只是一个旧的仓库，只有临时搭建的舞台和几排塑料椅子，凯蒂还是实现了她长期以来的梦想。我羡慕她。不是羡慕她年轻、漂亮（像大家以为的那种母亲对女儿的羡慕），而是羡慕她有激情。我想到了自己——我有什么梦想呢？曾经有过什么样的势不可当的激情是能够让我甘心付出的呢？

"我像她这么大的时候，有过什么激情呢？"我问马特，声音低得只够他听到。

"什么？"我们正在下楼梯，但我很想知道。我感觉自己不再是个结结实实的个体，而是逐渐沦为一份网站上售卖的通勤资料。我拉住马特的胳膊，让他慢点走，然后我们就站在楼梯间一个昏暗的角落里，我想跟他多说几句。

"我是说类似于凯蒂对表演的激情。她谈论表演的时候真是有活力，充满了动力。我也有过这样的激情吗？"

他耸耸肩，不太清楚我在说什么，为什么非得现在说。"你喜欢看电影。你怀着贾斯汀的时候，我们就看了好多电影。"

"我不是想说这个，这个连癖好也算不上吧。"我相信，在我内心深处隐藏着一股足以改变我的激情，我只是把它遗忘了而已。"你还记得你多热衷于摩托车越野赛吗？你整个周末都在赛道上，要么就是在修理摩托。你就是如此地热爱。而我有什么类似的喜好吗？情有独钟的那种热爱？"

马特靠近了，烟草的味道和超强的薄荷味真是再熟悉不过了。"我呀，"他轻声地说，"你很爱我。"

"你们两个怎么还不下来?"梅丽莎爬上了楼梯,然后停下,一只手扶住栏杆。她好奇地盯着我们。

"抱歉,"马特说,"我们刚刚在回忆从前。你肯定也不奇怪,我们的凯蒂天生就喜欢舞台。"马特和梅丽莎一起走下楼梯,他边走边说凯蒂五岁的时候跟我们去海湾度假,然后自己跑到舞台上去演唱《彩虹之上》这首歌。我跟在他们的后面,慢慢地让心跳平复下来。

到了楼下,艾萨克大费周章地将我们带到座位上。我们身边坐满了十七八岁的年轻人,个个都捧着一本翻旧了的剧本,各种彩色的小纸条从剧本里面伸了出来。

"我们经常会邀请一些当地的学生来观看我们的带妆彩排。"艾萨克解释说,他见我四处张望。"这样演员更能贴近观众,而且《第十二夜》基本都是涵盖在教学大纲里面的。"

"你刚才干吗去了?"我到西蒙身边坐下时,他问我。

"我找厕所去了。"

于是西蒙指了指观众席旁边的一道门,上面清楚地写着"卫生间"。

"我待会再去,演出快开始了。"我发觉马特就在我旁边坐下了。就算没碰到他,我也能感受到他身体散发出来的热量。我顺势向西蒙靠了靠,把手放进他的手里。"要是我看不懂怎么办?"我小声问他。"我上学的时候没有演过莎士比亚,你和凯蒂聊的那些东西我一概听不懂呐。"

他捏了一下我的手。"欣赏就可以了。凯蒂又不会问你它的主题是什么。她只希望你能欣赏她的表演。"

这很容易。我知道她会非常出色的。我刚要跟西蒙说的时候,灯光暗淡下去,观众席上鸦雀无声。大幕拉开了。

如果音乐是爱情的食粮,那就尽情演奏吧。

舞台上只站着一个男的。我本以为人物的着装会是伊丽莎白时期的皱领子和花边袖子，可这个男的却穿着紧身黑牛仔裤和灰色的 T 恤，脚上蹬着一双红白相间的匡威鞋。我听他说台词就像唱歌一样，不能听懂每一句歌词，但很享受发出的声音。凯蒂出场的时候有两名水手陪同，我几乎要激动得尖叫起来。她实在太惊艳了，她的头发梳成一条精美的发辫搭在一侧的肩膀上，上身穿着银色的紧身衣。她的短裙是撕破了的，因为刚才舞台上电闪雷鸣的，观众们都知道船在海上失事了，她的裙子自然就破了。

我的哥哥在伊利里亚。他也许没有被淹死，你们觉得呢，水手们？

我必须提醒自己站在舞台上的正是凯蒂。她总是能踩上点，即使不说话的时候，也在舞台上熠熠生辉，没人能忽略她。我只想看她一个人，但我被故事的情节带走了。我还看到别的演员，他们相互抬杠，像斗嘴一样，最后赢的那个就有最后的决定权。我都不相信自己居然能看得哈哈大笑，然后又感动得流眼泪。

*请在您的门前为我筑一间柳条的小屋。*凯蒂的声音飘荡在寂静的观众席上。我屏住了呼吸。我曾在学校的演出中看到过凯蒂，也见过她准备面试的节目，在假期的才艺比赛中一展歌喉。但这次是不同的。她让我激动到无法呼吸。

啊！您在天地之间

将得不到安宁，

除非您怜悯了我。

我捏着西蒙的手，同时又往我的左边看。马特的脸就快乐开花了。我不知道他对女儿的看法是否跟我一样。我总跟别人说她"差不多是成年人了"，但我现在意识到，不是差不多，而是本来就成年了。不论她对生活的选择是对是错，那都是她自己的选择。

当艾萨克登上舞台，宣布"中场休息"的时候，我们使劲地鼓掌；

到了该乐的地方，我们尽情地欢笑；灯光师不小心让奥薇拉和塞巴斯蒂安跌入黑暗，我们又善意地保持安静。等到演员最后一次谢幕时，我恨不能从座位上跳起来，跑去找我的凯蒂。我不知道艾萨克是否会带我们去后台，但凯蒂自己跑了出来，跳进观众席里找我们。我们把她团团围住，连贾斯汀也夸奖她"还不错"。

"你真是太棒了……"我发觉自己眼中有泪，于是眨了眨眼，把泪水挤掉。一时间，我不知是哭还是笑了。我握住她的双手，再次说道："你太棒了！"她拥抱了我，我闻见油脂和香粉的味道。

"不用去上秘书课程了？"她问。她在跟我开玩笑，但我丢开她的手，用手掌捧住她的下巴。她的双眼闪闪发亮，她从未如此美丽过。我拿拇指将她脸上弄花的地方擦掉。

"如果你不想去，就别去了。"

我看到她脸上的诧异，但现在不是聊天的时候。我站到一旁，让其他人有机会当面赞美她，也让自己沾沾光。我从眼角的余光中发现艾萨克在注视着凯蒂。他也看到了我，于是向我走来。

"她今晚很出色，对吧？"我说。

艾萨克缓缓地点头。而凯蒂像是觉察到艾萨克在看她一样，她抬起头，微笑着。

"她是今晚的明星。"他评价道。

二十五

伦敦地铁监控中心仍然闻得见新地毯和新油漆的味道。有二十台监控器挂在墙上，面向一排桌子。桌子后面是三个操作员，正熟练地使用操纵杆和电脑键盘在各摄像头之间转换。房间的一角有一扇门，门里面是图像编辑室。监控拍摄的画面可以在这编辑室里被剪辑、放大，然后提交给调查的警员。凯莉登记进去以后，就径直走向克雷格的操作台。她一面往里走，一面看着另一名操作员正在监控的国王十字街站的画面。

"他现在正经过博姿（Boots）商店……有什么东西扔进了钟下面的垃圾桶。绿色的卫衣，黑色的阿迪达斯运动短裤，白色的跑鞋。"

屏幕中间跑过一名穿制服的警员，迅速向穿运动服的人靠拢，后者已经到了克莱尔饰品店的位置。他们周围站满了人，都带着行李箱、手提箱或者购物袋。人们抬头看头顶的大屏幕，等待站台发布的消息，列车进站的时间或晚点的时间，根本不会意识到自己身边每天都在发生的犯罪。

"好啊，凯莉，大都会人寿保险对你如何啊？"

凯莉喜欢克雷格。这小子刚二十出头，总是抢着干活。警员说什么，他都言听计从，而且比凯莉认识的好多警察都更有职业敏感性，可就是健康测试这一点让他遇到了不小的麻烦。

"很好，我很享受。你的训练如何了？"

克雷格一脸骄傲的神情。他拍拍自己不算平坦的肚腩，"这周减了四磅。多亏了'瘦身世界'①。"

"恭喜你。你能帮我找个人吗?"

从监控画面上找到卢克·弗里德兰很容易。柔伊·沃克的时间掐得很准。白教堂站的站台上实在太拥挤，凯莉根本看不清柔伊。然而等列车驶出之后，站台上的人也跟着走了，监控上就能清楚地看到柔伊正和一个高个子男人面对面站着。

卢克·弗里德兰。

暂且假设这是他的真名。

若不是事先知道背景的话，凯莉肯定会把这两个人当作情侣。他们相处的时候很放松，分开的时候，弗里德兰还用手轻轻碰了柔伊的胳膊。

"把那段重播一下。"她嘱咐克雷格。

人群涌动起来，形成一个无声的人浪，说明列车进站时人群中有了一点小小的骚动，但很快就变成涌入车厢的人潮。监控离得太远了，看不清楚柔伊是如何跌倒的。

凯莉的手机在桌子上振动起来。她低头看见一条莱克茜发来的短信，她把手机翻过来，正面朝下，这样就看不到短信了。让莱克茜再多留一条语音短信吧——凯莉不想跟她说话。

"你不明白。"莱克茜的最后一条短信是这么说的。

凯莉确实不明白。她和她的同事们所做的工作为何呢? 皇家检察署②的档案，法院还有监狱，这些又有什么存在的必要呢? 如果连受害

---

① Slimming World，英国的一家帮助人减肥瘦身的公司。
② CPS，Crown Prosecution Service。

人（像莱克茜这样的受害人）都不愿意支持诉讼，那为正义而战还有什么意义呢？

她给了克雷格第二个日期和时间点。11 月 24 日，周二，18 点 30 分左右。柔伊与弗里德兰的第二次相遇。弗里德兰陪同柔伊在水晶宫站出站，然后邀请她喝点东西。他从网站上下载其他女性的资料了吗？用了相同的伎俩来接近她们吗？安德鲁·罗宾逊似乎很自信，认为他的网络犯罪调查组可以查出网站的幕后运营者，但这得等多久呢？眼下凯莉已经把这起案子当作贩毒集团的案子来办了。她要彻查到底。戈登·蒂尔曼不愿意回答她的问题，也许这个卢克·弗里德兰会吐露点什么。

"就是这个男人吗？"克雷格按了暂停，凯莉点点头。

他们两人一同走向闸机；凯莉认出了柔伊穿的红色防水外套，还有她在上一段监控里面看到的弗里德兰穿的长大衣。正如柔伊在证词里说的，当他们走到出站闸机的时候，弗里德兰让到一边，请柔伊先出站。

凯莉看到弗里德兰在闸机上刷了他的"牡蛎卡"，脸上露出微笑。"抓到你了。"她喃喃地说，一边记下屏幕上显示的确切时间。接着她拿起电话，根据记忆拨通了电话，"嘿，布莱恩，近况如何？"

"还是老样子，混日子而已；你知道这边的情况的，"布莱恩兴奋地说着，"你的借调工作如何呢？"

"很喜欢。"

"我能帮你什么吗？"

"11 月 24 日，周二，水晶宫站，左边过来第二个闸机，18 点 37 分。如果监控没错，系统应该会显示一位柔伊·沃克夫人刚刚通过闸机。"

"给我一分钟。"

凯莉听见电话那头传来布莱恩敲击电脑的啪啪声。他小声哼唱着什么，凯莉听出来还是那段老的没有调调的副歌；自从她认识布莱恩以来，他就经常哼唱这段。布莱恩在之前的岗位上干了整整三十年，刚开始领退休金，第二天就到伦敦地铁的新岗位上报到了。

"我在家无聊的很。"他跟凯莉说过，当时凯莉问他为什么不愿意享受退休生活。在伦敦工作了三十年，布莱恩对这个城市几乎无所不知。假如他真的退休了，很难有人能取代他。

"你知道要找什么样的人吗，凯莉？"

"肯定是个男人，"她说，"可能名叫卢克·弗里德兰。"

短暂的停顿之后，布莱恩咯咯笑了起来，是那种同时喝着咖啡、抽着本森-赫奇斯牌香烟的喉咙里挤出来的，略带干哑、混沌的声音。"你要找的人可没什么想象力啊！他的'牡蛎卡'注册的是卢克·哈里斯的名字。想猜一下他住在哪条街吗？"

"弗里德兰街？"

"一猜就中啊！"

他下班回家，刚从车上下来，正准备输入他的房间号，警察已经恭候他多时了。

"我们能说几句吗？"凯莉亮出她的警员证，死死地盯着他。是她自己的想象吗？她竟然看到他的眼睛里闪过一丝恐惧。

"说什么呢？"

"我们还是上去说吧。"

"现在很不方便上去。我今晚有很多工作要做。也许你能留个电话……"

"你要是愿意，我们可以带你去警局。"尼克发话了。他从凯莉的身后走出来，站到她的旁边。哈里斯看了看这两个人。

"你们还是跟我上去吧。"

卢克·哈里斯住在 W1 的一间顶层复式公寓。房子总共有六层楼，他住在最高层，除了他那间，其他公寓都不算大。他们从电梯出来就进入了一个很开阔的空间，左手边是一个厨房，几乎没怎么用过，白净的表面泛出亮眼的光泽。

"真漂亮。"尼克走过客厅，看着窗外的美景。右手边是高耸的英国电信塔；不远处，凯莉还隐约看到碎片大厦和赫龙大厦。在客厅中央，两张厚坐垫的沙发面对面摆放着，中间隔了一个巨大的玻璃咖啡桌。咖啡桌上摆满了各色光鲜亮丽的旅游书籍。"这些你都读完了吗？"

哈里斯很紧张。他拉了拉领带，先看看凯莉，再瞅瞅尼克。"这究竟是怎么回事？"

"你听过柔伊·沃克的名字吗？"

"恐怕没有。"

"你上周还邀请她出去喝一杯，就在水晶宫地铁站外面。"

"啊！是她呀，柔伊。可她拒绝了我。"哈里斯满不在乎地耸耸肩，但凯莉听出来他话里有点不高兴。

"能抵挡你魅力的女人可不多见吧？"凯莉的语气里充满了讽刺。哈里斯也算有点风度，微微脸红了一下。

"根本不是这么回事。我只是觉得我们相处得很愉快，尽管待的时间不长。虽说她人长得漂亮，可到底也快四十了，所以……"在凯莉严厉的注视下，他的声音慢慢低了下来。

"所以你觉得她该多点感激之情？"

哈里斯没吭声。

"那你是怎么碰到柔伊·沃克的？"尼克从大落地窗那边转过身来，走到客厅中央。哈里斯一直没有让凯莉坐下。他自己站着，所以凯莉也站着。可探长就没这么讲究了。他一屁股坐到沙发上，坐垫就从他屁股底下向两边鼓了出来。凯莉也跟着坐下。哈里斯好像本来是指望他们能待一会儿就赶紧走的，但眼下这般情况，他只好坐到他们对面的沙发上。

"我俩周一的时候在地铁上聊过。没想到很快又碰到一起了，感觉很投缘。"他又耸耸肩，有点故意装出来的意思。"约人出来约会不算犯法吧?"

"你们是在地铁上碰到的?"凯莉问。

"是的。"

"完全出于偶然?"

哈里斯顿了一下。"是的。哎，这真是太无理取闹了。我还有工作要做，你们不介意的话——"他准备要站起身。

"你不是从一个叫'findtheone'的网站上买来她的通勤资料吗?"凯莉问得很随意。她此时觉得哈里斯脸上的表情很有趣，一会儿震惊一会儿害怕地来回变。他又坐了回去，凯莉等着他说话。

漫长的等待，似乎没有尽头。

"你要拘捕我吗?"

"我应该拘捕你吗?"

凯莉把球又踢了回去，以沉默代替回答。他真的犯法了吗? 邀请柔伊·沃克出去约会不算犯法，但如果他跟踪了她……

戈登·蒂尔曼已经被指控强奸，遭到羁押，还在一个周六的上午接受地方法官的审问。在代表律师的建议下，他对一切审讯不置一词，就算凯莉向他告诫了后果的严重性也无济于事。

"是谁在经营网站，戈登?"凯莉不止一次地问他。"如果你帮助我们破案，法庭会对你从轻发落的。"

此时蒂尔曼看着他的律师，律师马上替他做出回应。

"这个承诺很有风险，斯威夫特警官，而且你无权做出这样的承诺。我已经建议我的委托人不发表任何更多的言论。"

本来在法庭上他们抱着侥幸的心态申请了保释，主要依据是蒂尔曼长期良好的品性，他在社区的地位，以及离岗对他的职业所造成的影响。但地方法官很快就拒绝了，从这个拒绝的速度来看，他肯定之前就已经考虑好了。

警方没能从蒂尔曼的口中得到任何消息，也许卢克·哈里斯能成为突破口。毕竟他的风险更低，没有强奸的指控，也没有蹲号子、穿囚衣的苦楚。尽量手法轻一点，柔和一点吧。

"这个网站。"凯莉打破了沉默。

卢克把双肘支在膝盖上，把头放在张开的手指上。"我几周前才加入的，"他对着咖啡桌下面厚绒毛的地毯喃喃说道，"有个同事向我推荐的。柔伊是我下载的第一份资料。"

这也太假了吧，凯莉想，但她决定暂时不去追究。"那你为什么一开始的时候不跟我们坦白？"

哈里斯抬起头。"网站是在 QT 上运营的，我觉得会员就该自觉地保密吧。"

"谁运营的呢？"尼克问道，"谁在经营网站，卢克？"

"我不知道，"他又抬起头，"我根本不知道。就像你问我维基百科的老板是谁，或者谷歌地球的老板是谁。我就是用了这个网站，根本不知道谁在运营它。"

"那你是怎么知道这个网站的？"

"我说过了，是一个同事。"

"哪个同事？"

"我记不得了。"对于卢克的连续轰炸，卢克有些招架不住，情绪越来越激动。

"试着想一下。"

他抓了抓前额。"我们几个人下班以后到酒吧里聚会。有点私密的小团体。有些人周末还去过脱衣舞会，我们开各种玩笑。你知道男人聚在一起都是什么样子的。"这最后一句是冲着尼克说的。尼克始终面无表情。"有人就提到了这个网站。他们说我需要一个密码来开账户，密码就藏在《伦敦宪报》背后某个广告的电话号码里面。类似暗号的东西，只有圈内人才知道。我不想去看的，我只是好奇，而且……"他没了声气，眼睛盯着尼克和凯莉之间。"我也没做什么错事。"

"我觉得你该让我们来评判是否做了错事。"尼克说，"也就是说，你下载了柔伊·沃克的资料，然后就跟踪了她？"

"我没有跟踪她！我不是个跟踪狂。我只是想着法去邂逅她，没别的。你们看，所有这些"——他抡起一只胳膊，将整间公寓都指了个遍——"都很了不起，但都是我当牛做马挣来的。我每周七天都在办公室，每天晚上还要跟美国那边开电话会议……根本没多少时间来约会。这个网站只是帮我开了个头，扶我上马，仅此而已。"

恐怕还送了你一程吧，凯莉心里想，冲着尼克使了个眼色。"跟我说说白教堂站的站台上发生了什么事吧，你第一次跟柔伊·沃克搭讪的时候。"

哈里斯的脸上又是一个心虚的表情；他的眼睛突然向左边看去。

"你什么意思？"

"我们已经从柔伊那里获取了证词。"凯莉说。她想使个诈，"她什么都告诉我们了。"

哈里斯闭上双眼，很快又睁开了。他不想看他们，只把目光凝聚在咖啡桌上摆在他面前的一本意大利旅游导览画册上。"那天早上我努力尝试跟她搭上话。我在地铁站看到了她，跟她的资料上说的地方一模一样。我想跟她说点什么，但她没理我。我想如果我帮她做点什么，也许能打开局面。我准备着给她让座，或者帮她拿购物袋之类的。可仍然没有机会。到了白教堂站，我正好站在她的身后，她也确实靠站台边缘太近了，于是……"他停了下来，眼睛还是没有离开面前的那本书。

"继续说。"

"我推了她。"

凯莉倒抽一口凉气。她感觉旁边的尼克站了起来。看来柔和的手法已经用得差不多了。

"我赶紧把她拉了回来。她没有受到一点威胁。女人都愿意被救的，不是吗？"

凯莉把到嘴边的话又咽了回去。她瞄了一眼尼克，尼克点点头。于是凯莉站起来。"卢克·哈里斯，我现在因为怀疑你企图谋杀柔伊·沃克而逮捕你。你有权保持沉默，但你所说的一切都会成为呈堂证供。"

二十六

斯威夫特警官在周一的晚上给我打了电话。

"我们已经逮捕你在白教堂站遇到的那个男人了。"

"卢克·弗里德兰?"

"他的真名叫卢克·哈里斯。"她停顿了一下,足够让我有时间去想一个问题——他为什么骗我?答案很快就揭晓了。"他承认推了你。我们怀疑他企图谋杀而逮捕他了。"

我的脑子瞬间蒙了。我庆幸自己已经坐了下来。我伸手去摸遥控器,把电视静音。贾斯汀转过来瞪着我,嘴里本来有什么骂人的话要脱口而出的,但他一见我的脸色,立马止住了。他看了看西蒙,冲我的方向点点头。

"企图谋杀?"我好歹说了出来。贾斯汀双目圆睁。西蒙伸出一只手,摸到我身上唯一够得着的部位——我的双脚,就在沙发上蜷着,挨着他旁边。电视上无声地播着《急诊室二十四小时》,医院的走廊上,一个九岁的男孩因为股骨骨折而紧急送治。

"这个罪名我估计也成立不了,"斯威夫特警官说,"要起诉他,我们必须找到杀人动机。"我的喉咙哽咽了,气都喘不过来了,她赶紧把话说完。"他自己的说法是,推你并不是要谋杀你。"

"你相信他吗?"企图谋杀。企图谋杀。这个字眼在我的脑子里嗡嗡直响。假如我当时同意跟他去喝一杯，他会杀了我吗？

"我相信，柔伊。这不是他第一次用这种伎俩来搭讪了。他……呃……他认为你应该更容易接受邀请，如果你相信他确实救了你。"

我简直找不到什么语言来表达我的愤慨了，居然有人会这么设计我。我把脚从西蒙的手里抽回来。我现在不想任何人碰我。任何人都不行。"那他怎么处置呢？"

斯威夫特警官叹了一口气。"很抱歉，恐怕什么处置都没有。我们会把档案递交给 CPS 来审核，他也会保释出局子，只是不能接触你。但据我的估计，他的起诉要被驳回的。"她停顿片刻。"我不该跟你说这些的，但我们把他抓回去敲打了一下。希望我们能从他口中得到点消息，有助于我们找到幕后主使。"

"你们找到了吗？"

其实我心里早就有数了。

"还没有，我很抱歉。"

斯威夫特警官挂掉电话之后，我继续把电话贴在耳朵上。我想尽量拖延下时间，不想那么快就告诉我的儿子和男友，说有个男的在伦敦北区被逮捕了，因为列车进站的时候，他把我往轨道上推。

当我最终把这些话说出来的时候，贾斯汀立马有了反响，而西蒙似乎呆住了，不知道我到底跟他说了些什么。

"他以为推了你，你就会跟他出去？"

"这叫'白骑士综合征'，斯威夫特警官说的。"我低语道。我感觉很麻木，好像这是发生在别人身上的事情。

"连小孩子在外面晃荡他们都要管，却没办法起诉一个承认推了别人、差点害死别人的人？都是猪啊！"

"贾斯汀，别刻薄了。他们也是被绑住了手脚。"

"这些该杀的。就该绑在泰晤士河底下的一根管子上面。"

贾斯汀离开了客厅。我听见他咚咚的上楼声。西蒙还是一脸的茫然。

"可你没跟他出去吧?"

"没有!"我拉住他的手。"他一看就是个疯子。"

"他要是还想害你怎么办呢?"

"他不会的。警察也不允许。"我说出来连自己都不太相信。他们如何制止他呢?即使他们制止了卢克·弗里德兰——不对,哈里斯,我纠正了自己——还有多少男人下载了我的资料呢?还有多少男人在地铁站的站台上等着我呢?

"我明天送你去上班吧。"

"你明天九点半要到奥林匹亚去啊。"西蒙要去面试一家贸易杂志。这份工作连我这个外行都看得出来属于初级的新闻岗位,他完全拉低了自己的档次,但到底是份工作呐。

"我取消好了。"

"你不能取消!我没问题的。到了白教堂站,我就给你打电话,然后去坐地铁,出站以后马上又打一次。求你了,别取消了。"

他还是不放心。于是我不得不再刺激他一下,尽管我自己也很不情愿,"你需要这份工作。我们需要钱。"

第二天早上,我们一起步行去车站。我往梅根的吉他盒里扔了一枚硬币,然后将手放进西蒙的手中。他坚持要把我送到地上铁①,之后再自己乘车去克拉珀姆。我发现他正在站台上四处张望。

"你在看什么?"

---

① Overground,伦敦地铁的地面铁路系统。

"他们，"他阴森森地说，"那些男人。"我们身边到处都是穿深色西装的男人，歪歪扭扭的像摆放不整齐的多米诺牌。他们没人在注意我，我想这大概是因为西蒙的缘故。很肯定的是，西蒙刚离开我，我独自坐到地铁上的时候，我发现这些西装男中的一个正好就坐在我的对面。他目不转睛地看着我。我跟他对视，他立马移开了视线，但几秒钟之后又把视线移回到我身上。

"需要我帮忙吗？"我大声说道。坐在我旁边的女人在座位上整理自己的裙摆，不让裙摆再碰着我。对面的那个男人满脸通红，低头看自己的脚。车厢尾部有两个年轻姑娘朝着对方哂笑着。我成了地铁上的疯女人，那种你想尽办法躲避的女人。那个男人在下一个站下车了，没有再看我。

上班的时候，我越来越难以专注。我开始更新公司的网站，结果却发现自己把同一条物业信息登录了三遍。下午五点，格雷厄姆走出办公室。他坐到我办公桌对面的一张椅子上。这椅子一般是给客户坐的，如果他们要等我提供具体的物业信息的话。他一言不发地将我上午编写的部分资料打印件递给我。

此类高端酒店式办公楼提供会议室、极速网络以及专业的前台接待。

我看了半天，没看出什么问题。

"每月只需 900 磅？"

"糟糕，我漏了一个零。抱歉。"我马上登录网站，准备修改这个错误，但格雷厄姆阻止了我。

"你今天犯的错还不止这一个，柔伊。昨天的情况也很糟糕。"

"这个月确实太痛苦了，我——"

"还有那天晚上，在车上的时候——不用我说，你肯定也知道自己的反应太过失常，更别说无礼了。"

我尴尬地红了脸。"我误会你了，仅此而已。我醒来发现周围是黑的，而且——"

"我们还是别提那茬了。"格雷厄姆看起来跟我差不多尴尬。"听我说，我很抱歉，但我不能让你继续待下去了，既然你的心思都不在工作上。"

我阴郁地望着他。他可不能开除我。现在不行。西蒙还没找到工作呢。

他没有看我的眼睛。"我认为你该休息一段时间。"

"我很好，真的，我只是——"

"我就当它是压力太大的缘故吧，"他说。我怀疑自己听错了。

"你不是要开除我？"

格雷厄姆站起来。"我应该开除你吗？"

"不是，就是——谢谢你。我真的很感激。"他的表情稍有缓和，但没有更多要接受我感激的意思。这可是我以前从未见过的格雷厄姆·哈罗，我猜不仅是我感到陌生，连他自己也不习惯呢。当然，没过多久，生意人的本性还是战胜了同情心。他从办公室拿来一叠收据和发票，把它们装进一个文件袋里。

"你就在家里做这个吧。增值税的部分要单独列出来，理不清楚的时候就给我打电话。"

我再次谢过，然后拿起东西，穿上外套，将手提包往胸口一横，就匆忙赶地铁去了。我感觉轻松了一些，至少我现在可以少操心一件事情了。

我从沃尔布鲁克街左转进入坎农街，突然有了一种异样的感觉。

背脊上一阵发麻；被跟踪的感觉。

我左顾右盼，但人行道上到处都是人。没有谁特别打眼。我在十字路口上停下来，强忍着回头看的冲动。但我总感觉有一双眼睛在盯着我，让我的脖颈后面热得发烫。我们像羊群一样挤挤挨挨地过了马路，走到对面时，我忍不住要想从羊群里看看有没有狼。

没有人对我有哪怕一丝的留意。

这感觉是我的幻觉，就像今天早上在地上铁遇到的那个男人。还有上次，我以为穿跑鞋的男孩在追赶我，但结果却是，他很可能连我这个人都没有注意到。那个网站快把我逼疯了。

我必须克制下自己。

我快速地爬上第一段楼梯，我的手轻轻扶着金属栏杆，跟穿西装的人们保持同等的速度。在我的周围，大家都忙着挂电话。

我马上进站了。

我可能有一两分钟联系不上你。

等我还有十分钟到的时候，就给你电话。

我也拿出手机，给西蒙发了短信。"我在回家的路上了，我很好。"然后我登上第二段楼梯，进了站。车站里的脚步声是不同的，回声在光滑的水泥表面上不断反射。我所有的感官都警觉起来；我能听见走在我后面的每个人的脚步声。高跟鞋的嗒嗒声，越来越响，直到超过我。平底鞋的啪啪声。老式的鞋钉击打水泥地的叮叮声，是那种镶在男士鞋底上起保护作用的"布莱基"鞋钉。他肯定比我年长，我心里想。通过想象他的外表，我能缓解下自己的紧张情绪。一身手工裁制的西装；一双从定制的鞋模上脱胎而成的皮鞋。花白头发。奢华的袖扣。没有跟踪我，而是走在回家的路上，准备回到他的妻子和狗的身边，回到科茨沃兹的小别墅里。

但我脖颈上的刺痛感依旧没有消失。我拿出"牡蛎卡",走到闸机前面时又突然闪到一旁,在地铁交通图旁边的那面墙上倚墙站着。闸机让乘车的人群列队通行,虽然步子慢下来,但他们的双脚还是在原地踏着步,好像根本就不愿意停下来。队伍的节奏不时地被一些不知规矩的人打乱。有些人没有把车票直接捏在手里,而是忙着在衣兜里或包里翻找。等得不耐烦的人们发出明显的啧啧声,直到车票被找出来,队伍继续通过闸机。没有人在注意我。*你的幻觉而已*,我不断地提醒自己,希望我的身体能听从理性的劝告。

"不好意思,能让我一下吗?"

我挪开位置,好让一个带小孩的妇女能看到我身后的地铁交通图。我必须回家了。我刷了卡,通过闸机,双脚不自觉地走到区间线的站台上。我想走到站台的末端,那里是 1 号车厢打开车门的位置,然后我想起斯威夫特警官提醒我的:*换下座位,改变你的习惯*。于是我原地转动脚跟,掉转头去。就在我转头的同时,我从眼角里瞥见有什么东西在迅速地移动。不是东西,而是人。有人在躲躲藏藏的吗?有人不想被发现吗?我把身边每个人的脸都扫视了一遍。没有我认识的人,但有些东西让我感觉眼熟。可能是卢克·弗里德兰吗?卢克·哈里斯,我记起来。他可能被保释出来,但违反了不准靠近我的禁令。

我的呼吸急促起来,我不得不张嘴做深呼吸。就算是卢克·哈里斯,站台上这么多人,他能干什么呢?但不管怎样,列车进站的时候,我还是从站台边上往后退了一步。

5 号车厢里有一个空位,有人喊我去坐,我拒绝了。我摇摇晃晃地走到车厢尾部,这样我就能看到整节车厢的情况。还有几个零星的空位,但有十多个人跟我一样选择站着。一个男人背对着我。他身穿一件长大衣,头戴帽子,我的视线被挡住了,看不清他的样子。又是那种感觉攫着住了我——似曾相识，却令人不安。我从包里摸出房门钥匙。钥匙扣还是贾斯汀在学校里做的手工品，一个木制的字母"Z"。我把钥匙紧紧攥在手里，尖的那一头从手指间露出来——必要时可作为武器——然后把手揣进兜里。

在白教堂站，我一刻也没有停留。列车刚刚减速，我就早早地等候在门口。下车的按钮连灯都还没有亮，我就不耐烦地按住它了。我跑得飞快，像是怕错过换乘的时机一样。我在人群中穿梭，反正只要不耽误他们的时间，他们也不会有意见的。我留心听着奔跑的脚步声，但只听到我自己的声音而已，伴随我每一次高低不平的喘息声，我的脚也是有节奏地敲击着地面。

我刚跑到站台上，地上铁的列车就进站了。我跳上车，还等了几秒钟才开车。我的呼吸和缓下来。车厢里只有寥寥几个人，而且这几个人也没什么让我感到不自在的。两个女孩怀里都是购物袋；一个男人用一只旧的宜家口袋拖着一台电视；一个二十几岁的年轻女人在听她的iPhone耳机。等列车抵达水晶宫站的时候，我把口袋里攥着的钥匙松开了，胸中那一团紧张也逐渐消散了。

我的脚刚一踏上站台，那种感觉又回来了，而且这次是确凿无疑的。肯定是有人在跟踪我，监视我。当我往出口方向走的时候，我就知道了——真的知道了——有人从我旁边的车厢下车了，跟在我的身后。我没有回头。我不能。我找到口袋里的钥匙，又把它攥紧。我加快了步伐，接着我完全不管不顾了，不再假装没事人一样，而是撒开腿，逃命似的往前冲。因为我现在觉得，跑快点也许真的能救命。我的呼吸很短促，每一次吸入都在我的胸口引起一阵刺痛。我听见身后的脚步声，它也正撒着欢地跑。而且是踩在水泥地上的皮鞋声。结实，快速。

我从一对告别的情侣中间冲过去，引来身后一顿咒骂。我现在能看见出口了，一方黯淡的天空镶嵌在地铁站的站口。我跑得更快了。我很奇怪，为什么没有人呼救呢？没人采取任何的措施。跟着我意识到，他们也许都没有觉察到有什么不对劲的。

在我的前方，我看到了梅根。她盯着我，微笑僵在了脸上。我继续奔跑，使劲地摆动双臂。她停下手中的吉他，对我说了些什么，可我没有听见。我根本停不下来。我只管往前跑。一边跑，我还一边打开手提包，把包抓在手里，然后稀里哗啦地翻找里面的东西，想把我的报警器给找出来。我真后悔没有把报警器揣在兜里，或者别在我的衣服上，像凯莉·斯威夫特建议的那样。我终于找到了，按了两侧的凹陷处。如果有用的话，警报已经传到了我的手机上，而我的手机此刻正在拨打 999。

我的身后传来尖叫声。有人摔倒和哭喊的声音，接着一阵骚动。我不得不回头看了一眼，但身体还是做出拔腿就跑的姿势。没那么害怕了，既然我知道——我希望——警方的接线员正在倾听，警车也正在根据报警器上的 GPS 信号前来救援。

眼前的情景让我彻底失去了奔跑的动力。

梅根的脚下躺着一个穿长大衣、戴帽子的男人。她的吉他盒本来该在栏杆旁边的，现在也压在男人的身下；盒子里的硬币滚落出来，撒在柏油马路上。

"你是故意绊倒我的！"男人吵嚷着。我开始往回走。

"你还好吗？"梅根冲我喊道，但我的眼睛始终没有离开地上的那个男人。他已经站了起来，正拍打腿上的灰土。

"是你，"我说，"你怎么跑到这儿来了？"

市场对于年纪大点的女人似乎还是有一定需求的。她们的页面浏览量跟年轻女人的差不多，资料下载量也差不多。生意总归是生意，要追随潮流，要保证我能为客户提供满意的产品。

　　我很快就痴迷于数据分析了。总是盯着屏幕上的数据，统计有多少人浏览了网站，有多少人点击了链接，又有多少人在点击之后下载了资料。我评估网站上每一个女人的受欢迎程度，对于那些没有任何吸引力的女人就果断地删除。毕竟每一份资料都要产生成本，总要花时间去更新维护，确保描述的准确性，确保她们的通勤线路没有改变。人们说，时间就是金钱，我的姑娘们必须要有能力在网络上占据她们的一席之地。

　　大多数人都没问题。人的口味是没法记账的，而且这门生意到底也算是卖方市场。客人不能在别的地方找到这么特别的娱乐方式，也就是说，他们没有挑剔的资格。

　　这对你来说是个好消息，你觉得呢？不必感觉自己受到冷落。年轻的，年老的，胖的，瘦的，金发的，黑发的……都可能受到某人的青睐。

　　谁知道呢？也许现在就有人在下载你的资料。

二十七

"好了，伙计们，注意了。现在是'福尼斯行动'的简报会，今天是12月1日，星期二。"

这就跟"土拨鼠节"① 一样，每天来来回回重复着同样的事，凯莉心里想。每天早上，每天晚上，同样的一拨人坐在同一个房间里。不少人已经倦怠了，但尼克的热情从未减退过。距离发现塔尼娅·贝克特的尸体刚好过去两周，这两周以来，他每天都是第一个来到办公室，又是最后一个离开办公室的。"福尼斯"行动在这两周内搜集了三起谋杀、六起性侵，还有十几起被人尾随跟踪、性侵未遂和相关的可疑事件，都跟findtheone.com脱不了干系。

"梅德斯通的那起强奸案办得不错。蒂尔曼这个下流坏子终于让你们给抓住把柄，没办法到街上祸害了。"尼克把目光投向凯莉，"他的电脑有什么最新发现吗？"

"网络犯罪组的人说他完全没有试图掩盖他的行径。"凯莉回答道，手里拿着她之前跟安德鲁·罗宾逊交流时做的笔记。"他从网站上下载了受害人的资料，然后用邮件把资料发给自己。估计是为了方便在手机上

---

① Groundhog Day，每年的 2 月 2 日，据说是冬末土拨鼠出洞的日子，如果土拨鼠在晴天出洞看到自己的影子，就表示冬天还将持续六个星期，如果土拨鼠看不到自己的影子，就说明春天就要到了。此处寓意反反复复做同一件事的意思。

浏览，我们也确实从他手机上发现了这些受害人的资料。"

"他有购买其他人的资料吗？"

"没有。但他浏览过很多人的。缓存文件证明他看过差不多十五个女性的档案，但迄今为止只购买了凯瑟琳·惠特沃思的。"

"是嫌太贵了吗？"

"我不觉得钱对他是个问题。他 9 月份刚注册了白银会员，用的是这个——一张公司信用卡——支付的。"

"很好。"

"我们从他的已删除文件中找到了一封欢迎入会的邮件，跟我们之前用假名注册时收到的邮件一模一样，只是密码不同而已。看起来这个网站的安全设置在定期更换。就像哈里斯交代的，广告上的电话号码就是最新的密码代号。"

"还好你之前破译了，真是太聪明了。"尼克说道。

"蒂尔曼很懒，"凯莉一边分析一边说，"他是开车上班的，要找到大多数女性所处的位置的话，他就得偏离平时走的路线。我想他已经在网站上潜伏很久了，也许还觉得网站能带给他性刺激。当他看到凯瑟琳·惠特沃思的活动范围基本就在梅德斯通的时候，他正好要去那边开个会，他就知道机会来了。"

"把他的索引号输入自动车牌识别系统。看看他的车是否在梅德斯通附近出现过，就在强奸案发前几天的时候。"

凯莉在她的记事本上写下"ANPR"，并画了下画线。尼克则接着开会。

"在分析蒂尔曼的电脑的时候，网络犯罪小组发现硬盘上有个加密区域，里面竟然保存了 167 张不雅照，照片的内容几乎都触犯了《极端色情图片持有法案》① 第 63 条的规定。他一时半会儿是出不了警局的了。"

凯莉曾想过亲自联系凯瑟琳·惠特沃思，告诉她警方已经起诉蒂尔曼强奸，而且还要告他持有不雅照。但露辛达阻止了她。

"交给肯特的性侵调查小组吧。他们才是跟受害人直接联系的部门。"

"他们不了解案情，"凯莉分辩说，"我能回答她的问题，安抚她，而他们不行。"

露辛达态度坚定。"凯莉，别去操心别人的工作了。肯特他们会让受害人知道案子的进展的。你手头还有活儿呢。"

尽管 MIT 的探长们总是爱拿内勤人员的成本来开玩笑，但露辛达的技能和经验是每一个与她共事的探长所钦佩的。凯莉也不例外。她不得不相信其他人在联系凯瑟琳的时候会抱着同情和理解。她还有漫长的法庭程序要应对，这个艰巨的任务容不得她马虎大意。

尼克的会议还没有结束。"你们可能已经知道凯莉和我昨天把卢克·哈里斯给带回来了。他是网站的另一个用户。哈里斯刚开始还坚持说柔伊·沃克是他唯一下载过资料的女性，结果一到了拘留所就改了口风。"

卢克·哈里斯发现自己涉嫌谋杀未遂的罪名而受到逮捕，一时惊慌失措，就一五一十地交代了。他上交了所有账户的密码，承认下载了四个女性的资料。他对每一个女性都采取了"英雄救美"的策略，先将其置于危险之中，然后再果断施救。但他收效甚微。只有其中一个女性对他表示感谢，喝了一杯咖啡，吃过一顿晚饭，很快就断了音讯。

"哈里斯认为他没有犯错，"尼克向手下的人说道，"他说他从来没有想过要去伤害那些他跟踪过的女性，他唯一的目的只是要发展一段关系。"

---

① 原文 Possession of Extreme Pornographic Images Act。

"那我们这些人去用用制服网站又有什么错呢?"有人吼了一声。大家都哄笑起来,尼克停下来。

"相亲网站肯定都是'有点不得已而为之'的。"尼克把哈里斯的原话用上了。"哈里斯更喜欢他所谓的'追逐的刺激'。我猜他从现在开始会发现这个游戏不是那么刺激的了。"

凯莉的电话响了。她看了看屏幕,希望看到莱克茜的名字,但屏幕上闪烁的却是"凯茜·唐宁"。"是个证人。"她拿起电话,对尼克解释了一句。"抱歉。"她一边接电话,一边走出了事故调查室,走向自己的办公桌。

"嗨,凯茜,你还好吗?"

"很好,谢谢。我打电话来是想告诉你我不住埃平了。"

"你搬家了?这么突然啊。"

"也不是很突然。我一直都想离开伦敦的。正好有了这么个地方,在罗姆福德,离得也不是很远。我没法继续住在以前的公寓里了,换了锁以后也不行。"

"你什么时候搬走?"

"我已经搬走了。我本来是该提前一个月通知房东的,但房东想抓紧装修一下,好拿到市面上去卖,所以他让我提前走了。一切都很顺利。"

"我很高兴。"

"不过我打电话来还有别的事情,"凯茜有些犹像,"我想撤回我的证词。"

"是有人骚扰你吗?《地铁报》上面的文章给你惹麻烦了?如果你确实受到威胁的话——"

"不,没有。我只是想忘记这件事。"她叹了口气。"我很抱歉——我知道你很努力在查偷了我钥匙的人,而且我跟你说我怀疑有人进了我的房子的时候，你也很信任我。"

"我们快找出网站的幕后主谋了，"凯莉插了嘴，"等我们起诉这些人的时候，我们需要你的证词。"

"你们不是还有别的证人吗？其他的案子？那些被杀害的可怜的姑娘，那些才是重案，我的不是。"

"所有的案件都很重要，凯茜。如果我们不重视，就根本不会去调查。"

"谢谢你。如果我认为我的证词能起到关键性的作用，我肯定会提供的，我保证。但问题是它没那么关键，是吧？"

凯莉没有说话。

"我有个朋友去年给一桩案子做了证词，"凯茜接着说，"结果她被犯人家属骚扰了几个月。我不想再引火上身了。我已经有了一个重新开始的机会，全新的公寓，没有被偷过钥匙。尽管这是很可怕的事情，但我没有受到伤害——我就是想忘掉这件事。"

"那我们起诉的时候，能否通知你一声？也许你会改变主意。"

那头是长久的沉默。

"我想可以吧。但我不会改变主意，凯莉。我知道将罪犯绳之以法是很重要的，但我个人的感受也不能不考虑，对吧？"

受害人始终是问题的关键，凯莉想。但她感觉受害人游离到了问题之外，有些恼火。她本以为凯茜是最可靠的证人之一，但事实证明她错了，她很失望。她张开口，警告的话已经到了唇边——如果凯茜拒绝提供证词，她可能会成为敌意证人，因藐视法庭而受到拘役。

但她把话咽了下去。难道为了追求正义就可以把受害人也当成犯人来审吗？她忽然想起了莱克茜，想到她的各种经历。于是她深吸一口气。

"受害人的感受是唯一要紧的。谢谢你通知我，凯茜。"凯莉挂了电话，背靠着墙，闭上眼睛。等她感觉自己完全控制住情绪之后，她才走回会议室。会议已经结束，MIT 的办公室又开始忙碌起来。安德鲁·罗宾逊正坐在尼克的旁边，她走了过去，顺手拖了一把椅子坐下。

"还在跟踪钱的去向吗？"凯莉问道。她还记得安德鲁·罗宾逊上次开会时是怎么说的。

"当然啦。我已经跟踪了探长、戈登·蒂尔曼和卢克哈里斯三个人的信用卡，他们支付的钱都到了一个 PayPal 账号，就像这样。"安德鲁从打印机里拿出一张空白的纸，在上面写了三个名字——"兰佩洛""蒂尔曼""哈里斯"。"钱从三个源头出来"——他在每个名字下面画了一个箭头——"到了这里"——又画了一个方框，方框里面写着"PayPal"——"然后又到了这里。"又是一个箭头，一个方框，方框里面写着"银行账户"。

"这个账户是属于我们的嫌疑犯的，是吗？"尼克问道。

"正是。"

"我们能拿到账户的资料吗？"

"已经拿到了，"安德鲁看到凯莉的脸上露出期待的神情。"是个学生账户，户名是麦索立（音译）。我拿到了开户时用的证明文件的复印件，都是合法的。护照监管的人证实，麦索立于今年 7 月 10 日离开英国，前往中国，并且尚未返回英国。"

"那网站有可能是在中国运营的吗？"

"有可能，但我现在可以告诉你，我们没法跟中国当局合作。"

凯莉听了头都疼了。

"我还可以告诉你，你的嫌犯在用一部三星的设备将 PayPal 账户的钱转到银行账户。我没法确认是手机，还是平板，还是笔记本电脑。但应该是一部便携的设备。"

"你怎么知道?"凯莉问。

"每次你打开手机的时候,手机都会发送信号来搜索无线网络或者蓝牙信号。如果是家用电脑的话,你就能找到一个固定的地址,可调查结果却是使用者在有意回避地址检测。"安德鲁递了一页纸给尼克,尼克把椅子挪了一下,好让凯莉也能看见那张纸。"如果无线网络始终是打开的,我就能看到几百上千个地址,但是你看,这里只有很少的几个地址。这说明设备只有在特殊情况下才被打开。几乎可以肯定的是,这个特殊情况就是把 PayPal 的钱转到银行账户上。我估计这个设备是个备用手机,不是嫌疑犯常用的。"

那页纸上打印了一系列的地址。最上面那个被画了下画线。

Espress Oh!

"那是个什么地址?"

"是一家靠近莱斯特广场的咖啡馆,是我们的嫌疑人喜欢用备用手机来干坏事的地方。上个月,他有三次都是利用这个地方的无线网络来转账的,把 PayPal 的钱转到他的银行账户。下面有具体的日期和时间。"

"干得漂亮。"尼克说道。

"接下来就是警方传统的办案手法了,我想的话。"安德鲁露出了骄傲的神情,他的工作确实值得骄傲。现在凯莉和探长心里更踏实了。像莱斯特广场这么热闹的地方,一个咖啡馆里总该有监控的,或许一个认真负责的职员也能记得某一天出现过的某个人。如果他们能从监控里截取部分画面清晰的图像,那就可以在全国发起通缉了,毕竟这案子是够严重的。

"长官!"从会议室的另一头传来一声呼喊。"应急小组已经在赶往水晶宫的路上了。我们收到柔伊·沃克的警报。"

尼克一把抓起他的外套。他看着凯莉:"我们走。"

二十八

"你把我绊倒了!"艾萨克抬头看着梅根说道。他拿一只手撑住地面,自己从地面上坐了起来。刚才围过来看热闹的群众现在也开始散开了。

"是啊。"梅根没有反驳。她蹲下身子,忙着捡拾撒落一地的硬币。我帮着她捡,这样就能分散我的注意力,不必去看艾萨克的脸。他的脸上似乎有点生气,又有点被逗乐的样子。"你在后面追她。"梅根补充了一句,肩膀耸动了一下,似乎是在声明她别无选择,只能将他绊倒。

"我是想跟上她,"艾萨克辩白,"不是在追她。"他站了起来。

"梅根,这是我女儿的——"我突然不知道该怎么称呼他。于是我换了一种说法:"我们彼此认识的。"

"好的。"

梅根没有一点尴尬的样子。也许,在她看来,艾萨克和我彼此认识说明不了什么。他还是有可能在追我。

他还是有可能在追我。

我赶紧把这荒唐的念头给打消了,趁着它还没有上心的时候。他当然不是在追我了。

我转头问他:"你怎么在这儿呢?"

"我上次确认过了,"他说,"这是个自由的国家。"他说的时候脸上挂着微笑,但我难免会有点反感,而且我猜他也从我脸上看出来了,因为他立马变得严肃起来。"我是要去看凯蒂的。"

"那你为什么要跑呢?"我壮起胆子问他,因为有梅根在场。她虽然已经走开了,但还是饶有兴味地看着我审问被她绊倒的人。她把吉他挂在身上,没有弹奏。

"因为你在跑啊。"他说。这个回答合情合理,我都有点不知所措了。我听见不远处传来了警车的警笛声。"我知道你被《伦敦宪报》上的广告弄得有点神经过敏,后来凯蒂又跟我说了网站的事情。然后我看到你在跑,还以为有什么人吓着你了。"

"是啊,就是被你吓着了!"我的心还在奔腾着,我感觉一阵肾上腺素上升,人有点激动得昏昏然。警笛声越来越响了。艾萨克把双手举起来,手掌朝上,一副"你赢了"的姿态,更加激怒了我。这个男人究竟是谁? 警笛声尖利刺耳。我看了一眼安纳利路,看见一辆警车向我们驶来,警灯不停地闪烁。警车在距离我们前方十米的地方停下来;警笛声也停了,叫嚣不起来了。

艾萨克会逃跑吗? 我想着这个问题,但我意识到自己巴不得他会逃跑。我真希望事情到此为止了,什么广告啊,网站啊,担惊受怕的日子都到此结束。然而他只是将手抄进口袋里,看着我,不停地摇着头,好像我做了什么不可理喻的事情。他朝警察走了过去。

"这位女士受了点惊吓。"他解释说,而我却愤怒得说不出一句话。他怎么能做出一副掌控全局的样子? 用一句轻描淡写的"受了点惊吓"就把刚才的事情给打发过去了?

"你的姓名,先生?"一名男警察拿出一个记事本。他的同事——一名女警官——则朝我走过来。

"他在追赶我。"我告诉她。这句话一旦说出口,我就变得自信了。我开始跟她讲述广告的事情,但她已经知道了。"他从坎农街就一直跟着我，等到了水晶宫的时候，他就开始追赶我了。"是他先跑的，还是我先跑的？这个要紧吗？女警官做了笔记，但似乎对细节不是很感兴趣。

一辆车停在了警车后面，我认出了车里的司机，是兰佩洛探长。斯威夫特警官也跟着他，我立马放心了许多，不必去说服她相信我刚才遇到的事了！兰佩洛探长跟女警官说了什么，然后女警官就收起笔记本，去找她的同事了。

"你还好吗？"凯莉问我。

"我很好。只是被艾萨克吓得不轻就是了。"

"你认识他？"

"他名叫艾萨克·冈恩——他是我女儿的男朋友。她现在在排一出戏剧，他是戏剧的导演。他肯定从网站上下载了我的通勤资料。"我看到探长和凯莉之间交换了一个眼神，知道他们接下来会说什么。

"网站给用户提供的是跟踪陌生人的手段，"斯威夫特警官说，"如果是你认识的人，怎么会有这个必要呢？"

兰佩洛探长看了看表。"现在还不到中午。你的通勤资料说你是五点半下班。"

"我的老板让我先回家了。这可不是犯法的，对吧？"

虽然我没好声气，但他仍耐心地跟我解释。"当然不是啦。但是，如果艾萨克·冈恩下载了你的资料，然后跟踪你，他今天肯定是不可能成功的。你又没有按照剧本来。"

我沉默了。我想起在坎农街听到的脚步声，在区域线瞥见的外套。我当时看到的是艾萨克吗？或是其他人？我是否想象自己被跟踪了？

"你至少该审问下他。问他为什么跟着我，为什么不在见到我的第一时间跟我打招呼。"

"你看，"兰佩洛探长温和地说，"我们把冈恩带回去做个自愿性的面谈。看看他跟那个网站是否有什么关联。"

"你们会通知我吗?"

"我们尽快通知你。"

在马路对面,我看到艾萨克钻进了警车。

"我们可以送你回家吗?"斯威夫特警官询问。

"我走回去,谢谢。"

兰佩洛探长和斯威夫特警官刚一离开,梅根就溜到我的身边。这时候我才意识到她在警察来的时候就躲开了。"你现在没事了吧?"

"我没事。谢谢你今天帮了我。"

"我还谢谢你每天都帮我呢。"她笑了笑。

接着她又抚弄起琴弦,准备弹一首鲍勃·马利,我朝她的吉他盒扔了一枚硬币。

一个寒冷、清冽的夜晚。几天前就已经预报要下雪了,我想今晚就是时候了吧。头顶上的云层厚实而呈灰白色,脚底下的马路也因为早霜而闪着微光。我不断地在脑子里回放从办公室到家的整个过程,我想确定到底是什么时候我感觉到有人在跟踪,又是什么时候我开始撒腿跑的。回忆让我暂时不去理会真正摆在眼前的烦恼:我该怎么跟凯蒂交代呢?说她的男朋友在跟踪我?我离家越近,就越发地怀疑自己。

当我打开家门时,我听见厨房里放着收音机,西蒙不成调地跟唱着,时高时低的声音反映出他对歌词的熟悉程度。我好久没听见他唱歌了。

我把前门用力关上。歌声停止了。

"我在这儿呢!"西蒙多此一举地喊了一声。我找到他,发现他已经把午餐的桌子都摆好了。"我猜你想吃点热乎的。"他说。炉子上有柄平底锅在咕嘟咕嘟响着,是鲜虾烩饭配芦笋、柠檬。闻着就很香。

"你怎么知道我要提前回家？"

"我给你的办公室打了电话，你的老板说他已经打发你回来了。"

此时我真不希望有人随时在监视我的一举一动，我对西蒙的感激瞬间消失了。不论是警察也好，格雷厄姆也好，还是西蒙，他们都是想尽量保证我的安全，仅此而已。

"我还以为他要开除我呢。"

"让他试试。到时候我们就把他送上不公正解雇法庭，直到你自己想辞职为止。"他被自己的笑话逗乐了。

"你真是潇洒。我能猜是因为面试进展顺利吗？"

"我还没走到地铁站的时候就接到电话了。他们邀请我明天去参加第二轮面试。"

"太棒了！你喜欢他们吗？工作称心吗？"我坐了下来，西蒙端来两碗热气腾腾的烩饭放到桌上。经过刚才的一番折腾，我突然感觉饿了，但第一口饭下肚以后，我的心里又酸酸的。我必须告诉凯蒂。她肯定在等艾萨克，不知道他人在哪里。也许还很担心。

"每个人都差不多十二岁的样子，"西蒙接着说，"发行量也只有八千，我闭着眼睛都能干活。"我张开嘴正要问凯蒂在哪儿，他误解了我的意图，把我给打断了。"但是，就像你昨天说的，这是份工作，时间上会比《每日电讯报》宽裕。不用周末加班，也不用守着新闻部值夜班。这样我就有机会写我自己的书了。"

"真是个好消息。我就知道会有好事上门的。"我们沉默地吃了一会儿。"凯蒂在哪儿？"我假装漫不经心地问了一句。

"在她的房间吧，我想。"他看着我，"有什么不对劲吗？"

在那一刻，我决定暂时不告诉他。

他要专注于明天的面试，不能因为担心我而想着留在家里陪我，也不能因为凯蒂的男朋友可能是个跟踪狂而分心。尽管我的脑子里有个声音反复在说——我不想告诉他是因为我不确定自己是对的，但我并不理睬它。

我听见楼梯上有脚步声，毫无疑问是凯蒂的鞋子走向厨房的声音。她走了进来，眼睛还盯着手机。"嘿，妈，你这么早回来啦。"

我的视线游离在她和西蒙之间；有一只兔子停在路上，一辆车正要驶过来，兔子不知该往哪边躲闪。凯蒂啪的一声打开水壶的开关，冲着她的手机皱眉头。

"有什么事吗，宝贝儿?"

西蒙好奇地盯着我，但一句话也没说。如果他能听出我的声音里有些不安的成分，他肯定要归结于刚刚所发生的事情。格雷厄姆把我打发回家，让我很有"压力"。

"艾萨克应该过来找我了，但他发短信说有点意外。"凯蒂说。她的表情看起来是疑惑，而不是沮丧。她还不习惯被别人放鸽子的，这一点我知道。我恨自己做了那个放鸽子的坏人。

我之前就估计到警察会立马收走艾萨克的手机。我想象警车里或监禁室里的对话可能是这样的：

我要给我的女朋友发个消息。

只能发一条。然后把手机递过去。

或者就像那些经典的桥段一样：艾萨克勾引住了女警官，又和她的男同事称兄道弟。

我确实需要通知一下我的女朋友，让她知道发生了什么，不然她会担心的。你们也看到她的妈了，她这个人情绪不稳定……

"那他说了是什么意外吗?"我问凯蒂。

"没有。应该是演出的事儿吧。他总是忙个不停，我猜可能自己创业的人都得这样吧。可千万别出什么岔子啊，还剩七个小时就要开演了！"她端了一碗方便面上楼了，我把叉子架在碗的边缘。今晚就是首演了。我怎么能忘了呢？万一艾萨克还在警局该怎么办呢？

"不饿吗？"西蒙问。

"对不起。"

我给自己挖了个大坑，现在都不知道该怎么出来。那天下午，我在家里来来回回地走动，不停地给凯蒂端去她不想喝的茶水，时刻准备着她向我宣布她知道艾萨克被我连累进警局的消息。

只是自愿性的面谈，我提醒自己。不是被捕。

但我知道这对于艾萨克或凯蒂来说没多大区别。五点钟的时候，马特上门来接凯蒂去剧院。

"她在拿东西。"我说。马特站在台阶上，我感到一股寒气从敞开的大门溜进来。"我想请你进去的，但是……你知道的，有点尴尬。"

"我到出租车里等她。"

凯蒂跑下楼，边跑边穿外套。她吻了我。

"摔断腿吧①，宝贝儿。他们是这么说的吗？"

"谢谢妈。"

马特驾车离开时，我的手机正好响了。斯威夫特警官的号码在屏幕上闪烁。我拿着电话上楼，在楼梯上还把贾斯汀推开，只匆忙地说了一句"抱歉"。我走到西蒙的办公室，关上门。

凯莉·斯威夫特没有多说什么细节，只是说"我们放他走了"。

"他说了什么？"

"跟他告诉你的一样。他在地铁上看到你，发现你很紧张。他说你不

---

① Break a leg，俚语，意思是祝好运，祝演出成功。

停地往周围看，神经兮兮的样子。"

"他承认跟踪我了吗？"

"他说他本来要去找你的女儿，所以走的是同一条路。当你跑起来的时候，他很担心，就想追上你。"

"那他为什么不过来跟我打招呼？"我质问道，"他在地铁上看到我了，他当时就该过来找我的。"

斯威夫特警官迟疑了。"他好像担心你不喜欢他。"西蒙的电脑屏幕上有张便利贴剥落了，我用拇指把它摁了回去。"我们收缴了他的手机和电脑，柔伊——他很高兴把密码告诉我们——初步看起来，没有什么证据表明他跟网站有联系。网络犯罪小组在接下来的几个小时会深入调查一下。当然，他们一有什么消息，我就马上通知你。"她又停顿了一下，然后语气变得更和缓。"柔伊，我认为他和那个网站没有任何关系。"

"哦，上帝啊，我都干了些什么？"我闭上眼睛，好像这样就能挡住我搅和的一摊子烂事。"我女儿肯定不会原谅我的。"

"艾萨克对这件事情表示理解，"斯威夫特警官说道，"他知道你心理压力很大。我觉得他应该会把这件事情保密的。"

"他不会告诉凯蒂吗？他为什么这么做？"

她哼了一声，大概是有点不屑的意思。"可能他就是个好人吧，柔伊。"

第二天起床的时候，家里很安静。我们的卧室出奇的明亮，我拉开窗帘，看到期待已久的雪花正在飞舞。路面上的雪已经清理干净——车来人往的交通，还有盐粒，让下了一夜的雪消失得无影无踪。但人行道和花园，还有屋顶和停靠的汽车，都披上了两英寸厚的雪被子，多么白净而柔软。雪花从我的窗前飞过，落在房子外面的小径上，把人的脚印也盖住了。

我吻了吻西蒙的嘴唇。"下雪啦!"我悄声说道,像个急于出去玩耍的孩子。他微微一笑,连眼睛都没有睁开,就又把我拉回床上。

我再次从床上起来的时候,雪已经止住了。贾斯汀正在咖啡馆上长班;凯蒂昨夜首演完了,正在补瞌睡。她留了一张字条给我,靠在水壶身上的。

我们全场爆满!艾萨克说是有史以来最好的观众!吻你。

他没有告诉她。我长出了一口气。

我也该跟他谈谈。道个歉。但不是今天。

"你的面试是什么时候?"我问西蒙。

"下午两点。不过我上午就出门,找几本过刊,中午的时候稍微准备下。你不介意吧?你自己一个人在家行吗?"

"行的。凯蒂在家呢。我可以收拾下屋子。"家里乱糟糟的,我们两周前才一起用过的餐桌现在又恢复到凌乱不堪的状态了。昨天晚上我把格雷厄姆给我的发票和收据都倒腾出来了,但如果不先收拾好屋子,我是没办法给他做账的。

西蒙跟我吻别,我祝他好运。我听见他打开前门时吹着口哨,情不自禁地笑了。

大约十一点时,凯蒂走了出来。尽管她的眼睛下面挂着黑眼圈,黑色的眼线也没有完全拭去,她依旧光彩照人。

"演出太棒了,妈。"她接过我递给她的茶杯,尾随我来到餐厅。她拉出来一张椅子,然后坐下,把膝盖抱到胸前。她的脚上套着超大的毛绒靴子。"我连一次提示都不需要,演出结束的时候,真的有人站了起来！我猜应该是艾萨克认识的人，但也无所谓。"

"那挣到钱了吗？"

"肯定能挣到的。我们先得付剧院的租金，票房费用之类的。"我不置一词。我在想艾萨克是否已经吞掉一部分收入。凯蒂突然看着我。

"你为什么不上班？"

"我生病请假了。"

"妈，你怎么不早说？你现在不该干这些。让我来吧。"她跳了起来，将我手上的一堆文件拿走，四处看了看，最后把它们放到餐桌上，它们原来待着的地方。一张收据从餐桌上晃晃悠悠地掉下来，坠落到地上。

"我不是真的生病。格雷厄姆让我休息一段时间。等警察把网站这个破事儿解决了以后。"说它是"破事儿"有点嗤之以鼻的意思，这感觉太好了。依梅丽莎的说法，也算是"天降大任"。收据已经飘到桌子底下了，我俯身去拾。

健怡可乐 £2.95

我分不清这是从哪一堆账本里掉出来的，还是我们自己扔在餐桌上的。

收据是一个叫"Espress Oh!"[①] 的地方开具的。这个咖啡馆的名字真糟糕，我心想。太哗众取宠了，绞尽脑汁地弄个双关语，让人觉得难受，就比如那些为女性理发的地方叫"出色阁"，或者 E16 那个沙拉吧叫"鲜生夺人"。我把收据翻过来，看到手写的数字"0364"，我认不出这笔迹是谁的。或许是个密码？

我把收据放到一旁。"你别管了，宝贝儿。"我对凯蒂说。她一直忙着转移各类纸张，虽然热情有余，但效率不足。"还是我来做比较好。这

---

① 与 Espresso（意式浓缩咖啡）谐音。

样就不会乱了。"我让她说说昨天首演的情况，说说《暂停》杂志上的四星评论，还有他们第二次谢幕的时候她有什么感受。我就一边听着一边将餐桌上的纸张文件分类整理。这个过程让我心里踏实多了，好像我把屋子收拾好了，也能把自己的生活给掌控住了。

要不是格雷厄姆强行要求的话，我可能永远也不会提出休假，在这一点上，我对他充满感激。至少我现在能待在家里，耐心等待警方把案子办好。我再也不想做什么调查了。就让他们来承担风险吧。我就待在这里，一个安全的地方。

二十九

"Espress Oh!"咖啡馆的外观设计并不出彩，而窗户上挂着的所谓"伦敦最好咖啡"的广告牌也因此显得不太靠谱。门稍微有点紧，最后好不容易拉开了，瞬间的冲力差点没让凯莉摔倒。

"监控器。"凯莉指着墙上的贴纸高兴地对尼克说道。贴纸上写着"微笑，你已进入摄像区域"。咖啡馆的室内比外面看起来大多了。有标牌提示客人楼上还有座，一段螺旋式楼梯通到下一层；根据楼梯上往来的人流，凯莉判断下面应该是厕所。室内的噪音分贝很高，几乎盖过了吧台后面银色大咖啡机的嗞嗞声。

"你好，我们想和经理谈一谈。"

"你运气真好？"守在收银台的姑娘是个澳大利亚人，说话的口音听起来总像是在提问。"如果你想要投诉，我们有专门的表格可以填写，好吗？"

"那今天谁是负责人？"凯莉打开了她的警员证，露出警徽。

姑娘没有一点惊慌的样子。她煞有介事地环顾周围：店里只有两个服务生，一个在擦桌子，另一个在往洗碗机里面堆咖啡杯，速度很快，力道也不小，凯莉都很奇怪咖啡杯居然没碎。"我估计我就是负责人了吧？我叫黛娜。"她把双手往围裙上一擦。"杰斯，你来守一会儿收银台？我们要上楼去。"

咖啡馆的二楼满是皮质沙发，虽然看上去很舒服，但真真是又硬又滑，让人不愿意多坐。黛娜用期待的眼神看看尼克，又看看凯莉。"我能帮什么忙吗？"

"你们这里有无线网络吗？"尼克问。

"当然有。你想要密码吗？"

"现在不想，谢谢。客人是免费使用吗？"

黛娜点头。"我们按规定是要定期更换密码的，但从我来一直到现在，密码都没有更换过。熟客喜欢这样。他们不喜欢老是问密码，而且员工也嫌麻烦，你知道的？"

"我们要找一个登录过你们网络几次的人，"凯莉说，"这个人跟一起恶性犯罪有关。"

黛娜的眼睛睁大了。"我们会有什么麻烦吗？"

"我认为你们这里不会有危险，但是我们要尽快找到这个人，这很关键。我进来的时候看到你们有监控器——我们能看一眼吗？"

"当然啦。监控器在经理办公室，从这里过去。"他们跟着姑娘走到房间的另一边。那里有扇门，门上有密码锁，她噼噼啪啪按了几个数字。门的后面是一个小房间，比存放清洁用具的地方稍大一点。一张桌子上摆着一台电脑，一个布满灰尘的打印机，还有一个收纳发票和快递单的托盘。电脑上方的搁架上是一台黑白的监控显示屏。凯莉从画面上认出了吧台，还有闪闪发亮的咖啡机。

"你们有多少台监控器？"凯莉问，"我们能看看其他角度吗？"

"就这一个，你知道的？"黛娜回答道。

他们又仔细看了看，凯莉能看到刚才黛娜叫过来的小伙子杰斯正把一杯热气腾腾的拿铁放到黑色托盘上。而客人只能看到侧脸，在他转身离开之前。"唯一的监控器都是对着收银台的？"凯莉不太相信。

黛娜一下脸红了。"老板以为我们会贪污。我们所有的连锁店都是这样的。去年我们碰到了一个反社会行为的问题，就把监控器挪到了正门的方位。老板简直抓狂了。现在我们也不去碰它了。别惹事就行，对吧？"

尼克和凯莉相互看了几眼，神情严肃。

"我要搜集你们上个月开始录下的监控画面。"凯莉说道。她又转向探长。"监视？"他点点头。

"我们正在调查一宗非常严重的犯罪，"尼克告诉黛娜，"未来几周的时间，我们可能还要增加几台监控器。必须保证你们的客人对此事不知情，也就是说，"他严厉地看着黛娜，"越少员工知道越好。"

黛娜被吓着了。"我不会告诉任何人。"

"谢谢你，你提供了很大的帮助。"凯莉说道。但她的内心充满了沮丧。每当她以为案情有了重大突破，能帮助她找到网站的幕后黑手时，她的希望都会落空。他们可以审查在嫌疑人使用无线网线转移赃款时的监控录像，但画面的 90% 都是对准店员和收银台的，他们几乎无法确定其身份。

他们离开咖啡馆时，凯莉的手机嘟嘟响了。"是柔伊·沃克，"她读着短信，"她暂时在家工作；想告诉我们她的办公电话联系不上她了。"

尼克警告地看了她一眼。"如果她问起来，就说没有什么大的进展，听到了？"

凯莉深吸一口气，尽量保持冷静。"我告诉柔伊怎么进入网站是因为我认为她有权利知道自己的通勤资料被公开了。"

尼克大步走向车子，同时转过头来最后看了她一眼。"你想得太多了，斯威夫特警官。"

回到巴尔弗街，凯莉把存有"Espress Oh!"监控录像的光碟拿给证据科的警官。托尼·布罗德斯泰斯在 CID 和 MIT 干侦探的工作已经二十五年有余了，他喜欢给凯莉一些她根本不想要或者不需要的意见。今天他自告奋勇地要帮忙分析证据链。

"你必须签字表明你把这份证据交给了我，"他用笔在证据标签的签名处上方画了一个圈，"我就签字表明我从你处收到这份证据。"

"知道了。"凯莉点头——她过去九年都一直在搜索证据和为证据签字。"谢谢。"

"因为这些签名就算只少了一个，你都可以在法庭上跟你的案子吻别了。你抓的人再有罪，只要辩方抓到一丝流程上的漏洞，整个案件被推翻的速度比一只过早出炉的舒芙蕾塌掉的速度还要快。"

"凯莉——"

凯莉回过头，看到总督察迪格比向他们走来，身上还穿着长大衣。

"我不知道您在呢，长官，"托尼说，"我以为您还在休之前攒起来的假呢。今天不想打高尔夫了吗？"

"相信我，托尼，我也不想来的。"他看着凯莉，没有一丝笑容。"现在去我的办公室。"他又隔空喊探长，"你也去，尼克。"

凯莉本来以为不用听托尼继续啰唆证据交接的事情，自己可以松一口气了，没想到总督察的脸色这么难看，她的神经瞬间又紧张起来。她快步跟在总督察后面，穿过开阔的大厅，来到他的办公室。他猛地推开门，示意凯莉坐下。凯莉坐下了，一股不祥的预感向她袭来。她努力去想总督察是否有别的理由将她这么粗暴地叫到办公室——而且还是在他休假的时候——但她想来想去也只想到一件事。

达累姆。

她这次可真的完蛋了。

"我可是为你担过大风险的，凯莉。"迪格比之前一直站着，现在开始在这个狭小的办公室里来回走着。凯莉不知是该盯着他看，还是平视前方，就像受审的犯人一样不知所措。"我同意这次借调是因为我对你有信心，因为你说服了我，让我信任你。我为你据理力争啊，凯莉！"

凯莉的心被揪了起来，既是担心又是羞愧。她怎么能这么愚蠢呢？上次就命悬一线，几乎丢掉工作——被她殴打的嫌疑人最后决定放弃追究她的刑事责任，也是因为迪格比找他谈过，劝他不要太过于吸引公众的注意。连纪律听审会都放了她一马，因为迪格比私底下跟警司通过气。纪律听审会报告的最终结论是："考虑家庭因素，酌情处理。"但凯莉心里清楚，欠迪格比的人情仅此一次，下不为例。

"我昨晚接到一个电话。"总督察终于坐了下来，身子靠在硕大的黑橡木办公桌前。"是达累姆警局的警长打来的，他知道我们在调查以前的强奸案，想问我们是否还需要什么帮助。"

凯莉不敢看他的眼睛。在她的左边，她感觉到尼克的目光正注视着她。

"这家伙，搞得我可真是意外啊！我确实快退休了，凯莉，但我总该知道局子里在干些什么工作吧。没有一项工作，"他减慢了语速，一字一顿地说着，"是跟达累姆大学有关的。请你解释一下你到底在做些什么？"

凯莉慢慢抬起头来。此时迪格比的那一股无名之火似乎已经烧光了，他的样子也不如刚开始的时候那么可怕了。但尽管如此，凯莉的声音还是在颤抖，她使劲地吞咽，想稳定下情绪。

"我想问下我姐姐的案子是否有新的进展。"

迪格比摇摇头。"不用我说，你也肯定清楚，你的行为已经造成了严重的违纪。姑且不说你违反《数据保护法案》，有犯罪的嫌疑，光是利用警察职务之便谋取私利这一条就够开除你的了。"

"我清楚，长官。"

"那你为什么还——?"迪格比将双手摊开，露出满脸不解的神情。当他再次开口说话时，语气温和了些。"那你姐姐的案子有什么新进展吗?"

"有点吧。不是我期待的那种进展，长官。"凯莉又吞咽了一下，希望喉咙里的那一团哽噎赶紧消失。"我的姐姐——她撤销了对诉讼的支持。她写了明确的声明，说自己不想知道任何案件的进展情况，不想知道罪犯是否被捕。"

"我猜你之前不知道这个情况?"

凯莉点头。

长久的沉默之后，迪格比又发话了。

"我想我已经知道问题的答案了，但我必须问一句:你到其他部门调查的时候，是否有什么专业方面的需求?"

"是我让她去的。"尼克说。凯莉转头去看他，努力掩盖自己惊讶的表情。

"是你让凯莉联系达累姆调查一桩跟她姐姐有关的旧案?"

"是的。"

迪格比凝视着尼克。凯莉以为自己从他的眼睛中看到了一丝愉悦，但他的嘴唇紧闭，所以她觉得应该是她看错了。"你能解释下为什么吗?"

"目前已经证实，福尼斯行动所波及的范围比我们预期的要广，长官。梅德斯通强奸案说明犯罪的地点不仅限于 M25;此外，虽然广告是从 9 月份才开始的，但犯罪的时间段尚不清楚。我们正在努力搜集线索，希望找出主要嫌疑人，所以我觉得有必要看看过往的有跟踪史的强奸案件。也许这种犯罪模式在其他城市也发生过。"

"十多年前的案件也行吗?"

"是的，长官。"

迪格比脱下眼镜。他若有所思地看着尼克，又看看凯莉。"你为什么不早点告诉我？"

"我，我不太确定，长官。"

"那我可以认为你没有找到福尼斯行动与达累姆之间的联系吗？"这个问题是抛给凯莉的，但尼克接住了。

"我已经将其排除。"尼克说，完全没有凯莉的犹疑。

"我也这么想的。"迪格比的目光从凯莉的身上挪到尼克的身上，接着又回到凯莉的身上。凯莉屏住了呼吸。"我能否建议我们对相似案件进行的背景调查到此结束？"

"是的，长官。"

"回去工作吧，你们两个。"

他们走到门口时，迪格比叫住凯莉。"还有一件事……"

"长官？"

"犯人也好，警察也好，证人也好，还有受害人……这些人中间有一条共同的线索贯串，凯莉，也就是说，没有两个人是相同的。每一个受害人都有不同的方式来处理所受到的伤害；有些人急于报复，有些人想要讨个公道，有些人希望就此了断，还有些人——"他直视她的双眼，说道，"他们只是想忘掉过去，从头来过。"

凯莉想到了莱克茜，想到了凯茜·唐宁就是一个渴望从头来过的人，她渴望生活在一间只有自己能掌握钥匙的房子。"是的，长官。"

"不要因为受害人想要的结果跟我们的预期不一致而感到沮丧、担忧。他们并没有错。你要把你的干劲，你的出类拔萃的才华都放在这整件案子上。现在，一个要为多起强奸、谋杀和十多名女性被跟踪的案件负责的连环罪犯还在逍遥法外，你要把这个人抓捕归案。"

人一旦粗心大意就会被抓着。

你在对 www. findtheone. com 进行数字追踪的时候不会发现我的名字——我都是借用别人的名字，从钱包或者外衣口袋里借来的。

詹姆斯·斯坦福根本不知道他在老格洛斯特路有个邮箱，也不知道他在用一张信用卡支付《伦敦宪报》上的广告费用。麦索立这个中国学生，不过是为了换取一点回家的路费，就把自己的银行账户拱手相让了。

但说到收据这件事，那就是粗心大意了。

本来要记一个门锁密码的，就顺手抓了一个纸头，也从来没想到过这个纸头会把整个计划给毁了。我现在想起这张收据的时候——想到自己的粗心大意——我就痛心疾首。真是蠢到家了。没有这张收据的话，一切就完美了。无迹可寻。

不过一切还没有结束。任何走投无路的人都只有一件事可做。

抗争到底。

三十

午饭时分，餐桌又变得整洁，家里似乎又有了些条理。我坐在餐桌旁，细心地整理着格雷厄姆的账务。我发现这样不慌不忙地把一笔笔出租车费用和午餐费用录入账目，竟然还有点享受的感觉。我的手机嘟嘟响了，是一条斯威夫特警官回复的短信。

抱歉没有及时联系。最新进展——我待会电话。我们相信嫌疑人在莱斯特广场附近的"Espress Oh!"咖啡馆运作网站——调查还在继续。卢克·哈里斯还在保释中——我会告诉你 CPS 的说法。在家里工作是个好办法。你自己保重。

我将短信读了两遍。然后我把装各种票据的文件夹从桌子上拿起，找出"Espress Oh!"的那张收据。我看了看写在背后的数字，又想找找收据的日期。底部的墨迹已经花了，我实在看不清。它放在这里有多长时间了？房子里并不冷，但我在发抖，拿收据的手不停颤动。我走进了厨房。

"凯蒂？"

"呃？"

她正在操作台上给面包涂黄油，但没有用盘子。她连忙把碎屑抹到手里，然后倒进水槽。"对不起。"她看到我过来了。"只有一点点碎屑而已，妈。"

我把收据拿给她看。"你去过这个地方吗?"我有点头晕,似乎是太急于浮出水面透一口气了。我都能感觉到自己的脉搏跳动;每跳一下我就数一下,希望它能慢下来。

凯蒂皱皱眉头。"没去过。在哪儿?"

"莱斯特广场附近。"人在面临危险时,他的身体应该进入一种要么逃避要么抗争的状态。但我的身体根本不是这样的。它变得僵硬,想要逃却没办法挪动。

"噢,我想起来了!至少我记得是这个。我没有去过,但我路过过。你怎么问起它来了?"

我不想吓着凯蒂。我冷静地把斯威夫特警官的邮件告诉了她,装作一副没什么大不了的样子。但我耳朵里的鸣响越发厉害了。这不可能是巧合。我很清楚。

"不就是张收据嘛。不一定就是经营网站的人的,是不?"她的眼睛在我的脸上搜索着,想要读我的心思,估计我担心的程度。

是的。

"不,当然不是了。"

"这收据谁都可能有,外衣口袋啦,旧的塑料袋啦,哪儿都有可能冒出来。"我们两个人都想把它当作一个无关紧要的物件。一只落单的袜子。一只走失的猫。任何东西都行,只是不要把我们家跟一个疯子联系起来就行。"我总是把收据留在口袋里。"

我希望她是对的。我想起自己经常从水槽下面的柜子里抽出一条购物袋,然后发现里面还有以前购物时留下的收据。

我希望她是对的,但我脖子上的阵阵刺痛告诉我——收据出现在我们家唯一的可能就是有人将它带了进来。

"是有点巧合了,你不觉得吗?"我勉强挤出一个笑容,但它崩解、变形成另外的毫不相干的东西。

恐惧。

我的脑子里有一个声音，但我不愿意去听；一股恐惧感逐渐笼罩了我，它告诉我答案就在我的眼前。

"我们应该理智地思考下这个问题，"是凯蒂的声音，"最近都有谁进过这个家门？"

"你，我，贾斯汀，还有西蒙，"我回答说，"这是自然。另外还有梅丽莎和尼尔。我昨晚放到桌子上一叠纸件，收据和发票之类的，都是格雷厄姆·哈罗的。"

"原因可能是这个吗？"

"有可能。"我想到格雷厄姆办公桌上的一沓《伦敦宪报》，还记得他当时给出的解释简直无懈可击。"但他最近确实很关心我，还给我休假。我不觉得他像是干这些事的人呢。"一个想法钻进了我的脑子。警方也许还没有找到针对艾萨克的证据，但并不意味着没有证据可寻。"我们上个月周日聚餐的时候收拾过这张桌子。当时艾萨克在场。"

凯蒂大张着嘴。"你什么意思？"

我耸了耸肩，不觉得这个推理有什么说服力，即使是站在我的角度。"我没什么意思。我只是把最近来过家里的人给一一列出来。"

"你不会觉得艾萨克跟这件事有关吧？妈，你遇到这些麻烦的时候，我都还没有认识他呢——你自己说过广告是从九月份开始的。"

"他给你拍了张照，凯蒂。你自己都不知道。你不觉得有点诡异吗？"

"他发给另外一个演员了呀！不是拿去放到网站上。"她冲我嚷了起来，既是委屈又是愤怒。

"你怎么知道？"我嚷了回去。

接着我俩都沉默了，都在检讨自己。

"反正收据谁都有可能拿回来。"凯蒂固执地说。

"那我们就该搜一搜这房子。"我说。她点头。

"先搜贾斯汀的房间。"

"贾斯汀？你该不会以为……"我看着她的脸。"好吧。"

贾斯汀还很小的时候就喜欢电脑胜过书本。我曾经很担心自己做错了，不该让他看那么多电视，但凯蒂又长大了，成了一个书迷，我才发觉他们原本是两个不同的孩子。他们小的时候，我们家连一台电脑也没有，但 ICT①是贾斯汀唯一愿意到学校去听的课程。他央求马特和我给他买台电脑，我们买不起，他就省下自己的零花钱来买各种零配件。这些东西都是用厚信封装着寄到家里的，然后到了他的床底下，跟米卡诺、乐高②囤在一起。他从图书馆下载了电脑组装的指导书，然后亲自组装了自己的第一台电脑。随着时间的推移，他慢慢扩大了电脑的内存，增加了一块容量更大的硬盘，又添置了一枚效果更佳的显卡。贾斯汀十二岁时掌握的有关电脑和网络的知识比我三十岁时所掌握的还要多。

我记得有一天放学后，他还没来得及冲上楼玩网络游戏就被我拦下，好好地说教了一番。我想告诫他沉湎网络的危险性，告诫他那些跟他聊得火热的网友也许根本不是十几岁的少年，而是五十几岁的正在键盘前流着哈喇子的色狼。

"我这么聪明，恋童癖唬不了我。"他哈哈笑着，"他们不可能骗到我。"

结果我应该是被他打动了。有这么一个见多识广的儿子，比我这个老妈对技术要精通得多得多的儿子，我感觉很骄傲。

---

① 即 Information and Communication Technology，信息通信技术。
② Meccano，Lego 均为儿童组合玩具品牌。

这么多年下来，我一直是担心贾斯汀成为网络犯罪的受害人，就根本没想过他自己就在进行网络犯罪。他不可能，我立刻坚定了这个信念。我就是有这种直觉。

贾斯汀的房间有股烟味和臭袜子的味道。床上放着一叠刚洗好的衣服，那是我昨天放上去的。原本折叠整齐的衣服现在往一侧倾斜了，贾斯汀睡觉的时候都懒得将它们挪开，他睡下去的地方衣服就散了。我打开窗帘让光线进来，然后发现房间里有六只马克杯，其中三只做了贾斯汀的烟灰缸。一根卷得很别致的大麻烟躺在一个打火机旁。

"你检查他的抽屉。"我告诉凯蒂，她正站在门口。但她没有行动起来。"赶紧啊！我们不知道有多少时间。"我坐在床上，打开贾斯汀的笔记本电脑。

"妈，这么做有问题。"

"那经营网站，把女性的通勤资料卖给那些变态就没问题了？"

"他不会这么干的。"

"我也觉得。但我们必须确认下。搜查下他的房间。"

"我都不知道该找什么。"凯蒂嘴上说着，双手却拉开了衣柜门，开始翻找他的衣物。

"看有没有更多的'Espress Oh！'的收据，"我想找出点能证明有罪的东西，"女性的照片，通勤信息……"贾斯汀的笔记本电脑需要输入密码。我望着屏幕，而他的用户名 Game8oy＿94 也望着我，用户名的旁边是贾斯汀手掌的小图标，图标指向摄像头的方向。

"现金？"凯蒂说。

"肯定的。只要是异常的东西。贾斯汀的密码是多少？"我试了他的出生日期，屏幕显示**拒绝访问：剩余两次机会。**

"现金。"凯蒂又说了一次，我才意识到她不是在问我。我抬起头。

她手里拿着一只信封，跟贾斯汀给我的房租装的信封一模一样。信封里面满是二十英镑、十英镑的钞票，都快被撑破了。"他从咖啡馆拿的工资，你觉得呢？"

凯蒂不知道梅丽莎采取的逃税策略。不管她是否在意这个逃税的问题，我都不打算告诉她。知道的人越多，HMRC 找上门的概率就越高，梅丽莎和我都不希望惹这样的麻烦。

"我猜是吧，"我模棱两可地回答，"把它放回去。"

我又试了一次贾斯汀的密码，这次是把我们家的地址跟他第一只宠物的名字结合在一起。那宠物是一只叫杰拉尔德的小沙鼠，它逃了出来，在我们家卫生间的地板下面住了几个月。

"拒绝访问：剩余一次机会。"

我不敢再试了。"衣柜里还有别的东西吗？"

"反正我是没找到。"凯蒂挪到五斗橱前，把每个抽屉拉开，然后熟练地拿一只手在抽屉底下摸索，看是否有什么东西被胶带粘在那儿了。她又开始摸索他的衣物，我关上了笔记本电脑，放回了我记得的原来的位置。"电脑怎么样呢？"

"我登录不进去。"

"妈——"凯蒂说话的时候没有看我，"你知道收据有可能是西蒙的。"

我脱口而出，"不是西蒙的。"

"你怎么能确定呢？"

"我确定。"我的生活中还没有哪件事比这次更加确定过。"西蒙爱我，他不可能伤害我。"

凯蒂砰的一声将抽屉关上，吓得我跳起来。"你都把矛头对准艾萨克了，却想都不去想一下西蒙有可能被卷进去？"

"你才认识艾萨克几分钟啊。"

"就是为了体现公平啊，妈。如果我们检查了贾斯汀的东西，又指责了艾萨克，那同样该考虑西蒙的。我们应该搜他的房间。"

"我不会搜西蒙的房间，凯蒂！不然我怎么指望他还信任我？"

"听着，我又不是说他真的被卷进去了。也没有说那张收据是他的。但一切都有可能。"我摇了摇头。她举起双手，"妈，一切都有可能！至少得考虑下这种可能。"

"那我们就等他回家，然后一起上去。"

凯蒂不依不饶，"不行，妈，就现在了。"

通往阁楼的楼道很逼仄，二楼平台上的那扇门又让人觉得门后不过是个储物间，或者浴室、小的卧室之类的。在西蒙搬来之前，我把它当作了一个避难所——虽然装修不怎么样，但我把垫子堆起来，每次想从单身母亲的烦恼中脱离出来的时候，我就把门关了，进去躺上半个小时。我曾经很享受它的隐蔽。但现在它让我感觉危险，每上一步楼梯，我就离开放的空间远一步，离安全远一步。

"要是西蒙回来怎么办？"我说。西蒙和我之间并没有什么秘密可言，但我们都是成年人，我们始终认同彼此应该有点私人的空间。我们自己的生活。我无法想象若是他看到凯蒂和我偷偷摸摸地去他的办公室，他会做出何种反应。

"我们又不是干坏事。他不知道我们发现了收据。我们必须保持冷静！"

可冷静跟我差得有十万八千里。

"我们假装去拿圣诞节的装饰。"我突然说道。

"什么？"

"如果他回家，问我们在做什么。我们就说上来拿圣诞节的装饰。"

"行，好的。"凯蒂并不感兴趣，但我感觉好多了，有个现成的借口。

楼梯尽头的门砰的一声关上，吓了我一跳。家里的门就只有它会自动关上，因为防火的规定要求它使用自动闭门装置。西蒙曾想过把装置卸掉，他说他喜欢门开着，这样能听见楼下的动静，感受到生活的气息。但我坚持要把装置留下，担心有火灾，担心有任何可能威胁到我家庭的东西。

长久以来，难道真正的威胁就在我们眼前吗？

生活在这房子里？

我感到一阵恶心，但我尽力克制住，想从我的 19 岁女儿那里获取一些力量。凯蒂站在阁楼的中央，缓慢地、认真地审视着周围。墙上没有东西。墙面都是从屋顶向地面以一定角度倾斜下来的，因此整间阁楼只有中间一条狭长的地带是可以直起身子站立的。冬日的阳光从唯一的一扇威卢克斯天窗透进来，微弱无比，于是我打开了主灯。

"你看。"凯蒂指着文件柜说。西蒙的三星平板电脑就放在文件柜上。她拿来给我，动作果断，甚至是干净利落。我真希望自己早点看透她的心思。

"凯蒂，"我说，"你真的认为西蒙有能力——"我话没说完。

"我不知道，妈。你看看搜索历史呗。"

我打开保护套，输入西蒙的密码，再打开浏览器。"我怎么看他的浏览记录呢？"

凯蒂从我身后指导我。"点击那里，"她指了指，"这样就能弹出一个浏览列表，还有他的搜索历史。"

我长舒了一口气。没有什么特别的。不过是些新闻网站，假期预订之类的。有一个情人节的周末假期。我真搞不懂，西蒙已经负债累了，怎么还有心思去度假呢。也许是过过眼瘾吧，我猜的话，就像我以前经常浏览房地产网站，看看那些上百万英镑的房子，尽管我从不指望能买得起。

凯蒂又在检查文件柜的抽屉了。她抽出一页纸。"妈，"她缓缓说道，"他根本没说实话。"

恶心的感觉又冲到我的胃里。

"亲爱的桑顿先生，"她读着那页纸，"鉴于您近期与人力资源部的面谈结果，现正式通知您公司将解除与您的劳动关系。"她看着我，说道，"落款日期是 8 月 1 日。"

我立马松了一口气。

"我知道解雇的事情。很抱歉没有告诉你。我自己也是几周之前才发现的。"

"你知道？他是因为这个才开始在家工作的吗？"我点头。"之前呢？从 8 月开始，我的意思是。他每天都穿着西装出门——"

我很想替西蒙保守秘密，不想说他那段时间在假装上班，对所有人撒谎，但我不需要这么做。因为我能从凯蒂的脸上看出来，她已经心里有数了。

"你自己都不太确定，是吧？"她说道，"你不知道他在干什么——他真正地在做些什么。你只知道他嘴上跟你说的。天知道他是不是在地铁站跟踪女人。给她们拍照，还把资料上传到网上。"

"我相信西蒙。"这句话听起来很空洞，哪怕是对我而言。

她开始搜查文件柜，文件扔了一地。最上面的抽屉是西蒙的文件，劳动合同、人寿保险，等等。我没看过里面的东西。中间的抽屉我用来保管所有跟房子相关的文件，房屋及室内物品保险，我的抵押贷款报告书，还有我们现在站着的阁楼的改造许可书。另外一个抽屉放着孩子们的出生证，我的离婚证，还有我们的护照。第三个抽屉就是一些旧的银行对账单，我不知道怎么处理它们，只好随手扔进去。

"检查下书桌。"她对我下发命令，就像我让她搜查贾斯汀的房间一样。她嫌每份文件都挨着看麻烦，干脆将文件柜的抽屉拉出来，一股脑地倒在地上，然后一只手把乱七八糟的东西搅和开，一样样地露出脸。"肯定能找到什么的，我相信。"

我的女儿不仅强壮，还很坚决。

"这一点她就是像你。"马特以前总是这么说，当凯蒂坚决不吃我用汤匙喂过去的食物时，当她坚持要迈着不太稳当的步子走路去商店时。回忆令人心痛，我想摇醒我自己。我才是大人，我才是那个强壮的人。这是我的错。我被西蒙诱惑住了，被他的关心和慷慨蒙蔽了。

我需要答案，现在就需要。

我打开了书桌的第一只抽屉，把东西倒在地上，每一份文件都去摇几下，怕万一有什么重要的东西夹在里面了，虽然那些文件表面上看起来平淡无奇。我触碰到凯蒂的目光，她冲我郑重地点点头。

"这只抽屉锁住了。"我拉了拉把手。"我不知道钥匙在哪儿。"

"你能强行打开吗？"

"我正在试。"我一只手按住书桌的桌面，另一只手猛拽抽屉的把手。抽屉巍然不动。我的眼睛在杂乱不堪的书桌上搜索，想找出钥匙的藏身之所。我打翻了一只笔筒，发现了一些回形针和铅笔的刨花。我想起凯蒂是如何搜贾斯汀的五斗橱的，于是学着她的样子去摸书桌的底部，看有没有钥匙用胶带贴在上面，再检查所有被打开的抽屉的底部。

一无所获。

"我们必须把锁撬开。"我的内心实际没有我说的这般理直气壮，我这辈子都没有撬过锁。我从地上拾起一把锋利的剪刀，它也是从某个抽屉里滚落出来的。我把锋刃插进锁孔，完全不讲求任何方式方法地上下左右地拧，同时又拽抽屉的把手。抽屉响起一点嘎吱嘎吱的声音，突然就打开了。我兴奋地扔下剪刀。

我希望抽屉是空的。我希望里面不过是几枚沾满灰尘的回形针和一个破铅笔头。我希望它向凯蒂证明，向我证明，西蒙与那个网站无关。

然而它并非空的。

一沓纸页，从螺旋记事本上撕下来的纸页，静静地躺在抽屉的一侧。第一页的开头写着"格蕾丝·萨瑟德"，下面是几条要点。

36

已婚?

伦敦桥

我把纸页拿起来，翻开第二页。

艾利克斯·格兰特

52

灰头发，波波头。瘦削。穿牛仔裤很漂亮。

我感觉自己快晕倒了。我清楚地记得，当我为广告担惊受怕的时候，他是如何安慰我，晚上又带我出去吃饭。

一个盗用身份的人，这才是真相。

"你发现什么了，妈?"凯蒂走了过来。我把纸页翻过来，但太迟了，她已经看到了。"噢，我的上帝——"

抽屉里还有别的东西。是我送给西蒙的第一份圣诞节礼物，"鼹鼠皮"笔记本。我把它拿在手里，手指摩挲着柔软的皮革封面。

前面几页的内容没什么意思。写了一半的句子；画了下画线的词汇；箭头从一个人名方框指向另一个人名方框。我快速地翻看着，突然就看到一个图表。图表的中心写着"如何?"，外面还罩了一片手绘的云。云的周围又是几个单词，每个单词又罩了一片云。

刺伤

强奸

窒息

笔记本从我的手中滑落到抽屉里，发出一声闷响。我听到凯蒂哽咽的抽泣声，转身去安抚她。但我还没来得及说一句话，我就听到一个熟悉的声音。我僵住了，看着凯蒂，她的表情告诉我她也听到了。

是楼梯下面传来的门自动关上的声音。

三十一

"咖啡。"

"不，谢谢。"凯莉一天都没有吃东西，但她还是不觉得饿。迪格比训完她以后又逗留了半个小时才走。一个快退休的总督察，又攒了那么多的假期，就该工作完以后继续享受的。他没有再跟凯莉说话，只是出门的时候在尼克的办公桌前停了一下，跟他耳语了几句。凯莉断定是在说她的事情。

"不是跟你建议，"尼克说，"拿起你的外套，我们到马路对面去。"

巴尔弗街上的星巴克以外带为主，没什么座位，但玻璃窗前面有两张舒适的高脚凳。趁尼克去买饮品的时间，凯莉赶紧占用了这两张凳子。凯莉点了一杯热巧克力，因为她突然想喝点甜的东西抚慰下自己。等东西上来时，她发现上面漂浮着奶油，撒了几点巧克力，卖相糟糕得仅次于尼克的白咖啡。

"谢谢。"凯莉先开口了。她没有等到尼克开口。

"下次就你去买了。"他说。

"我是谢你帮我解了围。"

"我知道你的意思。"他严肃地看着她，"提醒一句，如果你以后再犯浑，再搞砸，或者因为别的什么需要解围的话，请提前告诉我一声。别等进了总督察的办公室再说。"

"我确实很抱歉。"

"那是自然。"

"也很感激。我都没想过你会帮我。"

尼克喝了一口咖啡。他咧嘴笑了。"老实说，我自己也没想到。但我不能眼睁睁地看着跟我合作的一名最优秀的探员"——凯莉低头看她的热巧克力，偷偷乐着——"为了一点蠢到家的小事，竟然利用职务之便谋取私利，而被解雇。不过话说回来，你到底做了些什么?"

凯莉刚因为尼克的表扬而脸红心跳的，这下子又乐不起来了。

"我想你至少该给我一个解释吧。"

凯莉舀了一些热奶油送进嘴里，感觉它在舌尖融化。她在脑子里把该说的话都掂量了一番，这才开口。"我的姐姐在达累姆大学上一年级的时候被强奸了。"

"这我知道了。施暴者一直没有被抓到?"

"一直没有。这件事发生以前有很多可疑的征兆。莱克茜在她的信件格子里发现几张卡片，都是吩咐她穿什么衣服的，而这些衣服正好是她衣柜里有的。还有一次她的门口被人丢了一只死金翅雀。"

"她报案了吗?"

凯莉点头。"警察不感兴趣。就算她说有人在跟踪她，他们也只是说做做笔录。一个周四的晚上，她下课晚了，没人跟她走同一条路回宿舍，她只好一个人走。事情发生的那天晚上，她正跟我通电话。她打给我是因为她很紧张，她说她又听见身后有脚步声。"

"你怎么处理的?"

凯莉的眼睛因为流泪的冲动而刺痛得慌。她用力吞咽着。"我告诉她那是她想象出来的。"此时她的耳畔又响起莱克茜的声音，喘着粗气，正走在回宿舍的路上。

"我身后有人，凯莉，我发誓。就跟上周一样。"

"莱克茜，达累姆有一万七千学生，肯定有人在你身后啊。"

"不一样的。他们躲躲闪闪，不想被发现。"莱克茜说得又急又小声，凯莉要竖起耳朵才听得清。"我刚才回头看的时候，没有人在走，但他们肯定在的，我确定。"

"你都把自己弄神经了。等你到家了就给我打个电话，好吗？"

凯莉记得当时自己正准备出门。她梳头的时候把音乐声调大了；床头堆满了不穿的衣服，她又把一件不合适的裙子给扔上去。她根本没发觉莱克茜没打电话过来，直到手机里来了一通陌生的电话。

"凯莉·斯威夫特？我是达累姆警局的巴罗一格林特警官。你的姐姐现在跟我一起的。"

"这不是你的错。"尼克温柔地说。凯莉摇摇头。

"如果我一直跟她通电话，那个人就不可能侵犯她。"

"你又不知道。"

"如果他下手了，我就能听见，我就可以马上报警。莱克茜是事发两个小时后才被发现的。她被打得鼻青脸肿，连眼睛都睁不开。那个时候，施暴者早跑了。"

尼克没有反驳她。他把碟子里的咖啡杯转了一下，杯柄冲着自己，然后拿两只手握住杯子。"莱克茜为了这事责怪过你吗？"

"我不知道。她应该怪我的。"

"你没有问过她？"

"她不愿意说。每次我要说她都不高兴。我以为这事要影响她几个月，甚至是一辈子。但她好像就此画了条红线一样。她认识她丈夫的时候，她让他坐下来，然后说'有些事你必须知道'，接着就把整件事告诉了他，又让他保证从此不再提起。"

"她很坚强。"

"你觉得是坚强？我不觉得这是健康的做法。受到创伤以后不应该假装什么事都没有发生一样。"

"你的意思是，这不是你自己处理创伤的办法。"尼克说。

凯莉正色看他。"这不是我不我的问题。"

尼克大口喝咖啡，把杯子小心翼翼地放到碟子里，然后看着凯莉的眼睛。"当然了。"

他们返回办公室的时候，凯莉的手机响了。她跑到楼梯口，避开MIT办公室的嘈杂。是克雷格从监控中心打来的。

"凯莉，你今天看了BTP的内部简报没？"

她没看。她就是不看BTP每天的发函，光是处理MIT的邮件往来就够她累的了。

"监控室出问题了。我想起你那天跟我说的在MIT的调查，觉得应该跟你说一声。"

"被偷了？"

"更糟。被黑了。"

"我以为监控室不可能被黑呢。"

"没什么不可能的，凯莉，你应该清楚。系统几周前就开始慢下来，我们找了个工程师，他来检查的时候发现了一个恶意软件。我们本来是有一道防火墙，要从网络上攻击几乎是不可能的，但没办法阻止有人把病毒直接导入系统。"

"那就是内鬼干的？"

"今天上午所有的员工被主管审问了，有一个清洁工交代了。说有人贿赂她，让她把一支U盘带进来插到主机上。当然了，她还一个劲说她根本不知道自己在做什么。"

"谁贿赂她的?"

"她不知道姓名,又凑巧不记得他的长相。她说是在一天上班的路上来找到她的,然后给了她比她一个月工资还多的钱,就只干几分钟的活。"

"攻击的程度如何呢?"

"病毒引入了一个程序跟主机对话,然后复制了整个系统。他们不能控制摄像头的方向,但至少,我们的监控室能看到的画面,黑客都能看到。"

"我的天。"

"这跟你手头的案子有关么?"

"很有可能。"克雷格是她工作上的好伙伴,可万一她多透露了一点消息的话,他不一定能管住嘴。她再也不想挨骂了,虽然说她确信这两件案子肯定是有关联的。

"我们的嫌疑人正在利用伦敦地铁的摄像头跟踪女性。"凯莉走进办公室大声说道。尼克正在跟露辛达谈话,她打断了他们,把克雷格的电话内容告诉了他们。"BTP 的网络犯罪调查组正在现场,他们确认了病毒程序,但要清除它可没那么容易。"

"不能直接关闭整个系统吗?"露辛达问。

"可以关闭,但这样一来,整座城市都可能受到威胁,而不是——"

"而不是几个妇女受到威胁的问题。"尼克补充道,"我们现在是两难了。"他站起来,整个身体都充满了能量,凯莉意识到是调查工作的快节奏为他注入了无比的活力。"好吧,我们需要你联系的监控人员为我们做一份报告;还要把那个清洁工抓捕起来,罪名是未经授权且带有犯罪意图地接触电脑系统。"他环顾四周，想找到做记录的人。而这个人已经坐在电脑前，把刚才的指示都输入进去了。"再就是把安德鲁·罗宾逊叫过来。我要知道那条监控线路被拷贝到哪儿去了，立刻马上就要知道。"

三十二

一切都来不及了，我们只能站在原地，等着西蒙爬上楼梯。

我想抓凯蒂的手，却发现她已经把手伸了过来。我紧紧捏她的手，她又捏我的。这是她小的时候走路去学校我们经常做的。我捏一次，她也捏一次；她捏两次，我也捏两次。类似于母亲与孩子之间的摩斯密码。

"捏三次代表'我爱你'。"她曾告诉我。

我现在就捏了她三次，不知道她是否还记得起来，木头楼梯上的脚步声也让我无暇顾及。但很快，凯蒂回应了我，我的眼睛有一股温润和酸楚。

从平台上来总共有十三级楼梯。

脚步声一步步逼近，我默默地倒数。十一，十，九。

我的手在凯蒂的手心里变得潮乎乎的，我的心跳快到几乎分辨不出频率。她紧紧捏住我的手指，捏得有点疼，但我不介意，因为我也是这么捏她的手。

五，四，三……

"我用了我的钥匙，我希望你不要介意。"

"梅丽莎!"

"我的上帝，你差点把我们的心脏病给吓出来。"凯蒂和我都如释重负，放纵地大笑起来。

梅丽莎莫名其妙地看着我们。"你俩这是怎么了？我打电话给你的公司，你老板说你休病假了，我就顺便过来看看你怎么样了，结果敲门也没人答应，我担心死了。"

"我们没听见。我们在——"凯蒂戛然而止。她看看我，不知什么当讲，什么不当讲。

"我们在找证据。"我告诉了梅丽莎。此时我人突然清醒过来，一屁股坐到西蒙书桌边上的椅子上。"说起来很荒唐，但西蒙好像就是那个把女性的通勤资料上传到网络的人，其中包括我的资料。"

"西蒙？"梅丽莎的脸上露出疑惑和惊讶的表情，我知道我自己脸上也是这副表情。"你确定吗？"

我提到了"Espress Oh!"的收据，提到了凯莉·斯威夫特警官的短信。"西蒙八月就失业了——就在广告开始刊登之前。他之前跟我撒谎了。"

"那你们跑到这里来做什么？西蒙现在人在哪里？"

"他在奥林匹亚有面试。我不确定时间，他好像说过是下午早些时候。"

梅丽莎看了看手表。"他随时可能回来。到我家里来吧，我们可以报警。你之前有过感觉吗？我是说，发觉凶手竟然是西蒙！"我感觉我的心跳再次加速；我的胸膛在颤动，耳朵里嗡嗡直响。我突然就鬼使神差地认为我们别无选择了，认为我们待在这阁楼上的分分秒秒都有可能把西蒙给等回来。一旦他知道自己败露了，他会怎么做呢？我想到塔尼娅·贝克特和劳拉·基恩，这两个女人因为他那恶心的网络帝国成了可怜的牺牲品。对他来说，再加上三个又何妨呢？我站起来，抓住凯蒂的胳膊。"梅丽莎是对的，我们得离开这儿。"

"贾斯汀在哪儿？"恐惧攫住了我。我希望我的家人聚在一起，我要确保两个孩子的安全。如果西蒙知道我们发现了他的劣迹，天晓得他会干出什么事来。

"放心，他在咖啡馆里，"梅丽莎说，"我刚从那儿过来。"

但我很快又担心起来。"他不能待在那儿——西蒙肯定会想到去那儿找他的。得另外找人顶替他。"

梅丽莎的头脑迅速转到业务上去了。她让我感觉像一个救火队员，遇到大灾大难的时候，她总能提供具体的帮助，说些安慰的话。"那我打电话给他，让他把店子关了。"

"你确定吗？他有可能——"

梅丽莎用双手捧起我的脸，再把她自己的脸凑过来，迫使我去倾听她说的每一个字。"我们必须离开这儿，柔伊，你明白吗？我们不知道还剩多少时间了。"

于是我们三个人噼里啪啦地跑到二楼的楼梯平台，再继续冲到一楼底下，气都没喘一下。到了门厅，凯蒂和我取下栏杆上挂着的外套。我四处找我的挎包，但梅丽莎阻止了我。

"没时间了。等你和凯蒂到了隔壁躲起来，我再过来找吧。"

我们把前门带上，连锁也没来得及锁，就匆匆赶到隔壁，从梅丽莎家的花园大门进去了。她开了房门，领着我们走到厨房的位置。

"我们应该把房子锁起来。"凯蒂说道。她的目光在梅丽莎和我之间来回扫视，脸上写满了惊惧。她的下嘴唇还打着颤。

"西蒙不会想到来这儿的，宝贝儿，他都不知道我们在这儿。"

"他要是发现我们不在家，肯定会来这儿找的。把门锁起来，求你了！"她几乎快哭出来了。

"我觉得她说得对。"梅丽莎说。她给前门上了两道锁。而我听到锁舌弹出的声音，心里也更放心了些，尽管我刚才还在说西蒙不会找过来。

"还有后门呢？"凯蒂问。看着她浑身发抖的样子，我心中充满了愤怒。该死的西蒙怎么能让我的女儿吓成这样？

"后门平时都关上的。尼尔总是担心有贼进来——他都不愿意把钥匙放在从花园里能看到的地方。"梅丽莎用一只胳膊搂住凯蒂。"我向你保证，亲爱的，你现在安全了。尼尔这周出差了，你在这里想住多久都可以。不如你去把水壶打开，我来打电话给这个斯威夫特警官，告诉她你们找到收据的事情，好吗？你有她的电话吗？"

我从口袋里拿出手机，解锁，找到凯莉·斯威夫特的号码。我把手机递给梅丽莎。她细细看着。

"我到楼上去信号会好些。等我两分钟。对了，你能帮我冲杯咖啡吗？胶囊就在咖啡机旁边。"

我打开咖啡机——一种最新型的铬合金机器，能起泡牛奶，冲泡卡普奇诺等各式各样的饮品。凯蒂穿过厨房。她透过折叠门往花园里张望，摇了摇门把手。

"锁上了？"

"锁上了。但我很怕，妈。"

我尽量保持一副冷静的语气，以掩饰我内心的翻腾。"他不会到这里来找我们的，亲爱的。斯威夫特警官马上过来跟我们了解情况，然后就找警察把西蒙抓起来。他伤害不到我们。"

我站在咖啡机前，双手平放在操作台上，感觉手掌下面的花岗石台面冰凉、光滑。既然已经离开了家，到了这个安全的地方，我的担心和害怕正慢慢转变为愤怒。我不想让凯蒂觉察到我的愤怒，她整个人都快抓狂了。我回忆起西蒙这几个月对我撒的谎，让我以为他还在上班，回忆起我最初把《伦敦宪报》带回家的时候，他坚持说照片上的人不是我。

我怎么能这么轻易被糊弄了呢?

我想起西蒙说他欠了债。网站的收入肯定远远超出他在《每日电讯报》赚的钱。难怪他都没有另外找份工作——还有什么必要呢?他今天还去复试个什么职位——我都怀疑它根本不存在。在我的想象中,西蒙坐在咖啡馆里,不是为面试做准备,而是在手机上浏览女性的照片,复制他电脑上的通勤资料,然后上传到网站上。

凯蒂简直安静不下来。她在窗户和梅丽莎的白色长餐桌之间来回走动;浮架上精心摆放着的各种物件,她也要去拿起来看看。"小心点,"我告诫她,"那东西可能很贵的。"

楼上传来梅丽莎的声音,她在和斯威夫特警官通话。我听见她问,"她们有危险吗?"我立马大声咳嗽了两声,以转移凯蒂的注意力,免得她太过于紧张。她刚把花瓶放下,又拿起了玻璃的纸镇,大拇指在光滑的表面上滑动。

"求你了,宝贝儿,你让我好紧张啊。"

她放下纸镇,转转悠悠地走到厨房的另一方去了。那里摆着梅丽莎的书桌。

咖啡机上的绿灯亮了,水开了。我按下"开始",看着深色的液体慢慢挤到杯子里。咖啡的气味很浓,让人难以抗拒。我平时很少喝咖啡,但今天我感觉有必要喝上一杯。我又拿出第二枚胶囊。"你想要一杯吗?"我问凯蒂。她没有作声。我回头看到她正在翻开书桌上的什么东西。"宝贝儿,你就别再乱翻梅丽莎的东西了。"我的心里正琢磨着警察什么时候会到,他们是到外面去搜捕西蒙,还是在家里等他回来。

"妈,你得看看这个。"

"看什么?"我听见梅丽莎走到楼梯平台上的脚步声。我把她的咖啡放到身后的中岛上。我往自己的咖啡里加了一粒糖,然后啜了一小口,还真是烫口啊!

"妈!"凯蒂坚持要我过去。我赶到书桌前,想看看她怎么又不安分了。那是一幅伦敦地铁图,我之前来拿梅丽莎的账目的时候看到过。凯蒂把地图摊开了,铺在整个桌面上。各条地铁熟悉的颜色和线路被各种箭头、线条和潦草的笔记给包围起来,结成蛛网一样的。

我目不转睛地看着。凯蒂在抽泣,但我无暇顾及。我在查找一条我记忆里的路线,塔尼娅·贝克特的上班路线。

搭乘北线至高门,然后转43路公交车至克兰利花园。

这条路线以黄色的荧光笔标识,末尾写着一条注释:

已失效。

你在咖啡馆听来很多东西。

我感觉在一间繁忙的咖啡馆上班无异于一个酒保或者理发师的工作。我们从客人的脸上看到他们日常的消磨与周折,又从熟人间的谈话中了解到一星半点。你走了鸿运的时候,大方地为一顿午饭付上几张新崭崭的20磅钞票,或者随意扔上一枚1磅硬币在餐桌上,我们就乐得好处;你背了时,遭了恶口中伤,只点上一杯比平时小杯的咖啡,还摸摸索索地掏出零钱付账,假装没看到柜台上的小费罐子,我们也只能跟着受罪了。

你要想转移大笔的现金时,一间咖啡馆是绝佳的金融洗洁剂。谁会关心客流量如何呢?有看不见的客户在为我们买单。脏钱进来,洗干净了再出去。

时间长了,熟客的口就松了。我们知道了你的秘密,你的志向,你的银行信息。随便点的客人还会泄露隐私。我们的柜台就成了治疗师的沙发。你讲你的,我们听我们的。

这是个理想的环境,可以锁定更多的目标女性,偶尔也能锁定更多的客户。遇到合适的男人，就悄悄地将一张卡片塞进他的外套口袋。只要这个男人够脾气，敢对收银台上的姑娘说些流里流气的评价；只要他穿着体面，够有钱。他肯定会发现口袋里的卡片，然后感觉很有面子，忍不住想要去看上一眼。

这可是一家会员制的俱乐部。有最好的姑娘。

我们提供的服务是全城独一无二的。

而你也是独一无二的。

三十三

梅丽莎站在门厅与厨房之间的过道上。她注意到了凯蒂脸上惊恐的表情，也看到了我手上拿着的地铁图，笑容逐渐从她的脸上消失。此时我多么希望她否认一切，为我手上的证据找一个合理的解释。

可她根本连试也不试一下。她深深地叹口气，似乎感觉我们的行为是恶心透顶的。

"随便乱翻别人的私人物品可是很没礼貌的。"她说道。我当即想道歉，但不得不把话咽了下去。她从厨房走过来，高跟鞋"咔嗒咔嗒"敲打在铺了砖的地面上。她将我手上的地铁图收走。我发觉自己竟然还憋着气，等真正放松下来了，胸口又一阵空虚。我的胸膛像是被人挤压一样的紧得慌。我看着梅丽莎把图纸折叠起来，遇到哪个折痕的方向错了，她还啧啧抱怨，一点也不慌张，毫无惧色。她的镇静让我有些迷惑，我不得不提醒自己证据是确凿无误、无可争辩的。梅丽莎就是网站的幕后主使，也是《伦敦宪报》广告的幕后主使。是她在伦敦四处搜罗女性，又把她们的通勤资料售卖给那些想要跟踪她们的男人。

"为什么?"我问她。她没有回答。

"你最好坐下，"她开口道，手指着那张白色的长餐桌。

"不。"

梅丽莎恼怒地叹口气。"柔伊，你别再添乱了。坐下。"

"你不能把我们留在这儿。"

她干笑了一声，好像在说她现在没什么不能够的。她只挪了几步就走到厨房的操作台，黑色的花岗岩台面上只有一台咖啡机和炉盘旁边的一个刀架。她的手在刀架上空晃了一秒钟，食指默默地玩着点兵点将的游戏，接着她抽出一把六英寸长的带黑色把柄的刀。

"我不能吗？"她说。

我的身子慢慢地沉到离我最近的一把椅子里。我拉住凯蒂的胳膊。过了一会儿，她也拉住我的胳膊。

"你逃不掉的，梅丽莎，"我告诫她，"警察马上就来了。"

"我才不信呢。从你这几周跟我分享的调查进度来看，那些警察就是些草包。"

"但是你跟斯威夫特警官说了我们在哪。她会——"我自己住了嘴，然后才发现梅丽莎的脸上是一副同情的表情。我太傻了。梅丽莎当然没有真正地联系凯莉·斯威夫特。这突然间的醒悟让我感觉像腹部挨了一拳似的，瞬间瘫软在椅子里，浑身无力。警察不会来了。我的警报器又放在家里的挎包里。没人知道我们在这。

"你这个变态，"凯蒂唾弃道，"疯子，变态加疯子。"她的声音里不仅仅是愤怒。我回忆起凯蒂这么多年来在这个厨房里度过的美好时光，烘焙蛋糕、做作业，和梅丽莎无所顾忌地交谈，这样的交谈是哪怕再亲密的母女也无法做到的。我试着去理解她此刻的心情，然后意识到自己的处境已然如此——被人欺骗、利用，受到了背叛。

"我什么都不是。我只是看到了赚钱的生意，抓住了机会而已。"梅丽莎向我们走来；她一只手持刀的姿势很随意，像是正在准备晚饭的样子。

"这根本不是什么生意！"我太生气了，说话都不太顺畅。

"这当然是生意了，还是很成功的生意。网站才建了两周，我就有五十个客户了，每天都还有更多的客户加入进来。"她的语气仿佛在为一家特许经营的机构打广告，在为她的咖啡连锁店招揽加盟商。

她坐到我们的对面。"那些上班族太愚蠢了。你每天都看到他们，对身边的事情不问不管。只管听自己的音乐，盯着自己的手机，读自己的报纸。每天都走同一条路线，坐同一个位置，守在站台上的同一个地方。"

"他们就是去上班的。"我说。

"你每天都看到同样的一拨人。我曾观察过一个女的，她坐在中央线上化妆。我之前看到过她好多次了，她总是走同一条路线。她要等到荷兰公园站，然后拿出化妆包，开始在脸上涂涂抹抹的。先扑粉，再画眼影、睫毛膏、口红。车子快进大理石拱门站的时候，她就把化妆包收起来。我仔细观察她的这一次，我偶然间发现一个男的也在看她，那男人的眼神透露出来的绝不仅仅是欣赏她的脸那么简单。我因此才有了开网站的主意。"

"为什么找上我？"我很奇怪，自己怎么这个时候才想起问这个问题。"为什么把我放到网站上？"

"我需要几个年纪大点的女人。"她耸耸肩，"人的口味是说不准的。"

"可我是你的朋友呀！"我恨自己把话说得这么可怜巴巴的，像是学校里的小女生为了谁跟谁要好而吵架一样。

梅丽莎的嘴角绷紧了。她蓦地站起来，大步走到折叠门那里，望着花园。她等了好几秒钟才开始说话。

"我从没见过像你这么爱抱怨生活的人。"我本以为她会说点别的什么，不小心得罪她的事情，多年以前的旧账，而不是这个。"**我生孩子太早了。**"她模仿我的语调。

"我从来没说过，"我看着凯蒂，"我从来没有后悔生你。生你们两个。"

"你放弃了一个模范丈夫——能挣钱，风趣又肯带孩子的丈夫，找的男朋友也是个模范男朋友。"

"你根本不了解我和马特的婚姻是怎么回事。也不知道我和西蒙的关系如何，说到这个的话。"一提到西蒙，我的心里愧疚难当。我怎么能把他当作网站的幕后主使呢？我想了想笔记本上的名字和各种威胁手段，又质疑了一会儿，然后才明白这些是怎么回事——研究笔记。西蒙正是利用我送他的笔记本来创作小说的，他实现了我的初衷。我欣慰地露出笑容，而梅丽莎正恶狠狠地盯着我。

"对你来说，一切都太容易了，是不，柔伊？但你从来没停止过抱怨。"

"容易？"要不是她手里拿着刀，我真会笑出声来。天窗透下来的光亮在刀刃上反射成一道道彩虹。

"——从你搬到隔壁的那一刻起，你就总是在装可怜。一个单身母亲，拼命挣钱养家，动不动就掉眼泪。"

"当时确实很困难。"我为自己辩护道。而且我这话更多的是说给凯蒂听的。凯蒂伸手过来握住我的手，默默地支持我，让我感到欣慰。

"无论你要求什么我都满足你。钱，工作，帮忙照看孩子。"她转过身来。我听见她的高跟鞋摩擦地板的声音，然后就发现她俯身靠近了我。她的头发落在我的头发上，她的嘴对着我的耳朵悄声说道："你到底给了我什么？"

"我——"我的脑子一片空白。我肯定也做过什么吧？但我什么也想不起来。梅丽莎和尼尔没有孩子，没有宠物需要照顾；他们出去度假的时候，也没有植物需要浇水。但友谊不是仅限于这些的吧？友谊的天平也不是要完全绝对的平衡吧？"你是个嫉妒的人。"我最后说。然而，在如此恶毒的罪行面前，在这样的恐怖事件面前，嫉妒这个词显得如此的苍白无力。

梅丽莎的眼神显得有些不屑。"嫉妒？你吗？"

但这个词已经生了根，让人越想越觉得有道理。

"你觉得你比我更适合做一个母亲。"

"至少更懂得感恩。"她不甘示弱。

"我爱我的孩子们。"我不敢相信她在质疑我的爱。

"你对他们爱理不搭的！他们就是个累赘，只要你烦了，就把他们打包送到我这儿来。是谁教会凯蒂做饭的？是谁帮助贾斯汀远离学校那帮偷东西的孩子的？要不是我，他早就蹲进大牢了！"

"你自己说你愿意照顾他们的。"

"因为他们需要我呀！不然他们怎么办？有个当妈的整天在上班，整天在抱怨，整天都在掉眼泪。"

"这不公平，梅丽莎。"

"这是事实，不论你喜不喜欢。"

凯蒂在我的身边什么都没说。我看看她，发现她浑身发抖，脸上完全没有了血色。梅丽莎直起身子，走到她书桌边上的旋转椅上坐下，并打开了电脑。

"放我们走吧，梅丽莎。"

她大声笑起来。"好了，柔伊，别那么天真啦。你现在知道网站的事情，也知道我干了些什么。我怎么可能轻易放你们走。"

"那就把我们留在这儿！"我喊了一句。我忽然想到有另外一个解决办法。"你走吧，现在就走，把我们关在这里。我们不会知道你去了哪儿，也不会告诉警察你说了些什么。你可以把电脑里的所有信息都删除了!"我的声音很激动。我站了起来,根本不确定自己想要做什么。

"坐下!"

我感觉不到自己的双腿,它们不由自主地往梅丽莎挪动。

"坐下!"

"妈妈!"

一切都发生得太快,我来不及反应。梅丽莎从椅子上跳起来,直冲进我怀里,把我俩都撞倒在地;她骑到我的身上,把我摁住,左手揪住我的头发,迫使我扬起脖子,右手则持刀抵住我的喉咙。

"我可是玩够了,柔伊。"

"放开她!"凯蒂尖叫着,拉扯梅丽莎的外套,还往她的肚子结结实实地踢了一脚。她基本没有理会,我感觉刀刃正紧贴我的皮肤。

"凯蒂,"我气若游丝,"住手。"她犹豫了一下,然后退开。她抖得很厉害,我都能听见她牙齿"咯咯"打战的声音。我的喉咙一阵刺痛。

"妈,你在流血!"

我感觉有湿乎乎的东西顺着我的脖子侧面流下。

"你现在听话了?"

我微微点头,只轻微一动,就又有一股鲜血从脖子上的伤口处沁出。

"很好。"梅丽莎站起来。她拍拍膝盖,从口袋里掏出一张纸巾,小心翼翼地擦拭着刀刃。"现在,坐下。"

我照做了。梅丽莎回到书桌前。她敲打着键盘,屏幕上出现了熟悉的"find the one"网站的背景。梅丽莎输入了用户名和密码,网站就变得不一样了。我意识到她是以管理员的身份登录的。她把窗口最小化,又开了一个新的窗口,快速地敲打了一番键盘。接着我看到了一个地铁站的站台。没什么人,大概有十几个人站着,一个女人带着购物拉杆车坐在椅子上。我一开始以为这画面是一幅照片,但带购物拉杆车的女人站了起来，开始沿着站台行走。

"这是监控画面吗？"

"是的。我没法控制摄像头，只是把影像拷贝了过来。我考虑过安装自己的摄像头，但那样就只能局限于两三条地铁线路。而这种方式能让我们看到整个地铁网络。现在看到的是银禧线。"又是一系列按键的动作，画面转换到另一个站台，有几个人在等车。"我控制不了整个网络，也改变不了摄像头的方向——我只能看到操作员能看到的画面。不过这样操作起来简单多了，而且还更有趣。"

"你什么意思呢？"凯蒂问。

"我在看到网络监控之前从来都不知道那些女人究竟怎么样了。一旦她们的资料被售出，我就必须将她们下架。而且我还要查看她们是否换了工作，或者改变了上班的路线。有时候我要花上几天的时间才发现某个女人竟然是穿了一件新的外套。这对于做生意来说很不方便。有了监控以后，我就能随时找到她们了。也就是说，我能看到她们身上发生的情况。"

她继续在键盘上敲击，然后动作夸张地按了一下回车键。她抬头看我们的时候，一个笑容慢慢在她脸上晕染开来。

"我们现在来玩一个小游戏，怎么样？"

三十四

　　凯莉看着桌子上的电话，又一次鼓足了勇气。她已经试着拨了很多次，但基本都是还没拨通就挂断了，有一次是对方刚接听就挂断了。趁着她还没有再次改变主意，她赶紧拿起电话，拨了号码。听筒就夹在肩膀和耳朵之间，铃声响起了。她的心里七上八下的，既希望电话无人接听，转到语音信箱，又希望有人接听，几句话说完了事。尼克要所有人十分钟以后到简报室集合，如果这次机会放弃了，大概要等很久以后才有机会拨打私人电话了。

　　"喂?"

　　听到莱克茜的声音，凯莉瞬间哑巴了。在她的周围，大家都在准备开简报会，带上笔记本，伏在桌子上最后检查下邮件。凯莉犹豫着要不要挂掉电话。

　　"喂?"又是一声，有点不高兴了。"喂?"

　　"是我。"

　　"哦。你怎么不说话?"

　　"抱歉，线路有问题，我猜的话。你好吗?"此时她的收件箱里收到一封邮件，她用鼠标点开。是探长发来的。我是不是听到茶壶烧开的声音了? 通往简报室的门敞开着，凯莉能看到尼克在用他的黑莓手机。他抬起头，咧嘴笑了，用另外一只手做出喝水的动作。

"挺好的。你呢?"

"也好。"她冲着探长点头,举起一根食指,想示意他她只需要一分钟。可探长已经把脸转开了。

一来一回说了几句客套话之后,凯莉再也忍不住了。

"我打电话给你实际是想祝你明天玩得愉快。"

对方迟疑了一下。"明天?"

"明天不是你的聚会吗? 在达累姆?"她说得兴奋了吗? 凯莉希望如此。不论她有多么讨厌莱克茜回到达累姆,不论她自己有多么不情愿出席这样的聚会,她都必须接受莱克茜一直以来所灌输给她的:这不是她的生活。

"是的。"莱克茜将信将疑地答应着。凯莉也怪不着她。

"好吧,祝你聚会愉快。我估计有些人还是老样子。你二年级的时候同屋的那个女生是谁? 就是那个只吃香肠的女生?"她话赶话地说得很快,无非是想表现得轻松一点,积极一点;她知道最初听到莱克茜说要回达累姆的时候就该这样了。

"是杰玛,我想的话。"

"那就是了。确实怪怪的!"

"妹妹,你怎么了? 你到底打电话来是为了什么?"

"为了说声对不起。因为我干涉你的生活,因为我不满你的决定。"她深吸了一口气。"但最重要的是,因为我那天晚上没有保持和你的通话。"

莱克茜发出一个沉闷的声音,是她喉咙里的哽咽声。"别这样,凯莉,求你了。我并不想——"

莱克茜的声音听起来有些心烦意乱,凯莉几乎不敢往下说了。她恨自己伤害了莱克茜,但她已经等得太久了。"你就听我说吧,我保证说完就再也不会提起来了。"她把莱克茜的沉默当作默许。"我很抱歉挂了你的电话。你受到了惊吓，我却没有陪在你的身边，我每一天都在为这件事后悔难过。"

电话那头一直没有回应，凯莉以为莱克茜已经放下了听筒。但最终她还是开口了。

"这不是你的错，凯莉。"

"可只要我——"

"你挂掉电话不是你的错，我独自一人走进小树林也不是我的错。我不怪你，也不怪警察。"

"他们应该更认真地对待你先前报告的情况。"

"凯莉，我之所以遭到强奸，唯一的原因就是有个男人决心要这么干。我不知道他之前是否有过前科，也不知道他后来是否重犯，不管对与错，我都不去关心。这件事在我的生命中只占据了一个晚上，一个小时而已。我还有许许多多的时间是充满了光明、幸福和欢乐的。"就在此时，凯莉听到电话背景音里有她的两个小侄儿在咯咯笑着，他们毫无顾忌、充满感染力的笑声让凯莉的心旌飘扬了起来。"这根本不是别人的错，凯莉。"

"好的。"凯莉不敢多说，怕自己会突然泪崩。她多么希望此刻她是用手机打给莱克茜的，这样她就不用被电话线拴在办公桌前面，暴露在所有人的视线中。她闭上眼睛，一只手扶在额上。电话那头，费格斯和阿尔菲继续在玩耍，咯咯的笑声中夹杂着几句这个或那个玩具归谁所有的争吵。在凯莉的脑海中，她能看见莱克茜站在厨房里，两个小家伙上完一整天的学校和托儿所之后仍旧精力充沛地打闹，把乐高积木扔得满地都是。莱克茜的生活与过去无关；她只活在当下。凯莉也到了该忘掉过去、面对现实的时候了。她收拾起心情，几乎和莱克茜同时说了一句话。

"你觉得我该穿什么衣服过去?"

"你明天聚会打算穿什么?"

凯莉笑了,她想起以前两人经常在学校里把彼此的话说完。莱克茜还口口声声说她们有双胞胎的特异功能,但其实只是因为她们在一起的时间太久了,成了最知心的朋友。

"我必须得挂了,"凯莉说道。她看见尼克又在重复刚才的喝咖啡的哑剧。"我有一个会要开。你后面跟我讲讲聚会的情况。看看杰玛现在除了香肠还吃点别的什么东西吗?"

莱克茜被逗乐了。"谢谢你打电话来。我是爱你的,你知道。"

"我也爱你。"

凯莉倒着走进简报室,拿屁股把门推开,小心翼翼地保护着手里的托盘不掉到地上。她每走一步,托盘都跟着摇晃起伏,很是惊险。"我们的茶包不够了,露辛达,我就用了一包你的花草茶,没问题吧?"露辛达没有回应她。事实上,没有一个人抬头看她。"有新情况了,对吗?"凯莉问道。

"网络犯罪调查组刚刚收到一个档案更新的通知,"尼克说。他挪了挪椅子,给凯莉留出位置来。安德鲁·罗宾逊则用手指着他面前的笔记本电脑。

"尼克的账户作废之后,我们就按照他的指示创建了一个新账户,"安德鲁说,"十五分钟前我收到这个。"

邮件很简洁,开头有一行字,字的旁边有一个金发女子的头像。

最新下载:只限今天免费。

"其他的档案也有免费的吗?"凯莉问。

"只是针对铂金用户。所有的档案标价都没有低于过 200 英镑。这也是我们第一次收到档案更新的通知。据我们所知，这唯一的通知是通过《伦敦宪报》的广告发出的。"

凯莉开始读档案。

白人。

18 岁。金色长发，蓝眼睛。

蓝色牛仔裤，灰色短靴，黑色 V 形领 T 恤衫，外加宽松系腰带的灰色开襟毛衣。白色及膝滑雪服，系腰带。黑色手提包，镀金包链。

尺码：8—10

15 点 30 分：进入水晶宫地铁站。搭乘地上铁到加拿大水站，选择第一节车厢上车，靠窗的座位。换乘银禧线，走路到站台，地铁线路图旁边站立候车，第六号车厢开门处。坐下，读杂志。滑铁卢站下车，右转，下楼梯至 1 号站台；北向的北线。走下站台，站到中间，靠近黄线被磨损的区域。正对中间车厢的开门处。靠门站立，直到莱斯特广场。乘扶梯出站，从 3 号出口到查令十字路。

有效期：仅限今天

时长：45 分钟

难度：非常有挑战

"通知是发给所有会员的。"安德鲁说。他把鼠标移到地址栏，收件地址那一栏正好是这么写的。大家都沉默了一会儿，都在思考如果整个网站的用户（不论有多少）点击下载了这份档案会意味着什么。有多少男人已经坐在电脑前，或者正看着他们的手机，读着这份相同的档案？他们读了档案，知道了这个姑娘会在伦敦市区穿行，且对身边的偷窥者毫不知情，又有多少人会采取进一步行动呢？

"你能把头像放大一些吗?"凯莉问。安德鲁照办了，将头像放大，全屏展示出来。这头像是一张自拍的照片，小姑娘正冲着摄像头噘嘴。软聚焦过滤片上面写着照片来自 Instagram，或者是别的社交网站盗用来的。

凯莉之前没有见过这张照片，但她见过这姑娘。那是另外一张照片，也是被截取了头像的照片，拿给凯莉看过的。此外，凯莉对福尼斯行动的档案了如指掌。她确定她见过这姑娘。同样的金色头发，同样的噘嘴的表情。

她转身去看尼克。"我认识她，她是柔伊·沃克的女儿。"

三十五

"玩什么游戏?"我说。梅丽莎微微一笑。她仍旧坐在书桌前面,但她把椅子转过来正对我们。她的眼睛盯着电脑屏幕。

"已经有一百多的点击量了。"她看看凯蒂,"你真是个受欢迎的姑娘。"

我的心里咯噔一下。"你不能把她放到网站上。"

"她已经上去了。"梅丽莎再次点击,我看到凯蒂的照片出现在屏幕上,天真无邪地噘着嘴,跟我们现在所处的境地简直是天渊之别。凯蒂惊叫起来,我用胳膊搂住她,把她拽到身边来,连同她坐的椅子都给拖过来了。

"这么办就行了。"梅丽莎换了一副生意人的口吻。她在给供应商打电话,或者哄骗银行经理多给她一笔贷款的时候都是用这样的口吻。我以前从来没听到她对我用过,它让我不寒而栗。"我把凯蒂的档案设置为一定时限内的免费下载,我还把链接发给了所有的会员。"

电脑又收到了消息。一个通知窗口弹了出来,接着是另一个,又一个。

已下载。

已下载。

已下载。

"你看，这些人很快就出手了。也没什么奇怪的，他们随随便便就能付个 500 磅，为了某个远不如凯蒂——"她想找个贴切的词汇，最后说出来一个让我恶心到想吐的词，"撩人的女人。"

"她哪都不会去的。"

"噢，少来了。你的冒险精神哪去了？我的客户又不都是那么穷凶极恶的，你知道。有些是很浪漫的人。"

"她不会去的。"

"那我恐怕只好对不住你们两个了。"

"你什么意思？"

她没有理会我的问题。"规则是这样的。凯蒂就走她平时走的路线，如果她到了餐馆，而没有受到任何的——比方说骚扰——那你们就赢了，我放你们走。否则的话——你们就输了。"

"真是变态。"凯蒂说。

梅丽莎看着她，脸上露出讥笑。"别这样，凯蒂，这不像你的风格嘛，怎么会放弃当明星的机会呢？"

"你这又是什么意思？"

"我在为你当上女主角创造机会呀。我们都知道你希望成为众人关注的焦点，不然就不高兴。你才不管贾斯汀是不是也想出风头，或者你的朋友怎么样。反正都只能围着你转，是吧？有其母必有其女哟。"

她语调里的憎恶让我感到震惊。凯蒂哭了起来，她跟我一样吓得不轻。

"好吧，"梅丽莎继续说道，"这就是我们要玩的游戏。准备好了吗？或者你们放弃游戏，直接投降认输？"她将刀刃轻轻划过自己的指甲，刀刃太锋利了，连她平时喜欢擦的红指甲油都被划伤了。

"你不能拿我的女儿当诱饵，去引诱那班变态佬。我宁可一死。"

梅丽莎耸耸肩。"你自己决定。"她站起身，手持尖刀地向我走过来。

"不！"凯蒂尖叫了一声。她紧紧抱住我，眼泪滚滚落下。"我愿意玩这个游戏，我愿意出去——我不要她伤害你。"

"凯蒂，我不会让你去的。去了你就要受到伤害。"

"如果我不去，我俩都完了！你还不明白吗？她已经疯了。"

我瞄了一眼梅丽莎，她对于凯蒂的责骂似乎不为所动。没有任何激动或愤怒的迹象，她的行为变得更加可怖。她是要把刀子捅进我的身体啊，我痛苦地意识到，连眼睛都不眨一下。我挣扎着去接受眼前的事实：我曾经的朋友，一个我自以为了解的女人，现在完全成了另外一个人。一个对我充满怨恨的人，她敌视我这个不称职的母亲，甚至到了要伤害我和我的女儿的地步。

凯蒂捏着我一侧的肩膀说，"我能行的，妈。地铁上很拥挤，到处都是人，没有谁能伤害我。"

"但是，凯蒂，已经有人受害了！有人被谋杀，被强奸了！你不能去啊。"说话的同时，我也在思考另一种可能。如果凯蒂留在这儿，她会遭遇到什么？我毫不怀疑梅丽莎会杀了我，但我不希望连累凯蒂。

"其他的女人不知道有人偷窥她们。可我知道。这是我的优势。而且我熟悉那条路线，要是有人跟踪我，我肯定能觉察出来。"

"不，凯蒂。"

"我能办到。我愿意去尝试。"她已经停止了哭泣。她的脸上有一种我深为熟悉的坚毅，让我不由得屏住呼吸。她认为她在拯救我。她确实相信她能完成这个游戏——穿过伦敦城而不被抓到；她相信只要赢得游戏，梅丽莎就会放过我。

她错了，梅丽莎不会放过我的。但如果让她出去尝试一下，我也许

能救她。她到了外面还有反抗的机会。留在这里只有等死。

"好吧。"我同意了她。这滋味却像是一种背叛。

她站了起来，看着梅丽莎。她的下巴藐视性地微微扬起，让我想起她在戏剧中扮演的那个角色，一个靠穿男装和智慧的语言来掩饰自己真实身份的女孩。就算凯蒂心里是害怕的，她也没有表现出一丝一毫。

"我要怎么做？"

"你就像平时一样去上班。再简单不过了。你等个——"她查看了电脑屏幕，"五分钟出发，按照平时的路线去餐馆。你要把手机交给我，你不能停下来，也不能更换路线，更不能有任何的像呼救或者联系警察之类的愚蠢举动。"

凯蒂交出了她的手机。梅丽莎走到书桌前，按了一系列的按键。电脑屏幕切换到一个彩色的监控画面。我认出这个画面就是水晶宫地铁站的外景。我都能看到出租车在左边排成的长队，还有墙上的涂鸦，自我记得的时候开始就一直在那儿了。此时监控画面上出现了一个女人，她匆匆进了站，一边还在看自己的手表。

"你有什么小动作，"梅丽莎继续说道，"我都看得到。我要是对你的母亲不客气，你可别后悔。"

凯蒂咬住她的嘴唇。

"你不是非去不可的。"我温和地说。

她甩了甩头发。"没关系。我不会出事的，妈，也不会让你出事。"她的眼神透露着勇敢、坚定，但我太了解她，她并不是像表面看起来的那么自信。她在扮演一个角色，却不是在戏剧的舞台上。这同样不是一场游戏，无论梅丽莎如何定义它。不管事态如何发展，终归有人要受到伤害。

"该出发了。"梅丽莎命令道。

我紧紧地拥抱凯蒂，把自己的胸膛压得几乎喘不过气来。"务必小心。"这句话，自我当了母亲以来，肯定已经说了几千遍，每说一遍都可以啰唆出更多的话来。

当她只有十个月大，在家具中间钻来钻去的时候，我叫她小心是叮嘱她别打碎东西，别碰那个花瓶。

当她第一次认真交男朋友的时候，我叫她小心是叮嘱她保护好自己，不要搞大肚子。

而现在，我叫她小心是叮嘱她别被抓住了，睁大眼睛，动作麻利点，跑快一点。

"我会小心的。我爱你，妈。"

眼泪涌进了我的眼眶，我告诉自己，假装今天是普通的一天。假装凯蒂要去上班，她要晚点回来，然后我们一边看网飞播放的《绝望的主妇》，一边吃披萨。假装现在不是最后一次见到她。我不加掩饰地哭了起来，凯蒂也是。她强作的勇敢在如此强烈的感情冲击下一溃而散了。我本想告诉她，等我离开之后，要好好照顾贾斯汀；要让马特看紧他，别走到邪路上去了。可这么一来，我等于是向她宣布：她回来以后就看不到我了。如果她回来的话。

"我也爱你。"

我要尽量记住她的样子，记住她头发的气味，记住她嘴唇上弄花的唇彩。我把她深深地刻在脑海里，不管下一刻将发生什么，我希望临死之前都能看到她的脸。

我心爱的女儿。

"够了，现在就出发。"梅丽莎打开厨房的门，凯蒂沿着狭长的门厅走向房子的正面。这是我的机会，我心里盘算着。我可以在正门打开的时候从凯蒂的后面冲刺，把我俩都挤出门口，然后就开跑，跑到安全的地方。但是梅丽莎一直把刀握在手里，虽然刀是垂到她体侧的，她握刀的手却因为用力过猛而变得苍白。她随时可能挥动那把刀。

刀，不止一把。

我早该想到了。刀架上只少了一把刀，还剩下一把切肉刀和三把切蔬菜的刀，从大到小整齐排列着。我听到钥匙插进锁孔的声音，然后很快的，门就又关上了。我脑子里突然涌进一幅画面，是凯蒂走向地铁站的画面。她在走向危险。**快跑吧**，我默默地恳求她，**往相反的方向。找个电话亭。通知警察。**

我知道她不会这么干。她相信梅丽莎会杀了我，如果她不是在八分钟之后准时出现在那个摄像头里的话。

但我知道，即使她出现了，梅丽莎一样会杀了我。

梅丽莎转身回来时，我正好站在餐桌和厨房操作台之间。她手里拿着什么东西，肯定是刚才在门厅那里拿到的。一卷胶带。

"你想往哪里跑？到那边去！"她用刀尖指了指，我只好乖乖地听话。梅丽莎把我的椅子搬到她的电脑对面。我坐下了。

"把你的双手背到后面。"

我照做了。一阵胶带被撕开的声音，胶带又被扯断成几条。梅丽莎将一条胶带绑在我的手腕上，然后又绑在椅子的靠背上，这样我的胳膊就动不了了。接着她又弄了两条胶带，把我的脚踝绑在椅子的腿上。

我看了看电脑屏幕右下角的时间。

还有六分钟。

令我欣慰的是，凯蒂上班的路线正是交通繁忙的时候，而且天还亮着。她不会被困在什么黑巷子里出不来。如果她保持警惕的话，应该不会遇到危险。那些受害的女性，包括塔尼娅·贝克特、劳拉·基恩和凯茜·唐宁，当时都不知道她们被人盯上了。而凯蒂是知道的。她占据了主动。

"准备好看戏啦?"梅丽莎问。

"我不会看的。"但我忍不住要去看。我记得凯蒂还是个小婴儿的时候,我带她去医院。她刚生了一次重病,他们要给她输液,就把一根针刺入到她小小的手上。我迫使自己去看她,我很想把那根针拔走,但我不能,我只有强忍着痛苦去看着她受罪,陪她一起受罪。

我脖子前面的那条伤痕开始结痂了,周围的皮肤微微收紧,感觉有点痒。我伸长了脖子想缓解下,却让新鲜的血液滴到我的大腿上。

还有四分钟。

我们默默地看着屏幕。我想多了解一点情况,但我不愿意听到梅丽莎的声音。我于是幻想警察现在正赶往安纳利路,我分分钟都会听到警察破门而入的声音。这幻想如此的真实,我甚至竖起耳朵去听警笛的鸣叫声。什么声音也没有。

只剩两分钟了。

时间似乎是漫无止境的。好不容易,我们看到凯蒂出现在监控画面中。她没有停下来,但她抬头看着摄像头,直视着我们,直到她从摄像头底下穿过,从画面中消失。我看到你了,我口中默念,我和你在一起的。我的泪水止不住地簌簌落下。

"可惜我们没办法跟她进闸机。"梅丽莎的口吻变得友善,几乎是在闲聊,好像我们在合作干某件事情。这可比她冲我叫嚷、威胁还要让我胆寒。"不过等她到了站台就又能看到她啦。"

她在屏幕上滑动鼠标,我看到一个可能是摄像头列表的东西:奥德门东—入口;安吉尔—入口;安吉尔—南向站台;安吉尔—北向站台;贝克鲁—检票闸机……很长很长的列表。

"以前的档案有很多都不在我能看到的监控区域内,"梅丽莎解释说,

"但我们能看到大部分凯蒂的路线。看呐，她在那儿。"

凯蒂站在站台上，双手插进口袋。她四处张望，我希望她是在找摄像头，或者察看周围有没有可疑的人。我看到一个穿西装、披大衣的男人朝她过去了。凯蒂略微向后挪了一下；我握紧拳头，指甲都嵌进了肉里，一直看着那个男人从她身边快步走过。我的心咚咚直跳。

"她真是个小演员，不是吗？"

我没有理会。地上铁的列车进站了，凯蒂上车，车门迅速关上，将她装进了车厢。我希望梅丽莎赶紧切换到下一个摄像头，但她没有。她从自己的外套上揪出一缕棉花，冲它皱皱眉，然后又让它飘到地上。我脑中的幻想继续上演：西蒙面试完回家，发现家里没人，门又没锁，就想到隔壁来找我；于是把我救了。幻想的细节越来越丰富，情节也越来越荒唐，跟我现在不断渺茫下去的希望形成了反比。

没有人要来救我。

我要死在这儿了，死在梅丽莎的家里。我在想，她会处理我的尸体吗？或者干脆把我扔在这儿，任由腐烂，等尼尔出差回来才发现？

"你打算去哪儿呢？"我问她。她回头来看我。"你杀了我以后。你打算去哪儿？"她开口要说点什么，大概要说我不会死之类的，但她欲言又止了。她的眼睛里闪过一丝的像是尊重的眼神，随即又消失了。她耸了耸肩。

"哥斯达黎加，日本，菲律宾，好多国家都没有引渡条款。"

我不知道人们要多久才会发现我。到时候梅丽莎是不是已经逃到了国外。"你过不了护照检查的。"我壮起胆子说。

她轻蔑地看着我，"我又不用真护照。"

"你怎么——"我语塞了。我感觉自己跌入了一个暗无天日的平行世界，有人在里面挥舞利刃，使用假护照和谋杀朋友。可我又忽然想起来什么。梅丽莎是聪明，但也没有聪明到那个地步。"你怎么学会这些的？"

"学会什么？"她心不在焉的，忙着敲打键盘，不太想说话。

"学会这些监控啦，假护照之类的事情。斯威夫特警官说广告是一个男人发的，他用自己的名字租了一个信箱。网站也跟踪不了。你肯定有帮手，别装了。"

"你太侮辱人了，柔伊。我觉得你小看我了。"她没有看我，我知道她在撒谎。她一个人是办不到的。尼尔真的出差了吗？或者他躲在楼上偷听？等到需要增援的时候再下来。我紧张地瞄了一眼天花板。地板是不是响了一下？

"已经十五分钟了。"梅丽莎看着表，突然说了一句。"我进不了地上铁的列车，不过下个摄像头能看到她在加拿大水站换乘。"她点击下一个摄像头，又一个站台的监控画面出现了。站台边上有一群小学生，有三个穿着黄色马甲的老师正把他们往站台里面赶。一辆列车进站了，我在画面上搜索凯蒂，但没有找到她。我的心跳得更猛了：她是已经出事了吗？就从水晶宫站到加拿大水站这么短短的路程上？很快我又瞥见一件白色的滑雪服，是她，她在那儿！她的双手仍然插在口袋里，她的头仍然东张西望，察看身边经过的每一个人。我终于松了一口气。

凯蒂消失在了画面中。尽管梅丽莎又调出来两个摄像头，还是没有凯蒂的踪影。后来才发现她在银禧线的站台上等候。她站的位置离站台边缘很近，我真想提醒她往后靠一些。从监控里看着她就跟看电影一样，你知道主人公要有什么不测，你拼命叫他们小心，别犯傻。

别出去，留意你听到的那个声音……你没有读剧本吗？你不知道接下来要发生什么吗？

但我提醒自己凯蒂是读过剧本的。她知道有危险，只是无法预见危险来自何方。

有个男人站在凯蒂的身后，偏左的位置。他在窥视她。我无法看清他的脸，摄像头离得太远，但他的头就对着她，上下地打量她。他向前迈了一步，我的手紧紧抓住椅子的边缘，徒劳地想要把身子探出去看个仔细。站台上有那么多人，他们怎么不往这边看呐？即使男人采取什么行动，其他人也是看不到的。我曾经以为地铁是个安全的地方。这么多摄像头，到处都是人。可没有人在观察，真正地留意周围。每个人都蜷缩在自己的世界里，对外面发生的事情不闻不问。

我小声地念她的名字，她好像听见了一样的回头看了看。她发现了男人。他向前靠拢，凯蒂迅速往后退。我看不到她身体的反应——她是被吓着了吗？她走到站台的另一端。梅丽莎在椅子里动了动身子，让我注意到她。她全神贯注地盯着屏幕，但她的身子没有往前倾，不像我那么紧张，而是舒服地靠在椅背上，双肘搭在扶手上，手指间并拢在一起。她的唇边浮现出一丝笑容。

"妙极了，"她说，"我一直都觉得女人在不知情的时候被跟踪是件好玩的事情，不过这个又多了点情趣。地铁里的猫鼠游戏。对会员来说又是一大福利啊！"她的轻浮真让我难过。

站台上的男人没有继续跟着凯蒂。然而，当列车进站时，大量的游客和上班族涌入站台，我发现他又穿过人群向她靠近。他没有在同一个地方上车。我放下心来，但很快意识到他上的是同一节车厢。

"你能进入那辆车的摄像头吗？我想看看。我要知道车上的情况！"

"上瘾了，是不？不行，我试过了，安全系数太高了。我们还有——"她查看了另一个打开的标签——"七分钟到滑铁卢站。"她的手指在桌面上敲着。

"车厢里人多。没人敢在拥挤的车厢里放肆。"我一半说给梅丽莎听，一半说给自己听。

假如凯蒂喊起来，会有人做出反应吗？我总是教她遇到事情不要怕声张。"大声喊出来就对了。"我告诉她，"有色狼扑到你身上的话，别跟他啰唆，你就喊'不准再碰我'，让全车的人都听到。其他人也许不会采取什么行动，但色狼也不敢放肆了，你试试就知道了。"

从滑铁卢到莱斯特广场只有四分钟。我想着这个是因为梅丽莎告诉过我，也是因为我每一秒钟都在忍受煎熬。我们刚刚在滑铁卢站看到凯蒂上了一辆北向的列车，梅丽莎就马上将一个新的摄像头调出来，拍摄角度是从扶梯的底部向上通往莱斯特广场。

我们不发一言地看着，直到凯蒂出现在画面中。

"她来了。"梅丽莎指着凯蒂。我下意识地去找那个在站台上靠近她的男人。我在她身后几码的地方发现了他，我的胸口顿时一紧。

"那个男的——"我断了声气。该说点什么呢？

"他很执着，是不？"

"你知道他是谁吗？他从哪儿来？多大岁数？"事已至此，我不知道自己为何还关心这些问题。

"档案被下载了差不多两百次，"梅丽莎说，"任何人都有可能。"

男人从一个推婴儿车的妇女身边挤过去。凯蒂踏上了扶梯。

快走，我在心里默念，但她一动不动地站着；男人从扶梯左手边噌噌上去，然后站到右手边，凯蒂的身后。他一只手搭在她的胳膊上，身子往前倾。他在跟她说什么。凯蒂摇头，然后他们到了扶梯的尽头，消失不见了。

"下一个摄像头！快看下一个摄像头！"

梅丽莎故意放慢手脚，享受我担惊受怕的样子。莱斯特广场上人很多。等她终于调出另一个监控画面的时候，我一时半会儿找不到凯蒂。然而我还是找到她了，跟地铁上的那个男人并排走着。我的心提到了嗓子眼：有点不对劲呢。凯蒂走路的姿势很怪，往一侧倾斜。她的头低垂着，虽然看不到有反抗的迹象，但她的肢体语言让我感觉她无法逃脱。我凑近了看，才发现男人用右手钳住她左胳膊的上部分，又用左手拧她的手腕——正是这手上的压力迫使她走路不平衡。他肯定有武器的。他肯定在威胁她。否则她为什么不喊呢？为什么不跑，不反抗呢？

我眼睁睁地看着凯蒂跟男人走向闸机，她的整条胳膊就被横在男人的胸前，别扭极了。有两个检票员就站在一幅伦敦地铁图旁边，我真希望他们注意到这不对劲的地方。然而他们根本没看到。这样的事情怎么能在光天化日之下发生呢？怎么就没有人看到我所看到的呢？

我无法将视线从屏幕上移开。

等到了闸机，男人不得放开她吗？她不就有机会逃跑了。以我对她的了解，她现在肯定在盘算往哪儿跑、从哪个出口跑。我感觉一阵兴奋袭来。她会跑的，她会摆脱他的。

但他们没有走到闸机。男人把她带到了大厅的左侧，那里只有一个空的咨询服务台和一扇写着"严禁入内"的门。他往身后扫了一眼，似乎要确认没有人看到他们。

接着他打开门，把凯蒂拖了进去。我浑身的血液都快凝固了。

你认为我做得太过分了。要说那些我素未谋面的女人，我拿她们的生命冒险就已经够可恨的了，怎么还可以这样？实在是罪大恶极。一个我本该去爱护、呵护的人，我居然也送她入虎口？

你要弄清楚状况。

凯蒂她该的。

她从来就是这么个人。总是希望成为关注的焦点，总是吵嚷着要别人听她的，注意到她，爱她。根本不顾及其他人的感受。

总是唠唠叨叨，从不倾听。

所以她现在是得偿所愿了。

站在舞台的中央。

她最重要的一次演出，最具挑战性的角色。结束一切表演的终极表演。

她最后的谢幕。

三十六

"有什么电话号码可以联系到柔伊·沃克?"尼克问道。

露辛达查看了她的文件夹。"手机,办公室,家里。"

"全都打一遍。"

凯莉正在拨打柔伊的手机号,信号转到语音信箱,她摇了摇头。"柔伊,你听到这个留言的时候,请马上联系一下命案调查组。"

"我们对她的女儿了解多少?"尼克又问。

"她叫凯蒂,"凯莉说。她拼命地回想柔伊·沃克对她透露过的所有情况。"她想当演员,但目前在莱斯特广场附近的一家餐馆打工,我不知道具体是哪家。"凯莉继续在脑子里搜索柔伊说过的其他有关她子女的事情。凯莉知道她有个儿子,还有个同居的男朋友,但她们除了聊案子之外几乎没说过别的什么。

"尼克,柔伊·沃克今天没去上班。"露辛达一边放下电话,一边说,"她的老板昨天就让她回家了;他说她集中不了精神,只想着这个——照他的话说——该死的案子。我请他一有柔伊的消息就立即通知我们。"

"给她家里打电话。"

"没人接。"

"系统里面没有别的号码了吗?"尼克开始走来走去的,他需要让脑子动快一点。

"没有柔伊的,凯蒂的也没有。只有她儿子贾斯汀的一个旧号码。他2006 年的时候因为在商店行窃收到反社会行为禁令①,2008 年的时候又因为私藏 C 级药物而受到警告,以后就没什么记录了,尽管我们给他开了十几张停车罚单。"

"电话情报组怎么说的?"

"他们的家庭住址下面没有登记凯蒂·沃克的电话。她要么使用的是预付费手机,要么就是用母亲的账号开通了一个附属手机号。我已经叫他们去追查了。"

"那封带有凯蒂·沃克档案的电子邮件是从哪里发出的?"尼克把这个问题扔给安德鲁,但安德鲁似乎没有被他的暴脾气吓着。

"不是 Espress Oh!,如果你是想问这个的话。IP 地址都不一样。我得申请查一下。"

"要多长时间?"尼克看了看手表,没有等安德鲁回话。"不管多久都不能等了。英国交通警察局的人已经赶去莱斯特广场了,但他们不能保证马上找到凯蒂,而与此同时,柔伊很有可能身处险境。"

"她还是没在家,"露辛达放下了电话,"她的手机也关机了。"

"我要追踪她的手机信号。看看她的手机最后一次使用是什么时候,什么位置。凯莉,露辛达查到位置以后,我要派人立即赶过去。"

"遵命。"凯莉挪到露辛达身边坐下,露辛达已经开始追踪信号了。尼克又开始来回踱步,滔滔不绝地发号施令,连气都不喘一口。有个念头在凯莉的脑子里慢慢形成;是什么人说过的什么来着,就在刚才。凯莉想去抓住它,但它一溜烟跑了,被满屋子的嘈杂声给赶跑了。

"我们能从柔伊·沃克的账单中找到她女儿的手机号吗?"是尼克在

① ASBO,全称 antisocial behaviour order。

说话。

"可以，"露辛达说，"但过程比较慢，也不很科学。我必须查找拨打次数最多的号码，然后筛选出可能的家庭成员号码。"

"那就这么办吧。麻烦了。"他犹豫后说道。这还是凯莉头一回看到探长拿捏不定的样子。领带早就松开了，他把它摘下来，扔到桌子上。衬衫最上面的纽扣也解开了，他伸了伸脖子，这边一下，那边一下。

"安德鲁，你盯着网站，稍有动静就马上通知我。尽你最大的能力找出那封新邮件的发送地点。如果不是 Espress Oh!，就有可能是别的咖啡馆。凯莉，如果找到了，就赶紧派人去查看监控，看看发邮件的时间前后有哪些客人出现。"

Espress Oh!

对了，就是它。那个在凯莉的脑子里转来转去的念头终于落地了。和柔伊在考文特花园见面。一个开连锁咖啡馆的朋友；克勒肯维尔的新业务。在 Express Oh! 的澳洲姑娘，还有那个未露面的开连锁店的老板。"不是什么客人。"凯莉恍然大悟地说道。她相信自己知道了他们要找的嫌疑人是谁。是谁在运营网站，是谁在把凯蒂往火坑里推，又是谁会将柔伊·沃克押为人质。

尼克满脸期待地看着她。凯莉心里咚咚直打鼓。"我们得去查一下英国公司管理局①的记录，"她说，"通过 Express Oh! 的无线网络来运营网站的不是客人，而是老板。"

---

① 原文 Companies House。

三十七

"凯蒂！"我声嘶力竭地呼喊，直喊到嗓音嘶哑、口干舌燥。我用力挣脱双手，感觉胶带粘住了手腕上的汗毛，皮肤被拉扯得生疼。但我的力量大得连自己都不敢相信，胶带竟然有了裂痕。此时梅丽莎还在冲我讪笑。

"我赢了。"她把椅子转过来面对我，双手抱在胸前，煞有介事地看着我。"不过我以前也没有输过。"

"你个臭婆娘。你怎么能干出这种事？"

"我什么也没干啊。都是你干的。你自己让她出去的，你明知道外面有危险。你怎么能这么对自己的亲生骨肉啊？"

"你——"我止住了嘴。梅丽莎让我无可辩驳。她说得对，我让凯蒂出去的。是我的错。

我没法看她的脸。我的胸口疼到连呼吸都困难。凯蒂。我的凯蒂。那个男人是谁？他究竟在对你做什么？

我努力让自己的声音保持冷静。理智。"你也可以有孩子的啊。可以收养，也可以做试管婴儿。"我把眼睛锁定在屏幕上，但那个应该是杂物间或者设备维护间的地方始终大门紧闭。为什么没人注意呢？到处都有人啊。我看到一个穿荧光色上衣的地铁工作人员，我真希望她能把门打开，听到凯蒂在呼救，采取点措施——任何措施来阻止我的宝贝女儿受到伤害。

"是尼尔不肯。"梅丽莎盯着屏幕说道。我看不到她的眼睛，不知道那眼睛里是闪着情感的光芒，还是像她的声音一样死水一潭。"他说他想要自己的孩子，不是别人的。"她苦笑了一声。"真是讽刺啊。我们还花了这么多时间来照顾你的孩子。"

监控画面中，生活还在照常继续。人们争先恐后，匆忙地掏出牡蛎卡，又匆忙地奔向列车。可对于我来说，世界已经停滞。

"你输了，"她说，轻松的口吻就像是在打一场牌，"该付出代价了。"她拿起刀，手指试探性地划过刀刃。

我真不应该让凯蒂出去，不管她说了什么。我以为是在给她机会，实际却将她推入火坑。就算梅丽莎要杀我们，以我们两人合力反抗，她还不一定有胜算。

现在她反正是要杀我了。我感到生无可恋，甚至希望她赶紧动手。在凯蒂离开之后，黑暗就开始降临，此刻正向我步步逼近。就让它彻底地笼罩我吧。

动手吧，梅丽莎。杀了我。

我瞥见梅丽莎书桌上的笔筒，是凯蒂为她做的木头笔筒。我的胸中顿时燃起一股愤怒之火。凯蒂和贾斯汀都崇拜梅丽莎。他们把她视为和母亲一样亲的人，值得信任的人。她怎么能如此狠心地背叛呢？

我的内心挣扎着。如果凯蒂死了，谁来照看贾斯汀呢？我又活动了下手腕，双手往相反的方向拧来拧去。痛是固然的，但痛的同时又是一种反抗带来的兴奋和刺激。这是个分散注意力的办法。因为我的眼睛仍然一动不动地盯着屏幕，好像光凭我的意志力，我就能把那个杂物间的门打开一样。

也许凯蒂并没有死。也许她遭到了强奸，或者殴打。假如在她最需要我的时候我离开了，她又该怎么办呢？我不能让梅丽莎杀了我。

这时我的手又被解放出来一点，刚暴露出来的皮肤上能感到丝丝凉意。

胶带已经松开了。我能自由了。

我迅速地反应过来，将头垂到胸口，让梅丽莎以为我放弃了挣扎。我的脑子飞快地盘算着。门都被锁了，厨房的外展区只有大面积的天窗，我根本够不着。要阻止梅丽莎杀掉我的唯一方法就是我先杀掉她。这想法太荒唐，让我头晕目眩起来：我怎么沦落到如此地步？怎么成了一个情愿杀人的女人？

然而，杀梅丽莎我是情愿的。我必须。我的腿被死死缠住，完全不能松开，这就意味着我没法快速移动。我已经设法将手腕上的胶带褪下，可以轻轻地抽出一只手而不牵动上臂。我相信我的计划——姑且这么叫吧——都写在我的脸上了，于是我瞄了一眼屏幕；虽然不指望能看到凯蒂，却巴不得发现什么迹象说明那扇关着的门动了。

"太奇怪了。"我脱口而出，都没来得及考虑是否该保留我的想法。

梅丽莎看着屏幕。"怎么了？"

我的两只手都解放了。但我仍旧保持被捆绑的姿势。

"那个警示牌，"我的头朝屏幕左上角点了点，"在扶梯的顶端。一分钟以前还没在那儿呢。"一个黄色的塑料警示牌确确实实地竖立在那里，提示大家地面湿滑。地面湿滑就该有液体泼洒。什么时候的事呢？我一直都没看到啊。

梅丽莎耸耸肩。"那就是有人放过去的呗。"

"没人放过。就是凭空出现了。"我知道凯蒂走上扶梯的时候是没有警示牌的，否则我肯定能看到警示牌挡在她的前方。至于它何时出现的……好吧，我说不准，但我自凯蒂消失以后就始终关注着屏幕，视线离开的时间不过几秒钟。而且，每次有穿制服的工作人员出现时，我都紧紧盯着，祈求他们走进凯蒂消失的那个房间。

梅丽莎的眼里疑虑重重。她俯身去看屏幕，右手还握着刀。我的两只手都自由了，我慢慢地移动一只，先移到椅子侧面，再一点点地伸向我的腿。我的眼睛始终监视着梅丽莎。她一有动静，我赶快坐起来，双手背到身后。然而太迟了，她从余光里发现了我的动作。

我的额头沁出了汗珠，蜇痛了我的眼。

她朝厨房操作台瞄了一眼，我不知道为什么，但我立马回过神来：她已经觉察到我的计划。她的眼睛快速地扫视刀架。数着刀子的数量；确实又少了一把。

"你没有遵守规则啊。"她说。

"你也没有。"

我俯下身子，握住刀柄，将刀子从我的靴子里抽出。刀刃划伤了我的脚踝，一阵钻心的疼。

是时候了，我想。我要抓住这唯一的机会。

三十八

警车拉着警笛在马里波恩路飞驰。经过杜莎夫人蜡像馆的时候，一辆敞篷的公交车在他们前方启动，他们差点没撞上去。尽管警笛声叫嚣不停，坐在后排的凯莉还能听着前排的应急响应警官讨论当天在老特拉福德球场的比赛。

"鲁尼怎么可能失手呢，我真搞不明白。换我是老板，每周都付给他三十万英镑的薪水，我总得保证他把球踢好吧。"

"没办法顶住压力呗，关键就是。"

尤斯顿广场的路口上亮起了红灯。司机按响喇叭，把警笛声换成高调颤音；前方的车辆便开始向两边避让，让他们通行。他们右转到布鲁姆斯伯里，凯莉打开了无线电，焦急地等待着前方发来的最新消息。等车子靠近西区的时候，消息终于发过来了。凯莉闭上眼睛，把头稍微在椅背上靠了一下。

事情结束了。至少对于凯蒂·沃克来说。

凯莉把身子伸到两个前排座椅之间。"你们可以放慢速度了。"

司机已经听到了无线电里的最新消息，他正在关闭警笛，放慢车速至正常水平。没有什么紧急情况需要火速奔赴现场了。没有谁需要他们去拯救。

车子到了莱斯特广场，司机在竞技场门口把凯莉放下。凯莉便跑到地铁站，亮出她的警员证给站在闸机口的那个无所事事的女人看。她进站的入口跟之前设想的不同，因此她四处张望，想找找方位。

在那儿。

由于长期有人用脚来使劲推门，那个杂物间的门底部已经破损。门角上贴着的呼吁乘客上报可疑包裹的标语也卷了边了。一块警示牌示意公众不得入内。

凯蒂敲了两下门，然后才进去。尽管她知道门里面有什么，她仍然心跳得紧。

杂物间里漆黑一片，没有窗户，一侧放着一张桌子和一把金属椅子，另一侧则靠墙堆着一摞警示牌。一个黄色的带轮水桶杵在角落里，里面装满了油腻腻的污水。水桶的旁边，一个年轻的女孩坐在塑料箱子上面，手里捧着一杯茶。即使没有做出照片上那种标志性的噘嘴动作，凯蒂依然一眼就能被认出来。她挑染过的头发乱蓬蓬地洒落在肩膀上；白色的外套涨鼓鼓的，让她的身形看起来比凯莉所知道的要大个一点。

白人。

18岁。金色长发，蓝眼睛。

蓝色牛仔裤，灰色短靴，黑色V形领T恤衫，外加宽松系腰带的灰色开襟毛衣。白色及膝滑雪服，系腰带。黑色手提包，镀金包链。

尺码：8—10

凯蒂的身后，一个肩膀宽阔、头发乌黑的男人靠墙站着。他走上前来，一只手伸向凯莉。

“约翰·钱德勒，英国交通警察局的便衣警察。”

“凯莉·斯威夫特。”她蹲下身子。“你好，凯蒂，我是凯莉，调查这案子的探员之一。你还好吗？”

"还好。我担心我妈妈。"

"警察现在正赶过去。"她伸出一只手，捏了捏凯蒂的肩膀。"你做得很好。"钱德勒警官发送的无线电消息确认凯蒂安全以后，凯蒂所怀疑的事情就立马得到了印证：柔伊遭到了梅丽莎·韦斯特的监禁，后者正是伦敦多家咖啡馆的所有人，包括 Espress Oh!。

"刚才太恐怖了，"凯蒂抬头看约翰，"我都不知道该不该信任你。你对着我的耳朵悄悄说话的时候，我很想逃跑。我心想，'他如果不是便衣警察怎么办？万一他只是打个警察的幌子呢？'但我知道我必须信任你。我很担心梅丽莎发现事情的真相，然后对妈妈不利。"

"你表现得太棒了，"约翰说，"你的表演可以得奥斯卡了。"

凯蒂淡淡地笑了，但凯莉看得出来她还在发抖。

"我没必要表演什么。你把接下来的安排告诉给我，你推我进来的一瞬间，我还是觉得你所说的一切都是假的。我以为事情就这样了。游戏结束了。"

"我很抱歉要让你经历这些波折。"凯莉说道，"我们得知监控被黑了，但具体到什么程度又不确定——我们不知道究竟多少画面可以被看到。当我们发现你的档案上传到网站时，我们就决定要尽快把你安全地带出地铁，防止任何人伤害你。但我们又不能让梅丽莎知道我们怀疑上她了。"

"我们还要在这儿等多久？我想见我妈。"

"对不起，我们还要等监控中心的消息，确认他们已经把监控信号替换了。"

凯莉担心梅丽莎可能从监控上看到凯蒂和钱德勒警官离开杂物间，从而败露他们的掩护计划，克雷格已经就此做出了迅速的反应。他把监控信号替换成头一天的同一时间的监控录像；当时莱斯特广场的情况跟现在的相似，梅丽莎发现问题的几率很小。凯莉希望他是对的。"现在没问题了，我们可以离开，她也看不到我们了。"

凯莉一推开门，无线电就突然响了。

"我们需要一辆救护车到安纳利路，"一个不知从哪里发出的声音说道，"情况紧急。"

凯蒂的眼睛瞪大了。

"叫他们过去的时候别出声，到了以后也别忙进去。"

"只是以防万一。"凯莉当即说道，她看到小姑娘的眼睛充满了泪水。她把无线电的音量尽量调小，几乎到了听不见的地步。"你母亲没事的。"

"你怎么知道?"

凯莉刚要开口想说些老生常谈的话，又立刻闭上了嘴。事实就是，连她自己都不知道柔伊·沃克是否还活着。

三十九

血，溅得到处都是。血从梅丽莎的脖子上喷射而出，泼洒到她的书桌上，染红了她的衬衫。她右手的手指完全张开，先前一直握在手里的刀子也哐当坠地。

我开始发抖。我低下头，发现自己也浑身血迹。刺伤梅丽莎的利刃还紧紧攥在我的右手手心里，但那一刻的疯狂和不顾一切已渐渐褪去，只剩下眩晕和茫然。如果她现在扑向我，我定然无法阻止她。我丧失了所有的力量。我俯下身，用我空出的左手将绑住脚踝的胶带解开，我想以最快速度远离梅丽莎，匆忙中把椅子也踢翻在地。

我其实不必担心的。梅丽莎两只手都捂住喉咙，但鲜血仍然从指缝里汩汩流出，把双手都沾湿了。她张开嘴想说什么，可一点声音也发不出来，只有呼呼冒泡的声音，反而让她的嘴里充满了血沫子。她人虽然站着，腿却已经支撑不住了，整个人像喝醉了似的左摇右晃。

我拿手捂住自己的脸，结果却发现我的双手也沾满了血，在我的脸上印出一道道的血印子。于是我视线的余光里有了一片沉闷的阴影，我的鼻腔里充斥了金属般的刺鼻气息，弄得我胃里翻江倒海。

我没有说话。说什么呢？

说我对不起？

我一点也没对不起。我满腹的憎恨。

这憎恨足以让我拿刀刺向这个曾经的朋友。足以让我眼睁睁地看着她在死亡线上挣扎而不为所动。足以让我漠然地守在一旁，直到她嘴唇变为青紫色，急切的脉搏逐渐变缓、消失。刚才从她身上喷出几英尺远的血浆现在已失去了爆发力，温和地淌着。她的皮肤成了灰色，她的双眼是她这具将死的皮囊之上唯一的活物。我想从她的眼睛里找到一丝的懊悔或者愤怒，然而都没有。她一命呜呼了。

当她倒地时，她不是跪倒在地的。不像电影里那样摇摇晃晃，或者扶住前方的桌子，也没有伸手抓住我，拉我陪葬的那种。她像一棵树一样倒下，直挺挺地向后倒在地上，后脑砰地撞到地面，我竟然还傻乎乎地担心会把她撞坏了。

接着她就一动不动了；双手在身体两侧摊开，双目圆睁，在她面如死灰的脸上微微突出。

我真的杀了她。

我到现在才感到后悔。不是因为我犯下的罪过，更不是因为我同情这个躺在血泊里的女人。我后悔是因为她永远也不会受到法庭的审判了。她到最后还是赢了。

我瘫倒在地上，感觉自己的血也流光了似的。门钥匙就放在梅丽莎的口袋里，但我不想去碰她。虽然她已没了生命的迹象，胸脯没有起伏，胸口里没有喘气的声音，我仍然担心她会突然爬起来，用沾满鲜血的手抓住我的手腕。她静静地躺在我和书桌之间。我静静地坐着，想等我的身体不再打战以后。只等一会儿，我就不得不绕过她的身体去拨打999报警电话，向警察报案。

凯蒂。我要告诉他们凯蒂的情况。他们必须赶快去莱斯特广场。我想知道她是否还活着，而她要知道我没事了，我没有放弃她……我站起来的时候速度太快，脚不由自主地在血迹上打滑。血流得到处都是。连电脑屏幕都被一道狭长的血迹一分为二。监控的画面还在播放，杂物间的门依然紧锁。

我刚刚站稳，远处就响起了警笛声。我以为警笛声会渐行渐远，但它却越来越大声，越来越急，到最后把我的耳朵都震痛了。接着我听到人的吼叫声，哗的一声巨响回荡在整栋房子里。

"警察！"有人在喊，"不许动！"

我确实没动。即使我想动也动不了。

门厅那边传来雷霆般的响声，厨房的门轰地一下被推开，狠狠地撞在背后的墙上。

"双手举起来！"他们中的一个人叫嚷着。要让梅丽莎举起手来，这是多么可笑的事啊！我这么想着，她显然是无能为力了，跟着我才意识到，他们是在说我。于是我缓缓地将手举起。我的手上沾满了血迹，血流过了我的胳膊，我的衣服也被染成了深红色。

这些警察穿着深色的连体服，戴着头盔，头盔的面罩放了下来，头盔的边上用白色字体写着"警察"二字。刚开始只有两个警察，他们喊了一声"增援"，很快又进来两个。

最初进来的两个警察向我靠拢，在离我前方几英尺的距离停了下来。后面进来的两个则迅速在室内移动，彼此喊口令。此时我听到还有别的警察在房子的其他位置活动。跑动的脚步声中夹杂着"检查完毕"的喊声，每一声都飘飘荡荡地传到我们所处的位置。

"救护！"有人高叫起来。又有两个警察穿过人群，跑到梅丽莎躺着的地方。其中一个用双手去按压她颈部的伤口。我不懂他们为什么还想救她的命。他们难道不知道吗？不知道梅丽莎都干了些什么吗？不论如何，一切都是徒劳。她的魂儿早丢了。

　　"柔伊·沃克?"站在我面前的两个警察,其中一个说出了我的名字。但他们都戴着头盔,我识别不出是哪一个。我看看这个,又看看那个。他们离我大概有两米远,因此我往前看的位置一个是十点钟,另一个是两点钟。他们长得实在太像了,两只脚都是一前一后,双手都举在腰部以上,手掌摊开;虽然不具有威胁性,但随时可以采取行动。在他们身后,我看到救护人员跪在梅丽莎旁边。他们已经将一个透明的塑料面罩给她罩上了,其中一人在往她的嘴里均匀地呼气。

　　"是的。"我终于说出口。

　　"放下武器。"

　　他们弄错了。持刀的是梅丽莎。是她拿刀抵住我的喉咙,把我的皮肤都割破了。我向前迈了一步。

　　"放下武器!"警察又说了一遍,声音更大了。我顺着他的视线往上看到我高举的右手,浸有血渍的银色刀刃正闪着寒光。我的手指立刻自动松开了,好像它们刚刚才意识到自己握着什么。刀子哐当滚落到地上。一个警察把刀子踢开,让我无法够到,然后将头盔上的面罩推上去。他看起来跟我的孩子们一般大。

　　我又能发声了。"我的女儿有危险!我要赶去莱斯特广场——你们愿意载我去吗?"我的牙齿上下打架,我咬到自己的舌头。又是血;这次是我自己的血。那个警察侧脸去看他的同事,他的同事也把面罩掀了上去。他看起来年纪大多了,灰白的络腮胡修剪得很整齐,一双和善的眼睛,说起话来眼角都皱了。

　　"凯蒂很好。我们的一个警察半途找着她了。"

　　我身体的其他部位也开始发抖。

　　"救护车马上到了,他们把你带去医院治疗一下,好吗?"他看着他的年轻同事。"受惊过度。"他解释说。但我不是受惊吓,而是感觉松了一口气。我的目光越过眼前的两名警察。一个救护人员跪在梅丽莎旁边，没有碰她，而是在做笔录。

"她死了吗?"我想在离开前先确认清楚。救护人员抬起头来。

"死了。"

"感谢上帝。"

四十

"没什么可庆祝的嘛。"露辛达说。她看到尼克撕开的一袋花生摆在桌子中间。

"很抱歉没有达到您日常的标准,尊敬的夫人。"尼克说,"我不知道'狗与小号'① 是不是还做鱼子酱和鹌鹑蛋,不过我可以看看今天的特别供应菜单,您要是愿意的话?"

"啊哈,我不是说这个。我只是感觉有点没劲,你懂么?"

"我也是一样。"凯莉说。手忙脚乱、惊心动魄的时候已经过去了:驾着警车、拉着警笛去找凯蒂·沃克,紧接着又去找柔伊,警车一路尖啸着狂奔到梅丽莎的房子外面;救护车停在安纳利路口子上待命,救护人员直到确认安全以后才进到屋内实施救护。先前的几个小时,凯莉怀疑她的心跳降到了每分钟一百次以下,而现在几乎快停滞了。

"就是个反高潮嘛,没别的,"尼克说,"等明天真正开始干苦力的时候,你们又恢复状态了。"

的确有大量的工作要做。网络犯罪调查组通过梅丽莎的电脑迅速地关闭了 findtheone. com,并获得了所有会员的名单。不过,要追踪所有的名单,落实犯罪证据(如果有的话),还需要更长的时间。

---

① Dog and Trumpet Pub,伦敦的一家酒吧。

英国公司管理局的记录证实了伦敦有四家咖啡馆是注册在梅丽莎·韦斯特名下的，分别是梅丽莎咖啡馆、梅丽莎咖啡馆二分店、Espress Oh! 和另外一家尚未命名的位于克勒肯维尔中心地段的新店。尽管连水槽、冰箱、烹饪设备这些都还没有，这家新店上报的利润额高得惊人。

"就是在洗钱，"尼克早就说过，"咖啡馆是最方便的渠道，因为太多人用现金支付了。从账面上看，她每天都可以合法地拿走几百磅，同时又让生意亏损。"

"你觉得她的丈夫知道多少？"

"等我们把他带到局子里来就清楚了。"尼尔·韦斯特正在曼彻斯特的一家律师事务所监督一个价值几百万英镑的 IT 系统安装。他的日志跟他妻子的日志是同步更新的，而且从他妻子的电脑也很容易看到，所以警方知道他第二天要飞回伦敦城市机场，正好可以到那儿实施抓捕。在他家楼上的办公室里，警方从他的电脑上发现了尼尔合作过的每一家公司的资料，每一份资料都包含了一份详细的联系人员名单。聘用戈登·蒂尔曼和卢克·哈里斯的公司就曾经与尼尔签约过。因此，警方很有可能从尼尔的联系人员名单与梅丽莎的网络用户名单中找到更多的重合点。

"你觉得她原来是打算把烂摊子留给他的吗？"露辛达问。柔伊描述了梅丽莎说的如何逃到国外的计划，网络犯罪调查组也确实发现她在网上浏览过到里约热内卢的航班。

"应该是吧，"尼克回答，"我觉得她除了自己谁都不在乎。"

凯莉想起凯蒂的证词，想起梅丽莎说到她如何照顾柔伊的孩子们，如何不能有自己的孩子时的那一股酸楚。"我觉得她是在乎的。这也是问题之一。建网站纯粹是做生意，但把柔伊和凯蒂牵扯进来，那就有私心了。"

"我真恨她就这么一走了之了。"露辛达说，一边伸手去拿花生。

"她被刺中颈动脉，因失血过多而死，"尼克说，"也不算是一走了之。"

凯莉淡然一笑。"你知道我的意思。她让柔伊和凯蒂饱受折磨，更别提另外的几百个女性，她们甚至连自己身处危险都不知道。我真希望看到她接受法庭的审判。"凯莉的手机闪了一下，她滑动屏幕解锁，漫不经心地浏览一些她根本不想回复的消息。

"你们在干吗？庆祝还是在守夜？"迪格比出现在桌子旁边，凯莉站了起来，像是要立正的样子。自从上次在他的办公室挨了批评，凯蒂还是头一回见到他，她尽量不去看他的眼睛。

"要我给你抬一张椅子吗，长官？"露辛达说。

"我不坐。我只是顺路过来看看，给你们买点喝的。你们完成了一个非常出色的任务。我已经接到局长打来祝贺我们的电话。干得好！"

"谢谢领导，"尼克说，"我正在表彰他们。"

"至于你嘛——"迪格比看着凯莉，凯莉感觉自己脸都红了。"我听说你立下很大的功劳。"

"大家都在为案子尽心竭力。"凯莉很不情愿地抬起头，迪格比温和的面容令她放下心来。"案子最后要水落石出的时候，我正好想到那儿了，仅此而已。"

"好吧，姑且这么说吧。你肯定是为团队做了突出贡献的。现在大家都想喝点什么呢？"总督察走到吧台，回来的时候端了满满一盘的饮品，外加一包花生。他没有给自己买喝的，凯莉意识到如果她现在不开口的话，很可能就错过机会了。

"长官，我必须回 BTP 去了吗？"话一出口，她才发现自己有多讨厌回去，有多渴望加入一个新的团队，彻底告别那些恼人的流言和猜疑。

"三个月，我们当初不是说好了的?"

"是说好了的，不过我想，既然梅丽莎已经死了，网站也关闭了——"凯莉明知还有很多工作要做——劳拉·基恩案的谋杀犯还在逍遥法外，凯茜·唐宁案的窃贼也没有抓捕归案——但她始终惦记着在迪格比办公室里得到的教训。现在不正好给他一个机会好把她打发回去吗?

"三个月，"迪格比干脆地说，"你可以负责对尼尔·韦斯特的审问，然后我们再来好好谈谈你的职业问题。也许是时候到一个新的团队重新开始了，唔?"他冲她眨眨眼，然后跟尼克握手，潇洒地离开了。

暖暖的慰藉湿润了凯莉的眼眶。她挤挤眼睛，把泪水挤掉，再抓起手机，想找点娱乐来分散注意力。她浏览着 Facebook 上的发布更新，里面满是圣诞树和小雪人的照片；昨夜下的一点可怜巴巴的雪也只够堆个小雪人的。一条莱克茜发布的最新消息引起了她的注意。

皱纹又多了些，不过还是那帮达累姆的臭家伙!

他们照着一张学生时代的照片重拍了一张，莱克茜把两张照片并排贴出来，底下是一系列来自朋友和家人的有趣评论。两张照片中，莱克茜都是笑容最灿烂的那个，凯莉也忍不住露出笑容。

照片漂亮，她评论道，你一点都没变。

四十一

马特小心地开着车，每转一个弯都放慢速度，每过一个减速带都怕我晃得厉害，好像我骨折了一样。医院坚持给我做了全身检查，虽然我总是说，除了脖子上的伤口（也不需要缝针），梅丽莎实际没碰到我。

我被安排到凯蒂旁边的一张病床上，虽然身体没有大碍，却要因为惊吓过度而接受治疗。病房护士一开始把我和凯蒂隔开，好不容易才拉开隔帘，让我们看到彼此。我们待在一起才不过半个小时，艾萨克就赶来了。他冲过一道道门槛，完全失去了平日的冷静。

"凯特！我的天呐，你还好吗？我尽快赶过来的。"他坐在凯蒂病床的一侧，抓着她的双手，眼睛在她脸上、身上来回探视，看是否有什么伤口。"你受伤了吗？"

"我很好，我只是担心今晚的演出。"

"老天，别管那个了。我都不敢相信你竟然遇到这样的事情。"

"可大家买的票——"

"我会退给他们的。别想演出了，凯特。那不重要。你才是重要的。"他吻了吻凯蒂的额头，第一次让我感觉他不是在演戏。他确实喜欢她，我明白了。而且她也喜欢他。

他抬起头，我们的眼神相遇了。我反而希望隔帘不要拉起来才好。我读不懂他的表情，也不知道自己的表情是否能传达出我心里的想法。

"你这次遇到大事情了。"他说。

"是的。"

"还好一切都结束了。"他顿了一下，想突出强调他的下半句话，"希望你现在就忘掉这件事。让过去的都过去了。"凯蒂大概在奇怪她的男友怎么这么严肃地跟她的妈妈讲话，但她没说出来。艾萨克一直和我对视，似乎是要确认我理解了他的意思。我点点头。

"我也希望如此，谢谢你。"

"快到了。"现在是马特的声音。西蒙和我坐在后排座位上，他用一只胳膊搂住我的肩膀，我将头靠着他。

还在医院的时候，我就告诉他我以为是他在运营网站。我必须说出口，不然会内疚死的。

"我真是太抱歉了。"我此刻又提起了。

"别这么说。我想象不到你经历的痛苦。你当时肯定已经不敢相信任何人。"

"那个记事本——"我想起我看到的潦草笔记，女人的名字，穿的衣服。我竟然坚信这就是犯罪的证据。

"就是写小说的素材，"西蒙说，"我在创作人物。"

我真感激西蒙如此的大度，他被怀疑犯了滔天的大罪，却还表现得没有丝毫委屈的样子。西蒙的另一侧坐着凯蒂。当车子开到水晶宫附近时，她凝视着窗外。贾斯汀坐在她的前方，挨着马特的副驾驶座上。艾萨克已经进城去处理退票的事了，他要劝说看戏的人明天晚上再来，因为凯蒂坚持认为她明天晚上就能登台演出了。

怎么一切都看起来像什么都没发生过一样呢？

马路边上，灰色的雪泥弄脏了人行道，脏兮兮的雪水从房檐上滴落下来。小学校外面的围墙院子里，一个丑陋的雪人站立着，它的胡萝卜鼻头早就不知了去向。有的人正在外出过夜生活，也有的人下班以后匆匆往家里赶，一边走路还一边看手机，对周围的世界浑然不觉。

我们经过了梅丽莎咖啡馆，我忍不住深吸一口气。一种想哭又哭不出来的冲动。多少次我曾下班后去那里找她，喝上一杯茶，帮她准备午市的东西。咖啡馆里还有一盏灯亮着，没有收拾的桌椅在灯下投出一片片深色的阴影。

"你是不是该过去把店给关了?"我问贾斯汀。他回头来看我。

"我不想进去了，妈。"

我能理解。我也不想。光是走到安纳利路上，我已经心慌气短了。我更加憎恨梅丽莎，因为她毁掉了我对于这么一个温馨住所的美好回忆。我以前从未想过要搬家，但我现在有些动摇了。也许该有一个全新的开始，为我和西蒙。也要为贾斯汀和凯蒂提供新的空间，这是当然，但对我们所有人来说都是一个新的篇章。

我们经过了地铁站。我又看到了凯蒂走向入口的画面，她抬头看摄像头，一脸的惊恐，同时又很坚定。她坚信一定能救到我。

我侧头去看她，想知道她在想什么，但她的侧面看不出有任何的情绪。她比我想象中的要坚强多了。

"接下来该怎么办?"马特这会儿在问。我给他打电话的时候，一切都结束了。他走进医院，看到他的前妻和女儿穿着一身混搭的乱七八糟的衣服，全是西蒙慌慌忙忙从家里带过来的。警方把我们之前在梅丽莎家里穿着的衣服都收走了。他们解释得很客气，说只是为了把案情的细节记录在案，说我不用担心。一切都会好的。

"我下周要去做一个自愿性的面谈，"我回答说，"然后皇家检察署会查看案宗，几天之内做出裁决。"

"他们不会起诉你的。"斯威夫特警官向我保证过。说的时候她还偷偷摸摸往身后看，可见她也是在越权了。"事实很清楚，你就是在自卫而已。"兰佩洛探长出现在门口，她马上住嘴，可探长也点头表示赞同。

"就是例行公事。"他当时说。

我们走到安纳利路尽头的时候，我看到一个穿荧光色外套的警察站在路中间。一排锥形桶将一条巷子封闭，巷子里还停着两辆警车和一辆白色的法医面包车。路中间的警察在指挥过往的车辆依次通行。马特把车开到离家尽可能近的地方。他下车，打开后门，扶凯蒂出来，然后一只胳膊搂住凯蒂，和她一起往家里走。贾斯汀跟在后面，他的眼睛始终盯着梅丽莎家门口飘扬着的蓝白色警戒线。

"难以置信，是不，亲爱的?"我离开西蒙的怀抱，把手伸到贾斯汀的手里。他看着我，依然对今天发生的一切充满了疑惑。

"梅丽莎她。"他欲言又止。我明白他的感受。自从出事以来，我也是费尽心力地想表达自己。

"我知道，亲爱的。"

我们站在门口等，西蒙追了上来，把门开开。我没有去看梅丽莎的房子，但即使不看一眼，我也能想象得出穿白衣服的人站在她漂亮的厨房里。

尼尔还会继续住下去吗?血迹应该已经干了，我心想，光泽的表面暗淡了下来，每一滴泼洒的边缘也裂成了细小的碎片。得有人清理它，我想象有人在拼命地擦洗、漂白，但地砖永远都会因为这个死去的女人而染上一片阴影。

我的前门被推开了。家是多么的温暖与舒适。楼梯的栏杆上挂着一摞外套，门口又乱七八糟地摆着一堆鞋，这熟悉的画面让我感觉到慰藉。西蒙站在一旁，我跟着凯蒂和贾斯汀进去了。

"我就不打扰你们了。"马特说。他转身准备离开，但西蒙拦住了他。

"你愿意跟我们喝一杯吗？"他说，"我觉得我们可以一起干一个。"

马特犹豫了，但很快就答应了。"当然可以，这很好。"

我留在门厅，慢慢地脱外套，把鞋子也踢到门口的那一堆里面。贾斯汀、凯蒂和马特都走到客厅去了，我听到马特在问什么时候把圣诞树给立起来，问他们今年的圣诞节有什么需要。西蒙从厨房里出来，拿了一瓶红酒和几只杯子，杯子被他夹在一只手的手指缝里，摇摇晃晃的。

"你不过来吗？"他紧张地看着我，不知道我是怎么了。我冲他笑笑，宽慰他说我马上过去。

大门依然微微开启，我又把它隙开了一点，让寒风吹拂我的脸。我故意要去看隔壁梅丽莎的家，看她的前花园，还有风中飘荡着的警戒线。

不是要提醒自己过去所发生的，而是要告诉自己，一切都结束了。

然后我关上门，去跟我的家人在一起。

尾声

梅丽莎从来都看不到业务拓展的潜力。不能看到，或者不愿意看到。这还不好说。这也是我们唯一有分歧的地方。她在很多方面都表现得十分聪明，非常积极地跟我合作，别人不信任我的时候，她还很信任我。但她就是太短视了，在其他的方面。

目前的情况很好了，她曾说，我们已经在赚钱了。为什么还要惹麻烦呢？但我知道我们还有很大的发展空间，她就是不接受，让我很是沮丧。她终究还是个求稳的生意人。

她喜欢自诩为我的导师，但事实是：我固然需要她，但她更需要我。要不是我，她永远都不可能如此成功地掩盖她的行迹。

那个在地铁站跟踪凯蒂的猫鼠游戏是我想出来的主意。

谁叫她俩不肯放手，让警察步步逼近我们。

我就跟梅丽莎说，最后一次的狂欢，干完这票你就可以消失到里约去，带着我们赚的百分之八十的钱，没人会找到你。尽管我们合作很愉快，但也是时候各奔东西了。

哦，是的，百分之八十。

做生意的女人就是精啊。虽然是我去投放的广告，是我黑的监控系统，是我去接触的客户（借用了一点尼尔的通讯录）。但我得到什么了？只有区区百分之二十。

就这么干吧，我劝说梅丽莎。玩完这个游戏，然后远走高飞。就当是为了我。因为我帮了你，你也该帮帮我。

她确实照办了。

我看到凯蒂的档案上线，就知道游戏开始了。我感到浑身血脉偾张，我不知道梅丽莎是否也同样兴奋。我们以前从来没干过这样的事，但这感觉很好，感觉棒极了。

至于凯蒂……我觉得这是报应。不光是因为她老是博取关注，还因为她总是那个最受宠的孩子。从来没遇到过麻烦，从来没把警察带到家门口，也从来没被学校开除过。

这也是她的报应。

柔伊。

你亲爱的儿子给你的报应。

因为她离开了老爸，尽管他为她牺牲了一切。因为她迫使我跟朋友们分开。因为她连婚都没有离，就跟一个刚认识的男人上床，还把男人带回家，根本不顾我的感受。

他们还以为自己赢了，以为梅丽莎死了，一切都结束了。

他们都错了。

这才刚刚开始。

我不需要梅丽莎，不需要《伦敦宪报》上的广告，也不需要网站。

我有头脑，有技术，我还有一长串客户的邮箱地址，这些客户对我提供的特殊服务可感兴趣啦。

当然了，我还有你们。

千千万万的你们，每天都做着同样的事。

我看得到你们，但你们看不到我。

除非我想让你们看到。

译后记

一　熙

《电眼追踪》英文版的封面，不远处，自动扶梯的尽头显出一个女人模糊的背影。而在西班牙语版的封面上，雨后，枯叶散落一地，一双红色的高跟鞋，正行走在迷雾之中。

不难猜到，这是一个与女人相关的故事，基调如雨天一样阴冷、严峻。

小说作者克莱尔·麦金托什，也许读者觉得陌生。她创作的《逃逸者》（*I Let You Go*），曾经登上《星期日泰晤士报》畅销书排行榜，位列 2015 年犯罪小说处女作榜首，她还凭借这部小说，一举击败 J. K. 罗琳，夺得英国 2016 年度"柴克斯顿老牌诡异犯罪小说奖"（Theakston Old Peculiar Crime Novel）。《电眼追踪》（*I See You*）是克莱尔的第二部小说，故事依然围绕家庭展开，但危险的来源调换了方向，更致命、更让人难以提防。

有人说，优秀的犯罪小说有三个因素：语言、人物和场景。克莱尔·麦金托什就擅长平铺直叙的笔法，不用隐喻，无一丝多余的辞藻，将人物形象塑造得丰满鲜活。家庭妇女柔伊·沃克以第一人称的视角充当故事的"叙述者"，她经历过年少时冲动的爱情，如今人到中年，面对一双性情乖张的子女，却无计可施。警探凯莉·斯威夫特则引出小说的另一条主线，她机敏、性格直率，但内心深处却因为家人多年前所遭遇的一次不幸，痛苦而难以释怀。其余角色，作者三言两语，便勾勒出他们鲜明的个性特征，让不同的读者，总能从某些人物身上找到自己的影子，并且感同身受。

任何一部小说，场景都是重要的组成部分。作者不吝笔墨，译者也往往顺势发挥，译得酣畅淋漓。雨中的伦敦，拥挤的地铁，僻静的街巷，这些内容并非可有可无，而恰恰是作者为情节、悬念和高潮所营造的氛围，如果读者只专注于追赶情节，忽略了这些细节，阅读的快乐必定会大打折扣。

在小说的诸多门类中，犯罪小说看起来似乎不够严肃，但事实上，犯罪小说很能够表达作家对社会的深刻认知。《电眼追踪》用一个疯狂的故事，点出了网络时代的恐怖。网络世界让所有人无处遁形，也让所有人成为犯罪的推手和参与者。如果说《1984》中具有监视功能的"电幕"（telescreen）仅仅是用来控制人们的行为，那么无法察觉、不留任何死角的网络，更是属于我们这个新时代的恐怖故事，因为谁也不清楚，此时此刻，是否有一双眼睛，正透过屏幕看着你的一举一动，让你随时随地身处险境。作者向我们抛出了一个现实问题："倘若科技是一种毒品，那么，它的副作用究竟是什么？"

身为译者，每译一本书，都是一次学习和提高的过程，练成了完美主义者，练出了强迫症，但即便如此，还是常常觉得言不尽意，有继续提升的空间，这就是为什么说翻译是一门令人遗憾的艺术吧。特别感谢与我合译此书的马丹女士，是你用严谨的工作态度和敬业精神，为我的译稿纠错打磨，并督促我克服"拖延症"，译这本书，你注入的心血比我多得多。感谢编辑张丹女士，如果说作者靠作品留名于世，译者充当"代言人"，那编辑便是幕后英雄。最后，要感谢所有读者，你们坚持阅读，激励我们将翻译这条路继续走下去。

叙事的拼接

马　丹

　　英国女作家克莱尔·麦金托什是有野心的。这并非就她的获奖记录或者畅销程度而言，而是她的作品本身，她作为小说家要独树一帜的决心。

　　我最初接触到她的夺奖处女作 *I Let You Go*（简体中文版《逃逸者》）时，编辑张丹女士向我咨询了很多有关翻译和策划的问题。整部作品流溢出一个女子经历了长期的家暴和一场导致五岁男孩丧生的车祸之后的痛苦与哀伤，犹如一曲挽歌，在哀婉犹疑之后又凝结成坚强的、向死而生的主题。但作者竟然凭借这样一部处女作击败包括 J. K. 罗琳等重量级作家而斩获 2016 年度的英国顶级犯罪小说奖，即"柴克斯顿老牌诡异犯罪小说奖"（Theakston Old Peculier Crime Novel），这不得不让人好奇：为什么？作者的撒手锏是什么？

　　我初步给出的答案是她的叙事手法。她在小说的第二部分巧妙地加入了詹娜丈夫伊恩·皮特森的第二人称视角，把他在寻找詹娜的过程中想要对詹娜诉说的内容与警方的办案经过、詹娜的生活交织在一起，仿佛电影镜头一般不断地在矛盾冲突的三方之间切换，让读者将真相的碎片一点点地拼凑起来。通过伊恩的第二人称视角，读者更是直观地看到了一个家庭暴力者的内心世界，感受到他的焦虑、彷徨，时而失控的情绪和行为，并非笼而统之甚或妖魔化的侧写，而是心理医生式的倾听、剖析。

这是一种非常独特的叙事方式，新颖到足够成为一个小说家的标志。

果然，在初次实验大获成功之后（说实验性，是因为作者只是在小说的第二部分加入了第二人称视角），作者又推出了技巧更加成熟的第二部小说 *I See You*（即眼前这部《电眼追踪》）。

作者在这部小说中主要探讨了亲子关系、家庭教育和友谊的问题，以都市白领柔伊·沃克的第一人称视角、伦敦交通警察凯莉侦查案件的第三人称视角和始终未露真容的幕后主使的第二人称视角来讲述。第二人称视角贯穿于整部小说之中，与其他两个视角形成鼎立之势。如果说《逃逸者》中的第二人称视角只是做了一个惊艳亮相的话，那么，在《电眼追踪》中，它已经是长袖善舞、行云流水了。

这次的第二人称视角，其叙说的对象不再是某个具体的角色，而是广大的读者，千千万万有可能沦为受害者的地铁通勤女士。这个视角让小说仿佛成了一个游戏程序，拥有了前台和后台：前台上演着各种离奇古怪的事件以及人们对答案的探寻，疑惑、惊恐、温情弥散其间；后台则是那个躲在暗里的人，他龇牙咧嘴，满腔报复的怒火，又不乏变态的视生命为儿戏的游戏趣味。不错，他就是在玩一个残忍的生死游戏，他制定的游戏规则让读者不禁脊背发凉。而这个视角的拥有者，他的身份在每一次独白式的讲述中被一点点透露出来，确定下来，犹如拼图一般，在最后成形的那一刻将故事推向高潮。

就在《电眼追踪》的译本仍处于编辑阶段的时候，我有机会看到克莱尔的第三部小说 *Let Me Lie* 的样章（请原谅我的提前剧透）。整整100页的样章，差不多有整本书的三分之一，同样采取了三种人称视角交替叙事的手法。只不过，这次的第二人称视角变成了一个连存在都值得怀疑、介乎于鬼魂和活人之间的幻影。

毫无疑问，克莱尔要在她的第三部小说中进一步探索第二人称视角的可能性，将拼接的叙事进行到底。作为读者和译者，我仿佛也在一瞬间明白了她的用意：当她独特的叙事技巧在作品中不断成熟起来，固化下来，她作为小说家的鲜明特色也就得到了确立，她将拥有自己的独特标志，乃至引导一股潮流。

——克莱尔·麦金托什在努力迈向经典。

由此我联想到最近正在参与重译的美国女作家帕特里夏·海史密斯的"雷普利系列"（共有五部）。作家从汤姆·雷普利这个冷血杀手的角度来进行叙事，从而突破了传统侦探小说的情节束缚，让读者看到更丰富的人物内心，在感受情节刺激性的同时多了道德上的判断。也正是这种开创性的手法让"雷普利系列"成为经典，畅销至今。

有趣的是，另一个更为经典的作家——J. K. 罗琳，当她以罗伯特·加尔布雷思的笔名发表"科莫兰·斯特莱克系列"首部作品《布谷的呼唤》（*The Cuckoo's Calling*）时并未引起任何轰动，销量仅有可怜的几百册。只有等作者的身份被媒体曝光之后，销量才在几天之内增长了 40 倍。

可见，经典是不可嫁接的，只有通过一部部作品扎实地积累。如果说我们要见证一个小说家的努力和成长的话，大可以从克莱尔·麦金托什的第二部小说《电眼追踪》开始。